Bella Ellis
Die verschwundene Br

D1143943

BELLA ELLIS

Die verschwundene Braut

Kriminalroman

Aus dem Englischen
von Kathi Linden

PENDO

Mehr über unsere Autoren und Bücher:
www.pendo.de

Wenn Ihnen dieser Kriminalroman gefallen hat, schreiben Sie
uns unter Nennung des Titels » Die verschwundene Braut «
an *empfehlungen@piper.de,* und wir empfehlen Ihnen gerne
vergleichbare Bücher.

Quellennachweise:
S. 7: Charlotte Brontë, » Evening Solace «; Deutsch von Elsa Steenbuck.
S. 161: Emily Brontë, » Stars «; Deutsch von Elsa Steenbuck.
S. 315: Anne Brontë, » Lines Composed in a Wood on a Windy Day «;
Deutsch von Elsa Steenbuck.

MIX
Papier aus verantwor-
tungsvollen Quellen
FSC® C083411

ISBN 978-3-86612-481-3
2. Auflage 2020
@ Bella Ellis 2019
Titel der englischen Originalausgabe:
» The Vanished Bride «, Hodder & Stoughton, London 2019
@ der deutschsprachigen Ausgabe:
Pendo Verlag in der Piper Verlag GmbH, München 2020
Redaktion: Barbara Raschig
Satz: Fotosatz Amann, Memmingen
Gesetzt aus der Cormorant
Druck und Bindung: CPI books GmbH, Leck
Printed in the EU

Für meine Mutter Dawn Coleman, die mir Bücher schenkte,
Geschichten erzählte und die Literatur liebt.

Im menschlichen Herz liegt ein Schatz vergraben
geheim verschlossen, in Schweigen versteckt
mit Lüsten, mit Träumen, mit seligen Tagen
Die Zauber zerbrächen, wenn töricht geweckt.

» Abendtrost « von Charlotte Brontë

Pfarrhaus zu Haworth,
im Dezember 1851

Charlotte zog das Umschlagtuch etwas enger, tauchte abermals die Spitze ihrer Feder in die Tinte und beugte sich erneut so tief über den Tisch, dass ihre Nase fast das Papier berührte. Und wieder, wie schon unzählige Male zuvor, schwebte ihre Hand über der weißen Seite, und es erschien ihr gänzlich unmöglich, in einem Haus, in dem es kaum mehr gab als die Geister aller ihrer Liebsten, die Feder auf das Papier zu setzen.

Es war sehr still: Selbst das Feuer im Kamin knisterte nur gedämpft, und Charlotte konnte die Wärme der hell tanzenden Flammen kaum spüren – es war, als sei sie selbst bereits ein Geist.

Ihr Vater hielt sich – wie fast immer dieser Tage – in seinem Arbeitszimmer auf. Tabby und Martha räumten die Küche auf, die Standuhr im Treppenhaus hatte vor wenigen Minuten sieben geschlagen. Die Nacht legte sich auf das kleine Haus, ihr Gewicht ließ die Fensterscheiben knarren. Doch selbst als der Wind im Schornstein heulte, hörte Charlotte nichts als Stille. Empfand sie nichts als Abwesenheit. Kannte sie nichts als Verlust.

Nicht einmal Emilys geliebter Hund Keeper war noch da, um ihr mit seinem Schnüffeln und Bellen Gesellschaft zu leisten oder verspielt an ihren Rocksäumen zu zerren. Wenigstens musste Charlotte jetzt, da auch der Hund weg war, nicht mehr ständig seine traurigen Augen sehen, mit denen er jedes Mal, wenn die Hintertür sich öffnete, nach seinem Frauchen Ausschau hielt, und Charlotte machte sich auch nicht mehr selbst jedes Mal Hoffnung, wenn die kalte Luft hereinwehte und verhieß, Emily könnte von einem ihrer Märsche über das Moor zurückkehren. Ach, wie ihr die Gesellschaft fehlte, die einst so selbstverständlich gewesen war wie der eigene Atem.

Es war gar nicht lange her und gleichzeitig tausend Jahre, seit Charlotte mit ihren Geschwistern an diesem Tisch gesessen, in diesem Haus gelebt, dieses Leben geteilt hatte. Hier, dem Rest der Welt abgewandt, hatten die drei geredet, geschrieben, den Verstand verloren, einander gekannt und mit einer solchen Unerschütterlichkeit geliebt, dass sie nichts und niemand anderen zum Leben gebraucht hatten.

Hier hatten sie gelacht und gestritten, während Charlotte *Jane Eyre* schrieb und ihre Schwestern ihre eigenen großartigen Werke und während gleichzeitig niemand von ihnen ahnte, welchen Turbulenzen sie damit die Tür zu ihrem bescheidenen Leben öffnen würden. Jetzt waren Emily, Anne und Branwell alle an einem besseren Ort, und die einzige in der sterblichen Welt hinterbliebene Schwester war unerträglich einsam.

Und doch ...

Charlottes Lippen formten sich zu der Andeutung eines Lächelns, als sie daran dachte, welche Abenteuer sie gemeinsam bestanden, welchen Gefahren sie getrotzt, welche erschütternden Enthüllungen sie gemacht und welche Geheimnisse sie bewahrt hatten.

Von den vornehmen Londoner Salons bis zu den New Yorker Soireen hatte die Welt über »diese Brontë-Frauen« gesprochen, die eine solche Leidenschaft, einen solchen Stolz zu Papier gebracht hatten. Erst wurde bezweifelt, dass sie

Männer waren, dann weigerte man sich zu glauben, dass Frauen hinter diesen Werken stecken konnten.

Charlotte musste lächeln, als sie daran dachte, wie wenig von der Wahrheit diese Menschen wussten. Wie wenig sie über sie und ihre Schwestern wussten.

Jetzt waren sie und ihr Bruder Branwell alle tot. Keine einzige lebende Seele wusste *alles*. Nicht eine Erinnerung an die Wunder und Schrecken, die sie gemeinsam erlebt hatten, war je zu Papier gebracht worden, und jegliche Korrespondenz, die etwas über sie verraten hätte, war von Charlotte höchstpersönlich verbrannt worden.

Eines Tages, wenn Charlotte sich zu ihren Geschwistern in Gottes Gnade gesellte, würde alles, was in jenen wenigen aufregenden, gloriosen Jahren passiert war – ihren letzten gemeinsamen Jahren –, mit ihr sterben. Niemand würde je von ihren Abenteuern erfahren. Während Charlotte so allein am Tisch saß, tobte jenseits der in ihrem Rahmen zitternden Fensterscheiben ein ganzes Universum von Menschen wie ein Sturm in einem unaufhörlichen Wirbel aus Leben und Tod. Und alles, was man brauchte, um seine dunkelsten Geheimnisse aufzudecken, war das Wissen darum, wo genau man danach suchen musste.

Vielleicht würde man sich sogar erzählen, dachte Charlotte und lächelte in sich hinein, als ihre Feder endlich das Papier berührte und sie begann, aus Tinte Welten zu erschaffen, vielleicht würde man sich sogar erzählen, dass niemand je so abenteuerliche, gefährliche und aufregende Leben gelebt hatte wie diese drei Frauen, die in einem Dorf groß geworden waren, von dem niemand je gehört hatte, am Rande des sturmgepeitschten, öden Moores.

Das waren die Geheimnisse, die man sich nie erzählen würde, aber ach!, wie wunderbar diese Geheimnisse doch waren.

Prolog

Zuerst sah Matilda French das Blut. Und zwar in solchen Mengen, dass sie sich zunächst gar keinen Reim darauf machen konnte, worum es sich bei der dunklen Lache handelte, die langsam unter der geschlossenen Tür hindurchkroch. Erst, als ihr der Geruch von Eisen in die Nase stieg, erinnerte dieser sie an den Tag, an dem ihre Mutter gestorben war und an dem sich der Geruch ihres Blutes mit dem der frisch geschnittenen Veilchen vermischt hatte.

Erst da wurde Matilda klar, dass sie mit einer brachialen Gewalt konfrontiert wurde, dass etwas ganz Schreckliches passiert sein musste – und diese Erkenntnis schoss durch ihre Blutbahnen wie ein viraler Infekt.

Und doch war es so unerwartet, so sonderbar gewesen, in der friedlichen Stille vor Sonnenaufgang eine solche Entdeckung zu machen, dass sie zunächst weder schrie noch ohnmächtig wurde. Der Schock lähmte sie, und als befände sie sich in einem tranceähnlichen Zustand, in dem Körper und Geist voneinander getrennt waren, und weil sie nicht wusste, was sie sonst tun sollte, tat sie, was sie immer tat: Sie klopfte zweimal an.

»Madam?«

Vorsichtig öffnete sie die Tür. Die Fußbodenbretter klebten, das hereinfallende Licht warf Schatten in den ansonsten lichtlosen Raum. Die Morgendämmerung hatte noch nicht eingesetzt. Ihre Stimme war kaum mehr als ein Flüstern, ihre Worte ergaben angesichts des Horrors keinerlei Sinn: »Mrs Chester? Geht es Ihnen gut?«

Sie ging weiter hinein. Im Zimmer war es still, und überall befand sich so viel Blut, dass Mattie glaubte, ertrinken zu müssen, wenn sie zu tief einatmete.

Als ihre Augen sich an die Dunkelheit gewöhnt hatten, erkannte sie, dass das Bett ihrer Herrin leer war, dass sich darauf aber vom Kopf- bis zum Fußende ein riesiger, tintenklecksähnlicher Fleck befand, der sich von der Mitte her nach außen ausbreitete wie ein monströser Schmetterling.

Zitternd und mit angehaltenem Atem ging Mattie zum Fenster, zog die schweren Vorhänge auf und entriegelte das Fenster, um etwas feuchte, kalte Luft hereinzulassen. Gierig nahm sie einen tiefen Atemzug. Das erste Licht des Morgens warf seinen Schleier auf das Zimmer, und als sie sich schließlich wieder dem Bett zuwandte, begriff Mattie die unbarmherzige Wahrheit dessen, was sie da sah.

Mord.

Kapitel 1
Haworth, 1845

Charlotte

»Du kannst nicht einfach stehen bleiben, Emily«, schalt Charlotte ihre sie überragende Schwester lachend, nachdem sie von hinten in sie hineingelaufen war. »Hier ist kein Platz, stehen zu bleiben. Und keine Zeit.«

Die Schwestern hatten in den letzten Wochen ein Ritual entwickelt, immer wieder um den Esstisch herumzulaufen und dabei über ihre Ideen zu sprechen, sie in die Luft zu werfen, bis sie sehen konnten, wie sich über ihren Köpfen Wörter bildeten, angeleuchtet vom Feuer und geformt vom Rauch.

Das Esszimmer war nicht sonderlich groß, eigentlich sogar eher beengt, der schöne Tisch und ein abgenutzter schwarzer Diwan nahmen fast allen Raum ein. Charlotte hatte die Tapete ausgesucht, dunkle Rosa- und Grautöne, bescheiden und gedämpft wie das Gefieder einer Taube. An der Wand hing ein Porträt von Lord Horatio Nelson, dem Nationalhelden und militärischen Genie, der im Pfarrhaus auch vierzig Jahre nach seinem ruhmreichen Tod in der Schlacht noch verehrt wurde. Charlotte stellte sich immer gerne vor, dass er den Blick an seiner imposanten Nase vorbei auf sie richtete und all ihr Tun und Lassen beobachtete. Sie fand das beruhigend.

»Ich habe eine Idee, Charlotte.« Emily drehte sich halb um und sah ihre Schwester aus ihren beneidenswert graublauen Augen über die Schulter hinweg an. »Und zwar eine gute, so gut, dass ich sie sofort aufschreiben muss, bevor sie mir wieder entwischt. Platz da.«

Entsetzt sah Charlotte dabei zu, wie Emily wild mit der Feder über ein Blatt Fließpapier kratzte, das direkt auf dem polierten Tisch lag.

»Also wirklich, Emily«, sagte sie. »Hast du den Tisch nicht schon genug malträtiert? Die arme Tante Branwell würde sich im Grabe umdrehen, wenn sie sehen könnte, wie wenig Respekt du ihrem lebenslangen Einsatz von Bienenwachs und Muskelkraft zollst.«

»Die Sache mit dem › E ‹ ist schon so viele Jahre her, Charlotte – ich war damals noch ein Kind«, entgegnete Emily, schob aber dennoch pflichtschuldig das Papier auf ihre Schreibunterlage. Charlotte sah dabei zu, wie der Daumen ihrer Schwester das Initial nachzeichnete, das sie vor vielen Jahren mit einem Obstmesser in die Tischplatte geritzt hatte. Emily strich darüber, als sollte es ihr Glück bringen. »Man könnte auch sagen, dass ich den Tisch damit verziert habe …«

»Tante Branwell würde das ganz sicher nicht sagen«, warf Anne freundlich ein, ohne von der Zeitung aufzusehen, in die sie vertieft war. »Weißt du noch, Charlotte? Emily hat alles getan, ihre Missetat zu verbergen, indem sie sich den ganzen Vormittag weigerte, die Hand von der Stelle zu nehmen. Und wie Tante Branwell aufschrie, als sie sah, was Emily getan hatte!«

»Soweit ich mich erinnere, war Papa ganz schön beeindruckt von mir«, brummte Emily, die bereits halb in ihr Schreiben versunken war.

»Wir können uns äußerst glücklich schätzen, einen Vater zu haben, dem unsere Bildung so wichtig ist, dass ein zerkratzter Tisch vollkommen zurücktritt hinter der Tatsache, dass seine fortschrittliche Tochter das Alphabet lernt«, merkte Charlotte an. »Jeder andere Vater hätte dich windelweich geprügelt, und unsere Tante hätte das ganz sicher begrüßt. Oder was meinst du, Anne?«

Charlotte brauchte dringend Ablenkung und versuchte, Annes Blick auf sich zu lenken, doch ihre jüngste Schwester ließ die Augen nicht von ihrer Lektüre. Nur Annes kleiner Hund Flossy marschierte nun mit, ansonsten drehte Charlotte allein mit einem tiefen Seufzer weiter ihre Runden um den Tisch und beobachtete dabei neidisch, wie Emily mit demselben ungeduldigen Feuereifer Buchstaben und Wörter zu Papier brachte, mit dem sie auch dem Leben begegnete. Wenn Charlotte doch nur ähnliche Inspiration finden könnte, um sich von dem großen Kummer abzulenken, der ihr Gemüt verdunkelte. Wenn sie ihre Schwestern doch nur dazu bringen könnte, mit ihr zu reden.

Sie könnte zufrieden sein. Glücklich sogar. Es war nämlich viele Jahre her gewesen, seit sie zuletzt alle unter demselben Dach gewohnt hatten. Das Feuer im Kamin loderte fröhlich und warf warmes, tanzendes Licht an die Wände, die einzige andere Lichtquelle in dem gemütlichen und leicht verräucherten Zimmer war eine Öllampe. Draußen regnete es in Strömen, die Tropfen prasselten gegen die Fenster wie Kieselsteine. Unterhalb des Pfarrhauses duckte sich das Örtchen Haworth gegen den unerbittlichen Wind.

Ein typischer Sommer in Yorkshire.

»Mir fällt heute überhaupt nichts ein.« Charlotte seufzte enttäuscht und betrachtete die vielen Grabsteine, die sich den Hügel hinab auf die Kirche und den Ort dahinter zu neigten, als wollten die Toten nach Hause zurückkehren. »In meinem Kopf ist es so leer wie auf meinem Papier. Es hat keinen Zweck. Mir kommt einfach viel zu viel ... *Gefühl* dazwischen. Das macht mir das *Denken* ganz unmöglich. Ich bekomme keine zwei vernünftigen Zeilen zusammen.«

»Vielleicht solltest du versuchen, in Gefühlen zu denken«, schlug Emily wenig hilfreich vor, während die Worte nur so aus ihrer Feder zu fließen schienen, und zwar in der chaotischen und verschmierten Klaue, die die sehr auf Ordnung bedachte Charlotte zur Verzweiflung bringen konnte. Seite um Seite füllte Emily ihr Notizbuch mühelos mit eifersüchtig beäugten Versen.

»Mag sein, dass *du* immer noch Inspiration in kindlichen Fantasien findest, Emily«, gab Charlotte unversehens spitz zurück. »Ich dagegen bin aus unseren Fantasiewelten Gondal und Angria herausgewachsen. Ich trage die Last ganz anderer, reiferer Sorgen.«

»›Reifere Sorgen‹ ist doch bloß eine neue Bezeichnung für ›Liebeskummer‹, murmelte Emily, ohne aufzusehen. »Und mir ist es gleich, was du von mir denkst, Charlotte, aber die Gondals stecken mitten in ihrem Ersten Krieg, und ich muss sie zum Sieg führen, da sonst zu viele umkommen.«

»Du bist unmöglich, Emily«, sagte Charlotte, meinte es aber nicht böse. In Wirklichkeit wünschte sie sich nämlich, mehr wie ihre Schwester zu sein, denn ganz gleich, wo Emily sich bewegte, wo sie hinsah, überall war für sie Gondal, und Gondals Volk bedeutete ihr genauso viel wie die Menschen aus Fleisch und Blut und mit pochenden Herzen – wenn nicht sogar mehr. Ihre Fantasie war ihre Freiheit, dachte Charlotte neidisch und wünschte sich, sie wäre selbst in der Lage, den nicht enden wollenden Schmerz dieser profanen irdischen Existenz zu verlassen und sich stattdessen in eine Welt zu begeben, in der alle auf ihr Kommando hörten. Dort würde ihr gewiss niemand je das Herz brechen.

»Würdest du bitte stehen bleiben und zur Ruhe kommen, liebe Charlotte«, sagte Anne, legte endlich die Zeitung beiseite und betrachtete Charlotte so mitfühlend, dass diese das Mitleid kaum ertragen konnte. Charlotte wusste, dass Anne den Namen niemals aussprechen würde, und auch Charlotte war sehr darauf bedacht, ihn niemals laut zu sagen. Und doch hallte er ständig in ihr wider.

»Komm, setz dich zu mir, und lies die *Times* aus London, sie ist erst ein paar Tage alt, und es steht viel Interessantes drin. Das Dampfschiff *SS Great Britain* von Brunel hat seine Reise über den Atlantik nach New York angetreten, in zwei Wochen soll es schon da sein! Stell dir das mal vor, in weniger als zwei Wochen bis ans andere Ende der Welt.« Anne hielt inne, ihre hübschen Augen glänzten bei der Vorstellung von Abenteuer, dann blickten sie wieder in die Zeitung. »Und hier, wie es aussieht, gibt es in London schon seit drei Jahren acht speziell ausgebildete Polizisten, die ausschließlich damit beschäftigt sind, Verbrechen aufzuklären, indem sie klug kombinieren und ihren Verstand einsetzen. Das Ganze ist offenbar so erfolgreich, dass die *Times* jetzt nach Heerscharen solcher Personen im ganzen Land sucht, während andere sagen, dass es in einem freien Land keine derartige Tyrannei durch die Polizei geben sollte. Da fragt man sich doch, ob diese Leute etwas zu verbergen haben. Guck, da steht es.«

»Sieht sehr interessant aus, Anne.« Charlotte nickte, setzte sich Emily gegenüber an den Tisch und zog die Zeitung zu sich heran – allein, sie konnte sich nicht auf die Lektüre konzentrieren.

Das Einzige, woran Charlotte denken konnte, war ihr letzter Brief an ihren früheren Lehrer, Monsieur Héger, in den sie ihr ganzes Wesen und Herzblut hatte fließen lassen. Und doch hatte er ihr nicht geantwortet. Mit größter Sorgfalt hatte sie ihm ihr gebrochenes Herz geschildert und ihn um wenigstens einen Krümel Gnade angefleht – doch er hatte nicht geantwortet. Wie konnte er nur? Gewiss, er war ein verheirateter Mann, aber ... Charlotte schloss die Augen und konzentrierte sich darauf, den Ausbruch quälender Gefühle in Schach zu halten, der jeden Moment drohte, und mit einiger Anstrengung gelang es ihr, die Gefühle zu reduzieren, sie zu verkleinern bis auf die winzige Größe der Bücher, die sie als Kinder immer gebastelt hatten, und sie hinter einer dicken Schicht aus selbst auferlegter Gelassenheit zu isolieren. Denn wenn sie das nicht tat, würde ihr Elend sie ersticken. Sie hatte keine Wahl, sie musste stillschweigend den Schmerz ertragen, jemanden zu lieben, der ihre Liebe nicht erwiderte.

»Haltet euch fest, Schwestern!« Branwell platzte herein, ziemlich nass vom Abendregen, der ihm von der Nasenspitze tropfte und das feuerrote Haar gegen die blasse Haut kleisterte, umwölkt von Bierdunst und Rauch. Seine Augen leuchteten vor Freude über das, was er zu berichten hatte. »Lasst ab von euren Mädchenthemen, denn ich habe eine gar grausame Geschichte zu erzählen!«

»Sag bloß, in der Schenke war wieder der Gin alle?«, sagte Emily, ohne aufzusehen, als er sich wie ein Hund schüttelte und dann neben sie setzte.

»Macht euch gefasst, denn für so junge Damen wie euch könnte das, was ich zu erzählen habe, sehr erschreckend und verabscheuungswürdig sein, vielleicht ist es sogar mehr, als eure zarten Seelen ertragen können.«

»Erzähl schon, Branwell.« Charlotte ergriff die Aussicht auf Ablenkung, als sei sie durstig gewesen und habe einen Brunnen gefunden. »Was ist passiert?«

»In Haworth erzählt man sich, es habe einen ganz besonders blutigen und grausamen Mord gegeben.« Branwells schwarze Augen glitzerten teuflisch-entzückt, kleine Flammen schienen seine Worte zu umzüngeln. »Und die schreckliche Tat hat sich nur wenige Meilen von hier entfernt zugetragen.«

»Ein Mord?« Anne runzelte die Stirn.

»Ein äußerst gewaltsamer Mord, liebe Schwester.« Branwell neigte sich Anne zu, die ob seines Gestanks zurückwich. Charlotte ließ sich nicht so leicht abschrecken.

»Erzähl«, forderte sie ihn auf. »Erzähl uns alle Einzelheiten, sofort.«

»Ich hab's vom Fassjungen, und der hatte es vom Kutscher, und der hatte es vom Wirt in Arunton, nicht weit entfernt vom Ort des Geschehens.«

»Arunton«, sagte Charlotte nachdenklich. »Ich bin mir sicher, dass wir jemanden in Arunton kennen. Wann ist es passiert, Branwell?«

»Gestern. Eine so grauenhafte und blutige Angelegenheit, nach allem, was man so hört, und das nur einen Steinwurf von unserem eigenen Haus entfernt. Habt ihr jetzt Angst?«

»Angst habe ich nur davor, dass du nicht bald zum Punkt kommst«, sagte Emily und legte endlich ihre Feder ab. »Wer ist umgebracht worden, und von wem?«

»Und« – Branwell ignorierte Emilys Frage – »der Täter ist geflohen, und zwar mit der Leiche. Es ist durchaus möglich, dass der Mörder in diesen Minuten im Schatten unseres eigenen Hauses herumschleicht.«

»Und eine Leiche mit sich herumschleppt?« Emily runzelte die Stirn. »Das würde das Schleichen ganz schön erschweren. Beantworte bitte meine Frage: Wer wurde umgebracht?«

»Eine Lady und Mutter.« Branwell lehnte sich auf seinem Stuhl zurück. »Mutmaßlich umgebracht.«

»Wie furchtbar.« Anne schlug sich die Hände vor die Brust. »Wir müssen Vater bitten, diese arme Frau und ihre Familie in seine Gebete einzuschließen.«

»Mutmaßlich umgebracht?« Charlotte klang etwas verärgert. »Also, entweder wurde die arme Frau getötet oder nicht – da gibt es nichts zu deuten.«

» Und genau da irrst du dich, liebe Charlotte.« Branwell hob mahnend den Finger. » Denn in den frühen Morgenstunden fand man die Schlafkammer der zweiten Mrs Chester leer vor – leer bis auf große Mengen von Blut, die überall verschmiert worden waren. Keine Spur von der jungen Frau oder ihren Überresten. Selbstverständlich befürchtet man, dass sie tot ist, aber mit absoluter Sicherheit kann das niemand sagen, weil sie spurlos verschwunden ist.«

» Man hat sie verschleppt? Aus ihrem eigenen Haus? Wie schrecklich. Mir wird ganz kalt.« Anne schauderte.

» *Das* ist ja interessant!« Emilys Augen glänzten lebendig vor Neugier. Charlotte steckte zwischen Faszination und Entsetzen fest, als ihr ein weiterer Gedanke kam.

» Meinst du etwa Mrs Elizabeth Chester? Von Chester Grange?« Sie nahm Emilys Hand. » Matilda French hat dort eine Stelle als Gouvernante angetreten! Das ist es! Sie ist es, die wir in Arunton kennen. Kannst du dich noch an Mattie erinnern, Emily? Sie war unsere Leidensgenossin in diesem schrecklichen Internat, Cowan Bridge, bis Vater uns dort weggeholt hat, und seither haben wir uns mit ihr geschrieben. Allerdings etwas weniger, seit sie die Stelle auf Chester Grange antrat und ich in Brüssel war.«

» Wenn ich so drüber nachdenke – ich glaube, es war die Gouvernante, die das Blutbad entdeckte«, fügte Branwell hinzu.

» Du liebe Güte.« Charlotte war entsetzt. » Mattie war die Erste am Tatort? Die arme, liebe Mattie! Weißt du noch, was für eine zarte Person sie immer war, Emily?«

» Matilda – hübsch, scheu, praktisch zu nichts zu gebrauchen – ja, ich erinnere mich an sie«, sagte Emily. » Stellt euch doch mal vor, ihr liegt in eurem Bett, und ein Messer schwingender Mörder pirscht an eurer Zimmertür vorbei! Furchterregend!«

Emily klang allerdings alles andere als bange.

»Noch wissen wir nichts von einem Messer.« Charlotte verdrehte die Augen. »Ach, die liebe, arme Mattie. Das wird ihr gar nicht gut bekommen, überhaupt nicht. Ich werde ihr sofort schreiben.«

Charlotte griff nach einer Feder, verharrte dann aber, als ihr eine andere Idee kam.

»Nein, ich weiß was Besseres als Schreiben. Ich werde sie besuchen, gleich morgen früh.«

»Ich werde dich begleiten«, sagte Emily. »Martha French hat mir immer sehr am Herzen gelegen.«

»Matilda, Liebes, Matilda«, korrigierte Charlotte. »Über das Moor von Penistone sind es etwa zwei Stunden Fußmarsch nach Chester Grange. Jede Begleitung ist mir willkommen, solange sie nicht nur Sensationslust geschuldet ist.«

Sehnsüchtig blickte Emily zum Fenster, an dem der Regen in solchen Strömen hinablief, dass Haworth gleichsam hinter einem Schleier aus Tränen verschwand. Kaum zu glauben, dass weit oben über den dicken Wolken Sommer herrschte. »Ich bin es satt, vom Regen eingesperrt zu sein, und ich bin es satt, immer nur hier drinnen herumzuhocken. Lasst mich frei, ich will nasse, eiskalte Füße haben!«

Charlotte wandte sich an Anne, die die Hände säuberlich im Schoß gefaltet hatte und so fromm und mild aussah wie eine Jungfrau – und genau so fassten alle, die sie nicht kannten, sie auch auf. Charlotte dachte oft, dass ihre Schwester sich lediglich hinter dieser milden Maske versteckte und dass sie in Wirklichkeit eine Kriegerin war.

»Nun, ich kann euch beide wohl kaum alleine gehen lassen«, sagte Anne. »Ich fühle mich verpflichtet, euch aus Gründen des Anstands zu begleiten.«

»Und auch ich werde euch begleiten«, erklärte Branwell

großzügig.« Schließlich muss euch jemand vor dem verrückten Messermann beschützen.«

»Mein lieber Bruder«, erwiderte Anne mit leichtem Groll. »Ich bin mir nicht sicher, wer da wen beschützen würde, solltest du uns begleiten. Wir drei sind durchaus in der Lage, den Weg alleine zu bewältigen.«

»Bist du *immer noch* wütend auf mich, Anne?« Branwell schlug einen Ton an, als sei es tausend Jahre her, seit er Annes Anstellung als Gouvernante auf Thorp Green, wo auch er arbeitete, ein jähes Ende bereitet hatte. Die Demütigung, die der gesamten Familie Brontë durch die Angelegenheit mit Mrs Robinson widerfahren war, war kaum zu ertragen gewesen, am wenigsten für Vater Patrick. Beim Gedanken daran, dass Branwell sich mit der Frau seines Arbeitgebers eingelassen hatte auf Dinge, die keine Beschreibung gestatteten, drehte sich Anne der Magen um. Und als Branwell unter solch skandalösen Umständen gekündigt wurde, war natürlich auch die unschuldige Anne gezwungen, ihre Stelle aufzugeben. Die Schmach schien ihr noch immer frisch in Erinnerung zu sein.

Selbstverständlich stand es Anne zu, angesichts ihres Einkommensverlusts ein wenig mehr Sorge zu haben als ihr Bruder, und auch angesichts des Verrufs, in den er die gesamte Familie gebracht hatte. Und doch: Als Charlotte Branwells zerknirschte Miene sah, wusste sie, dass Anne ihre Worte bereute.

»Wirst du es mir auf ewig nachtragen, dass ich mich verliebt hatte?«, rief er. »Bitte, ich flehe euch an, helft mir dabei, das, was mir das Herz gebrochen hat, so weit wie möglich hinter mir zu lassen, und lasst mich euch wieder wie früher auf euren Wanderungen begleiten.« Er sah eine Schwester nach der anderen an. »Darf ich?«

»Ja!«, sagte Emily sofort.

» Ich glaube nicht «, schob Charlotte schnell hinterher.

Emily sah sie finster an, und Charlotte verstand ihre Missbilligung gut. Branwells Schwäche für das Black Bull und so gesehen auch alle anderen Schenken in Haworth hatte in der letzten Zeit zugenommen, und Emily fand, alles, was Branwell für ein paar Stunden von Hochprozentigem fernhielt, konnte nur gut für ihn sein. Da hatte sie nicht unrecht, aber Charlotte zögerte dennoch.

» Warum nicht?«, protestierte Emily und nahm Branwells Hand. » Ganz gleich, was Anne sagt – wir sind drei schutzlose Frauen, die sich ohne jegliche männliche Begleitung auf eine nicht ganz kurze Wanderung begeben wollen. «

» Als hätte dich das in deinem ganzen Leben je interessiert, Emily. « Charlotte lachte und wandte sich mit sanfterer Stimme Branwell zu. » Dieses Mal nicht, lieber Bruder. Dieses Mal würde deine Gegenwart, ganz gleich, wie willkommen, unseren Besuch zu etwas sehr Ungewöhnlichem machen, dabei möchten wir gar nicht weiter auffallen. So ist der Lauf der Welt schon immer gewesen, dass einem guten Mann wie dir Beachtung geschenkt wird. Uns drei Frauen vom Land dagegen wird niemand weiter bemerken... Und dieses Mal wird uns genau das zum Vorteil gereichen. Vielleicht können wir drei sogar herausfinden, was tatsächlich mit Elizabeth Chester passiert ist. «

Charlotte mied Annes Blick, sie wusste, dass ihre kleine Schwester sie in dem Moment beäugte, um herauszufinden, wie sehr ihr Wunsch, Matilda French zu besuchen, echter Sorge entsprang und wie sehr dem Drang nach Ablenkung. So oder so, befand Charlotte, konnte man eine Freundin in einer solch unglücklichen Situation nicht einfach nur besuchen, weil man ihre unglückliche Situation spannend fand.

» Na dann. « Branwell seufzte, ließ sich auf den Diwan sinken und hängte ein Bein über die Armlehne. » Muss ich mir wohl was anderes überlegen, um mich zu zerstreuen, solange ihr weg seid. Vielleicht gehe ich zum Black Bull.«

»Oder vielleicht in die Kirche?«

»Vielleicht ist das Black Bull meine Kirche?« Branwell gluckste, als Charlotte entsetzt die Augen weitete.

»Ist es sehr unschicklich«, fragte Anne mit Grabesstimme, um ihre Schwester abzulenken, »dass ich es ein klein wenig aufregend finde, mir uns drei als unsichtbare Ermittlerinnen auf der Suche nach der Wahrheit vorzustellen? Ich glaube, wir wären weit und breit die einzigen.«

»Ermittlerinnen?«, fragte Charlotte. »Was für ein seltsames Wort.«

»Habe ich aus der *Times*, aus dem Artikel, von dem ich euch erzählt habe. Also, Ermittler. Und da wir Frauen sind, sind wir natürlich Ermittlerinnen.«

Sie redeten noch viel an jenem Abend, erzählten sich Geschichten und lachten bis weit nach Mitternacht. Und keins der plaudernden, schreibenden, lachenden Geschwister bemerkte, wie sich die Dunkelheit auf ihr kleines, hell erleuchtetes Haus legte und drohte, es auszulöschen.

Kapitel 2

Charlotte

Chester Grange erhob sich aus der wilden Moorlandschaft wie ein Ungeheuer aus Urzeiten: mit Hörnern und Stacheln, frisch erwacht aus einem jahrhundertelangen Schlaf.

Emily verliebte sich auf der Stelle in das Anwesen. Zwar lag es auf einer Anhöhe inmitten majestätischer, terrassenförmig angelegter Gärten, die einmal schwer in Mode gewesen waren, aber die Natur hatte in den letzten Jahren kräftig daran gearbeitet, sich diese von Menschen geschaffene Torheit zurückzuerobern.

Lange Gräser, schwer von Samen, wo früher Rasen gewesen war. Der einzige noch erkennbare Weg zum Haus war die von Unkraut und Wildblumen übersäte Einfahrt, über die sich die drei Schwestern näherten. Die einst eleganten Terrassen verschwanden unter Winden und Efeu, hartnäckiges Immergrün und Vergissmeinnicht wuchsen aus jeder Spalte im Mauerwerk und polsterten die scharfen Kanten der roh behauenen Steine und bröckelnden Mauern, wanden sich an dem alten Haus immer enger immer höher und drohten so einige Fenster zu überwuchern.

Hier gab es nichts, das eine Frau enttäuscht hätte, die hinter jeder Ecke eine Geschichte witterte, denn hier lauerten überall Geheimnisse: von den Türmen über die Zinnen bis zu den unheilvollen Wasserspeiern – bereit, sich auf jedwede

Seele zu stürzen, die dumm genug war, hier einzudringen – und den riesigen herumliegenden Findlingen, die sie durch das hohe Gras beäugten und aussahen, als hätten sie einst zu einem viel herrschaftlicheren und noch älteren Anwesen gehört. Das alles glich einem Schauplatz aus einer von Tabbys zahlreichen Geschichten über Folklore, Mythen und althergebrachte Traditionen – Geschichten, die Emily schon ihr ganzes Leben zu hören bekommen hatte.

Hier konnte sie tausend Stimmen hören: Sie flüsterten ihr zu. Und je näher sie dem Haus kamen, desto breiter lächelte Emily in Erwartung neuer Abenteuer.

»Würdest du bitte aufhören, wie eine Geisteskranke zu grinsen?«, sagte Charlotte unvermittelt und legte Emily die behandschuhte Hand auf den Arm. Charlottes spröde und sehr ernsthafte, von der Haube umrahmte Miene ließ Emilys Grinsen weiterwachsen. »Das ist mein Ernst, Emily. Es irritiert, und ich glaube kaum, dass dein so zur Schau getragenes Vergnügen an diesem Ort und in dieser Situation Mattie Trost spenden wird. Vergiss nicht, Emily, wir sind die Töchter eines angesehenen Pfarrers. Versuche wenigstens, das zu glauben.«

Emily zuckte die Schultern und rannte ihrer Schwester mit etwas mehr Begeisterung hinterher, als sich gehörte.

*

Die Hinterseite des Hauses war nicht weniger verwahrlost als die Vorderseite. Mattie saß auf einer Bank vor der Küche, den Kopf geneigt, die Hände gefaltet, als sei sie tief ins Gebet oder in Gedanken versunken.

»Mattie!«, rief Emily und sah, wie Charlotte Röte in die Wangen stieg.

Matilda French hob ihren blonden Schopf und sprang auf, um ihren Freundinnen entgegenzueilen.

» Liebste Charlotte «, japste sie ein wenig außer Atem, als sie die Hände ihrer Freundin nahm. » Ach, wie bin ich froh, freundliche Gesichter zu sehen! Liebe Emily, liebe Anne, welch eine Erleichterung, dass ihr hier seid, ich weiß gar nicht recht, an wen ich mich in dieser schrecklichen Zeit wenden soll! «

» Wir haben gestern Abend in Haworth davon gehört «, sagte Charlotte. » Und umgehend beschlossen, dir einen Besuch abzustatten. «

Emily ließ eine Umarmung über sich ergehen. Ihr fiel auf, dass Matties goldene Ringellocken ein klein wenig zottelig waren und dass lila Schatten dunkel unter ihren blauen Augen lagen.

Es sah ganz so aus, als hätte Charlotte recht gehabt, indem sie sagte, Mattie würde die Situation kaum ertragen können. Während ihrer Wanderung nach Chester Grange hatte Charlotte ihnen noch einmal die Lebensgeschichte ihrer Internatsfreundin erzählt. Die arme junge Frau war die einzige und innig geliebte Tochter ihrer Eltern gewesen, bis ihre Mutter im Kindbett starb und ihr als Hilfspfarrer tätiger Vater von der Cholera dahingerafft wurde. Matties als Vormund fungierender Onkel tat schon bald alles dafür, die Bürde des Mündels ein für alle Mal loszuwerden, und schickte das Mädchen auf eine Schule, in der es auf ein Leben als Gouvernante vorbereitet werden sollte – ein Leben, das Mattie sich nie gewünscht hatte. Und jetzt war ausgerechnet unter dem Dach, das ihre Zuflucht gewesen war, etwas so Schreckliches passiert. Denn trotz der Härten, die Matilda in ihrem Leben bereits durchgestanden hatte, war die arme Gouvernante schlecht ausgerüstet für Tragödien dieser Art, wie Charlotte auf ihrem Marsch durch Matsch und Heide besorgt festgestellt hatte.

Die Brontë-Schwestern hatten fast ihr ganzes Leben ohne Mutter verbracht sowie in dem Wissen, mittellos und ohne ein Dach über dem Kopf dazustehen, falls ihr Vater starb. Er hatte sie von klein auf gelehrt, alleine zurechtzukommen, und in der Tat hatten alle bereits unterschiedliche Anstellungen als Lehrerinnen und Gouvernanten bekleidet, bis das Schicksal sie diesen Sommer alle wiedervereinte. Emily liebte ihren Vater von ganzem Herzen für seinen Weitblick, auch wenn sie nicht gerne über den Tag nachdachte, an dem sie gezwungen sein könnte, ihr geliebtes Zuhause zu verlassen, und insgeheim hoffte sie, dieser Tag möge niemals kommen.

»Kommt mit in die Küche.« Mattie nahm Charlotte bei der Hand. »Ich freue mich so, euch zu sehen, auch wenn es unter solch entsetzlichen Umständen ist. Ihr seid meine ersten Gäste, und unter glücklicheren Umständen hätte ich euch gerne das ganze Haus gezeigt, aber das darf ich jetzt natürlich nicht. Ihr versteht, warum ... «

»Warum?«, fragte Emily und tat, als spürte sie Charlottes durchdringenden Blick nicht.

»Mr Chester ist vollkommen außer sich über das Verschwinden seiner Frau und versteht überhaupt nicht, was ihr passiert ist. Ihr sagt, ihr habt gestern Abend davon gehört? Was habt ihr gehört? Mein Herr macht sich große Sorgen, dass irgendwelche Klatschbasen die Dinge verzerren und die Ermittlungen behindern.«

Ihre Stimme klang so hell wie eine nackte Flamme, aber auch angespannt, während sie sie in die Landhausküche führte, in der sich – was für ein so großes Haus überraschend war – keine Menschenseele befand. Vielleicht war das Gesinde für die Dauer der Untersuchungen nach Hause geschickt worden, spekulierte Emily und fragte sich, was wohl hinter der ins Haupthaus führenden Tür zu sehen war.

»Wir haben gehört, dass Mrs Chester spurlos verschwunden ist«, erklärte Charlotte und fügte behutsam hinzu: »Und dass viel Blut geflossen ist.«

»Das … entspricht den Tatsachen.« Matties Stimme bebte. Sie straffte die Schultern. »Ich mache etwas Tee. Vielen Dank für euren Besuch – ich habe ja sonst niemanden, mit dem ich reden könnte, niemanden, der mich trösten könnte. Meine einzige Freundin hier … nun ja, das war Mrs Chester, und ich kann mir nicht vorstellen, dass ein Mensch so viel Blut verlieren und immer noch am Leben sein kann.«

»Sie sind nicht *ganz* allein, Miss French.« Eine tiefe, heisere Stimme überraschte sie, und Emily wandte sich der Gestalt zu, die sie im Dunkeln schemenhaft erblicken konnte. Eine ältere Frau zwischen fünfzig und sechzig bewegte sich schwerfällig auf sie zu, die kleinen, tief liegenden, schwarzen Augen so aufmerksam auf die Frauen gerichtet wie die einer Krähe. »Ich bin immer in Ihrer Nähe, vergessen Sie das nicht.«

»Natürlich nicht, Mrs Crawley.« Matties Stimme bebte, und die ältere Frau nahm neben dem kalten Kamin Platz, um sie alle besser beobachten zu können. »Bitte entschuldigen Sie meine Manieren. Darf ich Ihnen meine Freundinnen Charlotte, Emily und Anne Brontë aus dem Pfarrhaus in Haworth vorstellen? Als die drei die schreckliche Nachricht hörten, beschlossen sie, mich zu besuchen und mir in diesen schweren Zeiten zur Seite zu stehen.«

»Klatschmäuler also.« Mrs Crawley richtete sich auf dem Stuhl ein wie eine Kröte auf einem Stein. Sie trug Trauer, hatte sich einen Witwenschleier in ihr graues Haar gesteckt und weiße Baumwollhandschuhe übergezogen. Über ihre rechte Gesichtshälfte erstreckte sich eine hässliche, schlecht verheilte Narbe. Die entstellte Frau beäugte die vor ihr knicksenden Schwestern mit kaum verhohlener Geringschätzung, taxierte sie und schien für sich zu beschließen, dass sie von keinerlei Wichtigkeit waren. Obwohl sie damit recht haben konnte, wurmte Emily diese Einschätzung.

» Ich versichere Ihnen, Mrs Crawley «, sagte Charlotte mit hochroten Wangen, » dass meine Schwestern und ich keinerlei Interesse daran haben, uns an Spekulationen zu beteiligen. Wir sind einzig hier, um unserer Freundin in schweren Zeiten Beistand zu leisten. «

» Halten Sie sich an die Küche und die Außenbereiche «, ermahnte Mrs Crawley Mattie, kaum dass sie es sich zunächst bequem gemacht und dann ihre nicht unbeträchtliche Körperfülle wieder vom Stuhl gehievt hatte, wobei das gestärkte Leinen ihrer Röcke wie Baumkronen im Sturm raschelte. Emily wunderte sich darüber, dass Mrs Crawley im Haus Baumwollhandschuhe trug, denn das war gelinde gesagt ungewöhnlich. » Und an das Dienstboten-Geschirr! Ab vier Uhr kümmern Sie sich wieder um die Kinder. Ihnen wird hoffentlich nicht einfallen, sich in diesen Tagen vor Ihren Verpflichtungen zu drücken. «

Mrs Crawley bewegte sich schwerfällig auf ein kleines angrenzendes Zimmer zu, in dem sich – wie Emily durch die offene Tür erkennen konnte – Bücherregale befanden, in denen allerdings keine Bücher standen, sondern Ziergegenstände und andere Objekte, die so gar nicht zu einer solch durch und durch grimmigen Frau zu passen schienen: eine Schäferin mit ihrer Herde aus Porzellan, glänzende Fingerhüte aus Silber und ein kleiner Strauß Wildblumen in einer Kristallvase. Noch merkwürdiger war eine Fotografie – Emily hatte in ihrem Leben noch nicht viele dieser seltsamen, fast magischen Objekte gesehen –, eine Aufnahme von einem schlafenden oder vielleicht sogar toten Baby. Emily wollte es unbedingt genau wissen, aber nicht so dringend, dass sie sich deshalb auf ein Gespräch mit der Krötenfrau hätte einlassen wollen.

» Ich bin in meinem Zimmer, falls Sie mich brauchen «, verkündete Mrs Crawley eher drohend denn wohlmeinend, und Emily knickste wiederum leicht, allerdings keinesfalls aus Respekt.

»Was für eine extrem angenehme Zeitgenossin«, murmelte Emily vor sich hin, setzte sich und nahm sich eins der Butterbrote, die Mattie wie zur Entschuldigung auf einem schlichten weißen Teller für sie ausgebreitet hatte.

»Nun sag schon.« Charlotte setzte sich. »Wie geht es dir, liebe Freundin?«

Mattie warf einen Blick in Richtung der Tür, hinter der Mrs Crawley verschwunden war, und lächelte. »Es ist eine harte Prüfung für Mr Chester und die armen Kinder.«

Sie zitterte, als sie den frisch gebrühten Tee einschenkte, ein bernsteinfarbener Tropfen landete auf ihrem Handrücken.

»Kannst du dich noch an Cowan Bridge erinnern, Charlotte?«

»Natürlich«, antwortete Charlotte ernst. Emily war sich sicher, dass ihre Schwester sich genauso gut erinnerte wie sie selbst. Das Internat, auf das ihr Vater sie und ihre Schwestern kurz nach dem Tod ihrer Mutter geschickt hatte, hatte sich unauslöschlich in ihr Gedächtnis gebrannt.

Charlotte nahm Emilys Hand. »Cowan Bridge war ein verabscheuungswürdiger Ort, dunkel und grausam, an dem eigenständiges Denken unerwünscht war und jeder Ausdruck von Freude erstickt wurde wie die Flamme einer Kerze. Dort haben Emily und ich dich kennengelernt, liebste Matilda, dort wurden unsere geliebten älteren Schwestern Elizabeth und Maria an den Rand des Todes getrieben, bevor sie in eine Kutsche verladen und wieder nach Hause gebracht wurden, wo sie kurz darauf verstarben.«

Charlotte musste nicht mehr sagen, die drei erinnerten sich schweigend an die Gräuel, die ihnen in Cowan Bridge begegnet waren, jenem Ort, der von sich behauptete, ein Ort

Gottes zu sein – ein Ort, an dem man die unschuldigen Bewohner regelmäßig hungern ließ, züchtigte und bestrafte. Selbst heute noch wachte Charlotte hin und wieder mitten in der Nacht auf und rief ängstlich nach Emily, völlig aufgelöst bei der Erinnerung an den eiskalten Körper ihrer sterbenden Schwester neben sich im Bett.

Selbstverständlich würde keine Einzige von ihnen Cowan Bridge je vergessen. Es war Matties Art, ihnen zu sagen, dass sie genauso große Angst hatte und genauso verzweifelt war wie einst in der entsetzlichen Schule. Emily hatte nie eine so große Verzweiflung und Einsamkeit empfunden wie damals, und wenn es das war, was jetzt in Mattie vor sich ging, dann musste sie wirklich sehr große Angst haben.

»Jetzt sind wir ja hier, Mattie.« Emily legte eine beruhigende Hand auf Matties Schulter. »Wir wollen dir helfen, dich wieder sicher zu fühlen.«

Für Emily hatte der Tag als kleines Abenteuer begonnen, als Ausrede dafür, sich frei zu bewegen, das musste sie einräumen. Als Mattie sich jetzt von ihr umarmen ließ, ging Emily wieder durch den Kopf, dass Frauen wie sie sich kaum zur Wehr setzen konnten gegen die Widrigkeiten der Welt, und sie sah den entschlossenen Mienen ihrer Schwestern an, dass sie genau dasselbe dachten. Die Krieger von Gondal würden die Waffen ruhen lassen müssen, und zwar so lange, wie Mattie Anne, Charlotte und Emily brauchte. Sie würde die Brontë-Schwestern an ihrer Seite haben, bis sie selbst in Sicherheit war.

Wehe dem, der sich ihnen in den Weg stellte.

Kapitel 3

Anne

» Sag Guten Tag, Archie «, forderte Mattie das hübsche kleine Kind auf, das sie auf dem Arm hatte. » Sag den jungen Damen Guten Tag. « Doch der goldblonde Knabe vergrub sein Gesicht an Matties Hals, schlang die speckigen Arme noch enger um sie und quengelte, während das Mädchen aus dem Dorf, das laut Mattie ab und zu mit den Kindern aushalf und Jane hieß, wenn Anne sich nicht täuschte, zusah und die Szene in etwa so rührend fand, wie wenn Mattie einen Sack Zucker an sich gedrückt hätte.

» Francis! « Mattie rief den älteren Jungen, der fast völlig im hohen Gras rund um den im Unkraut erstickenden Teich verschwand; er stand reglos da und blickte in den Wald vor sich, als sähe er dort etwas, das die Erwachsenen nicht sehen konnten. » Francis, kommst du bitte her und sagst meinen Freundinnen Guten Tag, wie du es gelernt hast? «

Doch Francis schien sie nicht zu hören, sein Blick war weiter fest auf die leeren Schatten gerichtet, er sah nicht einmal auf, als Emily zu ihm hinging, neben ihm stehen blieb und mit lauten Plopps kleine Steinchen in das brackige Wasser warf. Charlotte folgte mit etwas Abstand und erfreute sich am Gesang eines Vogels im Kirschbaum.

» Das muss besonders für die Kinder unglaublich schwer sein «, sagte Anne, als Mattie das Kleinkind wieder Jane übergab, die sich Richtung Francis in Bewegung setzte. » Vor

34

allem für den Großen, er war zwar noch ein Säugling, als seine richtige Mutter starb, aber jetzt auch noch die Stiefmutter zu verlieren ... das hier ist derzeit wohl kaum der richtige Ort für so kleine Kinder, hier herrschen so viel Gewalt und Unsicherheit. Es kommt einem ja fast so vor, als würden sie von all dem nichts bemerken, aber kleine Kinder bekommen doch viel mehr mit, als wir gemeinhin denken.«

Anne senkte den Blick und gab sich kurz ihren eigenen schmerzhaften Erinnerungen hin. »Ich war noch sehr klein, als wir unsere Mutter verloren. Ich erinnere mich daran, wie mir immer wieder eingeschärft wurde, leise zu sein. Wie ich im kleinsten Zimmer auf dem Boden saß, Papierschnipsel ausschnitt und malte, um mir die Zeit zu vertreiben. Ich war noch viel zu jung, um zu verstehen, dass ich auf den Tod meiner eigenen Mutter wartete.«

»Ich war am Sterbebett meiner Mutter«, hauchte Mattie. »Ich weiß noch, wie sie vor Schmerzen schrie und wie ich einfach nur noch wollte, dass das aufhörte. Und als sie dann verstummte, wünschte ich, sie würde noch einmal schreien.«

Anne nahm Matties Hand, verflocht ihre Finger mit Matties. Der Tod war ihnen allen ein ständiger Begleiter, eigentlich sollte niemand von ihm überrascht sein, wenn er hin und wieder anklopfte, und doch gab es kein Mittel gegen den herzzerreißenden Schmerz der Trauer.

Anne war kaum älter als Archie gewesen, als die Mutter der Brontë-Geschwister starb, aber der Schmerz jener langen Stunden hatte sich mit einigen verschwommenen Bildern in ihr Unterbewusstsein gebrannt. Sie hatte damals die Stille nicht verstanden, das leise Weinen, das ausgelaugte Gesicht ihres Vaters. Selbst jetzt fragte sie sich, ob sie sich wirklich selbst erinnerte oder ob es die ihr häufig erzählten Geschichten waren, die Eingang in ihr Gedächtnis gefunden hatten. Sollte Gott sie jemals mit eigenen Kindern segnen, würde sie wollen, dass ihre Söhne und Töchter sie hautnah kennenlernten. Sie als eine Frau aus Fleisch und Blut in Erinnerung behielten, nicht nur als eine vage, heilige Skizze, wie das Bild, das Anne von ihrer Mutter hatte – vermittelt durch all jene, die das Glück hatten, Maria Brontë zu Lebzeiten gekannt zu haben. Aber das war die Gefahr, die der Mutterschaft innewohnte: dass die Frau in dem Augenblick, in dem sie ihren Zweck erfüllte und neues Leben gebar, riskierte, ihr eigenes Dasein zu opfern.

»Der kleine Archie vermisst seine Mutter ganz fürchterlich«, sagte Mattie. »Er hat gerade erst gelernt, nach ihr zu verlangen, und jetzt hört er nicht mehr auf. Er versteht einfach nicht, wo sie ist. Und Francis ... Der arme Junge, erst verliert er seine eigene Mutter, und kaum hat er Vertrauen zu Elizabeth gefasst, wird auch sie ihm entrissen. Und der Vater der beiden ... Er ist viel zu verstört, um sich um die Kleinen zu kümmern.«

»Könnten sie denn nicht bei ihren Großeltern unterkommen? Mrs Chesters Eltern, wenn Mr Chesters Eltern bereits verstorben sind?« Anne biss sich auf die Lippe, während sie Emily beobachtete, die treu schweigend neben dem Jungen stand.

»Die Honeychurches? Das möchte Mr Chester nicht.« Mattie schüttelte sorgenvoll den Kopf. »Er sagt, bei ihm sind die Kinder am sichersten, aber wie kann er das sagen, wenn«, Mattie sprach deutlich leiser weiter, »seine eigene Frau höchstwahrscheinlich in ihrer Schlafkammer unter seinem Dach abgeschlachtet wurde? Wie kann irgendjemand hier sicher sein, solange der Täter nicht gefasst ist?«

»Nun los schon, Master Francis!«, rief Jane dem älteren Jungen zu, der daraufhin auf sie zutrottete, den Blick beständig am Boden.

»Was wird denn unternommen, um die Sache aufzuklären?«, fragte Emily, die dem Teich den Rücken zukehrte und sich Jane und den Jungs anschloss. »Ich dachte, im Haus würde es vor Männern des Gesetzes wimmeln, und auf der Straße wären Suchtrupps unterwegs, aber alles wirkt sehr ruhig.«

»Der Wachtmeister war bereits hier und hat Mrs Chesters Kammer untersucht«, erzählte Mattie. »Es gab Anzeichen eines Kampfes, die Laken waren teilweise zerrissen, und dann das viele Blut ... Aber wie der Angreifer ins Haus gekommen ist und mit der toten oder lebendigen Mrs Chester unbemerkt wieder verschwinden konnte, bleibt rätselhaft, auch dem Wachtmeister. Er sprach erst mit Mrs Crawley und dann mit mir, fragte uns, was wir gehört oder gesehen hatten, dann sprach er mit Mr Chester. Mr Chester hat ihm erzählt, dass sich in letzter Zeit im Wald einige Zigeuner herumgetrieben und gewildert haben und dass er glaubt, sie könnten seine Frau mitgenommen haben, denn sie sind jetzt alle weg. Daher vermute ich, dass der Wachtmeister auf der Suche nach diesen Zigeunern ist.«

»Hast du diese Zigeuner gesehen?«, fragte Anne.

»Ich habe sie ein-, zweimal im Dorf gesehen. Habe etwas Heidekraut von einer Alten gekauft, aber auf Chester Granges Ländereien habe ich sie nie gesehen. Mr Chester wollte nicht, dass ich mit den Jungs in den Wald ging, solange die Zigeuner da waren, und schärfte mir ein, stets in Sichtweite des Hauses zu bleiben.«

»Verstehe«, sagte Emily. »Wo hatten sie ihr Lager?«

»Im Wald hinter dem Haus«, sagte Mattie. »Richtung Arunton.«

»Mr Chester wird also nicht verdächtigt?«, fragte Emily. »Es passiert doch häufig, dass die, die dem Opfer am nächsten stehen, für dessen Ableben verantwortlich sind.«

»Ach ja? Und woher wissen wir so was?«, fragte Charlotte spitz.

» Aus der Zeitung «, sagte Emily. » Und man muss auch nur aus dem Fenster des Pfarrhauses gucken, um die Männer zu sehen, die in Haworth ihre Frauen misshandeln, Kinder töten und Gift einsetzen, Charlotte. «

Charlotte schürzte die Lippen, doch Anne wusste, dass sie nicht widersprechen konnte. Ihr Vater machte kein Geheimnis aus den dunklen Seiten seiner Arbeit, und ein Spaziergang durch das Dorf reichte, um das zu demonstrieren, was Emily gerade gesagt hatte: Am grausamsten behandelten die Menschen die, die ihnen am nächsten standen.

» Der Wachtmeister hegt keinen Verdacht gegen Mr Chester – er kommt für ihn als Täter nicht infrage «, sagte Mattie. » Wie auch? Schließlich hat Mr Chester selbst die Polizei gerufen. Allerdings … « Sie sprach leiser und neigte sich den Schwestern zu. » Ein ganzes Jahr bevor er wieder heiratete, war ich mit Mrs Crawley und Mr Chester alleine hier. In der Zeit habe ich ihn als einen anständigen, ehrbaren Mann kennengelernt, und ich habe ihn sehr bewundert. Er sprach oft sehr liebevoll von seiner ersten Frau, sagte, wie sehr er ihre Gesellschaft vermisste und … und dann verkündete er, er wolle wieder heiraten. Doch schon wenige Monate nach seiner Heirat mit Elizabeth Chester war er nicht mehr wiederzuerkennen … Als hätte sich die ganze Zeit ein ganz anderer Mann in ihm versteckt und nur auf den Moment gewartet, in dem er sich eine neue Frau nahm, um dann mit stetig zunehmendem Grimm aus ihm hervorzubrechen. «

» Er war also ein gewalttätiger Ehemann? «

» Ja, sehr sogar «, sagte Matilda. » Zu sehen, wie der Mann, den ich als so sanftmütig und liebevoll erlebt hatte, sich Elizabeth gegenüber in ein solches Scheusal verwandelte, war – ist – für mich völlig unfassbar. Als ich die Stelle hier antrat, erzählte er mir, seine erste Frau sei einem Fieber erlegen, aber das war gelogen. Im Dorf ist bekannt, dass sie eines gewaltsamen Todes starb.«

»Du meinst, er hat sie umgebracht?«, japste Anne.

»Nein ... jedenfalls nicht eigenhändig.« Mattie schlang die Arme um sich selbst und schauderte. »Die arme Imogen Chester ist von einer der Zinnen in den Tod gesprungen, und obwohl viele Dorfbewohner Angst haben, ihr Vermieter könnte sie hinauswerfen, wenn sie ihm übel nachreden ... Wenn man genau hinhört, entgeht einem nicht, wie sie einander zuflüstern, dass Chester sie mit seiner Grausamkeit in den Freitod getrieben hat.«

»Die Ärmste«, sagte Anne. »Wie einsam und verloren muss man sich fühlen, wenn man seinen Platz bei Gott verwirkt, nur um der irdischen Pein zu entkommen.«

»Ganz gleich, wie die erste Mrs Chester gestorben ist – die zweite Frau unter solch ungewöhnlichen Umständen zu verlieren ist wirklich eine Tragödie«, sagte Emily. »Zwei Ehefrauen weg – eine tot und die andere höchstwahrscheinlich auch.«

»Von allen Menschen, die dieses Verbrechen begangen haben könnten, ist Mr Chester in der Tat der, der es am besten vertuschen könnte«, merkte Anne an. »Ein Mann in seiner Position, der sich mit den Gesetzen auskennt, kann durchaus darauf setzen, mit einem Mord davonzukommen – jedenfalls bis er seinem Schöpfer gegenübertritt.«

»Aber wo ist ihre Leiche?«, sagte Emily. »Und warum nahm er sich die Zeit, eben diese zu entfernen, aber nicht die anderen Spuren des Verbrechens?«

»Vielleicht wurde er gestört?«, warf Anne nachdenklich ein. »Mattie, was hast du am Tag vor der Tat und in der Nacht gesehen und gehört?«

»Der Tag davor verlief ganz normal, abgesehen davon, dass Mrs Chester unpässlich war und sich die meiste Zeit des

Tages in ihre Kammer zurückgezogen hatte. Ich habe Tee, Suppe und leichte Mahlzeiten für sie zubereitet. In der Nacht gab es ein fürchterliches Gewitter.« Matties Blick verfinsterte sich bei der Erinnerung daran. »Blitz, Donner, der Wind riss beinahe die Fenster aus den Angeln. Darum war ich fast die ganze Nacht wach, wogegen die Kinder praktisch durchschliefen. Der Lärm des Gewitters wurde durch das Haus noch verstärkt – der Regen klang wie Kieselsteine auf dem Dach, der Wind heulte in den Schornsteinen. Ich dachte ... ich dachte, ich hätte einen Schrei gehört, aber ich bin mir nicht ganz sicher.« Sie sah kurz zum Haus und wieder weg, als mache ihr allein der Anblick Angst. »Jede Nacht sind seltsame Geräusche zu hören ... und es kommt zu ... Zwischenfällen.«

»Zu Zwischenfällen?« Emily neigte den Kopf zur Seite, und Anne sah jenes vertraute Funkeln in ihren Augen. Ihre Schwester liebte seltsame Zwischenfälle.

»Das Haus ist sehr alt«, wand Mattie sich. »Holz knarrt, Glas klirrt – und sehr oft ist es trotz Feuers im Kamin so kalt hier, dass beim Atmen diese Wolken entstehen. Nachts, wenn alle schlafen, kann man sich leicht einbilden, Schritte im Flur zu hören oder ein Weinen aus den leeren, verschlossenen Zimmern. Jane bleibt nie über Nacht hier, aus Angst vor dem Geist der ersten Mrs Chester. Und ja, in jener Nacht glaubte ich, einen Schrei zu hören, aber vielleicht war es auch nur der Ruf einer Eule oder das Bellen eines Fuchses – ich weiß es nicht.«

»Und du warst die Erste am blutigen Ort des Geschehens?«, fragte Anne.

»Ganz genau.« Matties Stimme brach, sie senkte den Blick. »Eigentlich bräuchten wir ein Kindermädchen für den Kleinen, aber Mr Chester will nicht mehr Gesinde im Haus haben als Mrs Crawley und mich – er legt Wert auf Privatsphäre. Abgesehen davon, bestand Mrs Chester von Anfang an darauf, so viel Zeit mit dem Baby zu verbringen, wie es jede andere Mutter auch getan hätte. Sie sagte so oft, dass die Mutterschaft ein Privileg sei, mit dem nicht leichtfertig umgegangen werden dürfe. Sie liebt den Kleinen sehr. So sehr, dass es Mr Chesters Eifersucht weckte ... « Sie hielt kurz inne. » Wir hatten diese Routine entwickelt, dass ich ihr Archie noch vor dem Frühstück brachte. An dem Tag aber schlief der Kleine noch, darum wollte ich ihr lediglich etwas Tee bringen, dem Herrn sei Dank. Denn wenn der Junge gesehen hätte, was ich sah ... Ich kann nicht ... ich weiß nicht ... «

Mattie schlug die Hände vors Gesicht und wandte sich mit zuckenden Schultern von den Schwestern ab. Anne überließ Charlotte die Führung, die die Hände ihrer Freundin ergriff und Mattie fest ansah, bis die schreckliche Erinnerung abgeklungen war und Mattie sich wieder beruhigte.

» Und von Mrs Chester keine Spur? «, fragte Emily nachdenklich, nur um ziemlich unverblümt hinzuzufügen: » Also, keine Leiche? Ich kann mir das überhaupt nicht vorstellen, dass ein Täter, der in das Haus eingebrochen ist, ein Landstreicher oder sonstiger Schuft, anschließend die Leiche mitgenommen hat. Wieso sollte er das tun? Es gibt nur eine vernünftige Erklärung: Die Leiche würde verraten, wer der Angreifer war. «

» Oder aber «, sagte Anne, » es gibt gar keine Leiche. Vielleicht ist Mrs Chester gar nicht tot? «

» Aber da war so viel Blut. « Mattie schüttelte den Kopf. » Mehr, als ein Mensch entbehren kann. Ich bin mir sicher, dass meine Herrin das nicht überlebt haben kann. «

Die Frauen schwiegen, der Wind zupfte an ihren Röcken, und in den Bäumen riefen die Krähen einander zu.

» Also, wenn Mr Chester nicht gründlich befragt wird, dann ist das ein Skandal «, erklärte Charlotte. » Ein Skandal, gegen den sofort etwas unternommen werden muss. Wir müssen Vater davon erzählen oder der Zeitung und verlangen, dass gehandelt wird!«

»Ja«, sagte Emily. »Genau das sollten wir tun. Oder aber, liebe Charlotte, wir bringen unsere eigene Intelligenz zum Einsatz, um Mattie zu schützen und die Wahrheit über das Schicksal der zweiten Mrs Chester herauszufinden. Würdest du uns zu ihrer Kammer bringen, Mattie, damit wir alles mit eigenen Augen sehen können?«

»Zu welchem Zweck, Emily?«, fragte Anne einigermaßen erstaunt über die plötzliche Entschlossenheit ihrer Schwester. »Was kann eine leere Kammer dir schon sagen? Außer dass du eine morbide Neugier hegst?«

»Vielleicht entdecken wir etwas Neues. Etwas, das wir, die wir diesem Haus und seinen Bewohnern zum ersten Mal begegnen, möglicherweise sehen und die anderen nicht? Unser Vater hat uns gelehrt, neugierig zu sein, Anne. Es kann doch keine Sünde sein, Antworten auf Fragen zu suchen, die mit dem Leben oder Ableben einer Frau zu tun haben, oder?«

»Und falls Matildas Befürchtungen sich bestätigen sollten – falls Chester tatsächlich der Täter sein sollte, dann muss etwas unternommen werden, um ihn seiner gerechten Strafe zuzuführen«, sagte Charlotte. »Ich glaube, ein wohlformulierter Brief an eine höhere juristische Instanz, in York zum Beispiel oder in Leeds, würde da schon einiges bewirken. Aber wir sollten uns doch so umfassend wie irgend möglich mit allen Aspekten dieses Falls befassen, bevor wir Anschuldigungen aussprechen, oder was meinst du, Anne?«

Anne begegnete Charlottes Blick, in dem die Bitte um Erlaubnis lag.

»Nun, in dieser Welt, in der Männer ihre Frauen schlagen und sich ihnen mit Gewalt aufdrängen dürfen, ja, sie sogar töten und damit ungeschoren davonkommen, in der Frauen vor der Gesellschaft und dem Gesetz kaum mehr sind als Gegenstände und Eigentum, wäre es vielleicht an der Zeit, dass jemand versucht, dem etwas entgegenzusetzen. Schon Elizabeth Chester und den unschuldigen mutterlosen Kindern zuliebe. Und wenn wir es sind, denen diese Aufgabe zufallen soll, wenn wir die frischgebackenen Ermittlerinnen sein sollen, dann möchte ich mich dieser Verantwortung nicht entziehen.« Sie nickte entschlossen. »Zeig uns ihre Kammer, Mattie.«

»Das kann ich nicht.« Mattie schüttelte den Kopf. »Mrs Crawley hat die Kammer bereits gesäubert. Sie hat alles Blut weggeschrubbt, es gibt nur noch eine leere Kammer zu sehen. Außerdem hat sie es uns verboten, und wenn wir erwischt werden, bricht die Hölle los.«

»Dafür gibt es doch eine ganz einfache Lösung.« Emily stapfte bereits auf das Haus zu. »Wir lassen uns nicht erwischen.«

Kapitel 4

Anne

Mr Chesters Eigenart, so wenig Gesinde wie möglich einzustellen, hatte durchaus seine Vorteile, dachte Anne, als sie Charlotte und Emily durch die geheimen Dienstbotengänge folgte, die die eichenvertäfelten Wände von Chester Grange zu durchlöchern schienen. Immerhin war es Mattie so möglich gewesen, die Schwestern unbemerkt durch die Küche zu lotsen, wo Mrs Crawley in ihrem Sessel ein Nickerchen machte. Im Obergeschoss angekommen, achteten sie alle sehr darauf, sich möglichst geräuschlos zu bewegen und nicht einmal zu flüstern.

Mattie hatte einen Kerzenstummel angezündet, um sie durch das fensterlose Labyrinth zu führen. Die Flamme brachte nur einen kleinen lichten Kreis in die ansonsten sich endlos anfühlende Dunkelheit. Kaum erleuchtete die Kerze wenige Fuß vor ihnen, legte sich auch schon wieder Finsternis hinter sie, so hautnah, als puste sie ihnen in den Nacken.

In der auferlegten Stille kam Anne nicht umhin, darüber nachzudenken, dass diese versteckten Treppen und hinteren Flure, die dazu gedacht waren, die Dienerschaft unsichtbar zu machen, reichlich Gelegenheit boten, unbemerkt eine Leiche verschwinden zu lassen – aber nur, wenn man das Haus und alle seine Finessen gut kannte. Bewegten sie sich womöglich in den Fußstapfen eines Mörders?

Sie war noch nie so froh über ein Wiedersehen mit dem

Tageslicht gewesen wie jetzt, als Mattie sie alle auf einen langen Treppenabsatz führte, an dessen beiden Enden sich riesige Fenster befanden.

»Und das war ... *ist* ... Mrs Chesters Kammer«, flüsterte Mattie ihnen zu, blieb stehen und öffnete die Tür. »Beeilt euch – wenn sie euch hier drin erwischen, sind wir alle dran.«

Mattie trat beiseite, um die Schwestern vorbeizulassen. Sie selbst blieb draußen stehen, angeblich, um den langen, dunklen Flur im Auge zu behalten, doch Anne hatte das Gefühl, die Gouvernante wollte auf keinen Fall diese Schwelle noch einmal übertreten.

Erst wirkte die Kammer wie ein sehr dunkler und unwirtlicher Raum für eine junge Frau, die bleiverglasten Fenster waren verhüllt von schweren roten Samtvorhängen, die nur äußerst spärliches Licht hereinließen.

Anne, die plötzlich das Gefühl hatte, im Kopf der anderen Frau gefangen zu sein, bewegte sich bis zur Mitte der Kammer weiter, während Charlotte noch bei der Tür stand und die Augen zusammenkniff; Emily hatte wie ihr einem Kaninchen hinterherschnüffelnder Hund Keeper die Nase am Fußboden und spähte unter das Bett. Anne war sich sicher, dass sich in diesem Raum viel Trauriges und Sorgenvolles zugetragen hatte – und zwar schon lange bevor es zu der Gewalttat kam: Alles in dieser Kammer schien Beklemmung und Verzweiflung zu verströmen. Anne wusste nicht, was genau ihr sagte, dass Elizabeth Chester eine unglückliche Frau gewesen war, aber irgendwie schien es in jedem sorgfältig positionierten Gegenstand auf der Frisierkommode geschrieben zu stehen, in den ordentlich nebeneinanderstehenden, tadellosen Stiefeln und selbst im Staub, der auf den Gemälden an der Wand lag. Auf dem Nachttisch lag ein Skizzenblock, Annes eigenem nicht unähnlich. Anne blätterte darin und fand Aquarellzeichnungen des Hauses und der Ländereien, aber es waren die Kinderporträts, die Anne erstarren ließen. Elizabeth Chester hatte in den Zeichnungen von den beiden Jungen mehr eingefangen als nur ihre Äußerlichkeiten. In der Darstellung von Archie lag in jedem einzelnen Strich so viel Liebe und Zuneigung: die Hingabe zwischen einer Mutter und ihrem kleinen Kind. Und in ihrer Darstellung von Francis sah man einen Hoffnungsschimmer in den verletzlichen Augen, die Sehnsucht nach Liebe im leicht verzerrten Mund. Es waren die Zeichnungen einer nachdenklichen Frau, einer leidenschaftlichen und gütigen Mutter, die der Welt nun gewaltsam entrissen worden war. Wer hatte sie auf dem Gewissen, und warum?

»Lag der Teppich hier, als du gestern früh reinkamst?«, fragte Anne Mattie, nachdem ihr ein helleres Rechteck auf dem Holzboden aufgefallen war.

»Nein.« Finster schüttelte Mattie den Kopf. »Der war da schon weg, und die Tagesdecke vom Bett auch. Die Matratze ist aber erst hinterher entfernt und vernichtet worden – sie war blutdurchtränkt. Ihr könnt ja selbst sehen, wie weit das Blut im ganzen Raum verteilt war.«

In der Tat war zu erkennen, wo das Blut gewesen war – nämlich überall dort, wo Boden und Wände jetzt blitzsauber waren. Streifen helleren Olivgrüns zogen sich vom Fußboden bis zur Decke über die Wände, vermutlich waren die dortigen Blutspritzer mit einem solchen Eifer abgewaschen worden, dass der Putz durch die mürbe Tapete schien. Der Fußboden rund um das Bett war regelrecht rau geschrubbt worden und wies nun eine Art Negativdarstellung der Blutlachen auf. Anne fand das alles entsetzlich genug.

»Steine.« Emily kam wieder auf die Füße und stakste über die geschrubbten Bodenbereiche, als seien sie immer noch rote Pfützen. Sie nahm eine Handvoll Kieselsteine vom Kaminsims – die einzigen unordentlich herumliegenden Gegenstände in dieser Kammer. Emily zeigte Anne und Charlotte, was sie in der Hand hielt. »Merkwürdiges Andenken für eine junge Frau.«

»Vielleicht hat Francis sie für sie gesammelt«, sagte Charlotte. »Weißt du noch, wie wir als Kinder immer mit den Taschen voller Steine und Eierschalen, Federn und Moos nach Hause kamen, stolz, als hätten wir die größten Schätze der Welt gefunden?«

»Vielleicht.« Emily ließ einen der Kiesel in ihre Tasche gleiten, dann legte sie die anderen zurück auf den Sims. Brüskiert forderte Anne sie auf, alle wieder zurückzulegen, doch wozu? Gleich draußen vor dem Fenster gab es Tausende dieser Steine, Millionen davon bildeten die Landschaft, die sie so liebte. Wenn diese kleinen Kiesel hier für Elizabeth Chester von besonderer Bedeutung gewesen waren, dann war sie ja jetzt nicht mehr hier, um zu erzählen, warum. Anne befiel bleierne Angst. Mattie hatte recht, die junge Frau, die so voller Liebe und Hoffnung in dieses Haus eingezogen war, war tot – eine andere Erklärung konnte es nicht geben für diese entsetzliche Trostlosigkeit.

»Da kommt jemand!«, zischte Mattie vom Flur und winkte hektisch. »Schnell!«

Die drei eilten aus dem Zimmer, dann hörten sie die leichten Schritte einer Frau auf den Eichendielen. Mrs Crawley war ihnen bei ihrer ersten Begegnung sehr schwerfällig und langsam vorgekommen, bewegte sich jetzt aber durchaus zielstrebig.

Mit einem gezielten Handgriff öffnete Mattie eine Tür in der Wandvertäfelung, und alle vier quetschen sich hinein. Mattie zog die Geheimtür gerade rechtzeitig zu, bevor Mrs Crawley auf derselben Höhe war. Sie hörten, wie die Tür gegenüber geöffnet wurde, die Tür zu Elizabeths Kammer, und wie sie wieder geschlossen wurde, und dann war alles still.

»Wir müssen weg!«, zischte Mattie. »Sie wird bestimmt hier nachsehen!«

Sie traten den Rückweg an, nahmen dieselbe Route wie zuvor, nur dieses Mal in totaler Finsternis. Tastend liefen sie so schnell sie konnten an den Wänden entlang und landeten schließlich in der kühlen Küche, von wo aus sie ins Freie gelangten.

»Ganz gleich, was passiert«, sagte Anne, holte tief Luft und zupfte eine Spinnwebe aus Charlottes Haar, »ich muss wissen, was Elizabeth Chester widerfahren ist. Ich werde nie wieder eine ganze Nacht durchschlafen können, solange ich keine Gewissheit darüber habe, was aus der armen jungen Frau geworden ist. Ich kann nicht in einer Welt leben, in der man einen Menschen wie mich einfach so verschwinden lassen kann. Das lasse ich einfach nicht zu.«

Ihre Schwestern versuchten nicht, ihr das auszureden. Sie alle hatten in diesem Raum gestanden, dessen Bewohnerin so spürbar fehlte, und sie alle waren sich einig.

Kapitel 5

Charlotte

»Wenn es tatsächlich Chester selbst war, dann hat er genügend Grund und Boden, um die Leiche zu verstecken«, stellte Charlotte fest, als die drei Frauen sich weit genug vom Haus entfernt hatten, um sich wieder ein wenig zu entspannen. Charlotte hatte nicht erwartet, dass der Anblick von Elizabeth Chesters Kammer sie so mitnehmen würde, doch das leere, skeletthafte Bettgestell und die privaten Überreste ihres kleinen, geordneten Lebens hatten Charlotte zutiefst bewegt. In der sehr übersichtlichen Sammlung aus Artefakten, die landauf, landab wohl in Tausenden von Kammern zu finden waren, hatte Charlotte auch Gegenstände entdeckt, die sie selbst aufbewahrte. Nur wenige wussten besser als Charlotte, wie schnell ein Leben enden konnte, das war der Lauf der Natur. Das Leben einer Frau aber endete nicht selten gewaltsam. Charlotte war klar, dass dies kein Spiel war, keine Zerstreuung von ihrer eigenen Trostlosigkeit.

»Ein Wald, ein Teich, ein Keller – er hatte Zeit, die Leiche in den fehlenden Teppich einzuwickeln und verschwinden zu lassen –, er konnte sie sonst wo auf seinen zwanzig Morgen verstecken.« Emily wandte sich an ihre Schwestern, und mit einer ausladenden Geste deutete sie an, wie weit sich die Ländereien erstreckten: so weit das Auge reichte. »Es ist der perfekte Ort für einen Mord.«

49

»Aber wäre er denn stark genug dafür?« Charlotte bemühte sich sehr, sich auf das Rätsel zu konzentrieren statt auf die vermisste Frau und die kümmerlichen Überreste ihrer Habseligkeiten. »Mattie hat gesagt, es war eine stürmische Nacht – es ist nicht leicht, bei strömendem Regen und Blitz und Donner eine Grube zu graben.«

Matties Blick huschte von einer Schwester zur anderen. »Als ich schreiend zu meinem Herrn lief, um ihm zu erzählen, was ich entdeckt hatte, lag er schlafend im Bett. Keinerlei Anzeichen dafür, dass er draußen im Regen gewesen war. Keine schlammigen Stiefel, keine nassen Sachen oder Haare.«

»Um wie viel Uhr geht man auf Chester Grange zu Bett, Mattie?«, fragte Charlotte.

»Also, die Kinder und ich sind immer spätestens um sieben in unseren Zimmern«, sagte Mattie. »Ich nehme fast alle Mahlzeiten mit den Kindern ein. Mrs Chester ging in der Regel kurz darauf zu Bett, wenn sie konnte, aber Mr Chester blieb oft die ganze Nacht auf und trank, und manchmal bestand er darauf, dass seine Frau ihm Gesellschaft leistete.«

»Aber Elizabeth Chester war daran gar nicht gelegen?«, fragte Anne.

Mattie schüttelte den Kopf. »Als sie ihn heiratete, glaubte sie, ihn zu lieben, denn wie ich bereits sagte: Mein Herr kann sehr charmant sein.« Der Anflug eines Lächelns auf ihrem Gesicht erstarb sofort wieder. »Aber kaum hatte er sie erobert, langweilte sie ihn. Nach und nach, im Laufe der Monate, wandte sie sich mir zu, vertraute sich mir an, bis wir Freundinnen geworden waren. Sie erzählte mir, wie sehr sie die Kinder liebte, dass sie die Eheschließung bereute und Angst hatte. Jeden Tag hoffte sie darauf – und ich mit ihr –, dass der gütige, anständige Mann zurückkehren würde, den wir beide gekannt hatten. Aber das Gegenteil war der Fall: Das Monster wuchs immer weiter. Ich weiß, dass er sie mehr als einmal geschlagen hat. Sie tat natürlich ihr Bestes, es vor allen – auch vor mir – zu verbergen, aber ich habe die blauen Flecken gesehen. Und trotzdem kann er sich jetzt, da sie verschwunden ist, vor Trauer kaum halten, ist fast gebrochen.«

»Und an dem Abend? Hatte er an dem Abend auch nach Elizabeth Chesters Gesellschaft verlangt?«

Mattie dachte kurz nach. »Nein. Nein, wie ich bereits sagte, hat sie die meiste Zeit des Tages im Bett verbracht.«

»Und Mrs Crawley?«, fragte Charlotte.

»Geht nie zu Bett, bevor ihr Herr zu Bett gegangen ist«, erklärte Mattie. »Ich habe sie schon oft schlafend auf dem Pförtnerstuhl im Flur gesehen, und manchmal saß sie die ganze Nacht da, weil er besinnungslos in der Bibliothek auf dem Boden lag.«

»Aber vorgestern Nacht war er in seinem Bett, sagst du?«

Mattie nickte. »Ich weiß nicht, wann er zu Bett gegangen ist, aber ich weiß, dass er in seinem Zimmer war, als ich ihn morgens weckte.«

»Das heißt, zwischen zwanzig Uhr und ... sechs Uhr, als du Mrs Chester ihren Tee brachtest, hatte Chester oder ein unbekannter Angreifer ausreichend Zeit, vollkommen ungestört sein Verbrechen zu begehen und Mrs Chester von hier zu entfernen, tot oder lebendig. Zehn Stunden. Das ist mehr als genug Zeit für jeden Verbrecher, sich Zutritt zum Haus zu verschaffen – selbst wenn er noch bis Mitternacht gewartet hätte. Nach allem, was wir bisher über die zeitlichen Abläufe wissen, können wir also noch nicht mit Bestimmtheit sagen, dass Chester für das Verschwinden seiner Frau verantwortlich ist.«

»Nein.« Annes Stirn wies tiefe Sorgenfalten auf. »Vielleicht nicht nach allem, was wir *gesehen* haben, Charlotte. Aber wir haben doch auch ein *Gefühl*. In der Kammer war eine Atmosphäre zu spüren – oder ging das nur mir so?«

» Ich glaube kaum, dass Gefühle die Grundlage der Arbeit einer Ermittlerin sein sollten, Anne «, meinte Charlotte.

» Aber es liegt doch auf der Hand, dass jemand, der mit den komplizierten Geheimgängen auf Chester Grange vertraut ist, sich viel leichter der Toten hätte entledigen können als ein Fremder «, entgegnete Anne ein wenig defensiv.

» Genau, und darum könnte es jeder gewesen sein, der irgendwann einmal in diesem Haus gearbeitet hat «, gab Charlotte zu bedenken. » Jetzt muss Mattie sich erst mal wieder ihren Pflichten zuwenden, so schwer es ihr auch fallen mag, damit Mrs Crawley nicht misstrauisch wird, und wir müssen gehen. « Sie hielt inne. » Aber niemand sagt, dass wir schnell oder durch das Haupttor gehen müssen. Mattie sagte, die Zigeuner hätten im Wald gelagert, auf dem Bergkamm hinter dem Haus. Da könnte man doch auch mal nach Spuren von Elizabeth Chester suchen. Wir können unmöglich die gesamten Ländereien durchkämmen, aber wir müssen Ausschau halten nach Fakten, die nur eine Deutung zulassen, nach unwiderlegbaren Beweisen. Wenn wir nicht versuchen, das Schicksal dieser Frau aufzuklären, wer wird es dann tun? «

» Oder wir gehen einfach nach Hause, üben Klavier, besticken ein paar Kissen und schreiben Gedichte. « Emily zuckte die Achseln.

Charlotte wandte sich zu ihrer hochgewachsenen Schwester um und hob das Kinn, um ihrem Blick zu begegnen.

» Ist es das, was du willst, Emily? «

» Nein, aber ... Nein, ich will nur sichergehen, dass du und Anne vorbereitet seid auf das, worauf wir uns da gerade einlassen wollen. Es könnte sein, dass das, was wir herausfinden, verstörend und vielleicht sogar gefährlich ist, und wenn man uns auf die Schliche kommt, wie wir uns einmischen und vielleicht ein paar Männern hohen Ansehens Schwierigkeiten bereiten, dann könnt ihr euch sicher sein, dass *unser*

Ruf und *unser* Leben darunter leiden werden.« Abwechselnd beäugte sie ihre Schwestern. »Unser Leben ist ruhig und einfach, aber es ist auch sicher und gesund. Ihr müsst euch darüber im Klaren sein, was wir mit einer solchen Unternehmung riskieren, es könnte sein, dass wir einen hohen Preis dafür bezahlen. Und vor allem ihr beide seid doch so empfindlich und zart.«

»Bin ich überhaupt nicht!«, widersprach Anne wütend und brachte Charlotte damit zum Lächeln. »Ich falle wenigstens nicht sofort in Ohnmacht, wenn ein Gespräch mit bestimmten Leuten bevorsteht, wie eine gewisse andere Schwester, Emily. Und außerdem haben wir es hier ganz klar mit einem Unrecht zu tun, und ganz gleich, welche Wahrheit sich dahinter verbirgt, muss das Unrecht korrigiert werden, da darf eine gute Christin nicht einfach zusehen und aus Angst schweigen. Warum sollten nicht wir es korrigieren? Vermutlich sind wir sogar die Einzigen, denen es überhaupt einen Versuch wert ist.«

Charlotte nickte. »Emily, du hast ganz recht, uns auf die möglichen Konsequenzen hinzuweisen. Aber ich glaube, jede Einzelne von uns hat sich bereits entschieden, ohne es laut ausgesprochen zu haben.«

Anne und Emily sahen sich an und nickten.

»Wir alle wollen wissen, was hinter dieser Sache steckt, ganz gleich, was es ist, und ich glaube nicht, dass irgendeine von uns Angst vor ein bisschen Gefahr hat. Wie ich bereits sagte, als Erstes sollten wir uns mal die Stelle im Wald ansehen, an der die Zigeuner ihr Lager aufgeschlagen hatten. Vielleicht ist da etwas Brauchbares zurückgeblieben, und ...«

»Nein! Ihr müsst sofort gehen!« Mattie fuhr auf, ihre Augen weiteten sich entsetzt, als sie über Charlottes Schulter sah. »Ihr müsst Chester Grange sofort verlassen, liebe Freundinnen – mein Herr kehrt aus der Stadt zurück.«

»Verlassen? Ich glaube kaum.« Charlotte beäugte die sich auf einem Pferd nähernde Gestalt, dicht gefolgt von einigen Hunden. »Jetzt bietet sich doch eine perfekte Gelegenheit, diesen Herrn mal in Augenschein zu nehmen.«

Kapitel 6

Charlotte

Charlotte wich keinen Zoll zur Seite, als der Reiter sein edles schwarzes Ross auf sie zulenkte, wie angewurzelt blieb sie stehen.

Vier massive Deerhounds preschten bellend auf sie zu, und zarter besaitete junge Frauen hätte das vielleicht verängstigt, nicht jedoch Charlotte und Anne, und schon gar nicht Emily, die sofort in die Knie ging und die Arme nach den Hunden ausstreckte. Sie ließ es zu, dass sie ihr über das Gesicht leckten, und lachte.

»Aufstehen, Emily!«, zischte Charlotte ihrer Schwester zu, doch selbst Chester konnte sich ein Lächeln nicht verkneifen, als Emily sich auch den Hals abschlecken ließ, und Charlotte bemerkte, dass es ein wohlwollendes Lächeln war – ein Lächeln, das einem das Gefühl gab, etwas richtig gemacht und dafür eine Belohnung verdient zu haben.

»Ich glaube fest daran, dass meine Hunde bessere Menschenkenner sind als ich«, sagte Chester freundlich und an Emily gewandt. »Und darum scheint mir, Sie müssen eine sehr angenehme Person sein, Madam. Wenn Sie das nicht wären, hätten die Hunde Sie längst gebissen. Ich habe ihnen beigebracht, fremde Menschen immer erst einmal anzufallen.«

»Meine Erfahrung sagt mir, dass Hunde häufig viel angenehmere Zeitgenossen sind als die meisten Menschen«, entgegnete Emily und stützte sich an einem Hundekopf ab, um sich wiederaufzurichten. »Bei einem Hund weiß man immer, woran man ist. Hunde verstellen sich nicht, sie sind ehrlich – was man von Menschen nicht unbedingt behaupten kann.«

Provozierend sah Emily ihn an – zu provozierend, fand Charlotte. Ihre jüngere Schwester wusste so wenig über die Kunst der subtilen Konversation.

»Verzeihen Sie bitte meiner Schwester.« Charlotte trat einen Schritt vor. »Sie vergisst, dass Sie derzeit ganz andere Sorgen haben als das Verhalten irgendwelcher Tiere.«

»Ganz im Gegenteil«, sagte Chester. »Ich bin für die kleinste Ablenkung von den Sorgen, auf die Sie gerade hinweisen, äußerst dankbar, Miss …?«

»Brontë, Sir.« Charlotte deutete einen Knicks an. Das Pferd maß sicher über achtzehn Faust, dachte Charlotte, die sich mit Pferden allerdings nur wenig auskannte. Mit Männern kannte sie sich kaum besser aus, aber das hielt sie nicht davon ab, sich ein Urteil über den Mann im Sattel zu bilden. Mr Chester war gut gebaut, groß und stark, mit einem großen, löwenähnlichen Kopf und der dazugehörigen dichten, dunklen Mähne. Er war gut gekleidet, wenn auch an seinem Mantel ein Knopf fehlte. Sein von Kinderkrankheiten zerklüftetes und vernarbtes Gesicht war sehr interessant, seine Augen glühten. Ja, man konnte ihn als attraktiv bezeichnen, befand Charlotte. Obwohl das Äußere nur sehr wenig mit den inneren Werten eines Menschen zu tun hatte – davon war Charlotte zutiefst überzeugt –, konnte sie verstehen, dass ein Mann wie Mr Chester weniger vernünftige und besonnene Frauen als sie nur allzu leicht in seine Fänge locken konnte.

»Miss French.« Mr Chester neigte den Kopf Richtung Mattie, während sein Blick weiter auf Charlotte ruhte und er das schöne Tier unter sich zügelte. »Warum sind Sie nicht bei meinen Söhnen?«

»Mrs Crawley hat es mir aufgrund der … Umstände gestattet, Gäste zu empfangen, Sir, und Jane ist bei den Jungen, aber ich werde jetzt sofort wieder zu ihnen gehen.« Charlotte registrierte, wie Mattie ihren Arbeitgeber höchst interessiert ansah. Ihr Blick hatte etwas sehr Vertrautes, fast schon Intimes. Keine Sekunde wich dieser Blick von Mr Chesters Gesicht, und dafür, dass Mattie diesen Mann mit einem Monster verglichen hatte, fand sich in ihrer Miene erstaunlich wenig Beklommenheit und umso mehr gespannte Faszination. Hatte sie Monsieur Héger nicht genauso angesehen? Um den unangenehmen Moment zu beenden, hüstelte Charlotte höflich, und schon fing Mattie wieder an zu sprechen.

»Sir, darf ich Ihnen Miss Charlotte, Miss Emily und Miss Anne Brontë vorstellen, die Töchter des Pfarrers von Haworth.«

»Unter anderen Umständen wäre ich ganz sicher hocherfreut, Ihre Bekanntschaft zu machen«, sagte Mr Chester und ließ dabei den Blick zum Haus wandern, als sei er selbst bereits auf dem Weg dorthin. »Aber wie Sie ja wissen, haben wir …«

Keine der Frauen wusste recht, wie sie reagieren sollte, als Chester einfach verstummte. Charlotte bemerkte die abgehärmten Züge in seinem Gesicht, die tiefe Trauer. In diesem Augenblick sah er überhaupt nicht so aus, wie sie sich einen Mörder vorstellte.

»Sir?« Mattie trat einen Schritt nach vorne, und Charlottes Augen weiteten sich, als sie die Hand auf seine legte – auch wenn diese in einem Handschuh steckte. »Brauchen Sie meine Hilfe?«

»Nein, durchaus nicht, French«, sagte Chester und zog

seine Hand abrupt weg. »Wenn Sie mich jetzt bitte entschuldigen würden – ich habe sehr viel zu erledigen.«

»Selbstverständlich, Sir. Ich kann mir Ihren Schmerz kaum vorstellen«, sagte Charlotte und blickte kurz zu Anne. »Bitte verzeihen Sie mir, aber wir drei sind so in Aufruhr aufgrund der Geschehnisse – darf ich fragen, ob die Behörden mit ihren Nachforschungen zu Mrs Chesters Verbleib schon etwas erreicht haben?«

Ihr gefror beinahe das Blut in den Adern, als Chester den Blick auf sie richtete und sie unter der Oberfläche seiner Trauer etwas ganz anderes brodeln sah: schäumende Wut.

»Nein«, sagte er, »das dürfen Sie nicht. French, kümmern Sie sich um meine Kinder. Dass Sie sie in Zeiten wie diesen dem schwachsinnigen Mädchen aus dem Dorf überlassen, ist unverzeihlich.«

Chester trieb sein Pferd an, das sofort angaloppierte und Matsch und Erde aufwirbelte, wovon so einiges auf Charlottes Rock landete. Und doch wich Charlotte nicht einen Zoll von der Stelle, als Mr Chester davonpreschte.

*

»Nun denn«, sagte Anne wenige Minuten später, nachdem Mattie zu ihren Schützlingen zurückgekehrt war und die Schwestern sich im Schutz des dichten Waldes hinter Chester Grange befanden. Emily hatte sie mit ihrer Entschlossenheit angesteckt, die Lagerstelle der Zigeuner zu finden, ganz gleich, wie feucht und schwer ihre Rocksäume würden und wie nass ihre dünnen Stiefel in den Patten. »Was haltet ihr von Chester?«

»Ich weiß es nicht«, sagte Charlotte und sah dabei zu, wie Emily sich ein Stück voraus umsah und gebärdete, als befände sie sich in einem tranceähnlichen Zustand, was offen gestanden für Emily kein ungewöhnliches Verhalten war. »Einerseits wirkte er wirklich erschüttert und als würde er zutiefst trauern, andererseits ... umgibt ihn irgendetwas Dunkles. «

»Vielleicht ist er erschüttert von dem, was er getan hat?« Anne blieb kurz stehen, um ein goldgrünes Blatt von einer Birke zu zupfen. In der Luft hing der schwere Geruch von Regen und dem in voller Blüte stehenden Sommer, aber darunter war alles Verfall.

»Oder davon, dass das Verschwinden seiner Frau mit so viel Blut verbunden ist. « Charlotte begegnete Annes Blick. »Wir wissen nur, was Mattie uns erzählt hat, und für jemanden, der eine solche Angst vor Chester hat und ihm ein so großes Misstrauen entgegenbringt, wirkte sie doch recht ...«

»... zu ihm hingezogen«, sagte Anne. »Ja, das habe ich auch beobachtet. Was bedeutet das, Charlotte? Wenn jemand mit Worten das eine sagt und mit Blicken etwas anderes?«

»Ich weiß es nicht. « Charlotte schüttelte den Kopf. »Ich weiß nur, dass Anziehung und Zuneigung sehr komplexe Gefühle sind. Die Liebe fällt nicht immer an den rechten Platz. «

Anne sagte nichts, sie nahm einfach nur Charlottes Hand und erkannte schweigend den Liebeskummer ihrer Schwester an.

»Ach, ich weiß nicht. Vielleicht hatte Emily doch recht, als sie sagte, wir sollten nach Hause gehen und Gedichte schreiben und uns zu Tode langweilen. Vielleicht eignen wir uns doch nicht als Ermittlerinnen.«

»Charlotte ...« Abrupt blieb Anne stehen. »Findest du unser Leben wirklich so schrecklich?«

Charlotte wandte sich ab und versuchte, die Tränen zu verbergen, die ihr plötzlich und unerwartet in die Augen stiegen. Sie selbst war nicht weniger überrascht von ihrem

Gefühlsausbruch als Anne. Fast kam es Charlotte vor, als habe sie selbst nicht gewusst, wie sehr das Gefühl des Gefangenseins und der Unterdrückung ihrer geistigen Fähigkeiten sie belastete, so sehr hatte sie sich an ihre lebenslange Gefangenschaft gewöhnt.

» Tut mir leid, Anne. « Als Charlotte wieder sprach, klang ihre Stimme sanfter. » Es fällt mir schwer, wieder zu Hause zu sein, nachdem ich in Brüssel studiert und gearbeitet habe und ... « Sie brachte es nicht über sich, Monsieur Hégers Namen auszusprechen, ihn überhaupt zu denken, denn das allein reichte aus, um Sehnsüchte nach einer Liebe in ihr zu wecken, die nicht ihre sein konnte. » Wieder zu Hause zu sein ist zwar einerseits schön, aber andererseits auch ... frustrierend. Ich dachte, ich würde etwas von der Welt sehen, ein anderes Leben kosten, und jetzt ... «

» Ich verstehe das. « Anne nahm ihre Hand. » Mein Leben als Gouvernante auf Thorp Green war zwar nicht ganz so aufregend wie eine Auslandsreise, es war sehr geordnet und langweilig. Aber ich war dennoch zufrieden, meine Aufgaben waren leicht und erträglich. Und dann beschloss Branwell, sich von der Herrin verführen zu lassen. « Anne kam gegen die Bitterkeit in ihrer Stimme nicht an. » Und er bekam zwanzig Pfund, damit er ging, und ich war gezwungen zu kündigen und bekam nur drei. Auch ich bin wütend, Charlotte – wütend und frustriert –, unter dieser verdammten Haube! « Anne lachte kurz, riss dann die Augen auf und schlug sich die Hand vor den Mund. » Verzeih. Ich habe mich vergessen. «

Charlotte nahm Annes behandschuhte Hand und drückte sie.

» Vielleicht wird umgekehrt ein Schuh draus, Anne «, sagte sie. » Vielleicht hast du dich gerade nicht vergessen, sondern dich an dich selbst erinnert. Ich wünsche mir, dass wir mehr aus unserem Leben machen. Ich möchte Spuren hinterlassen, ganz gleich, wie klein.«

»Ich hab's gefunden!«, rief Emily von einer Lichtung. »Hier befand sich noch vor Kurzem ein Lager von fahrendem Volk. Die Frage ist nur, ob das Verbrecher waren.«

Kapitel 7

Anne
Es war keine natürliche, sondern eine von Menschenhand brutal geschlagene Lichtung. Junge Bäume und Unterholz waren weggehackt worden, und zwischen den Bäumen hatten Karren und Wagen einen Weg gebahnt, wo vorher keiner gewesen war. Im Boden alle möglichen Spuren. Anne konnte Pferdehufe, Hundepfoten und jede Menge Stiefel ausmachen.

Sie folgte erst der einen in der weichen Erde noch sehr gut erkennbaren Fährte und dann einer anderen.

»Anne?«, rief Emily.

»Ich suche nach kleineren Fußabdrücken, die von einer Frau stammen könnten«, sagte Anne. »Hier müssten doch auch Frauen und Kinder gelagert haben, aber wenn, dann haben sie sehr große Stiefel getragen.«

»Guter Gedanke.« Emily nickte zustimmend. »Nach allem, was ich so beobachtet habe, wenn Vagabunden bei uns anklopfen und um Almosen bitten, haben sie meist gar keine Wahl, was das Schuhwerk betrifft – wenn sie überhaupt das Glück haben, welches zu besitzen. Aber eine sehr intelligente Überlegung, hier nach Spuren von Frauen zu suchen.«

Anne bemühte sich, nicht so auszusehen, als würde das Lob ihrer Schwester sie freuen, als sie sich weiter umsah, aber innerlich platzte sie fast vor Stolz.

Sie fand die Reste eines Lagerfeuers, lange Äste, die zu

einem Dreibein darüber konstruiert waren, um einen Topf daran aufzuhängen. Drumherum Mauerbrocken, die von den Ländereien durch den Matsch hierhergebracht worden waren, um als Sitzgelegenheit zu dienen. Darüber hinaus nichts von Interesse, und als Anne bemerkte, dass Emily und Charlotte wieder zankten, wandte sie sich von ihnen ab und bewegte sich weiter ins Dickicht.

Je gründlicher sie suchte, desto mehr fühlte sie sich in diesem grünen Meer leise raschelnden sanften Grüns verloren. Was auch immer hier vor wenigen Tagen passiert sein mochte, jetzt war alles ganz still – bis auf den Gesang der Drossel in den Zweigen über ihr, mit dem sie sicher mehr Regen ankündigte. Hin und wieder brach ein silberner Sonnenstrahl durch den bedeckten Himmel und verteilte helle Tupfen in der Umgebung, und für eine kleine Weile vergaß Anne alles um sich herum.

Sie war außer Sichtweite ihrer Schwestern geraten, als sich die Atmosphäre um sie herum fast unmerklich änderte. Anne brauchte einen Moment, um zu bemerken, dass der Wald sich nicht mehr wohlwollend anfühlte, sondern wachsam und misstrauisch.

Jäh sah Anne auf und begriff, dass sie beobachtet wurde. Ihre Schwestern waren nirgends zu sehen.

»Emily! Charlotte!«, wollte sie rufen, doch es kam nichts als ein heiseres Krächzen. Anne sah sich um, die Seiten ihrer Haube wirkten dabei wie Scheuklappen. Erst konnte sie niemanden sehen, doch dann, ganz leise, bewegte sich langsam eine Gestalt zwischen den jungen Bäumen hervor.

»Was wollen Sie?«, fragte Anne so mutig, wie sie konnte, und erinnerte sich an ihre Ausbildung zur Gouvernante: keine Angst zeigen, denn sobald du Angst zeigst, bist du verloren.

»Das sollte ich Sie fragen.« Es war eine männliche Stimme,

sie sprach mit einem starken Akzent, den Anne nicht zuordnen konnte.

Anne wappnete sich, als der Mann aus dem Unterholz hervortrat, ausnahmsweise war sie einmal dankbar für ihr Korsett, das ihr half, den Rücken rank zu halten. Der Fremde war mittleren Alters, dachte Anne, obschon das Alter schwierig einzuschätzen war, schließlich konnten die Prüfungen des Lebens einem Menschen viele zusätzliche Jahre andichten. Er wirkte sauber, wenn auch unrasiert, seine Kleidung bedurfte einiger Reparaturen, aber das galt auch häufig für Annes Kleider. Anne konnte keinen Hinweis auf eine Waffe erkennen, aber er brauchte wohl auch keine, er könnte sich ihrer hier draußen im Wald mit einem zupackenden Griff oder einem schweren Stein entledigen. Hier, wo niemand sonst war.

Keine Angst zeigen, sagte sie sich selbst.

»Ich bin mit meinen Schwestern hier«, sagte sie, als sie endlich die Stimme wiederfand und wieder rufen konnte. »Emily! Charlotte! Sie sind gleich hier. Wir sind Gäste von Mr Chester, und ich glaube, sie halten sich unberechtigt auf seinen Ländereien auf.«

Er schüttelte den Kopf, ließ sie nicht aus den Augen.

»Wer behauptet, ihm gehöre dieses Land, vergeht sich gegen die alten Götter«, erklärte der Mann ungerührt. »Männer wie dieser Chester, die stellen Zäune auf und behaupten, das sei ihr Land, ohne dabei an die alten Völker zu denken, an deren Pfade und Rastplätze.«

Er trat einen weiteren Schritt auf sie zu, und Anne, die sich nicht von ihm abwenden wollte, um nach ihren Schwestern zu suchen, beschloss, keinen Zoll zu weichen. Wenn es sein musste, würde sie losrennen, würde sie den Hang hinunterlaufen in die Richtung, in der das Haus stand. Sie würde rennen und schreien so laut sie konnte. Aber so weit war es noch nicht.

»Eine junge Frau wie Sie sollte sich nicht alleine hier aufhalten.« Seine Stimme war leise, leicht bedrohlich. »Ich habe Sie beobachtet, wie ein Lamm, das nicht weiß, dass es geschlachtet werden soll. Wissen Sie denn nicht, dass erst vorletzte Nacht eine Frau aus dem Haus Ihres Mr Chester entführt wurde?«

»Doch, das weiß ich.« Anne hob das Kinn ein wenig und zwang sich, ihm in seine dunklen Augen zu blicken. »Und was wissen Sie darüber?«

Sie zuckte zusammen, als er laut loslachte, und erschrak angesichts der Wut, die sich hinter seinem Lachen verbarg. Wo waren ihre Schwestern?

»Das hat mich der Wachtmeister auch schon gefragt. Mich und meine Leute.« Er ballte die Faust. »Ihm hat die Antwort nicht gefallen, und Ihnen wird es nicht anders gehen.«

»Wollen Sie...« Anne schluckte und bemühte sich, nicht an die Streifen an den geschrubbten Wänden und die Flecken auf dem Boden zu denken, wo sich kurz zuvor noch das Blut einer jungen Frau befunden hatte. »Wollen Sie mir etwa drohen, Sir?«

»Sir?« Wieder dieses knurrende Lachen. »Ich bin kein Gentleman.«

»Anne!«, rief Emily, und Sekunden später erschien Charlotte an ihrer Seite. Kaum spürte Anne die Gegenwart ihrer Schwestern, musste sie dem Impuls ihres Körpers widerstehen, die Knie unter sich einfach zusammenknicken zu lassen. Sie hatte Emily gesagt, dass sie kein Angsthase war, und jetzt war gewiss nicht der Zeitpunkt, zu zeigen, dass das nicht stimmte.

Emily stellte sich vor sie, während Charlotte die Arme um sie schlang und sie stützte.

»Komm mit«, sagte Charlotte. »Wir werden erwartet. Sonst schicken die noch Suchtrupps los.«

Eine kleine List, doch selbst wenn der Fremde sie als Fluchtmöglichkeit für sie anerkannt hätte – Emily tat es nicht.

»Sie gehören zu den Roma, oder? Die hier neulich ihr Lager hatten?«, fragte Emily den Mann. Anne bemerkte, dass sie ihre Haube abgenommen hatte. Sie baumelte an den verknoteten Bändern von ihrem Arm. »Wann hat der Wachtmeister Sie befragt?«

»Gestern Abend allein und dann noch mal heute Morgen, zusammen mit seinem Schlägertrupp, der uns drängte, weiterzuziehen, obwohl wir überhaupt nichts getan haben. Wir leben einfach nur so, wie wir immer gelebt haben.«

»Nichts getan?« Emily neigte den Kopf zur Seite. »Ist Wildern, Stehlen und das Bedrohen einer jungen Frau denn nichts?«

»Ich habe sie nicht bedroht«, entgegnete er. »Und ich kann nichts stehlen, was eigentlich niemandem gehört.«

Emily bewegte sich ein wenig auf ihn zu, und zu Annes Erstaunen war es jetzt der Mann, der etwas zurücktrat und dabei unsicher wirkte. In dem Augenblick sah er sehr jung aus.

»Sie haben Mr Chesters Frau also nicht gestohlen?«, fragte Charlotte.

»Wir sind nicht wie die Bösen aus den Märchen«, sagte er. »Wir nehmen niemanden mit, der nicht mitwill.«

»Und warum sind Sie wieder hier, wenn die Polizei doch angeordnet hat, dass Sie weiterziehen sollen?«

»Die Polizei?« Angewidert schüttelte er den Kopf. »Irgendein halb betrunkener Narr, der jedem, der ihm genug zahlt, Loyalität entgegenbringt, ist ja wohl nicht die Polizei. Mein Volk ist es gewöhnt, immer wieder weiterzuziehen, aber ich bin zurückgekommen, um zu sehen, was im Wald noch zu erkennen ist. Wenn an einem Ort etwas geschieht, dann haftet es ihm noch länger an, und wenn man weiß, wo man gucken muss, ist es leicht zu erkennen. Umgeknicktes Gras, abgebrochene Zweige. Wenn Ihre sogenannte Polizei jemanden von uns für diese Sache drankriegen und dafür baumeln lassen will, dann ist das Mord. Ich bin hier, um die Wahrheit zu finden.«

»Ah, verstehe«, sagte Emily und überraschte den Mann abermals mit ihrer Begeisterung. »Ich würde sehr gerne sehen, wie Sie das angehen, aber ich rate Ihnen, sofort zu verschwinden. Wenn man Sie hier erwischt, wird es für Ihr Volk nur noch schlimmer ausgehen.«

»Sie glauben nicht, dass wir die Mörder sind?«, fragte er perplex.

»Ich weiß es nicht«, sagte Emily. »Aber meine Schwestern und ich möchten den Schuldigen finden, und wenn Sie nichts zu verbergen haben, dann müssen Sie auch keine Angst vor uns haben.«

»Angst vor Ihnen?« Sein Lachen schallte durch das Blätterdach. »Wenn hier jemand Angst haben sollte, dann Sie, und zwar vor dem, der die junge Frau hat ausbluten lassen, denn sobald der Unhold Wind davon bekommt, was Sie vorhaben, wird er sich vornehmen, auch Sie drei abzustechen wie Säue.«

Er machte auf dem Absatz kehrt, und binnen einer Minute war es, als sei er nie da gewesen. Anne nahm Charlottes Hand, und kurz darauf fing die Drossel wieder an zu singen.

»Hast du große Angst gehabt, Anne?«, fragte Charlotte.

»Überhaupt nicht«, log Anne und hatte sofort ein schlechtes Gewissen deswegen. »Und ich habe in dem Lager keine der Spuren entdecken können, von denen er sprach. Aber ... wie er darüber sprach, jemanden abzustechen wie eine Sau ... das klang für mich so, als würde er genau das gerne einer Frau antun. Oder was meint ihr?«

»Offenbar war er über das viele Blut im Bilde«, sagte

Emily. »Wobei es durchaus möglich ist, dass der dämliche Wachtmeister ihm davon erzählt hat.«

»Es ist schon spät«, sagte Charlotte. »Mein Kopf ist ganz schwer von so vielen Gedanken. Wir sollten besser nach Hause gehen und versuchen, uns einen Reim auf das zu machen, was wir heute gesehen haben.«

»Moment.« Emily ging ein paar Schritte den Hang hinunter, über den Anne hatte fliehen wollen. »Ein paar Minuten noch. Ich glaube, vielleicht ... ja. Da vorne sehe ich etwas.«

Kapitel 8

Anne

Emily trat beiseite, um Charlotte und Anne mit einer einigermaßen theatralischen Geste eine zweite schwarze Stelle im Unterholz zu zeigen.

Anne ließ den Anblick auf sich wirken. Vor nicht allzu langer Zeit hatte hier ein Feuer gebrannt – ein Kreis aus schwarzgrauer Asche und versengte Zweige wiesen darauf hin, dass die Flammen wild gelodert und hochgeschlagen hatten.

»Gleich da hinter den Bäumen ist die Rückseite des Hauses.« Anne zeigte auf die sich über die Baumlinie erhebenden Türmchen des Anwesens und war froh, sich auf etwas anderes konzentrieren zu können als die entsetzliche Angst, die noch immer in ihren Adern pochte. »Ganz in der Nähe liegen die offenen Rasenflächen, wo man ziemlich schnell entdeckt würde, wenn man etwas Unrechtes täte, das über ein Feuer hinausgeht. Vielleicht hat der Gärtner hier bloß Gartenabfall verbrannt.«

»Das war kein Gartenfeuer«, widersprach Emily. »Die Stelle befindet sich unter einem Laubdach, die Feuerstelle ist nicht in die Erde gegraben, und überhaupt deutet nichts darauf hin, dass dieses Feuer von irgendjemandem überwacht wurde. Im Gegenteil, es sieht ganz so aus, als hätte es völlig unkontrolliert gebrannt.«

»Dann hat es hier also gebrannt.« Charlotte zuckte ungeduldig mit den Schultern, sie wollte endlich weg. Die Begegnung mit dem Fremden hatte offenbar auch sie aus der Ruhe gebracht, und das war Anne ein gewisser Trost. »Das ist bei einem Anwesen dieser Größe ja wohl nichts Ungewöhnliches. Also, was soll schon damit sein, Emily?«

»Was damit sein soll?« Emily seufzte verzweifelt. »Alles, Charlotte, alles. Wenn du und Anne etwas genauer auf unseren Freund im Wald geachtet hättet, statt bibbernd herumzustehen, hättet ihr es vielleicht auch gesehen.«

»Würdest du bitte aufhören, dich so rätselhaft auszudrücken, und uns sagen, was in aller Welt du *glaubst*, entdeckt zu haben?« Charlotte fragte das mit nicht zu knapper Herablassung. So ging es oft zwischen ihren Schwestern, Anne hatte sich mit den Jahren daran gewöhnt. So sehr Charlotte und Emily einander auch liebten, so sehr sie sich aufeinander verlassen konnten, wenn es um Freundschaft, Anregung und Loyalität ging, so sehr konnten sie auch richtig gemein zueinander sein – und das geschah gar nicht mal so selten.

»Gut, passt auf, seht her und denkt gründlich nach«, sagte Emily. »Denkt an alles, was wir bisher über Chester Grange wissen. Die sechs Bewohner sind zwei kleine Jungen, eine Gouvernante, eine ältere Haushälterin, ein Mann und – bis vor zwei Tagen – eine Ehefrau. Chester ist der einzige erwachsene Mann hier, das heißt, wenn man im Unterholz Spuren von großen Männerstiefeln entdeckt, dann müsste man automatisch annehmen, dass sie von ihm oder einem Fremden stammen.«

»Das müsste man, aber es wäre sehr naiv zu glauben, dass Chester für die Pflege der Gärten und Wälder keine Angestellten hat«, warf Charlotte ein.

»Ist dir denn gar nicht aufgefallen, wie zugewuchert und ungepflegt die Gärten sind, Charlotte?«, spottete Emily. »Und abgesehen davon: Wenn du mal nach unten schaust, wirst du bemerken, dass diese Spuren sich deutlich von denen des Zigeunerlagers unterscheiden. Hier sind nur die Spuren eines Paars Stiefel zu sehen sowie ziemlich viele Pfotenabdrücke.« Emily ging in die Knie, ohne sich um ihre Röcke zu kümmern, und drückte die nackte Hand neben einem Pfotenabdruck in den Matsch. » Siehst du, wie groß der Abdruck ist, verglichen mit meiner Hand? Und wie tief er ist? Das war nicht die Pfote einer Promenadenmischung, wie ein Gärtner oder ein Wilderer sie hat. Das war die Pfote eines großen Rassetiers, und es sind unterschiedliche Abdrücke, also müssen es mehrere Tiere gewesen sein. Es liegt doch auf der Hand, Charlotte, dass ein einzelner Mann mit seinen Hunden hier diese Spuren hinterlassen hat, damit sie gefunden werden. Und liegt es nicht genauso auf der Hand, dass es Chester war, der dieses Feuer legte?«

» Nun ja «, sagte Charlotte ungeduldig. » Es liegt in der Tat auf der Hand, dass irgendein Mann und seine Hunde sich irgendwann während der letzten zwei Tage, seit Mrs Chester verschwunden ist, hier aufgehalten haben. Aber was soll das schon bedeuten?«

» Ach, Charlotte, liebe Schwester. « Emilys Augen leuchteten. » Ich glaube nicht, dass das Aufklären von Verbrechen etwas ist, das dir im Blute liegt. «

» Dann erzähl doch mal, Emily «, schaltete Anne sich ein, bevor Charlotte zurückbeißen konnte. » Wenn du so wahnsinnig clever bist – ich will unbedingt mehr hören!«

» Also, *ich* habe eine Menge gelernt, seit wir Mr Chester begegnet sind. Zuallererst hat er uns nicht ohne Stolz erzählt, dass er seinen Hunden beigebracht hat, sofort anzuschlagen, wenn ein Fremder sich nähert, und jeden Eindringling anzugreifen«, erklärte Emily. » Aber wenn ein fremder Eindringling Elizabeth Chesters Leiche fortgeschafft hat, warum haben Chesters Wachhunde dann weder angeschlagen noch den Täter aufgehalten? Entweder lügt Mr Chester bezüglich des Verhaltens seiner Hunde, oder die Hunde haben in jener Nacht nicht angeschlagen, weil kein Fremder in der Nähe war.«

»Das stimmt natürlich.« Anne wandte sich Charlotte zu und registrierte die Mischung aus Interesse und Abwehr in ihrer Miene. »Chester hat damit angegeben, wie aggressiv seine Hunde sind – da hätten sie doch sicher einen Eindringling zur Strecke gebracht oder zumindest genügend Aufruhr verursacht, um den Rest das Hauses zu alarmieren?«

»In der Nacht gab es ein Gewitter«, sagte Charlotte. »Möglicherweise waren die Hunde aufgrund des Donners und des Regens nicht zu hören.«

»Das stimmt«, sagte Anne, diesmal an Emily gewandt und mit einer kleinen entschuldigenden Geste. »Diese Spuren hier müssen nach dem Gewitter entstanden sein, da sie sonst gar nicht mehr zu sehen wären.«

»Tja, dann ... Vielleicht wurde die Leiche eine Weile in dem großen leeren Haus versteckt und dann hierhergebracht, um sich ihrer zu entledigen«, sagte Emily mit Nachdruck.

»Wie um alles in der Welt kommst du denn zu dieser Annahme, Emily?«, fragte Charlotte.

»Weil es noch viel mehr zu sehen gibt, wenn man richtig hinguckt.« Emily fasste in die Asche und zog einen verkohlten, unidentifizierbaren Gegenstand heraus. »Ich fürchte, das ist der Beweis dafür, dass hier eine Leiche verbrannt wurde – denn das ist doch ein Teil eines Knochens, oder? Von der Länge und der Form her würde ich sagen, eine Rippe.«

»Von einem Menschen?«, japste Charlotte und trat näher, um das schwarze Etwas zu inspizieren. Anne blieb im Hintergrund und wandte den Kopf ab. Ihre älteren Schwestern mochten kein Problem damit haben, dass Emily möglicherweise ein Stück einer toten Frau in der Hand hielt, aber Anne berührte der Gedanke. Bei der Vorstellung, dass dieses Stück möglicherweise zu der Frau gehörte, die einst die hübschen, zärtlichen Porträts ihrer Kinder gezeichnet hatte, wurde Anne übel. Die arme Elizabeth Chester. Wenn das wirklich ihr Ende gewesen war: in die Flammen geworfen, so gut wie alle Spuren ihrer Existenz ausgelöscht, als wäre sie nicht mehr als Abfall, den man loswerden müsste.

»Ich weiß nicht, ob das ein menschlicher Knochen ist.« Stirnrunzelnd betrachtete Emily das Objekt. »Das müsste ein geübteres Auge als meins entscheiden. Aber warum sollte jemand irgendein ein anderes Lebewesen hier draußen im Wald verbrennen?«

»Das ist eine sehr wichtige Frage«, sagte Charlotte. »Aber wenn wir diesen Beweis finden konnten, dann konnte es der Wachtmeister doch sicher auch? Und auch sonst jeder andere.«

»Wenn denn jemand nach Beweisen suchen würde, Charlotte.« Emily klang frustriert. »Aber das tut ja offenbar niemand außer mir – uns – und unserem Freund aus dem Wald, zumindest nicht gründlich. Der Wachtmeister jedenfalls hält es nicht für nötig, den Hauptverdächtigen näher zu befragen, und schikaniert stattdessen das fahrende Volk. Und das fahrende Volk will lieber die Wahrheit verbergen denn aufdecken.«

»Und dann ist da das hier.« Emily entfernte sich von der verbrannten Stelle am Boden und deutete auf eine ganze Reihe von abgebrochenen niedrigen Ästen, wo sich offenbar jemand mit Gewalt einen Weg durch den Wald gebahnt hatte.

»Seht doch mal, wie die Zweige und alles rund um den Pfad abgeknickt sind, eine Spur dessen, was hier passiert ist, genau wie der fahrende Mann es gesagt hat«, erklärte Emily.

»Als habe ein ziemlich großer Mann etwas von nicht unbeträchtlichem Gewicht und ebensolcher Länge auf den Schultern hierhergetragen – ein Mann von der Größe Robert Chesters, ein Mann, der die Leiche einer Frau getragen haben könnte.«

Emily deutete nach hier und da und hoffte, ihre Schwestern mochten auch erkennen, was sie so deutlich vor sich sah. Sie war ein sehr leidenschaftlicher und den Extremen zugetaner Mensch, entweder – oder, und wenn sie sich erst eine Meinung zu etwas gebildet hatte, dann war sie nur schwer wieder davon abzubringen.

»Ich verstehe, was du meinst, meine Liebe, und deine Theorie ist durchaus plausibel«, sagte Anne vorsichtig. »Aber würdest du nicht auch sagen, dass es beim Aufklären eines Verbrechens nicht darum gehen darf, die passenden Beweise für eine vorhandene Theorie zu finden, sondern vielmehr darum, für vorhandene Beweise eine passende Theorie zu entwickeln? Und ich glaube nicht, dass wir genügend Beweise haben, um bereits Schlüsse zu ziehen.«

»Anne hat recht«, sagte Charlotte. »Wir müssen ...«

»Und wer gibt dir das Recht zu entscheiden, was wir müssen und was nicht, Charlotte?«, fiel Emily ihr ins Wort.

Während ihre Schwestern zankten, folgte Anne zumindest in einem Punkt dem Beispiel von Emily – sie nahm ihre Haube ab. Sie genoss die kühle, frische Luft an ihren Wangen und betrachtete noch einmal den Pfad, auf dem sie gerade hierhergelangt waren. Er war in der Tat sehr unscheinbar, kaum zu sehen, und doch erkannte sie bei genauerem Hinsehen, dass die Bäume eine Art Weg durch den Wald markierten.

Anne wusste selbst nicht recht, was sie zu den verkohlten Überresten des Feuers zurückzog, aber als sie dort war, fiel ihr am Rand der verbrannten Stelle ein kleiner, schwarzer

Gegenstand auf, der sich von dem langen Sommergras abhob. Sie dachte kaum darüber nach, was das sein könnte, als sie sich bückte, um ihn aufzuheben, sie wusste nur, dass er nicht hierhergehörte. Kaum berührte sie ihn, begriff Anne, was das war, und erstarrte vor Entsetzen.

» Ein Zahn. « Anne zitterte, als sie das Wort laut aussprach, während ihre Schwestern sich weiterzankten. Es kostete sie einige Anstrengung, lauter zu reden.

» Ein Zahn – ich habe einen Zahn gefunden «, sagte sie und erlangte damit endlich die Aufmerksamkeit der anderen beiden.

Er war schwarz vom Feuer, aber eindeutig zu erkennen. Die drei Schwestern scharten sich um Annes offene Hand und blickten finster und ernst drein.

» In diesem Fall sind wir uns wohl einig, dass wir keinen Experten hinzuziehen müssen, um festzustellen, dass dies der Zahn eines Menschen ist «, sagte Emily. » Dass wir hier die Überreste eines Menschen gefunden haben. «

» Oh, Himmel. « Charlotte schlug sich die Hand vor den Mund. » Aber das ist ... das ist unerträglich. Die arme, arme junge Frau. Was machen wir jetzt ? «

» Wir müssen Bilanz ziehen «, sagte Anne und klang dabei viel ruhiger, als sie sich fühlte. » Wir müssen nachdenken und planen und wohlüberlegt handeln. Denn ich bin mir sicher, dass es kein Rätsel gibt, das unsere drei hellen Köpfe nicht lösen können. «

Kapitel 9

Emily

Es war äußerst unüblich, dass ihr Vater die drei Töchter einlud, das Abendessen gemeinsam mit ihm in seinem Arbeitszimmer einzunehmen. Er aß in der letzten Zeit so oft alleine, dass die Einladung bedeutungsschwer wirkte.

Sie hatten ihrem Vater nicht direkt erzählt, dass sie Robert Chester im Verdacht hatten, seine Frau ermordet zu haben, und ihn deswegen unter die Lupe nehmen wollten. Ahnte ihr Vater womöglich, dass sie unterwegs gewesen waren, sich ungeladen in der Nähe eines Herrenhauses herumgetrieben und im Wald die Bekanntschaft eines gefährlich aussehenden Mannes gemacht hatten? Denn darüber wäre er sicher nicht sehr glücklich.

»Ihr seid heute ziemlich lange weg gewesen«, sagte ihr Vater, als er seinen Teller leer gegessen hatte. »Es war sehr ruhig im Haus.«

»Wir haben einen Spaziergang über das Moor unternommen«, erzählte Charlotte so betont unbeteiligt wie ein Schulmädchen, das beim Lügen ertappt worden war. »Einen Besuch gemacht.«

»Und wen habt ihr besucht?«, fragte der Vater und richtete seinen diffusen Blick über den Rand der Brille hinweg auf sie. Wie lange würde es wohl noch dauern, bis der graue Star ihm vollends die Sehkraft raubte?, fragte sich Emily.

Charlotte stockte, unsicher, ob sie Matilda erwähnen sollte oder nicht. Noch eine Sekunde des Zögerns, und ganz gleich, was sie sagte, es würde als Lüge entlarvt werden, da war Emily sich sicher.

» Wir waren auf Chester Grange, Papa «, sagte Emily, als sei das eine Alltäglichkeit. » Du weißt doch, das große, alte Haus in der Nähe von Arunton? Du hast vielleicht gehört, dass es dort in den letzten Tagen einige Unruhe gegeben hat? «

» Nein, habe ich nicht. « Ihr Vater wirkte neugierig, wenn auch flüchtig. » Ich war den ganzen Tag mit meiner Korrespondenz beschäftigt. War so vertieft, dass ich kaum einmal den Kopf angehoben hab, um einen der Kuraten zu sehen. «

» Dein Einsatz für den Pfarrbezirk ist wirklich unermüdlich, Papa «, sagte Emily, bevor sie Charlotte in die Augen blickte und dann Anne. Es sah ganz so aus, als würden sie doch nicht auffliegen.

» Es ist meine heiligste Pflicht, mein Leben ganz und gar dem Werk Gottes zu widmen. Die Welt ist ein grausamer und ungerechter Ort für die Schwachen und Bedürftigen, Emily «, erklärte ihr Vater sehr ernst. » Allein heute habe ich eine ganze Reihe von Briefen geschrieben, mit denen ich um bessere sanitäre Bedingungen im Dorf bitte, und morgen werde ich drei Beerdigungen voranstehen müssen. Alles Kinder. Ich muss für meine Gemeinde tun, was ich kann, denn vielen werden nicht dieselben Bequemlichkeiten zuteil wie euch jungen Frauen. «

» Ganz recht, Papa «, sagte Charlotte. » Du bist uns allen ein leuchtendes Beispiel. «

» Das heißt aber nicht «, fügte er hinzu und sah sie eine nach der anderen an, » dass ich zu beschäftigt wäre, um mitzubekommen, was meine Töchter so treiben. Ihr habt recht früh heute Morgen das Haus verlassen, ohne ein Wort. Es ist viele Jahre her, seit alle meine Kinder gleichzeitig unter diesem Dach versammelt waren. Vielleicht muss ich euch daran erinnern, dass ihr keine Kinder mehr seid, die frei durch das Moor streifen können wie eine kleine Horde von Schreckschrauben, sondern dass ihr jetzt junge Damen seid. Hoffentlich früher als später werdet ihr wieder eine Anstellung finden müssen, wenn ihr euch absichern wollt, und eine Anstellung geht Hand in Hand mit einem guten Ruf.«

»Liebster Papa, wir waren lediglich zum Tee bei einer alten Schulfreundin von Charlotte und Emily«, flötete Anne. »Um ihr in einer schweren Zeit Trost zu spenden. Du hast ganz recht, auf dem Nachhauseweg haben wir ein wenig getrödelt – es war doch so ein schöner Tag ... bis dahin.«

Emily sah zum Fenster hinaus und hoffte, ihr Vater würde aufgrund seiner schlechten Augen nicht sehen, wie der abendliche Regen die Fenster hinunterlief.

»Wir sind uns unserer Verantwortung durchaus bewusst, Papa«, sagte Charlotte. »Das musst du uns glauben. Wir tun unser Bestes, um deinem guten Beispiel in allem, was wir tun, zu folgen.«

»Wenn euer Bruder doch auch nur so sehr an Güte interessiert wäre«, sagte ihr Vater leise und traurig.

Sie schwiegen. Die Schwestern sahen einander an und gingen im Geiste durch, was dafür und was dagegen sprach, dass sie dem Mann gegenüber, den sie auf der Welt am meisten liebten und bewunderten, nicht ganz ehrlich waren. Emily befand, entscheidend für sie sei, dass sie nicht *log*. Ihr Gewissen war rein, solange man ihr nicht vorwerfen konnte, ihrem Vater die Unwahrheit erzählt zu haben.

*

Nach dem Abendessen, als ihr Vater las und seine Predigten ausarbeitete oder seinen Gemeindemitgliedern schrieb, um ihnen seine Unterstützung anzubieten – und es gab viele, die seiner Hilfe bedurften –, zogen sich die Schwestern ins Esszimmer zurück und entzündeten zusätzlich zur Öllampe einige Kerzen, um die Gegenstände, die sie im Laufe des Tages gesammelt hatten, besser betrachten zu können.

Seit sie alle nach Haworth zurückgekehrt waren, verbrachten sie die Abende in der Regel mit Schreiben, mit dem Ausprobieren neuer Ideen und Wortgefüge, aber nichts davon hatte sie bisher wirklich zufriedengestellt.

Anne zeichnete häufig, oder sie arbeitete an den Versen, mit denen sie angefangen hatte, als sie auf Thorp Green angestellt war. Charlotte schrieb manchmal wild drauflos und pausierte dann lange und sah unglücklich aus dem Fenster, zweifellos sich verzehrend nach diesem Narren Monsieur Héger oder Brüssel. Was ihre Schwester in diesem Mann gesehen hatte – oder womöglich immer noch sah –, wollte sich Emily nicht erschließen. Ihr früherer Hauslehrer war ein kleiner Mann von seltsamer Statur, mit nicht einem Jota Schwung oder Mut in sich, dagegen strotzend vor Selbstgefälligkeit und einer Eitelkeit, die in keinem Verhältnis stand zu seiner begrenzten Attraktivität. Aber so war Charlotte, die liebe Charlotte: Sie wollte so gerne verliebt sein, sie wollte so gerne, dass jemand sich in sie verliebte, und diese Sehnsucht nahm viel zu viel Raum auch in ihrem Kopf ein. Emily kraulte Keeper hinter dem Ohr, lächelte, als er den Kopf in ihre Hand schmiegte, und war froh, sich noch nie verliebt zu haben. Und sie hatte auch nicht vor, es je zu tun. Ihr Leben, dieses Haus, dieses Land, ihre Tiere, ihr Geist – all das reichte ihr. Und genau da waren sie und Charlotte grundlegend verschieden. Héger hatte nichts weiter tun müssen, als Charlotte während ihres Studiums in Brüssel anzulächeln und ihr zu sagen, dass sie klug war – und schon war Charlotte rettungslos in ihn verliebt gewesen. Und so, wie Emily das sah, war sie noch weit davon entfernt, wieder ganz sie selbst zu sein.

Charlotte war auf die Bestätigung anderer angewiesen, um in sich selbst einen Wert zu sehen, wogegen Emily sich selbst genug war.

Als der rote Mittsommerabend in einen tintenblauen Himmel mündete, fertigte Anne zwar Skizzen an, aber keine von ihnen schrieb oder sah sehnsuchtsvoll aus dem Fenster. Stattdessen überlegten sie gemeinsam ihr weiteres Vorgehen.

» Wenn wir Chesters Wachtmeister nicht trauen können, müssen wir vielleicht nach Bradford «, sagte Charlotte und benutzte das Obstmesser mit dem Elfenbeingriff, um ihren Bleistift anzuspitzen. » Und wenn Bradford nichts bringt, dann eben Leeds. Elizabeth Chester stammt aus einer einflussreichen Familie in Leeds – die wird doch wohl nicht zulassen, dass das Verschwinden ihrer Tochter einfach so zu den Akten gelegt wird? «

» Der Zwischenfall ist aber bereits zwei Tage her «, sagte Anne. » Keiner von ihren Verwandten hat sich bisher auf den Weg nach Chester Grange gemacht – und Robert Chester will nicht, dass die Kinder nach Leeds geschickt werden. Lokale Nachrichten verbreiten sich schnell, aber Leeds ist eine Tagesreise entfernt, und es ist durchaus möglich, dass Chester sie nicht informiert hat und sie darum noch gar nicht wissen, dass ihre Tochter verschwunden ist. «

» Das wäre ganz schön verdächtig, wenn er ihren Eltern nicht sofort Nachricht geschickt hätte «, sagte Emily nachdenklich. » Und genau das wüsste Chester auch. «

» Der Punkt ist doch «, sagte Anne, » dass das, was wir in dem Kasten dort haben, noch nicht ausreicht. Wir brauchen mehr. « Emily bemerkte, wie ihre Schwester es vermied, die kleine Teekiste anzusehen, die sie mitten auf den Tisch gestellt hatte: Der hübsche Holzkasten enthielt keinen Tee mehr, sondern ein Stück Knochen, einen Kiesel und einen menschlichen Zahn. Emily hatte es für sehr vernünftig und schlau befunden, die Beweisstücke gemeinsam an einem Ort aufzubewahren – und in Sichtweite, damit sie ihnen bei ihren Überlegungen helfen konnten. Aber Emily wusste, dass Anne mehr als Hinweise sah, wenn sie die Kiste betrachtete: Sie sah Teile eines Menschen, dessen Leben ein brutales Ende gefunden hatte. Aus Rücksicht auf die Empfindsamkeit ihrer kleinen Schwester klappte Emily den Deckel der Kiste zu.

»Wir glauben, womöglich einige Mordumstände aufgedeckt zu haben«, sagte sie nachdenklich, »aber wir haben überhaupt noch nicht darüber nachgedacht, wieso dieser Mord überhaupt verübt wurde. Welchen Grund könnte Robert Chester gehabt haben, seine junge Frau, die Mutter seines Kindes, zu töten? Was kann einen Mann zu einer solchen Tat treiben?«

»Habgier wohl kaum«, sagte Charlotte. »Chester ist ein wohlhabender Mann, ihm gehören jede Menge Ländereien rund um das Herrenhaus.«

»Eifersucht vielleicht«, sagte Anne und senkte den Blick. Sie zögerte mit dem, was sie sagen wollte.

»Was gibt es, Anne?«, fragte Emily. »Spuck's aus.«

»Ich habe mal einen Mann vor Eifersucht so rasen und wüten sehen, dass ich mir sicher bin, wenn sich ihm die Gelegenheit geboten hätte, dann hätte er den, der ihn verunglimpft hat, umgebracht.« Anne hielt inne, dann sprach sie weiter. »Mr Robinson. Als er dahinterkam, was zwischen seiner Frau und unserem Bruder auf Thorp Green vor sich gegangen war ... sein Zorn war ...« Emily sah, wie sich Annes Miene verschloss, als sie an das zurückdachte, von dem Emily wusste, dass es für Anne eine entsetzliche Demütigung gewesen war: an die Besudelung ihres makellosen Rufs durch das, was ihr Bruder und diese Frau unerlaubterweise getan hatten. »... rasend. Und ich glaube, wenn Branwell ihm in dem Moment unter die Augen gekommen wäre, dann hätte er ihn schwer verletzt.«

Emily runzelte die Stirn beim Gedanken an alles, was ihr Bruder sich und seiner Schwester durch seine körperliche Lust ruiniert hatte, bis ihr plötzlich aufging, dass sie überhaupt nichts erreichten, indem sie einfach nur an diesem Tisch saßen. Sie befand, ein Perspektivwechsel könnte vielleicht helfen, ließ sich unter den Tisch gleiten und schlang die Arme um Keepers Hals.

»Du glaubst also, Elizabeth Chester könnte vielleicht... auf gewisse Abwege gekommen sein?«, hörte Emily Charlotte über dem Tisch sagen. Annes Theorie schien in der Tat plausibel, und obschon in höflicher Gesellschaft und unter taktvollen jungen Damen selbstverständlich nie über derlei Verstöße gesprochen wurde, war Emily und ihren Schwestern keine Wahl geblieben, nachdem ihr Bruder nach Hause zurückgekehrt war und in seinem Kielwasser einen Skandal hinter sich hergezogen hatte. Er war frisch Mrs Robinsons Bett entstiegen, und Emily fand manchmal, er röche immer noch nach ihrem schrecklichen Parfum. Allein der Gedanke bereitete ihr ein würgendes Gefühl, darum sog sie schnell Keepers vertrauten Geruch ein, um die Erinnerung zu verjagen.

Es war nicht so, dass Emily an fleischlichen Gelüsten überhaupt kein Interesse gehabt hätte – sie war zwar die Tochter eines Landpfarrers, aber sie hatte sich ein ganzes Universum erlesen, von Byron bis Chaucer, in dem höchst skandalöse und intime Akte en détail beschrieben wurden. Nein, es war ganz einfach so, dass sie bisher noch niemandem begegnet war, dessen so enge Bekanntschaft sie gerne gemacht hätte.

Tatsächlich wurde sie beim Gedanken daran ein klein wenig dünnhäutig, was sie natürlich niemals zugeben würde. Es war vielmehr so, dass sie an Menschen, für die sie keine Zuneigung hegen *musste*, weil sie mit ihr verwandt waren, bislang keinerlei liebenswerte Seiten hatte entdecken können. Ganz zu schweigen davon, dass derartige Verbindungen häufig im Unglück endeten. Man musste sich nur mal unter den Einwohnern von Haworth umsehen – Untreue, Betrug, Gewalt, Abhängigkeit, ja, sogar Mord waren an der Tagesordnung. Nur wenige Meter den Hügel hinunter lebten die Menschen, denen ihr Vater diente, Seit' an Seit' mit dem Tod. Auf dem übervollen Friedhof, den sie von ihrem Fenster aus sehen konnte, lagen unzählige Kinder, so viele, dass die Steine auf ihren Gräbern keine Namen, sondern Nummern trugen.

Das Leben war brutal, grausam und kurz. Manche Menschen ergriffen die Gelegenheit auf ein bisschen Glück, wenn sie sich ihnen bot, so wie Branwell. Und viele rächten sich.

»Emily?« Ungeduldig klopfte Charlotte mit ihrem hübschen kleinen Fuß auf den Boden. »Emily, was tust du da unten? Ganz gleich, was es ist, es ist alles andere als damenhaft.«

»Ich denke nach.« Emily schob sich durch den Wald aus Stuhlbeinen. »Mattie hat uns erzählt, dass Chester gewalttätig wird, wenn er getrunken hat. Wir wissen, dass Alkohol großen Einfluss auf das Benehmen eines Mannes haben kann. Und wenn wir einen Hinweis darauf finden können, dass Elizabeth ihm untreu war, dann wäre das ein Grund – ein Motiv für eine Gewalttat. Wir müssen noch mal nach Chester Grange.«

»Und? Was habt ihr auf Chester Grange herausgefunden?« Branwell platzte herein und ließ sich auf den Diwan plumpsen, die flammenden Haare ungekämmt, das Hemd aus der Hose hängend. Wenigstens schien er nüchtern zu sein, und Emily stellte erleichtert fest, dass er Tintenflecken an den Fingern hatte, ein Hinweis darauf, dass er geschrieben oder gezeichnet hatte. Vielleicht überwand er endlich seine Trauer. Das jedenfalls hoffte Emily inständig, da ihrer Erfahrung nach unerwiderte Liebe die Menschen ganz schrecklich bedrückte.

»Grauenhafte Dinge gehen vor sich, Branwell.« Sie lächelte ihren Bruder an. »Deine roten Haare werden vor Schock erblassen.«

»Ich glaube kaum, dass es möglich ist, unseren Bruder zu schockieren«, murmelte Charlotte. »Nichtsdestoweniger stimme ich ganz mit dir überein. Wir müssen noch einmal nach Chester Grange, und wir müssen es irgendwie so hinbekommen, dass wir eingeladen werden. Ich glaube, ich weiß auch schon, wie wir das machen.«

Charlotte straffte die Schultern, sie freute sich ganz offensichtlich über ihren Plan, und das bedeutete, dass Emily, ganz gleich, wie sehr sie ihre Schwester liebte, sofort dagegen war.

»Na, dann erzähl mal«, drängte Emily sie. »Was schlägst du vor? Wie gelingt es uns, noch einmal nach Chester Grange zu kommen? Außer indem wir uns verkleiden.«

Charlottes Schultern sanken.

»Ich wüsste nicht, wieso das eine so schlechte Idee sein soll.«

»Du schlägst ernsthaft vor, dass wir uns verkleiden?« Emily lachte. »Als was? Eine reisende Theatertruppe?«

»Ich schlage vor, dass du zusammen mit Anne nach Arunton gehst und ihr euch ein bisschen unter den Dorfbewohnern umhört«, sagte Charlotte, fest entschlossen, Emilys Spott die Stirn zu bieten. »Chester mag nicht viel Dienstpersonal haben, aber ich bin mir sicher, dass ihm aus dem Dorf Dinge geliefert werden, dass sich jemand um die Pferde kümmert oder sein Land pachtet. Solche Leute hören und sehen einiges, selbst wenn sie nicht offen darüber sprechen. Branwell wäscht sich die Haare, kämmt sich und stellt sich Mr Chester unter falschem Namen als der neue Arzt vor, der nichts vom Verschwinden von Mrs Chester weiß, und bietet der Familie seine Dienste an. Und ich begleite ihn als seine verwitwete Schwester, seine von ihm abhängige Angehörige.«

»Chester hat Augen im Kopf, Charlotte«, sagte Emily und grinste spöttisch. »Dunkle, gefährliche Augen, die dich sehr genau beobachtet haben.«

»Wohl wahr, aber an der Stelle gilt es, gerissen zu sein«, erklärte Charlotte stolz. »Ich werde einen dichten Trauerschleier tragen, sodass er mein Gesicht nicht sehen kann! Und während Branwell ihn in ein Gespräch verwickelt, gehe ich noch einmal hinauf in Mrs Chesters Kammer und suche nach einem Hinweis auf einen Liebhaber!« Ihre Augen glänzten vor Freude über ihre Idee, als sie sich auf ihrem Stuhl zurücklehnte. »Genial, oder?«

»Öh…« Emily hielt sich die Hand vor den Mund und scheiterte mit ihrem Versuch, ein Lachen zu unterdrücken.

»Was?«, fragte Charlotte.

»Es ist bloß so, dass…« Anne biss sich auf die Lippe und verstummte.

»Dass was?« Charlotte wartete.

»Meine liebe Schwester.« Branwell rollte sich vom Diwan, kniete sich vor Charlotte und nahm ihre Hand. »Man erkennt dich nicht nur an deinem Gesicht. Du bist auch von ganz eigener … Gestalt: Du bist so zierlich – fast wie eine Fee. Du bist so groß wie eine Moorelfe. Das ist es, was deine Schwestern dir zu erklären versuchen. Du bräuchtest Stelzen und einen Schleier, so lang, dass er deine geringe Körpergröße kaschiert, um nicht wiedererkannt zu werden. Und …« Branwell bedeutete Charlotte zu schweigen. »Auch Emily eignet sich nicht für diese Aufgabe, weil sie so hochgewachsen ist und ihren ganz eigenen Gang hat sowie ... ein Benehmen, das man nicht wieder vergisst, wenn man ihm einmal begegnet ist.«

»Dann darf niemand mir je begegnen, und alle wären glücklich«, entgegnete Emily unbekümmert.

»Am besten wäre es, wenn Anne mich zu diesem Besuch bei Chester begleitet«, fuhr Branwell fort. »Wir beide sind wandelbar wie Chamäleons und können wahnsinnig charmant sein.« Er fuchtelte mit der Hand wie ein Dandy.

»Wahnsinnig charmant. Soso.« Lächelnd sah Emily sich um. »Wieso ist mir das noch nie aufgefallen?«

Branwell zuckte die Achseln. »Nur einer von uns hat eine ganze Reihe von gebrochenen Herzen in ganz Yorkshire hinterlassen, Emily«, sagte er.

»Ich weiß nicht, ob dein an verschiedenen Orten gebrochenes Herz als eine ganze Reihe angesehen werden kann.« Emily lächelte.

»Was genau erhoffst du dir davon, Charlotte? Was sollen Branwell und ich bei Mr Chester finden, was wir nicht schon herausgefunden haben?«, fragte Anne.

»Ich *hoffe*«, sagte Charlotte, »dass du Mattie wiedersiehst und ein bisschen mehr darüber in Erfahrung bringst, wie es ihr auf Chester Grange geht. Und während du in der Brautkammer nach Beweisen dafür suchst, dass Elizabeth in dieser Ehe unglücklich war, spricht Chester mit einem Mann von Welt – einem Mediziner – vielleicht etwas offener über seine Situation. Und erzählt etwas, das uns als Hinweis dienen kann, wo wir als nächs...«

»Branwell ein Mann von Welt? Der Pub-Welt, meinst du wohl?« Emily stieß Branwell mit dem Ellbogen an, und er stieß zurück.

»Wenn du darauf bestehst, Anne mitzunehmen«, sagte

Charlotte an Branwell gewandt, »dann werden Emily und ich ins Dorf gehen, dort unseren Charme, unseren Scharfsinn und unsere freundliche Natur einsetzen und uns mit ein paar Einheimischen anfreunden.«

»In dem Fall«, sagte Branwell, »rate ich euch, in der Schenke anzufangen. Nach ein paar Bier sind die Menschen einfach deutlich vertrauensseliger.«

Kapitel 10

Anne

»Wir erwarten keine Gäste«, sagte Mrs Crawley mit dem für sie üblichen Maß an Freundlichkeit, kaum dass sie die Tür geöffnet hatte und den jungen, rothaarigen Gentleman und dessen Begleiterin erblickte. Anne fiel auf, dass sie die vernarbte Seite ihres Gesichts immer ein wenig abwandte, was vielleicht eine unbewusste Entscheidung war, aber doch eine, die der sonst so herrisch auftretenden Frau mit dem versteinerten Gesicht einen Hauch von Verletzlichkeit verlieh.

»Ganz sicher nicht, Verehrteste.« Branwell verneigte sich lächelnd und zog sich gekonnt den Hut vom Kopf. »Aber ob Ihr Herr, Mr Chester, wohl ein paar Minuten für mich erübrigen könnte? Mein Name ist Patrick Hardwell, Madam, ich bin frisch ausgebildeter Arzt und lasse mich gerade hier in der Nachbarschaft nieder. Ich möchte mich und meine Schwester gerne allen wichtigen Familien in der Gegend vorstellen.«

Mrs Crawleys Blick glitt hinüber zu Anne und fixierte das verschleierte Gesicht lange genug, um Anne ein klein wenig nervös werden zu lassen. Gestern Abend hatten sie und ihre Schwestern dem Trauerflor immer mehr Lagen hinzugefügt, aber Anne war immer noch nicht restlos überzeugt, dahinter unerkannt zu bleiben. Bis zu diesem Moment war Anne sich nicht sicher gewesen, ob das Risiko, enttarnt zu werden, für sie ein Nervenkitzel der angenehmen oder der unangenehmen Art war, aber jetzt wurde ihr schlagartig bewusst, dass er ihr nicht behagte.

» Wir empfangen keine Gäste «, wiederholte Mrs Crawley. » Ich vermute, Sie wissen, warum, und ich vermute, Sie sind nichts anderes als ein paar Schaulustige, die gerne das Bett sehen wollen, aus dem die arme junge Frau geraubt wurde. «

Anne konnte Mrs Crawleys knurrendem Ton nicht recht entnehmen, worauf die Haushälterin hinauswollte. Hinter ihrem Schleier wurde ihr bewusst, dass sie der älteren Frau unterstellt hatte, kein Mitgefühl mit der Vermissten zu haben, und jetzt hätte sie sich am liebsten selbst die Ohren lang gezogen. Wie hatte sie so ohne Weiteres davon ausgehen können, dass ein nach außen unansehnlicher und buckliger Mensch auch im Inneren hässlich war?

» Verehrteste. « Branwells verletzter und schockierter Blick war bestechend. » Meine Schwester und ich wissen nichts von einem Raub – wir wollten Ihnen lediglich unsere Aufwartung machen. « Er deutete auf Anne. » Meine arme Schwester ist frisch verwitwet, es mangelt ihr an Intellekt und Bildung, und sie ist von so lieblicher und schlichter Natur, dass sie sich niemals an dummem Klatsch beteiligen würde. «

Anne schäumte vor Wut hinter ihrem Schleier und hätte ihrem großen Bruder nur zu gerne ernsthafte Verletzungen zugefügt.

Mrs Crawley dachte kurz nach, bevor sie zur Seite trat und sie hereinließ. » Ich gewähre Ihnen Einlass, aber nur, weil sie ein Mann der Medizin sind und Mr Chester derzeit krank vor Trauer ist. Aber seien Sie nicht überrascht, wenn er sie hochkant hinauswirft. «

» Ich erbitte nur einige wenige Minuten von ihm. « Branwell verneigte sich wieder, worauf Mrs Crawley sich schnaubend entfernte.

» Die Frau mag mich, das merk ich schon. « Lächelnd strich

Branwell sich das widerspenstige Haar aus dem Gesicht und richtete seine Brille.

Zwei von Chesters Hunden erschienen trottend auf der Bildfläche und blieben wenige Schritte von den Besuchern entfernt stehen, fletschten die Zähne und knurrten leise und bedrohlich.

» Ich bin ein ziemlich guter Schauspieler, findest du nicht?« Nervös winkte Branwell den Hunden und fügte hinzu: » Brave Bluthunde. Bitte verschont mich. «

» So gut nun auch wieder nicht «, brummte Anne. » Denn sonst wäre ich immer noch auf Thorp Green angestellt. «

» Ein wirklich vornehmes Haus «, sagte Branwell und ließ Annes Bemerkung an sich abprallen. » Ich wette, hier gibt es eine exquisite Weinsammlung. «

» Würdest du bitte daran denken, weshalb wir hier sind? «, ermahnte Anne ihn. » Manchmal bist du Emily einfach viel zu ähnlich, ihr verwechselt eure Hirngespinste mit der Realität: Das ist eine Schwäche, der du dich stellen musst, wenn du ein unabhängiger erwachsener Mann sein willst. «

» Aber Hirngespinste machen viel mehr Spaß als die Realität. « Branwell lächelte schwach und seufzte. » Fandest du die Zeit auf Thorp Green denn nicht auch unerträglich langweilig? Wenn sich dir die Gelegenheit geboten hätte, hättest du nicht auch Ablenkung gesucht? Sinn? Könnte man nicht sogar sagen, dass du mir dankbar sein solltest dafür, dass ich dich vom Joch der Knechtschaft befreit habe? «

Darauf hätte Anne eine Menge zu erwidern gehabt, aber hierfür fehlte jetzt die Zeit. Also seufzte sie nur hinter ihrem Schleier und klopfte mit dem Fuß auf den Boden wie ein Metronom.

» Ganz ruhig bleiben, Schwester «, sagte Branwell schließlich. » Nicht vergessen, du bist lieblich und mild. Der Inbegriff der Frau, wie sie sein sollte, fügsam und ergeben. «

Da konnte Anne sich nicht länger beherrschen und trat ihm gegen das Schienbein, just als Mrs Crawley zurückkehrte. Während Branwell einen Schmerzensschrei unterdrückte, grinste sie hinter ihrem Schleier.

» Er ist bereit, Sie zu empfangen «, sagte Mrs Crawley, machte ohne weitere Umschweife auf dem Absatz kehrt und geleitete sie zu Chesters Arbeitszimmer. Er saß hinter einem riesigen, mit Leder bespannten Schreibtisch, der kaum in das kleine Esszimmer im Pfarrhaus gepasst hätte, umgeben von einer dichten Rauchwolke, vor sich ein wildes Durcheinander von Papieren. An der Wand hinter ihm hing das Gemälde einer wunderschönen Frau in einem blauen Samtkleid, reich geschmückt mit Diamanten, mit einem großen Rubin an ihrem Ringfinger, an der Hand ein etwa zweijähriges Kind. Das musste die erste Mrs Chester sein, dachte Anne, Imogen. Sie betrachtete ihre blauen Augen, unendlich traurig, als wüsste sie bereits, welches Schicksal sie erwartete. Ihr Blick schien Annes Schleier zu durchdringen. In seiner linken Hand hielt Chester ein bis zum Rand mit einer bernsteinfarbenen Flüssigkeit gefülltes Weinglas, und Anne wäre jede Wette eingegangen, dass das kein Wein war. Branwell leckte sich die Lippen.

» Mr ...? « Chester ignorierte Anne.

» Hardwell, Sir. « Branwell reichte ihm über den Tisch hinweg die Hand. » Ich würde ja gerne sagen, dass es mir eine große Freude ist, Sie kennenzulernen, aber wie ich höre, haben Sie gerade mit unschönen Ereignissen zu kämpfen. «

» Crawley sagt, Sie seien Arzt – was für ein Arzt? «

» Ich ... äh ... der Medizin. « Branwell nickte ernst.

» Kennen Sie sich in irgendeiner Weise mit dem menschlichen Gehirn aus? «

» Das tue ich in der Tat, Sir – das ist mein Spezialgebiet. «

Wirklich bemerkenswert, dachte Anne, wie die Geschichten einfach so aus Branwells Mund flossen und wie keiner der beiden Männer ihrer Anwesenheit Beachtung schenkte.

»Ich weiß nicht, an wen ich mich wenden soll, Hardwell«, sagte Chester mit erstickter Stimme. »Ich weiß nicht, was ich tun soll. Es ist jetzt zwei Tage und zwei Nächte her, seit meine Frau unter den grausamsten Umständen verschwunden ist, spurlos und ohne dass es einen Verdächtigen gibt, außer vielleicht ein paar Zigeuner, die ich aber nicht für intelligent genug halte, ein solches Verbrechen zu begehen. Ich ...« Er fuhr sich mit den Fingern durch das dunkle Haar. »Ich werde noch verrückt. Diese Ungewissheit, Hardwell. Wie kann ich meinen Geist beruhigen?«

»Sir.« Branwell nahm Platz und ließ seine Schwester neben sich stehen. »Die beste Medizin für einen unruhigen Geist ist der Schlaf, und wenn Sie Schwierigkeiten haben, ihn zu finden, könnten Sie mit etwas Laudanum nachhelfen. In Haworth gibt es einen hervorragenden Apotheker. Ein bis zwei Tropfen müssten schon helfen – berufen Sie sich gerne auf mich.«

»Ein bis zwei Tropfen helfen überhaupt nicht«, fauchte Chester. »Die Dosis, die ich einnehmen müsste, würde mich umbringen, und nicht einmal Whisky hilft – gegen dieses Laster bin ich immun. Ich habe nämlich schon sehr früh begonnen, meinen Geist zu beruhigen – und jetzt weigert er sich, weiter ruhiggestellt zu werden.« Anne zuckte zusammen, als Chester sein Glas in den Kamin schleuderte, worauf das Feuer kurz aufloderte. Sie drückte die gefalteten Hände gegen den Rock und hielt den Kopf demütig gesenkt, aber ihr Blick folgte jeder von Chesters Bewegungen und seinem Mienenspiel. Er war ein Mann der Gegensätze: große, dramatische Gesten und kleine, verschlagene Bewegungen im Gesicht verrieten ihr, dass er eine Rolle spielte, eine bestimmte Version seiner selbst zum Besten gab, auch wenn er sich seines Schauspiels vielleicht gar nicht in Gänze bewusst war.

» Dann gebe ich Ihnen den Rat, die Gedanken aussprechen, die Ihnen den Schlaf rauben. Die Dämonen ans Licht zu zerren hilft häufig dabei, sie zu bezwingen «, erklärte Branwell unbeschwert.

» Grundgütiger. « Chester machte ein mürrisches Gesicht. » Ich bin doch keine Heulsuse. «

» Ich dachte ja nur, dass Sie vielleicht … «

» Erzählen Sie mal … « Chester hielt inne und ließ sich tiefer in seinen Stuhl sinken, die Niedergeschlagenheit schien seine Schultern zu beschweren. » Haben Sie schon mal davon gehört, dass jemand unter Alkoholeinfluss sein Gedächtnis verloren hat – und zwar so, dass er sich an ganze Stunden seines Lebens nicht mehr erinnern kann? «

» Selbstverständlich! «, entgegnete Branwell überschwänglich, denn das war nun tatsächlich sein Spezialgebiet. » Täglich! Betrunkene sagen häufig Dinge, prügeln sich oder haben an gewissen › Vergnügungen ‹ teil « – er sprach das Wort sehr leise aus – » und können sich hinterher an nichts erinnern. Das ist der Fluch der Trunkenheit. «

» Wieso fragen Sie das, Sir? «, meldete Anne sich zu Wort, aus Angst, Branwell könnte die Gelegenheit verstreichen lassen.

» Das hat Sie nicht zu interessieren, Madam. « Abrupt erhob Chester sich. » Wenn Sie schon mal hier sind, möchte ich Sie bitten, meine Kinder zu untersuchen. Es ist auch für sie eine sehr schwere Zeit, und ich möchte nicht, dass sie zu allem Überfluss nun auch noch ernsthaft krank werden. «

» Selbstverständlich, Sir – es ist mir eine Ehre. «

» French! « Chester sah Mattie durch die Tür des Arbeitszimmers und rief sie herbei. Als sie Branwell erblickte, klappte ihre Kinnlade herunter, und als sie Anne sah, hätte sie sie fast verraten. Blitzschnell durchschaute sie jedoch die Lage und riss sich zusammen. Anne atmete erleichtert auf.

»Patrick Hardwell, stets zu Diensten.« Branwell verneigte sich vor Mattie. »Ich bin Arzt und neu in der Gegend, und das ist meine verwitwete Schwester.«

So viel Information stand einer Frau in Matties Position gar nicht zu, aber das schien Chester gar nicht weiter aufzufallen.

»Matilda French. Sehr erfreut«, erwiderte Mattie verunsichert und knickste kurz.

»Wo sind Francis und Archibald?«, fragte Chester.

»Die beiden machen ein Mittagsschläfchen, Sir.« Mattie richtete den Blick zu Boden. »Wie immer um diese Zeit.«

»Gut. Ich möchte, dass Sie Dr. Hardwell und seine Schwester sofort zu ihnen bringen. Er soll sie untersuchen und sicherstellen, dass sie bei guter Gesundheit sind.«

»Sir.« Matilda knickste und sah weiter zu Boden, bis sie Branwell und Anne aus dem Zimmer geführt hatte und sie sich außer Sicht- und Hörweite befanden.

»Was um Himmels willen macht ihr hier? Branwell? Und bist du das, Anne?«

»Ja, ich bin's.« Anne nahm Mattie fest in den Arm. »Wir sind auf einer geheimen Mission, Mattie. Wir suchen nach Spuren und Beweisen.«

»Ich habe keine Ahnung, wovon du redest.« Verwirrt schüttelte Mattie den Kopf. »Was um alles in der Welt erwartet ihr, hier zu finden?«

»Das werden wir erst wissen, wenn wir es sehen«, sagte Anne. »Zeig uns so viel von Chester Grange wie irgend möglich.«

Kapitel 11

Charlotte

» Ich bin mir nicht sicher, ob das hier wirklich eine kluge Strategie ist.« Charlotte betrachtete die Fassade der Dorfschenke. Durch die kleinen Fenster des sich duckenden elisabethanischen Fachwerkhauses war nicht zu erkennen, wie es in seinem Inneren aussah, aber ganz gleich, was da war, es war nichts, das sich für eine anständige junge Dame schickte. » Die Einheimischen sind um diese Zeit doch bestimmt alle bei der Arbeit und sitzen nicht im Wirtshaus und zechen?«

» Tut Branwell das denn?«, fragte Emily.

» Branwell kann offenbar nicht lange an einer Arbeitsstelle bleiben.« Charlotte seufzte.

» Also, ich möchte da nicht reingehen«, sagte Emily entschlossen. » Ich kann hier draußen warten. Oder nach Hause gehen. Ich kann nach Hause gehen und auf Nachrichten warten.«

» Was denn für Nachrichten?«

» Weiß nicht?«

» Das geht leider nicht, Emily – du kannst nicht nur nach Lust und Laune mitmachen. Wenn du wirklich eine Ermittlerin werden willst, dann musst du auch Situationen großer Gefahr die Stirn bieten.«

» Gefahr ist nicht weiter schlimm«, sagte Emily. » Was ich nicht ertrage, ist höfliche Konversation.«

»Dann musst du dir eben in Erinnerung rufen, dass diese höfliche Konversation ein Mittel zum Zweck ist«, sagte Charlotte. »Es sieht so aus, als würden wir ein wenig parlieren, aber in Wirklichkeit befragen wir Zeugen.«

»Das klingt schon interessanter«, räumte Emily ein.

»In jedem Fall müssen wir aber peinlichst darauf achten, nicht zu viel Aufmerksamkeit zu erregen.« Charlotte sah sich nach einem passenderen Ort um. »Ich schlage vor, statt des Wirtshauses dem Tuchmacher einen Besuch abzustatten – vielleicht hat er ein paar schöne Stoffe, und Näherinnen sind doch die geborenen Plaudertaschen, oder etwa nicht?«

Ohne ihre Zustimmung abzuwarten, hakte Charlotte sich bei Emily unter und setzte sich in Bewegung. Eigentlich wollten sie ja unerkannt bleiben, aber die beiden Frauen waren doch ein auffälliges Paar, wie sie so durch die Straßen von Arunton schlenderten und ihre Patten auf den Kopfsteinen klackten. Aufgrund ihrer unterschiedlichen Größe und Gangart wäre ein unbeteiligter Beobachter wohl kaum darauf gekommen, sie für Schwestern zu halten, und doch strahlten die beiden eine große Zugehörigkeit aus.

Zwischen ihnen bestand unverkennbar eine besondere Verbindung. Daraus, wie ihre untergehakten Arme und ihre unterschiedlich hohen Hüften sich ineinanderfügten, sprach eine große Nähe. Denn Charlotte und Emily hatten mit keinem anderen geliebten Familienmitglied mehr unbekannte Pfade beschritten als miteinander. Sie waren die verlorenen Mädchen im furchtbaren Internat Cowan Bridge gewesen, sowohl Lehrerin als auch Schülerin an der Roe Head School, und sie hatten einander dabei geholfen, bei geistiger Gesundheit zu bleiben, als sie zusammen in Brüssel am Pensionat Héger arbeiteten. Dort hatten sie sich die Last der Herausforderungen und Schwierigkeiten geteilt, mit der sie konfrontiert waren. Und vor allem war Emilys Gesellschaft ihr ein sehr großer Trost gewesen, als Charlotte ihr Herz an Monsieur Héger verlor. Sie sprachen nur selten von jenen ereignisreichen Monaten, hatten schon damals kaum ein Wort darüber verloren, aber Emilys treue und starke Natur war so etwas wie Charlottes Zuflucht gewesen. Auch nach ihrer Rückkehr nach Haworth hatte Emily Charlotte weiter schweigend die Beichte abgenommen, sie war der einzige Mensch gewesen, der über Charlottes unglückliche Liebe im Bilde war. Nun rückten die Tage in Brüssel in immer weitere Ferne, und Emily war Charlottes letzte Verbindung zu ihrer Zeit dort, Emily war der lebende Beweis dafür, der sagte: »Ja, das ist wirklich alles passiert. Ich weiß es, weil ich dabei war. Du bist nicht verrückt.«

Im Gegenzug war Charlotte Emilys ahnungsloses Leucht-feuer, das ihr den Weg wies, das sie herausforderte, ihr eige-nes kostbares und beneidenswertes Geheimnis preiszugeben: ihr atemberaubendes schriftstellerisches Talent.

Zwischen den beiden herrschte ein Vertrauen, eine Über-einstimmung, die aus ihnen ein perfektes Paar machte. Und wenn sie ab sofort versuchten, die Geheimnisse anderer Men-schen aufzuklären, dann würden sie einfach so weitermachen wie bisher: Sie würden einander zur Weißglut bringen, auf-einander herumhacken und dabei stets überaus loyal bleiben.

Ein Glöckchen bimmelte, als sie den kleinen Laden betra-ten.

»Guten Tag, die Damen.« Eine freundlich aussehende Frau, die ihr stahlgraues Haar ordentlich unter einer Haube aufgesteckt hatte, begrüßte sie. Charlotte fühlte sich an ihre schmerzlich vermisste Tante Branwell erinnert. »Ich bin Mrs Hardy – sind Sie zu Besuch in Arunton?«

Es war ein hübscher kleiner Laden, in zwei Bereiche geteilt durch einen großen Zuschneidetisch, der gleichzeitig als Verkaufstresen diente. Regale voller Stoffballen reichten vom Fußboden bis zur Decke, voller feiner Stoffe wie einem kupferfarbenem Seidensatin, den Charlotte sofort ins Herz schloss. Soweit die Schwestern das sehen konnten, wurden hier vor allem gebrauchte Kleidungsstücke repariert – eine Tätigkeit, mit der auch die Brontë-Töchter im Laufe der Jahre vertrauter geworden waren, als ihnen lieb war.

»Guten Tag, ja, wir sind heute aus Haworth hier.« Charlotte lächelte, sehr darauf bedacht, nicht mehr Informationen preiszugeben als unbedingt nötig. »Meine Schwester und ich haben ein wenig Zeit übrig und dachten, wir könnten uns Ihre Stoffe ansehen. Wir interessieren uns immer sehr für die neuesten Muster und Webarten.«

»Da kann ich Ihnen einiges zeigen, und was wir nicht hier haben, können wir jederzeit beschaffen«, erklärte Mrs Hardy stolz. »Ich halte mich stets auf dem Laufenden, was in London und Paris gerade Mode ist, denn warum sollten die Mädchen in Yorkshire nicht genauso hübsch oder noch viel hübscher gekleidet sein als die Damen in der Stadt?«

»Ganz recht«, sagte Charlotte und beäugte Mrs Hardy. Sie war gepflegt und fleißig und damit der Inbegriff einer berufstätigen Frau aus Yorkshire. Sie war die Art von Frau, die Charlotte verstand, die Art von Frau, die sie bereits ihr ganzes Leben lang kannte. Die Art von Frau, die – so bescheiden ihr Geschäft auch sein mochte – eben dieses mit großer Leidenschaft betrieb und sich ein großes Wissen auf ihrem Gebiet angeeignet hatte und die sich nur zu gerne darüber unterhielt.

Charlottes Erfahrung nach wollte jeder Mensch gerne das Gefühl haben, interessant zu sein, und sobald man dieses glückliche Gefühl erreicht hatte, freundete man sich gerne mit neuen Menschen an. Im Fall dieser vornehmen Frau musste sie einfach nur ein bisschen Vertrauen schaffen.

» Würden Sie mir denn dann wohl verraten, was in Sachen Ärmel gerade die neueste Mode ist? Ich wäre Ihnen sehr dankbar für Ihren fachkundigen Rat.«

Während Charlotte redete, wandte Emily sich ab und strich über die Stoffballen, suchte nach Gesichtern und Geschichten in jedem Muster, bis ihre Finger auf einem Tuch anhielten und verweilten. Charlotte sah sich nach ihrer Schwester um und wusste, dass Emily bis auf Weiteres in anderen Sphären unterwegs war.

» Meine Güte.« Charlottes Augen leuchteten auf, als sie eins der neuesten Modelle erblickte, mit langen, engen Ärmeln, die am Handgelenk etwas stauchten. » Was für ein wunderschöner Ausschnitt. Sie stellen sicher viele schöne Kleider her. So gut, wie Sie schneidern können.«

» Das schönste Kleid, das ich je genäht habe, war das für eine bezaubernde junge Braut «, brüstete Mrs Hardy sich und strahlte. » Nicht das Brautkleid, das kam aus Leeds, aber ihre Aussteuer. So edle Stoffe und Farben, denn sie war eine ganz besondere junge Frau und wunderschön.«

» War?«, hakte Charlotte so unbedarft wie möglich nach, ohne den Blick vom Stoff abzuwenden.

» Wir haben sie schon lange nicht mehr im Dorf gesehen «, sagte Mrs Hardy, und Charlotte bemerkte, wie sie sich ein wenig abwandte, um der Versuchung zu widerstehen, mit einer Fremden zu tratschen. » Wir glauben nicht, dass wir sie so bald wiedersehen werden. Es würde sich nicht schicken, wenn ich Ihnen noch mehr erzählte.«

» Von wo bekommen Sie Ihre Spitze?« Charlotte nahm das Ende einer kunstvoll geklöppelten Borte zur Hand. » Sie haben wirklich einen exquisiten Geschmack, Mrs Hardy.«

Mrs Hardy strahlte. » Von einer Klöpplerin in unserem Dorf. Sie arbeitet exklusiv für mich. Ihre Spitzen können es leicht mit denen vom Kontinent aufnehmen und haben den

Vorteil, dass Sie die Muster niemals irgendwo anders sehen werden.«

»Wunderschön.« Charlotte lächelte. »Aber sagen Sie, warum sehen Sie die junge Frau nicht mehr? Ist sie weggezogen?«

Mrs Hardys Lächeln ließ nach.

»Es steht mir nicht zu, Ihnen das zu sagen«, sagte sie mit fester Stimme. »Darf ich Ihnen noch etwas anderes zeigen?«

»Selbstverständlich, das verstehe ich gut, wir stammen selbst aus einem kleinen Dorf – wir sind die Töchter eines Pfarrers. Ich verstehe, wie wichtig Diskretion ist, heutzutage geben sich viel zu viele Menschen Klatsch und Tratsch hin, nicht wahr? Wie ich sehe, sind Sie eine standhafte und anständige Frau.«

»Töchter eines Pfarrers?« Mrs Hardys Gesichtszüge wurden weicher. »Ein hartes Leben für eine junge Frau.«

»Wir kommen zurecht.« Charlotte ließ etwas mehr Akzent als sonst zu, runzelte nachdenklich die Stirn und senkte den Kopf. »Die Braut, von der Sie sprachen, war nicht zufällig Mrs Chester von Chester Grange? Denn offen gestanden haben wir bereits von der Unruhe dort gehört. Wie entsetzlich.«

»Ja, das war sie.« Mrs Hardy biss sich auf die Lippe und wich Charlottes Blick aus.

»Aber es besteht doch Grund zur Hoffnung, meinen Sie nicht?« Unbeteiligt befühlte Charlotte die Ecke eines feinen weißen Damastes, den sie nur zu gerne erworben hätte, doch ach, neue Kleider waren ein Luxus, den sie sich derzeit nicht leisten konnten. »Vielleicht findet man Elizabeth Chester wieder, und alles wird gut.«

»Von dem Haus geht überhaupt nichts Gutes aus«, brach es aus Mrs Hardy hervor, und ihre Wangen röteten sich, als der unterdrückte Zorn sich Bahn brach. »Verzeihen Sie, ich sollte mich dazu nicht äußern. Es ist nur – sie war eine so feine und liebenswerte junge Dame.«

»Ist«, sagte Charlotte sanft. »Solange man nichts Definitives über ihr Schicksal weiß, muss man beim › ist ‹ bleiben.«

»Vielleicht ist sie ja weggelaufen«, stellte Mrs Hardy nüchtern fest, während sie ein Stück Seide zusammenlegte und wieder auseinanderfaltete, um ihre Aufregung zu verbergen. »Ich kann nur sagen, dass sie eine äußerst hingebungsvolle Mutter war – sie würde ihre Kinder nie verlassen. Fast jeden Nachmittag sah man sie mit ihnen spazieren gehen, sie und die junge Miss French. Den Kleinen auf der Hüfte, den Großen an der Hand. Und immer nahm sie sich die Zeit, auf Dinge hinzuweisen, die Master Francis gefallen könnten: einen Käfer zum Beispiel oder einen interessanten Stein. Der arme Knabe blühte richtig auf in ihren liebevollen Händen – sie liebte ihn, als wenn er ihr eigen Fleisch und Blut wäre. Ich kann mir einfach nicht vorstellen, dass sie die Kinder freiwillig zurücklässt. Das würde sie niemals tun. Für nichts und niemanden auf der Welt. Nicht mal für ... niemanden.«

Charlotte fiel dieses letzte Holpern durchaus auf, kommentierte es jedoch nicht. Wenn man einem fremden Menschen eine Geschichte entlocken wollte, zählte jede Minute.

»Was für eine schreckliche Vorstellung, dass womöglich ein Wahnsinniger da draußen herumläuft, der sie verschleppt hat und nun gefangen hält!«

Deprimiert schüttelte Mrs Hardy den Kopf. Charlotte konnte den Strom von Wörtern förmlich spüren, der sich hinter ihren verschlossenen Lippen aufstaute.

Charlotte legte ganz kurz die Hand auf die der Schneiderin, um sie implizit ihrer Verschwiegenheit zu versichern. Mit ihren hellen Augen begegnete sie Mrs Hardys Blick, bis sie die Frau für sich gewonnen hatte. Das war eine von Charlottes ganz besonderen Eigenschaften: Sie konnte fast jedem beliebigen Menschen jede beliebige Information entlocken – sie brachte jeden dazu, mit ihr zu reden und ihr zu vertrauen. Nur von ihr selbst hochgeschätzte Personen oder Verwandte waren diesbezüglich immun.

» Sie haben vielleicht Ihre ganz eigene Theorie zu dem, was vorgefallen ist? «

» Nun, es ist kein Geheimnis, dass seine Frau *von eigener Hand starb.* « Sie senkte die Stimme, als hätte sie gerade ein sehr großes Geheimnis verraten. » Sie war auch noch keine zwei Jahre mit ihm verheiratet. Damals – das ist ungefähr fünf Jahre her – gab es noch mehr Gesinde auf Chester Grange, auch ich gehörte dazu. Ich habe sie ihre Leiche wegtragen sehen, schlaff wie eine Stoffpuppe. Ein furchtbarer Anblick, den ich nie vergessen werde. Die arme Frau. Imogen Chester war eine gute Frau. Als sie ins Dorf kam, hofften wir alle, es würde Ruhe einkehren auf Chester Grange. Sie hat Wert darauf gelegt, uns alle beim Namen zu kennen, sie erkundigte sich nach unseren Familien, besorgte Medizin für die Kinder ... und sie war mächtig stolz auf den kleinen Francis – aber sie war so zart wie Organza. Wenn man sich liebevoll um sie gekümmert hätte, dann wäre sie vielleicht aufgeblüht, aber sie wurde schlecht behandelt, so schlecht behandelt. Diese Unbarmherzigkeit hat sie gebrochen, und als ich die neue Frau sah, da wusste ich sofort ... Nun ja, sie war ein so zierliches Mädchen. Er ist ein brutaler Mann, gefühlskalt, schon immer gewesen, seit er klein war. Und dann, eines Tages, habe ich gesehen ... «

Mrs Hardy hielt inne.

» Sie haben gesehen ...? «, hakte Charlotte nach.

» Ich habe bereits zu viel gesagt. Viel mehr, als ich sagen wollte, aber Sie haben ein so freundliches Wesen, Miss, und es tut mir so unendlich leid um die junge Mrs Chester, dass ich mich vergaß. Aber ihr Ehemann ist mein Vermieter. «

Mrs Hardy wandte sich von Charlotte ab. » Besser, ich sage nichts mehr. «

» Vor uns haben Sie nichts zu befürchten, Madam, ganz bestimmt nicht. « Charlotte lächelte. » Niemand wird je erfahren, was Sie uns erzählen, und wenn es Ihnen hilft, sich etwas von der Seele zu reden, dann ist doch gar nichts dabei? «

» Nun, es ist aber so, dass ... «

» Ich hätte gerne etwas hiervon. « Emily legte einen Stoffballen auf den Tresen. » Genug für ein Tageskleid. «

» Hiervon? « Charlotte warf einen Blick auf das Gewebe und zog die Augenbrauen hoch.

» Ist er nicht wunderschön? « Emily strahlte und fasste auf der Suche nach Münzen in die Tasche.

Charlotte wollte ihre angestrengte finanzielle Situation nicht vor Mrs Hardy zur Sprache bringen, bedachte Emily aber mit einem langen, strengen Blick und hoffte, ihrer Schwester so zu vermitteln, dass sie diesen Kauf für eine Extravaganz hielt. Doch Emily gehörte zu den Menschen, auf die Charlottes lange, strenge Blicke keinerlei Wirkung zeigten. Sie legte die Münzen auf den Tisch und lächelte zufrieden.

» Gewitterwolken und Blitze «, stellte Charlotte fest, als sie das seltsame Muster sah, so wild und weltfremd wie Emily. » So etwas habe ich, glaube ich, noch nie gesehen. «

» Ganz genau, und ich werde mir daraus einen Wirbelwind von einem Kleid fertigen. « Selig lächelte Emily Mrs Hardy an. » Bitte lassen Sie es zum Pfarrhaus in Haworth liefern. «

» Was wollten Sie gerade sagen, Mrs Hardy? «, fragte Charlotte freundlich, als die ältere Frau die Ware zusammenpackte.

» Mehr kann ich nicht sagen. « Mrs Hardy hatte sich wieder verschlossen, wie eine Margerite an einem dunklen Nachmittag. » Außer, dass die Wahrheit noch ans Licht kommen wird. So oder so. Früher oder später kommt die Wahrheit immer ans Licht.«

Charlotte trat beiseite, während Emily den Handel abschloss. Wenn Mrs Hardy doch nur den Satz beendet hätte, aber jetzt war es zu spät, und Charlotte wusste nicht, wie sie das Thema noch einmal aufbringen sollte, ohne sich verdächtig zu machen.

»Was haben Sie gesehen?«, fragte Emily Mrs Hardy, die mit einem heftigen Blinzeln reagierte. »Sie wollten meiner Schwester gerade erzählen, was Sie gesehen haben, das etwas mit dem Schicksal von Elizabeth Chester zu tun haben könnte, oder nicht? Was war das?«

Emily war schon immer sehr direkt gewesen.

»Ich habe neu gefertigte Ware von meinen Zuarbeiterinnen im Dorf abgeholt«, erzählte Mrs Hardy. »Im Mai. Ein schöner Tag, darum bin ich durch den Wald von Chester Grange gestreift, um nach Glockenblumen Ausschau zu halten, und da bin ich ihr begegnet.«

»Elizabeth Chester?«, fragte Emily.

»Genau.« Mrs Hardy nickte. »In den Armen eines Mannes, der ganz sicher nicht ihr Ehemann war.«

Kapitel 12

Anne

Zwar war ihr zweiter Besuch auf Chester Grange kein heimlicher, aber Anne fühlte sich dennoch nicht wirklich als geladener Gast und reichlich unwohl, als sie und Branwell Mattie die große Treppe hinauf folgten und dabei von mindestens einem Dutzend porträtierter Ahnen beobachtet wurden. Viele Jahrzehnte rußigen Kerzenrauchs und ewigen Staubs hatten die Gemälde verschleiert, die auf Anne wie ein ganzes Komitee von Geistern wirkten, die sie auf Schritt und Tritt überwachten.

Die Flure im Obergeschoss waren aufgrund der hohen Fenster schön hell, die Decken zierte kunstvoller Stuck. Und doch konnte man sich dem leisen Protest, der aus den zahlreichen unbewohnten Zimmern klang, nicht entziehen, die Räume strahlten vernachlässigte Kühle aus und – bis auf Erinnerungen und Geheimnisse – vollkommene Leere.

»Das ist das Kinderzimmer, direkt neben meiner Kammer«, flüsterte Mattie und führte Branwell und Anne an dem Raum vorbei, in dem die beiden Knaben schlummerten. »Was mich wirklich sehr ... *wundert* ... ist, dass, ganz gleich, was des Nachts auch geschieht – sei es ein Klopfen, ein Rumpeln oder furchtbare Kälte –, es nie bis in das Kinderzimmer vordringt. Immer, wenn ich zu ihnen eile, um sie vor dem zu schützen, was vor meiner Kammertür so einen Lärm macht, ist es bei ihnen still, friedlich und warm.«

» Wie ein Sanktuarium «, sagte Anne nachdenklich. » Ein geschützter Ort inmitten großer ... Gefahr. « Anne war sich nicht sicher, wieso ihr ausgerechnet dieses Wort einfiel, aber es entsprach ihrem Gefühl – nämlich, dass Chester Grange ein einziges großes Fangeisen war, das jeden Moment zuschnappen konnte.

» Und das ist meine Kammer. «

Anne sah sich in Matties Zimmer um – nicht ungemütlich, aber schäbig und kalt. Das Himmelbett sah aus, als sei es hundert Jahre alt, und insgesamt gab es nicht viel, das nach Matilda French aussah – lediglich ein paar abgegriffene Romane und eine eher traurige Sammlung von Schmuck in einer Muschelschale. Alles in allem hätte es die Kammer einer jeden x-beliebigen Gouvernante sein können – selbst ihre eigene auf Thorp Green. Auf einmal erschien Anne eine schier endlose Reihe von gesichtslosen, unerwünschten Frauen, die weder jung noch schön waren, weder aus gutem Hause noch reich, und die darum keinen Deut wert waren. Anne hatte sich in ihr Schicksal gefügt, aber Gouvernante zu werden war gewiss nicht das Leben gewesen, das Anne sich für sich selbst und ihre Schwestern oder sonst einen Menschen gewünscht hätte. Man war weder Dienstbote noch Familienmitglied, und dieser Zustand war das Gegenteil von Zugehörigkeit. Anne wollte alles andere lieber machen, als zu einer solchen Tätigkeit zurückzukehren, denn es war eine undankbare Existenz. Sie sah Matties trostlose Kammer und hätte ihre Freundin am liebsten sofort in die Arme geschlossen und sie mit nach Hause genommen, an einen Ort, an dem es Menschen gab, die sich freuen würden, sie zu sehen. Vielleicht hatte Branwell ihr doch einen Gefallen getan, vielleicht hatte er sie wirklich vor einem tristen Leben gerettet. So oder so stand sie natürlich in der Pflicht, selbst für ihren Lebensunterhalt zu sorgen und auch etwas zum Haushalt beizutragen, und darum würde sie nicht umhinkönnen, wieder eine Stelle als Gouvernante anzutreten. Und es gab wahrlich schlimmere Schicksale.

»So, wie ich das sehe, haben wir bisher keinerlei Spuren gefunden.« Mit großen Schritten durchschritt Branwell den Raum, seine Männlichkeit passte nicht recht zu der ausgeprägten Schlichtheit der Kammer. »Nicht, dass ich wüsste, wie genau so eine Spur aussehen würde. Was meinen Sie, Matilda? Hat sie Federn? Einen Schwanz?«

Er lächelte, Mattie errötete und nahm dankbar seinen Arm, damit er sie aus ihrem Zimmer führte. Wenigstens hat er Mattie zum Lächeln gebracht, dachte Anne. Das immerhin konnte man Branwell zugutehalten: Seine übereifrige, fast schon verzweifelte Entschlossenheit, jeden Schmerz mithilfe von kurzen Vergnügungen zu verjagen, konnte wie Balsam wirken – nicht auf seiner Seele, sondern auch auf der seiner Mitmenschen. Wahrscheinlich hatte er deshalb so viele Freunde in Haworth und der weiteren Umgebung. Deshalb, und weil er immer wieder bereit war, die Zeche zu übernehmen, ob er es sich leisten konnte oder nicht.

Anne wollte die Kammer gerade verlassen, als ihr Blick auf eine gerahmte Stickarbeit auf dem Kaminsims fiel. Charlotte hatte als Kind etwas ganz Ähnliches produziert, allerdings nicht ganz so akkurat gestickt. Anne nahm den Rahmen zur Hand und las den Bibelvers unter den Probestichen, -buchstaben und -zahlen: »Meine Demut und die Furcht vor dem Herrn. sind. reichtum. ehre und leben.« Ein weiteres Beispiel dafür, wie die Welt sie sah, wie sie alle Frauen und Mädchen sah, ganz gleich, wie sehr sie geistig in Flammen stehen mochten: Sie waren alle miteinander ein Wesen – ein Wesen, das gezähmt und unterdrückt werden musste, die Köpfe über dieselben sinnlosen Aufgaben gebeugt.

Anne wollte den Rahmen zurück auf den Sims stellen, als

sie an seiner Rückseite etwas spürte. Vorsichtig zog sie ein zusammengefaltetes Stück Papier hervor. Sie betrachtete es und steckte es sich in den Ärmel. Sie war sich nicht sicher, was es bedeutete, aber dass es etwas bedeutete, darüber war sie nicht im Zweifel.

Ich lebe und atme für den Tag, an dem wir für immer vereint sind. In Liebe, R.

Als sie wieder zu Branwell und Mattie aufschloss, dachte Anne darüber nach, wie Matilda ihren Herrn angesehen hatte – so ganz anders, als sie zuvor über ihn geredet hatte. Es lag auf der Hand, dass Mattie irgendwann im Laufe ihrer Anstellung auf Chester Grange angefangen hatte, für ihren Herrn zu schwärmen. Das war gar nichts Ungewöhnliches. Es war allerdings niemandem von ihnen in den Sinn gekommen, dass eine solche Art der Zuneigung erwidert werden könnte. Wenn jedoch das R am Ende der Nachricht für Robert stand, dann sah es ganz danach aus. Wenn nun Matilda Chesters Geliebte gewesen war ...? Vielleicht war Mattie French gar nicht so unschuldig, wie sie alle bisher angenommen hatten.

Mattie führte sie weiter, blieb irgendwo stehen und blickte nach rechts und links, um zu sehen, ob Mrs Crawley in der Nähe war.

Anne wusste nicht, ob sie ein weiteres Abenteuer dieser Art fürchten oder sich darauf freuen sollte, während Branwell jungenhaft grinste, als Mattie eine weitere Geheimtür in der Wandvertäfelung öffnete, mit der offenbar alle Innenräume des Hauses verkleidet waren. Dahinter verbarg sich eine steinerne Wendeltreppe. Sie zwängten sich alle drei in den kleinen, muffigen Raum, und Mattie zog die Tür hinter ihnen zu.

»Wo führt die hin?«, fragte Branwell. Vom oberen Ende der Treppe fiel ein wenig graues Licht auf sie herunter.

»Zu den Dachböden«, flüsterte Mattie. »Aber da können

wir nicht hoch, die Tür ist verschlossen. Soweit ich weiß, wird diese Treppe nie benutzt. Ich habe sie ganz zufällig entdeckt, als ich mal mit Francis Verstecken spielte. Ich komme manchmal einfach nur hierher, um meine Ruhe zu haben. Ihr müsst mir noch erzählen, was es mit eurem Rollenspiel auf sich hat.«

»Das erzählen wir dir, sobald wir uns hinter dieser Tür befinden«, sagte Branwell grinsend, während sie die Treppe hinaufstiegen. »Reich mir mal deine Hutnadel, Anne.«

Binnen zwei Minuten hatte Branwell das Schloss der Tür zum riesigen, staubigen Dachboden auf Chester Grange geknackt.

Manchmal waren die dunklen Seiten ihres Bruders doch zu etwas nütze.

Kapitel 13

Charlotte

» Nun ? «, sagte Charlotte, als sie den Laden der Tuchhändlerin verließen. » Was sagst du ? «

» Ein bisschen überteuert «, sagte Emily und sah zum Himmel, an dem sich rund um den Kirchturm dunkle Wolken zusammenbrauten. » Aber ich freue mich darauf, etwas zu tragen, das nicht jeden Moment droht, sich in Wohlgefallen aufzulösen. Und wir sollten uns besser auf den Nachhauseweg machen, wenn wir nicht nass werden wollen. Von Westen zieht Regen auf. «

» Ich meinte eigentlich, was du zu Mrs Chester sagst, aber jetzt, da wir dabei sind, woher hattest du eigentlich das Geld ? «

» Aus meinem eigenen Geldbeutel «, sagte Emily, und Charlotte wusste, dass das Thema damit für sie erledigt war. Es ging Charlotte überhaupt nichts an, wie ihre Schwester sich den neuen Stoff hatte leisten können, zumal Emilys Garderobe in weit schlechterem Zustand war als ihre eigene.

» Mrs Hardy hat Elizabeth in den Armen eines anderen Mannes gesehen «, sagte sie und erinnerte sich an den geheimnisvollen Ton der Näherin. » Wenn Chester wirklich so gewalttätig ist, wie Mattie sagt, dann sind Eifersucht und Betrug in der Tat sehr starke Beweggründe. «

» Stimmt. « Emily hakte sich bei Charlotte unter, als sie die schmale, menschenleere Straße zurückliefen. Fast schien es, als würde jeder, der im Dorf lebte oder arbeitete, den neugierigen Fremden aus dem Weg gehen. » Diese Beobachtung unterstützt die Theorie von einer zutiefst unglücklichen Ehe, aber unglücklich sind doch viele Ehen. Aber von eindeutigen Beweisen, wie du sie wolltest, Charlotte, kann doch wohl keine Rede sein, oder? Auch wir haben zu manchen Menschen eine ganz klare Meinung, aber die macht noch lange nicht den ganzen Menschen aus. Denk doch nur mal an Reverend William Weightman, dessen einziges Verbrechen darin bestand, gut auszusehen und sehr freundlich zu sein, und der deshalb gänzlich unbeabsichtigt von vielen Vertreterinnen des schwachen Geschlechts angehimmelt wurde. Und doch hast du immer so abfällig von ihm gesprochen, nachdem dir klar geworden war, dass er sich nicht in dich verlieben würde. «

» Das war nicht der Grund «, widersprach Charlotte heftig, wich aber Emilys langem, missbilligendem Blick aus.

» Du hast ihn Miss Celia Amelia genannt und ihm unterstellt, ein eitler Schürzenjäger zu sein «, rief Emily ihr in Erinnerung. » Aber in Wirklichkeit hatte er sich äußerst aufmerksam und intensiv um seine Gemeindemitglieder gekümmert, und er starb, weil er in ihrer unmittelbaren Nähe lebte und keinen Bogen um Krankheit und andere Katastrophen machte. Ein einzelner Aspekt einer Persönlichkeit macht noch nicht den ganzen Menschen aus, Charlotte, das weißt du sehr genau. «

» Willst du damit sagen, dass Mr Chester heimlich die Armen unterstützt und alle Tiere rettet, die nicht ausgestopft an seinen Wänden landen? «, fragte Charlotte. Natürlich hatte Emily recht, aber das würde Charlotte niemals einräumen. Als William Weightman nach Haworth kam, verdrehte er ihnen allen den Kopf, aber insbesondere ihr, Charlotte, und sie hatte eine ganze Weile mit ihm geflirtet und sich immer wilderen Tagträumen hingegeben – was schon immer eine große Schwäche von ihr war.

Doch dann passierte das mit den Valentinskarten.

Mr Weightman hatte durchschaut, dass keine der jungen Brontë-Schwestern auch nur im Entferntesten einen Verehrer hatte, und darum hatte er selbst jeder von ihnen zum Valentinstag eine Karte geschickt, er war ganz bis nach Bradford gelaufen, um sie abzuschicken. Schon bald kam heraus, dass er der mysteriöse Absender war. Anne hatte die Angelegenheit amüsiert, und Emily war das alles gleichgültig gewesen, aber Charlotte hatte die Angelegenheit sehr verletzt. Dass Mr Weightman, wenn er an die Schwestern – wenn er an Charlotte – dachte, Mitleid empfand, sie als schlichte, bedauernswerte Existenzen wahrnahm, die nicht geliebt wurden, war ihr fast unerträglich gewesen, und sie hatte darauf reagiert, indem sie fortan unfreundlich zu ihm war. Gewiss keine charakterliche Glanzleistung von ihr.

»Nein, ich will nichts dergleichen sagen«, entgegnete Emily, »aber die gute langweilige Anne meint, wir bräuchten unwiderlegbare Beweise, bevor wir Chester an den Pranger stellen können. Die Meinung einer einzelnen Frau ist kein Beweis, Charlotte – so redegewandt und energisch sie auch vorgetragen sein mag, sosehr sie auch meiner eigenen – meist richtigen – Meinung entsprechen mag und ganz gleich, wie überzeugend sie auch sein mag. Mrs Hardy hat uns lediglich etwas von einem gewalttätigen Ehemann erzählt – was für uns nichts Neues war – und von einer liebenswerten jungen Frau und Mutter, womöglich einer untreuen Ehefrau. Sie hat uns nichts von einem Mörder erzählt.«

»Ich fürchte, du hast recht«, räumte Charlotte widerstrebend ein und blieb unter den ausladenden Ästen der Zeder auf dem Friedhof stehen. »Außerdem fürchte ich, Emily, dass ich uns unbesonnenerweise in eine Unternehmung getrieben habe, für die wir nicht gerüstet sind. Ich dachte, wir würden sehr schnell und unkompliziert der Wahrheit auf die Schliche kommen, dass sie uns quasi ins Auge springen würde, aber das Ganze kommt mir zunehmend vor wie die Handlung eines ganz besonders unglaubwürdigen Romans. Und dabei ist das hier kein Schauermärchen, hier geht es um echte Menschen, um echtes Leben, um echtes Blut, das vergossen wurde. Was, wenn wir etwas falsch machen? Wer sind wir, dass wir uns erlauben, uns in derartige Angelegenheiten einzumischen? Hier stehen echte Leben auf dem Spiel, vielleicht sogar unser eigenes!«

»Mir gefallen ein paar der düsteren, komplizierten deutschen Romane eigentlich sehr gut«, sagte Emily, pflückte ein paar Nadeln vom Baum, hielt sie sich vor die Nase und sog ihren Duft ein. »Jedenfalls besser als diese süßlichen französischen Dinger, die du eine Zeit lang förmlich verschlungen hast. Und was deine Frage betrifft, Charlotte: Wer wäre besser für diese Unternehmung gerüstet als wir, die wir jeden Roman, den es gibt, gelesen haben und die wir alle gerade dabei sind, die Wahrheit über das Schreiben von Romanen herauszufinden, indem wir es selbst tun? Wir sind Experten, bevor wir überhaupt angefangen haben! Und sollten wir plötzlich Auge in Auge mit einem Mörder stehen, dann wäre das wenigstens mal eine willkommene Abwechslung.«

»Ich wünschte, ich wäre so überzeugt wie du, aber ich fürchte wirklich, dass wir die Sache nur noch schlimmer machen.« Tiefe Furchen zeichneten sich auf Charlottes Stirn ab.

»Aber denk doch nur an die Kinder«, sagte Emily. »Was wird aus ihnen, wenn wir den Mut verlieren, die Wahrheit über ihren Vater herauszufinden? Und was ist mit der ersten Mrs Chester, die den einzigen Ausweg, die einzige Erlösung darin sah, ihr Leben selbst gewaltsam und qualvoll zu beenden? Wer spricht für sie? Und falls Elizabeth tatsächlich etwas Schreckliches zugestoßen sein sollte, was ist dann mit ihr, Charlotte? In dieser Welt werden Frauen aller Gesellschaftsschichten benutzt und weggeworfen, sobald die Männer mit ihnen fertig sind. In dieser Welt haben wir zu schweigen und zu gehorchen. Vielleicht ist es unsere heilige Pflicht, für die zu sprechen, die selbst keine Stimme haben, das Schweigen mit unseren Worten zu durchbrechen und ihnen Gehör zu verschaffen.«

Charlotte sah Emily in die Augen und strich ihr mit der behandschuhten Hand über die Wange.

»Immer, wenn ich gerade denke, ich würde dich in- und auswendig kennen, überraschst du mich wieder«, sagte sie.

»Du wirst mich niemals in- und auswendig kennen«, erklärte Emily und lächelte leise. »Ich bin so rätselhaft wie eine Sphinx.«

»Auch wenn ich dir da beipflichte, liebe Sphinx«, sagte Charlotte, »bleibt die Frage: Was können wir jetzt tun?«

Charlotte warf einen Blick auf die Kirchturmuhr. »Wir haben noch eine halbe Stunde Zeit, bis wir uns mit Anne und Branwell treffen«, sagte sie. »Ich glaube, jetzt ist es so weit, jetzt müssen wir unseren Mut zusammennehmen und der Schenke doch noch einen Besuch abstatten, wenn wir mehr erfahren wollen.«

Emily seufzte. »Haben wir für heute nicht genug geredet?«

Charlotte winkte ab. »O nein. Längst nicht.«

*

Charlotte und Emily saßen bereits seit einigen Minuten im Wirtshaus und nippten an dünnem, kaltem Tee, während die wenigen anderen Gäste mehr oder weniger schwiegen und sie komplett ignorierten. Charlotte versuchte, nicht auf den Gestank von schalem Bier zu achten und sich nicht von der verrauchten Luft stören zu lassen, aber das hier war ganz eindeutig nicht ihr natürlicher Lebensraum.

»Wen wirst du als Erstes ansprechen?«, murmelte Emily und rückte etwas näher an ihre Schwester heran.

Charlotte ließ den Blick durch die Schankstube schweifen, die Stirn in Falten.

»Ich überlege noch.«

»Und wenn du fertig bist mit Überlegen, was wirst du denjenigen fragen?«

»Ich weiß es nicht, Emily«, sagte Charlotte ein wenig gereizt. »Ich dachte, das würde sich vielleicht von selbst ergeben, wenn sich eine Gelegenheit bietet.«

Emily lehnte sich zurück, verschränkte die Arme und sah entschlossen aus dem Fenster.

»Darf ich den Damen noch etwas bringen?«, fragte der Wirt und wischte sich die Hände an der Schürze ab, wonach sie deutlich weniger sauber waren.

»Nein, danke.« Charlotte lächelte wie üblich mit geschlossenen Lippen, damit man ihre schiefen Zähne nicht sah. Vielleicht würde der Wirt ebenfalls auf Komplimente ansprechen, so wie Mrs Hardy. »Ein ganz wunderbares Wirtshaus haben Sie hier, wir sind wirklich sehr froh, uns hier ein wenig erfrischen zu können.«

»Auf der Durchreise, hah?«

Charlotte bemerkte, wie der Mann den Blick über sie und Emily wandern ließ, über die abgetragenen Kleider und schlichten Gesichter. Ihr war das etwas unangenehm.

»Wir wollten eigentlich eine Freundin besuchen, aber sie ist unpässlich.«

»Ach ja?« Der Mann nickte, blieb stehen, wo er war, und schwieg.

»Ja«, sagte Charlotte, um irgendetwas zu sagen. Emily tat, als sei sie gar nicht da.

»Es könnte sogar sein«, fuhr Charlotte fort, die Emilys Erwartungen auf sich lasten spürte, »dass Sie sie kennen. Elizabeth Chester? Ist ja schrecklich, was man da hört.«

»Ich weiß ja nicht, von wo Sie kommen«, sagte er und neigte sich ihnen zu, »aber eins sage ich Ihnen: Hier in Arunton kümmern wir uns um unsere eigenen Angelegenheiten. Wir halten nichts von Leuten, die herkommen und sich am Unglück anderer Leute ergötzen.«

»Ich kann Ihnen versichern, Sir, dass das selbstverständlich nicht unsere Absicht ist«, gab Charlotte spitz zurück. Die Röte stieg ihr ins Gesicht, und sie verfluchte sich selbst für ihre plumpe Frage.

»Na, dann müssen Sie auch gar nicht länger bleiben, oder?« Er verschränkte die Arme und sah die beiden ausgiebig an. »Nun gehen Sie schon zurück zu Ihren Ehemännern oder Vätern, und kommen Sie Ihren Pflichten nach.«

»Na, das lief ja ganz hervorragend«, sagte Emily, als der Wirt sich entfernt hatte.

»Und was hättest du anders gemacht?«, fragte Charlotte. »Bist du die große Verhörexpertin, Emily? Die routinierte Ermittlerin?«

»Gut, dann lass uns sehen, wo die anderen sind, und hören, was sie herausgefunden haben, Charlotte. Denken liegt mir ohnehin mehr als Reden.«

»Ach ja?«, sagte Charlotte bissig.

»Was soll das denn jetzt heißen?«, fragte Emily.

»Das soll heißen, denkst du lieber, anstatt zu reden, oder unterlässt du gerne beides?«

»Gut.« Emily verzog das Gesicht, als sie ihre Teetasse leerte. Sie stand auf. Mir ihren dunklen Locken unter der Haube und ihrem durchdringenden Blick wirkte die hochgewachsene Frau in der niedrigen Schankstube ziemlich imposant, und Charlotte wusste wieder, wieso sie ihr früher den Spitznamen »Major« gegeben hatte.

»Sir.« Sie nickte dem Wirt zu und wandte sich an die wenigen anderen Anwesenden. »Meine Herren. Meine Begleiterin und ich suchen im Auftrag der Anwaltskanzlei Bell Brothers and Company nach Hinweisen über den Verbleib der verschwundenen Mrs Elizabeth Chester. Uns ist bewusst, dass viele der Menschen hier wirtschaftlich von Chester abhängig sind, gar in seinen Häusern wohnen, aber wenn Sie irgendetwas wissen, das uns der Erkenntnis näher bringen könnte, ob Mrs Chester noch am Leben und wohlauf ist oder ... nicht, dann möchten wir Sie dazu einladen, das Richtige zu tun. Wenn Sie das, was Sie zu sagen haben, lieber anonym einem unserer männlichen Mitarbeiter mitteilen möchten, dann schicken Sie bitte eine Nachricht an Enoch Thomas, Black Bull, Haworth. Es ist eine Belohnung ausgesetzt für Informationen, die wesentlich dazu beitragen, dass unser Arbeitgeber die Sache aufklärt. Ich wünsche Ihnen einen schönen Tag.«

Charlotte war viel zu perplex, um sich selbst in Bewegung zu setzen, als Emily mit großen Schritten das Wirtshaus verließ und beim Durchschreiten der Tür den Kopf einzog. Wenige Sekunden später huschte Charlotte hinterher und beeilte sich, um ihre Schwester, die bereits den Weg zum verabredeten Treffpunkt eingeschlagen hatte, einzuholen.

»Bell Brothers and Company?«, fragte Charlotte, als sie endlich auf gleicher Höhe war.

»Männer reden mit Männern, nicht mit jungen Damen, die Hauben und Röcke tragen und viel zu dünnen Tee trinken.« Emily rümpfte die Nase. »Du hast doch gehört, wie er gesagt hat, wir sollen zurückgehen zu unseren Vätern und Ehemännern. Sie müssen das Gefühl haben, mit einer Autorität zu sprechen, die über die richtige anatomische Ausstattung verfügt.«

»Aber...« Charlotte kam immer noch nicht über Emilys kühnen Schachzug hinweg. »Eine Belohnung, Emily?«

»Selbstverständlich.« Emily lächelte ihre Schwester an. »Sie wird im Himmelreich auf denjenigen warten – ist das etwa keine Belohnung?« Charlotte musste über Emilys Dreistigkeit lachen.

»Und woher kam der Name Bell?«

»Die Kirchturmuhr schlug gerade und ließ mich an die neuen Glocken denken, die in unserer Kirche in Haworth aufgehängt werden sollen, und so kam mir diese Idee«, erklärte Emily nicht ohne Stolz. »Wir sind uns wohl einig, dass ich ziemlich genial bin.«

»Emily« – Charlotte zwang ihre Schwester, etwas langsamer zu gehen, indem sie sich bei ihr unterhakte – »du kannst nicht einfach Wörter herausschleudern wie Blumensamen in den Wind. Wörter haben Gewicht, sie sind von Bedeutung und können Folgen haben. Mir ist bange, dass du überhaupt nicht nachgedacht hast, bevor du das alles gesagt hast.«

»Ich versichere dir, liebe Charlotte«, sagte Emily, »dass mir das alles sehr wohl bewusst ist. Allerdings habe ich erst darüber nachgedacht, nachdem ich das alles gesagt hatte. Komm, wir müssen uns beeilen – wir sind schon spät dran, und ich möchte diesen Tag endlich beenden, ich möchte nach Hause an unseren Kamin, die Hunde zu unseren Füßen, die Katzen auf unserem Schoß. Wir haben so viel zu besprechen.«

Kapitel 14

Anne

Der Geschmack der Luft war das Erste, was Anne auffiel: sauer und staubig. Eine ganze Reihe hoher Mansardenfenster im Dach ließ grelles Licht herein, warf aber auch lange Schatten, dicht und wachsam. Hier, ganz oben in diesem alten Haus, konnte man hören, wie der Wind an der alten Dacheindeckung zerrte, wie er ohne Unterlass peitschte und urgewaltig heulte.

Anne bewegte sich auf die Raummitte zu, drehte sich langsam um, blickte in alle Richtungen, doch der Raum war vollkommen leer. Nicht einmal ein alter Schrankkoffer oder ein defektes Möbelstück war zu sehen – kein einziger Hinweis darauf, welche Art von Geheimnissen sich womöglich auf Chester Grange verbargen. Hinter diesem Raum befand sich ein weiterer, und dahinter noch einer, fast kam es Anne vor, als würde der Dachboden gar kein Ende nehmen, als könnte jemand sein ganzes Leben hier oben verbringen, ohne denselben Raum je zweimal zu betreten, wie in einem Labyrinth, aus dem es kein Entkommen gab. Der Gedanke beunruhigte sie.

»Sehr interessantes Licht«, sagte Branwell, offenbar ungeplagt von derlei Gedanken. »Das hier würde ein perfektes Atelier abgeben, Anne, meinst du nicht auch...?«

»Würdest du dich bitte auf den Grund unseres Besuches konzentrieren?«, forderte Anne ihn auf, als sie sich langsam in den nächsten Raum begab. »Und erkläre mir doch mal, wieso die Tür zum Dachboden verschlossen ist, wenn sie ohnehin hinter einer Geheimtür versteckt ist? Und ganz gleich, wo ich jetzt hinschaue: Ich sehe nichts. Was um alles in der Welt versucht Chester hier oben wegzuschließen?«

»Vielleicht ist es eine Vorsichtsmaßnahme«, sagte Branwell. »Um weitere unglückselige Sprünge zu vermeiden.«

»Mir gefällt das nicht«, sagte Mattie und ging zum Fenster. »Irgendwie fühlt sich das traurig an.«

»Alle Dachböden fühlen sich traurig an«, versicherte Branwell ihr. »Das ist nun mal so. Schließlich sind sie die am wenigsten beachteten Bereiche eines jeden Hauses.«

Mattie lächelte matt, was Branwell ermunterte weiterzureden. »Dachböden fühlen sich oft sehr vernachlässigt an …«

»Branwell«, sagte Anne, bevor ihr Bruder in seinem Bemühen fortfuhr, Mattie für ihn entflammen zu lassen. »Geh du doch mal im Uhrzeigersinn durch die Räume, und Mattie und ich gehen gegen den Uhrzeigersinn, dann werden wir uns wohl irgendwo wieder begegnen.«

»Ein Einsatz!« Branwell schlug die Hacken zusammen und salutierte. »Bin schon unterwegs, Ladys, und sollten Sie mich nie mehr wiedersehen, behalten Sie mich bitte in liebevoller Erinnerung!«

Er verneigte sich und küsste Matties Hand, dann stolzierte er davon, und sein Pfeifen wurde immer leiser.

»Ich weiß nicht, ob das eine gute Idee war, Branwell loszuschicken«, sagte Mattie und schlang die Arme um sich selbst. »Selbst bei Tageslicht fühlt sich hier oben alles so lauernd an, als würden sich die Schatten jeden Moment auf uns stürzen!«

»Das hier ist nur ein Raum, Mattie.« Anne klang ruhiger, als es in ihr aussah. »Hier gibt es nichts, das uns etwas anhaben könnte, und mein Bruder … Natürlich liegt mein Bruder mir sehr am Herzen, allein…« Anne zögerte. »Ich möchte nicht, dass er dir den Kopf verdreht, Mattie. Jedenfalls nicht, solange sein eigener Kopf noch nicht gerade sitzt.«

»Sei versichert, Anne, dass ich nichts dergleichen im Sinn habe«, erklärte Mattie nicht ganz überzeugend.

Anne entfernte sich von Mattie und durchschritt die nächste Tür. Sie war wie die davor und wie die nächste, aber im letzten Zimmer in diesem Flügel des Hauses blieb Anne wie angewurzelt stehen und japste. Mattie folgte ihr auf dem Fuß.

Ein Strahl Sonnenlichts fiel durch die schmutzigen Fenster und ließ auf den Scheiben Handabdrücke erkennen, bevor sich gleich darauf Wolken vor die Sonne schoben und das Licht und die Abdrücke verschwinden ließen, doch Anne ging sofort zum Fenster und beäugte das Glas aus der Nähe. Wie oft hatten sie als Kinder an einem verregneten Morgen heimlich Muster auf die beschlagenen Scheiben gemalt, bis Tante Branwell sie erwischte… Anne hauchte die Scheibe an. Und tatsächlich kamen die Handabdrücke wieder zum Vorschein, wie von jemandem, der verzweifelt gegen die Fenster gedrückt hatte.

»Was mag das bedeuten?«, sagte Anne, als das Bild sich wieder auflöste.

»Das gefällt mir nicht.« Mattie zitterte am ganzen Körper. »Das gefällt mir überhaupt nicht, Anne. Komm, wir gehen wieder runter. Die Kinder sind jetzt sicher wach, und hier gibt es nichts zu sehen. Soll ich mal nach Branwell rufen?«

»Warte. Einen Moment«, sagte Anne und kniete sich auf den Boden. Direkt unter dem Fenster befand sich ein breiter Riss im bröckelnden elisabethanischen Mauerwerk, breit genug, um eine Hand hineinstecken zu können, und in der Tat befand sich etwas darin.

Anne überwand sich und die vielen Spinnweben, schob

die Hand in den Spalt und holte ein Paar lange, seidene Abendhandschuhe hervor; sie waren vergilbt und schmutzig.

»Leg die weg, Anne, leg die wieder weg«, bat Mattie entsetzt.

»Wer hat die wohl hier abgelegt?« Anne schüttelte den Staub aus einem der Handschuhe und strich darüber. »Und warum?«

Zwar war der Handschuh verschmutzt, aber er wirkte dennoch, als sei er gerade erst abgelegt worden, die Hand, die er einst geschmückt hatte, ließ sich in den eingedellten Fingern und der leicht abgenutzten Handfläche noch erahnen. Anne legte den ersten Handschuh ab und besah sich den zweiten. Von der Zeigefingerspitze bis zum Handgelenk verlief ein langer, rötlich-brauner Streifen, der durchaus getrocknetes Blut sein konnte, befand Anne. Und dann war da noch ein Riss. Nicht entlang des Saums, der sehr säuberlich genäht war, sondern im Stoff selbst, als sei der Handschuh der Person, die ihn trug, gewaltsam entrissen worden. Anne ertastete etwas Hartes im Inneren des Handschuhs, und als sie ihn ausschüttelte, fiel ein hübscher Ehering mit einem Rubin in ihre Hand. Anne hatte diesen Ring schon einmal gesehen – am Finger der Frau auf dem Gemälde in Robert Chesters Arbeitszimmer.

»Seht mal.« Sie zeigte Mattie und Branwell, der nun auf seinem Rundgang bei ihnen angekommen war, die Handschuhe. »Zerrissene und womöglich mit Blut befleckte Handschuhe mit Imogen Chesters Ehering darin. Warum? Warum sind diese Räume komplett leer bis auf ein Paar Galahandschuhe, Branwell?«

Branwell schüttelte den Kopf, nahm seiner Schwester stirnrunzelnd den zerrissenen Handschuh ab und drehte und wendete ihn so behutsam, als befände sich noch eine Hand darin.

»Ein Andenken vielleicht? Eine Erinnerung an seine Frau, das er an sich drücken kann, wenn die Trauer ihn übermannt?«

Anne wandte sich von ihrem Bruder ab, sie konnte die in seinem Blick lodernde Sehnsucht nicht ertragen.

»Aber warum hier?« Sie zeigte auf den Riss in der Mauer. »Warum in den Spalt einer Mauer gestopft, wo dieses Andenken für immer hätte verschwinden können?«

Anne dachte an die ausgestopften Hirsch- und Fuchsköpfe, die in der Eingangshalle an den Wänden hingen. Sie hatte das Gefühl, dass die Handschuhe und das Porträt irgendetwas mit jenen bedauernswerten Wesen gemeinsam hatten. Sie konnte nur nicht genau sagen, was.

»Das sind Trophäen«, flüsterte sie.

Anne sah wieder zum Fenster und erhaschte die Andeutung von etwas, das in die Scheibe geritzt zu sein schien. Anne näherte sich dem Fenster, bis ihre Nase fast das Glas berührte.

Als ihr klar wurde, was sie da sah, japste sie und strich mit dem Finger durch die Schmutzschicht auf der Scheibe.

»Was ist da?« Branwell bückte sich, um zu sehen, was Anne so faszinierte.

»Sagt schon«, bat Mattie, die bei der Tür stand. »Ich habe zu viel Angst, es mir selbst anzusehen.«

»Da hat jemand was geschrieben«, sagte Anne. »Jemand hat etwas in die Fensterscheibe geritzt, vielleicht mit eben diesem Ring.«

»Und was steht da?« Matties Stimme bebte.

»Da steht…« Anne spürte, wie sich ihr die Kehle zuschnürte. »Da steht ›Lieber Gott, bitte hilf mir.‹«

Kapitel 15

Emily

Wieder aßen sie mit ihrem Vater zu Abend. Er war schweigsam und nachdenklich, wie das häufig seine Art war, und hielt den schlohweißen Kopf geneigt, in dem die Gedanken immer wieder neue Richtungen einschlugen.

Emily stellte sich gerne vor, er würde an ihre Mutter denken, die ihn so sehr geliebt hatte und der er treu ergeben gewesen war. Normalerweise war Emily keine besonders rührselige Frau, aber wenn es um ihren Vater ging, stand es anders um sie. Viele Menschen fanden ihn streng – gar kaltherzig –, aber Emily wusste es besser. Ihr Vater war nun mal eher verschlossen. Und auch wenn er nur selten von Maria sprach, so konnte Emily doch an seinem fernen Blick und dem leichten Tränenschleier auf den Augen ablesen, wann er an ihre Mutter dachte.

Emilys Erinnerung an ihre Mutter verblasste mit jedem Tag etwas mehr, sie klammerte sich an die heiligen, schönen Momente eines Lebens, die sie in ihrem Herzen trug: die dunklen, strahlenden Augen ihrer Mutter, ihr melodisches Lachen und ihre nicht enden wollende Neugier.

»Wollen wir das herausfinden, Emily?«, hatte sie oft gesagt. Doch Emily konnte sich kaum mehr an den Klang ihrer Stimme erinnern.

Emily wusste noch, dass ihre Mutter nie müde wurde, Fragen zu beantworten oder Bücher zu lesen – sie las ihren Töchtern aus allen Büchern vor, ganz gleich, ob die Mädchen sie verstanden oder nicht. Emily klammerte sich an diese Dinge, die in ihren Augen eine Frau von Würde auszeichneten, an diese Qualitäten, die sie eines Tages auch in sich selbst zu entdecken hoffte.

Als sie ihrem Vater später seinen Tee brachte, machte er ein so trauriges Gesicht, dass Emily die Hand auf seine Schulter legte und sich an ihn lehnte.

»Was bereitet dir Sorge, Papa?«, fragte sie behutsam.

»Ein junges, armes Mädchen aus einer rechtschaffenen Familie«, sagte er und sah seine Tochter aus wässrigen Augen an. »Sie stammt aus unserem Kirchspiel, und vor einigen Wochen half ich ihr, eine gute Anstellung zu finden. Sie hat mir geschrieben und gebeichtet, dass sie in Umständen ist, ohne verheiratet zu sein.«

Von einem Mann Gottes, wie er einer war, hätte man durchaus erwarten können, dass er einem solch bedauernswerten, unvorsichtigen Mädchen Feuer und Schwefel predigt – doch Patrick Brontë reagierte anders. Emily hörte den Kummer in seiner Stimme, sein großes Mitgefühl mit dem Mädchen, das in einem ausweglosen Dilemma steckte.

»Was wirst du ihr raten, Papa?«, fragte Emily. »Vermutlich wird sie den Vater des Kindes heiraten müssen, um sich vor weiterem Unglück zu schützen?«

»Ganz sicher nicht.« Patrick Brontë nahm die Hand seiner Tochter. »So würde ein Fehler zum nächsten führen, und der wiederum zum nächsten, und so weiter. Ich werde der jungen Frau schreiben, dass sie nicht überstürzt heiraten soll. Dass sie das Kind ihrer Familie anvertrauen soll, die Unterstützung von der Gemeinde bekommen wird und dass sie ihre Stelle als Dienstmagd wieder antreten soll, bis sie genügend Geld gespart hat, um den jungen Mann zu heiraten –

denn sie wollen in der Tat heiraten. Nur dann haben sie und ihr Kind Aussicht auf ein glückliches und gesichertes Leben.«

»Du bist so ein gütiger Mann, Papa«, sagte Emily und küsste ihn auf die Stirn. »Jeden Tag zeigst du uns, dass Güte und Nächstenliebe die wahren Säulen des Glaubens sind. Du darfst dir keine Vorwürfe bezüglich des Unglücks dieses Mädchens machen. Niemand kümmert sich so hingebungsvoll um seine Gemeinde wie du, Papa.«

Patrick lächelte seine mittlere Tochter an und strich ihr mit tintenbefleckten Fingern über die Wange.

»Und was habt ihr heute ausgeheckt?«, fragte er, als sei sie ein kleines Mädchen. Sein irischer Akzent war so ausgeprägt wie eh und je.

»Wir sind spazieren gegangen und haben geredet, Papa, alle vier. Fast wie früher, als wir noch klein waren und im Moor Schlachten kämpften und Feldzüge planten. Es war ein schöner Tag, ich bin sehr froh, Anne, Charlotte und Branwell wieder zu Hause zu haben. Ich bin fest entschlossen, Haworth nie wieder zu verlassen. Roe Head und Brüssel waren sehr interessant, aber eben nicht mein Zuhause. Ich werde bei dir bleiben, Papa, bis wir beide alt und grau sind.«

»Das freut mich sehr«, sagte ihr Vater und lächelte matt. »Ich fühle mich gesegnet, liebe Emily Jane.«

*

»›Lieber Gott, bitte hilf mir.‹« Anne beendete ihren Bericht von ihrem nachmittäglichen Besuch auf Chester Grange, indem sie mit der passenden Dramatik die Worte zitierte, die dort jemand in die Fensterscheibe geritzt hatte. »Das war so makaber, so bedrückend, und ich bin mir sicher, dieser Rohling ist genau der Typ, der sich betrinkt und seine Frau schlägt und sie so sehr peinigt, bis sie sich das Leben nimmt – oder dessen beraubt wird. Aber es geht um mehr als das: Warum hebt er ihre Handschuhe und ihren Ehering dort auf wie ein Denkmal? Hat er Imogen auf dem Dachboden gefangen gehalten? War ihr einziger Ausweg der Sprung in den Tod? Die arme Frau muss sich so unendlich einsam und gefangen gefühlt haben. Robert Chester ist wie ein grausamer Blaubart, der die Köpfe seiner Opfer neben die Trophäen der von ihm erlegten Tiere hängt.«

»Allerdings…«, warf Branwell ein. Er zog den Mantel über, machte aber keine Anstalten zu gehen. Je länger sie ihn für ihre Sache interessieren konnten, dachte Emily, desto länger hielt er sich von dem breiten lasterhaften Angebot der hiesigen Wirtshäuser fern. »… haben wir keinen konkreten Hinweis darauf gefunden, dass du mit dieser Annahme recht hast, Anne. Ein Handschuh mit Blutflecken ist kein unterschriebenes Geständnis.«

»Ein solches werden wir ja wohl auch kaum bekommen, oder?«, sagte Emily. »Was denkst du, Bruder? Du hast ihn kennengelernt. Wie war dein Eindruck?«

Erfreut sah Emily, dass Branwell sich an den Tisch setzte, um nachzudenken.

»Er kam mir sehr aufgewühlt vor«, sagte er. »Und so, als würde er bluffen. Und sehr selbstsicher, wie es von einem Mann in seiner Position wohl zu erwarten ist. Aber ich sah auch innere Aufruhr, einen kaputten Menschen.« Er lehnte sich zurück und sah sie eine nach der anderen an. »Ich habe Robert Chester als einen schwer gezeichneten, zutiefst verletzten Mann erlebt, dem jedes Mittel recht ist, um seinen Schmerz zu betäuben. Wenn das bedeutet, dass er zu einem Mord imstande wäre, dann kann man dasselbe von mir sagen.«

Emily schüttelte den Kopf. »Du und Robert Chester, ihr seid euch überhaupt nicht ähnlich«, widersprach sie. »Du hast ein gutes Herz, Branwell, ein zu gutes. Die einzigen Menschen, die du durch dein Handeln verletzen könntest, sind die, die du am meisten liebst – und dich selbst.«

Es folgte ein profunder Moment der Stille, in dem zwischen den Anwesenden keinerlei Blicke gewechselt wurden.

»Nun denn«, sagte Branwell schließlich. »Ich überlasse euch euren detektivischen Überlegungen.«

»Nein, bleib doch«, bat Charlotte. »Was denkst du über alles, was wir heute erfahren haben? Mrs Chester in den Armen eines jungen Mannes im Wald?«

»Es ist nichts Neues, dass verheiratete Frauen sich einen Liebhaber suchen.« Branwell lächelte trocken. »Und die nächstliegende Schlussfolgerung lautet: Elizabeth Chester hatte einen Liebhaber, ihr Ehemann ist dahintergekommen, hat sie in Raserei getötet und ihre Leiche verbrannt und bedient sich jetzt seiner Position in der Gesellschaft, um einer rechtlichen Verfolgung zu entgehen.«

»Es gibt da noch etwas anderes«, sagte Anne leise und legte den zerknüllten Zettel in die Teedose mit den Beweisstücken. »Das habe ich in Matties Kammer gefunden. Unterschrieben von einem gewissen ›R‹.«

Charlotte nahm das Papier zur Hand und betrachtete es, bevor sie es an Emily weiterreichte.

»›R‹ für Robert?«, fragte Emily. »Oder gibt es noch andere Rs?«

»Nicht, dass wir wüssten, aber wir haben ja alle gesehen, wie sie Chester anblickt – ihr Verhalten widerspricht allem, was sie sagt. Könnte es sein, dass Mattie uns nicht die Wahrheit sagt, Charlotte? Könnte es sein, dass sie und Chester eine geheime Liaison haben? Dass Elizabeth Chester nicht ihre Freundin war, sondern ihre Rivalin?«

Emily sah, wie Charlotte die Stirn runzelte, und versuchte, sich an alles zu erinnern, was sie über Mattie wusste. Mattie war hübsch, und in jüngeren Jahren war häufig von Heiratsanträgen die Rede gewesen, die aber nie zu einer Eheschließung führten, weil Mattie weder Geld noch Land hatte. Charlotte wusste, dass Mattie willensschwach und empfindlich war: Ihre gemeinsamen Wochen in Cowan Bridge waren ohne Zweifel haarsträubend schrecklich gewesen, aber Mattie hatte ständig geheult und so bei den Lehrern Mitleid erregt. Allerdings hatte Charlotte Mattie nie als unaufrichtig oder gerissen erlebt. Das war nicht die Matilda French, die sie kannte. Aber natürlich konnte das Leben, konnte die Liebe einen Menschen verändern, und üblicherweise zu seinem Nachteil – man musste sich nur mal Charlottes ewige Niedergeschlagenheit ansehen und Branwells unangebrachtes Benehmen. Die Liebe hatte Mattie ganz sicher nicht zur Mörderin gemacht, aber zur Komplizin vielleicht durchaus, dachte Emily.

»Ich weiß nur«, sagte Charlotte schließlich, »dass, wenn jemand sich nach Liebe sehnt, die Gefahr sehr groß ist, dafür alles aufs Spiel zu setzen. Auch wenn Mattie unsere Freundin ist, müssen wir jetzt auch sie als Verdächtige in Betracht ziehen.«

Alle schwiegen, als Charlotte die kleinen Beweisstücke auf dem Tisch herumschob: den Knochen, den Zahn, die Nachricht. Den Handschuh mit dem Ring hatte Anne gelassen, wo sie ihn gefunden hatte, aus Angst, jemandem könnte sein Fehlen auffallen – und weil es sich richtig anfühlte, die Dinge dort, in dieser Art Schrein, zu belassen. Dann fiel Emily etwas ein, und sie nahm den Kiesel, den sie aus Elizabeth Chesters Kammer entfernt hatte.

»Was kann ein Stein uns sagen?«, fragte Anne sie.

»Er hat Elizabeth etwas bedeutet«, sagte Emily. »Wenn

wir herausfinden, was genau das war, verrät uns das vielleicht auch alles andere. Wir müssen mehr in Erfahrung bringen, mehr über Matties Leben auf Chester Grange, mehr über Elizabeths Leben vor und nach der Heirat. Mehr über Chesters erste Frau und die Identität des Mannes im Wald. Wir müssen unser Gehirn anstrengen, überall suchen, in allen dunklen Ecken, und die Wahrheit finden, ganz gleich, wo sie begraben sein mag. Ich schlage vor, dass wir sofort einen Schlachtplan entwerfen.«

»Ich würde euch ja gerne helfen«, sagte Branwell und erhob sich. »Wirklich, sehr gerne, aber ich muss leider los, ich habe versprochen, jemandem bei etwas zu helfen, im ... beim ... Ich habe etwas von einer Arbeit gehört, und ... nun, wie dem auch sei ... Guten Abend, Schwestern.«

»Branwell.« Emily versuchte abermals, ihren Bruder zurückzuhalten. »Dein Bildhauerfreund, Leyland. Der kennt sich doch mit Steinen aus – vielleicht könntest du ihm mal den Kiesel zeigen?«

»Joseph?« Branwell lachte. »Der könnte dich über die besonderen Eigenschaften italienischen Marmors aufklären, Emily, aber ich glaube kaum, dass ein Künstler seines Formats und Ansehens die Zeit hat, sich mit damit zu befassen, weshalb ein junges Mädchen eine Schwäche für einen gewöhnlichen Kieselstein hat.«

»Verstehe.« Branwell konnte manchmal so unsäglich selbstgefällig sein, und Emily war klar, dass auch ihre Schwestern den Stein für bedeutungslos hielten. Aber sie war überzeugt, dass er etwas über Elizabeth Chester verraten würde – und wer konnte schon mit Bestimmtheit sagen, dass dieses Etwas nicht der Schlüssel zu der ganzen geheimnisvollen Geschichte war? Das Problem mit ihren Geschwistern war, dass sie immer nur nach Wegweisern und Hauptstraßen Ausschau hielten. Emily dagegen glaubte fest daran, dass die

Wahrheit viel eher auf den geheimen, selten betretenen Pfaden zu finden war, tief verborgen im Unterholz, und genau da wollte sie auch suchen.

»Es halten sich derzeit ein paar Männer im Dorf auf«, sagte Branwell nachdenklich. »Wissenschaftler, die unser Tal untersuchen. Gestern Abend habe ich mich ziemlich lange mit einem von ihnen unterhalten, ein freundlicher Kerl, auch wenn ich gar nicht mehr genau weiß, worüber wir eigentlich sprachen ... Wenn ich die Herren heute Abend wiedersehe, erkundige ich mich, ob sie einen Kieselexperten kennen, der bereit wäre, dir weiterzuhelfen, Emily. Aber nur, wenn du jetzt lächelst.«

»Komm nach Hause, bevor man dich tragen muss«, sagte Emily und lächelte finster.

»Aber das macht doch keinen Spaß«, erwiderte Branwell und schloss die Tür hinter sich.

»Das Problem ist«, sagte Anne unglücklich, nahm Charlotte den Zahn ab und legte ihn wieder in den Teekasten, »dass ich keine Ahnung habe, wo uns all das, was wir bisher herausgefunden haben, hinführen soll.«

»Oh!«, rief Emily und hob Flossy zu sich auf den Schoß.

»Oh, was?« Charlotte sah sie über den Brillenrand hinweg an.

»Mir fiel da heute in Arunton etwas ein, und ich wollte es dir auch erzählen, aber bevor ich dazu kam, warst du schon wieder beim nächsten Thema und damit beschäftigt, deine ›Charlotte hat immer recht‹-Leier anzustimmen ...«

»Komm doch einfach zum Punkt«, sagte Charlotte gereizt.

»Nun ja, wir haben ganz vergessen, uns den Ort anzusehen, der in Elizabeths Leben der wichtigste gewesen sein muss.« Emily legte eine möglichst lange Kunstpause ein. »Elizabeth Chesters Elternhaus! Ihre Familie! Sagte Mattie nicht, dass sie aus Leeds kommt? Wenn vielleicht doch irgendjemand außer uns auf der Welt an Elizabeths Wohlergehen und Sicherheit interessiert ist, dann doch ihre Familie! Wir wissen nicht einmal, ob Chester sie überhaupt informiert hat über die jüngsten Ereignisse.«

»Hmm …« Charlotte presste die Lippen zusammen, und Emily sah ihr an, dass sie vor Wut darüber kochte, nicht selbst auf diesen Gedanken gekommen zu sein. Emily triumphierte innerlich. »Vielleicht gar keine so schlechte Idee.«

»Nicht ›vielleicht‹, Charlotte«, sagte Emily. »Ganz bestimmt.«

»Allerdings«, sagte Anne betrübt. »Was sind wir doch für törichte und einfältige Ermittlerinnen, dass wir nicht als Allererstes darauf kommen, mit Elizabeths Eltern zu sprechen.«

»Weder töricht noch einfältig«, hielt Charlotte dagegen. »Wir konnten doch nicht bei wildfremden Leuten aufkreuzen, deren Tochter vermisst wird oder die vielleicht sogar ermordet wurde, und sie mit diesen desaströsen Nachrichten konfrontieren, ohne uns zuerst vergewissert zu haben, dass an diesen Nachrichten wirklich etwas dran ist – und genau das haben wir getan. Mehr als das: Wir haben uns ein Bild gemacht von den Umständen rund um Elizabeths Verschwinden, und dieses Bild unterstützt die bisher bekannten Fakten. So etwas nennt man wohl Indizienbeweise.«

»Ganz richtig«, sagte Anne. »Aber falls Elizabeth etwas Schreckliches zugestoßen sein sollte, dann laden wir eine enorme Verantwortung auf uns, weil wir uns in das Leben von Menschen einmischen, die wir gar nicht kennen. Wie Emily bereits sagte, wir müssen uns sicher sein, dass wir für eventuelle Folgen unserer Unternehmung gerüstet sind.«

Emily dachte an ihren Vater, der sich zur selben Zeit große Sorgen um das Schicksal einer jungen Frau machte, deren

Leben in größte Unordnung geraten war, weil sie genau das nicht getan hatte.

»Es ist unsere Pflicht als gute Christinnen, uns nicht vor der Dunkelheit zu verstecken«, sagte sie. »Mehr als das: Als Schriftstellerinnen sind wir dazu berufen, einen genauen Blick in diese Dunkelheit zu werfen, hinein zu starren, bis unsere Augen sich an die Finsternis gewöhnt haben, und jedes Detail wahrzunehmen und ans Licht zu bringen, damit all jene, die weniger mutig sind als wir, auch sehen, was gesehen werden muss. Nur so kann die Welt verbessert werden, Schwestern. So wird Fortschritt vorangebracht. Ich habe keine Angst davor, in die Dunkelheit zu blicken. Die Frage ist aber jetzt, da wir einen entscheidenden Punkt unserer Unternehmung erreicht haben, wie es mit euch beiden aussieht? Anne? Charlotte? Habt ihr Angst?«

»Nein«, sagte Anne sofort und erhob sich. »Habe ich nicht.«

»Ich auch nicht«, sagte Charlotte. »Aber wir müssen Papa schützen, ihr wisst, wie sehr er sich um unser Wohlergehen sorgt, wie sehr er fürchtet, wir könnten wieder in einen Erdrutsch geraten oder unsere Kleider in Brand setzen. Wenn er wüsste, was wir vorhaben, würde er sich fürchterliche Sorgen machen – und das müssen wir um jeden Preis vermeiden. Solange wir unter dem Namen Bell weiteroperieren und unsere wahre Identität geheim halten und sicherstellen, dass niemand außer uns weiß, was wir im Schilde führen, dann ... bin ich dabei. Wir kommen nicht wieder nach Hause, bevor wir die Wahrheit herausgefunden haben. Wir haben noch ein wenig Geld von Tante Branwell übrig – davon können wir die Fahrkarten bezahlen. Morgen finden wir die genaue Anschrift der Honeychurches in Leeds heraus und fahren hin. Papa sagen wir, dass wir ein paar Mädchen von Roe Head besuchen und bei ihnen übernachten.«

» Ich fahre nicht nach Leeds «, sagte Emily. » Leeds ist ein Drecksloch voller Lärm und Menschen. «

» Du hast doch gerade gesagt, dass du keine Angst davor hast, der tiefsten Finsternis in den Schlund zu sehen!«, forderte Charlotte sie heraus.

» Richtig«, sagte Emily. » Aber das kann ich genauso gut von zu Hause aus tun. Und ich würde gerne den Stein zu John Brown bringen. «

» Den Stein?«, fragte Charlotte. » Was weiß John denn schon von Steinen? Und wieso sollte ein Kiesel von irgendwelcher Bedeutung sein?«

» John begräbt täglich Menschen unter Steinen, also vielleicht weiß er mehr über sie, als du glaubst. Abgesehen davon, handelt es sich auf keinen Fall um einen Stein aus dieser Gegend – ich kenne das Moor hier wie meine Westentasche, und solches Gestein habe ich noch nie gesehen. «

» Dann fahren wir eben ohne Emily. « Anne nickte Charlotte zu. » Papa würde uns sowieso nicht glauben, wenn wir erzählten, dass Emily Freundinnen hat. «

» Ein guter Plan «, sagte Charlotte. » Und jetzt will ich wieder schreiben, in meinem Kopf wimmelt es nur so vor Ideen. «

» In meinem auch «, sagte Anne und beugte sich über den Tisch. » Schreckliche, dunkle und gefährliche Ideen, denn wir leben in einer seltsamen, grässlichen und wunderbaren Welt. «

Emily erhob sich und ging zum Fenster. Keeper schob den Kopf unter ihre Hand, und sie begann ihn hinter den Ohren zu kraulen.

Die Welt war voller Ungerechtigkeit und Grausamkeit. Das konnte Emily selbst von dort, wo sie jetzt stand, sehen. Der Friedhof war randvoll davon, er lief über, und über die offenen Rinnen lief alles in die Main Street. Charlotte schrieb immer über Mut und Liebe, Anne über Redlichkeit und Aufrichtigkeit. Emily dagegen schrieb über die harte Realität, über die Wahrheit, die sie überall sah, wohin sie auch blickte, sie schrieb über ungestüme, wilde Seelen, die die Welt vor lauter Leidenschaft zerreißen wollten ... Sollte die Welt damit machen, was sie wollte. Denn nur so entstand Fortschritt.

Kapitel 16

Charlotte

Charlotte war schon vor Sonnenaufgang aufgestanden und bereitete ihren und Annes Ausflug mit Übernachtung in Leeds vor. Sie packte so wenig wie möglich, da sie zu Fuß nach Keighley würden gehen müssen, um am dortigen Wirtshaus Devonshire Arms um halb acht in die Kutsche einzusteigen – es sei denn, ein freundlicher Kutscher erbarmte sich ihrer und nahm sie bis dorthin mit. Charlotte versuchte, so leise wie möglich zu sein, damit ihre kleine Schwester noch ein bisschen schlafen konnte.

Das goldbraune Haar auf dem Kissen ausgebreitet, die Wangen leicht rosa, sah sie genauso aus wie als kleines Mädchen. »Baby Anne« hatte Tante Branwell sie bis zum Schluss genannt, und ein Teil von Charlotte wünschte sich so sehr, dass sie diese Version von Anne für immer konservieren könnte: rein, lieblich und unberührt von der Grausamkeit des Lebens. Doch Anne wusste bereits zu gut, wie einem der von Menschen gemachte Schmutz, der Gottes Schöpfung bedeckte, in die Seele kriechen konnte, wenn man nicht aufpasste. Anne Brontë sah aus wie ein Engel, aber in ihrer Brust schlug das Herz einer wilden Kriegerin. Und genau das unterschied sie von allen anderen jungen Frauen, denen Charlotte je begegnet war. Es unterschied sie alle drei von allen anderen, konnte man wohl ohne zu viel falsche Bescheidenheit sagen, dachte Charlotte.

Mit ihrem kleinen Koffer in der Hand schlüpfte Charlotte zur Hintertür hinaus, um sich ein paar Minuten der Stille und Einsamkeit zu gönnen, bevor das ganze Haus erwachte. Die Sonne kroch gerade über den Hügel hinter dem Haus, und Charlotte wollte dabei zusehen, wie die Landschaft in flammendes goldrotes Licht getaucht wurde.

Ihre Pläne wurden aber durchkreuzt, als sie Branwell mit ausgebreiteten Armen auf der Hintertreppe liegend vorfand wie einen gefallenen Engel.

»Bruder«, murmelte sie und schüttelte ihn. Der beißende Geruch von Rauch, Bier und Erbrochenem stieg in einer höchst unangenehmen Mischung von ihm auf, und es verlangte der guten Christin Charlotte einiges an Entschlossenheit ab, nicht über ihn hinweg zu steigen und Richtung Moor zu gehen.

»Branwell. Steh auf«, herrschte sie ihn an. Er zuckte zusammen, und eine leere Flasche kullerte geräuschvoll über die Kopfsteine. »Was machst du hier?«

Branwell schüttelte den Kopf und versuchte sich aufzurichten.

»Wo bin ich?«, fragte er.

»Zu Hause. Oder fast«, sagte sie, nahm vorsichtig neben ihm auf der kühlen Steintreppe Platz und half ihm weiter auf, bis er saß. »Du hast es nicht ganz bis über die Schwelle geschafft.«

»Oh.« Stumpf glotzte Branwell seine Füße an. »Es tut so weh, wenn ich nüchtern bin, Charlotte.«

»Das kann ich mir vorstellen. Auf Granit zu schlafen kann nicht sonderlich bequem sein.«

»Das meine ich nicht, und das weißt du auch.« Er sah sie von der Seite an.

»Ja, ich weiß«, sagte Charlotte. »Natürlich weiß ich das, Branwell. Aber was soll das hier helfen?« Sie zeigte auf ihn, seine Gestalt. »Wozu dein Leiden zur Schau stellen wie eine Infektion, die aus allen Poren tritt?«

Charlotte rümpfte die Nase, als sie ihren Bruder betrachtete, und einen Moment lang war ihre Miene angewidert.

»Ich habe sie geliebt«, sagte Branwell.

»Du hast sie *begehrt*, Branwell«, sagte Charlotte. »Das ist etwas anderes.«

»Was weißt du denn schon davon?«, fragte Branwell. »Was weißt du über die Verschmelzung von Herz, Geist und Körper, die eine Seele in Brand steckt, was weißt du über diese Vereinigung, die uns irdischen Wesen einen winzigen Einblick ins Himmelreich gewährt? Was weißt du davon?«

Charlotte schwieg – sie versuchte alle Qualen und allen Zorn ihres Lebens in diesem Schweigen zu verdichten.

»Ich weiß genug«, sagte sie schließlich knapp und kühl. »Denn wenn ich meinen niederen Begierden nachgegeben hätte wie du, lieber Bruder, was wäre dann wohl aus mir geworden? Mir wäre wahrlich ein anderes Schicksal zuteil geworden als dir.«

»Du wärest in Verruf geraten.« Branwell sah sie an und zuckte mit den steifen Schultern. »So etwas geht vorüber, Charlotte. Skandale legen sich wieder. Eine Woche, zwei Wochen später erinnert sich niemand mehr, was zwischen Mrs Robinson und mir vorgefallen ist. In zweihundert Jahren wird keine Menschenseele mehr einen Gedanken daran verschwenden. Aber weil ich mich für das Glück entschied, im Wissen, dass es flüchtig sein würde, lebe ich bis ans Ende meiner Tage in der Gewissheit, dass ich einst liebte und aufrichtig geliebt wurde, und zwar so sehr, wie es zwischen Eheleuten üblich ist, vermutlich sogar noch viel mehr.«

Charlotte musste unwillkürlich schnauben. Was für eine Verklärung seiner billigen, geschmacklosen Affäre.

»Du glaubst, es war, wie *er* gesagt hat.« Branwell brachte

es nicht über sich, Mr Robinsons Namen auszusprechen. »Und dass ich mir da etwas zurechtspinne? Dass ich Thorp Green aus ganz anderen Gründen mit einer Abfindung von drei Monatslöhnen verließ?« Branwell wirkte erschüttert und zutiefst verletzt, dass seine Schwester so etwas von ihm denken konnte.

»Nein, Branwell, natürlich glaube ich das nicht.« Charlotte schüttelte entschieden den Kopf. »Nein, ich weiß, dass du und sie, dass ihr getan habt, was ihr getan habt, ich bezweifle das nicht. Gott weiß, dass Anne genug beobachtet hat, um deine Zeugin sein zu können. Was ich aber bezweifle, Branwell, ist, dass es sich bei dem, was zwischen euch passierte, um die große Liebe handelte. Ich bezweifle, dass Mrs Robinson nicht auch von jemand anderem als ausgerechnet dir vom Pfad der Tugend hätte abgebracht werden können. Genau genommen bin ich sogar überzeugt, dass sie sich jedem x-beliebigen jungen Mann unter ihrem Dach zugewandt hätte – aber nicht jeder hätte mit einer solchen Begeisterung darauf angesprochen wie du...«

»Charlotte.« Branwell wandte sich ihr zu, und Charlotte zuckte innerlich zusammen, als sie seine vor Kälte bläuliche Haut sah, seine vom Alkohol geröteten Wangen, seine rote Nase und seine tief in ihren Höhlen liegenden, fiebrigen Augen. »Bitte. Ich flehe dich an, versuche nicht, etwas herabzuwürdigen, was wirklich großartig war, was vielleicht die größte und schönste Erfahrung in meinem Leben war, Charlotte. Nimm mir das nicht weg. Es ist das Einzige, was ich habe.«

»Branwell.« Charlotte nahm seine kalte Hand und umschloss sie. »Darf ich dich auch um etwas bitten?«

Branwell nickte.

»Lass nicht zu, dass diese schäbige Affäre dein ganzes Leben bestimmt. In dir steckt so viel mehr, Branwell – wunderbare Kunst, Poesie, Güte und Licht. Es wäre eine solche Verschwendung, eine Sünde, wenn du bis ans Ende deiner Tage in Dunkelheit leben würdest. Bitte: Vertreibe die Dämonen, die dich verzehren, finde heraus, was es ist, das dich zu meinem Bruder macht, meinem Gefährten, meinem Freund in Angria. Das, was du früher schon einmal warst, kannst du wieder sein, nur noch besser.«

Sie hielt inne und rutschte näher an ihn heran, um seinen durchgefrorenen Körper ein wenig zu wärmen.

»Kannst du dich noch an damals erinnern, Branwell? Wie du und ich gemeinsam neue Universen eroberten, immer dicht gefolgt von Emily und Anne? Kannst du dich nicht zurückdenken zu dem Jungen, der du damals warst? Dem die ganze Welt zu Füßen lag?«

»Fantasie und Vorstellungskraft sind nicht meine Freunde, Charlotte«, sagte Branwell. »Mir dienen sie nur dazu, mir zu zeigen, was ich hätte sein können, was ich hätte *tun* können, wenn ich ein besserer Mensch wäre. Sei versichert, dieses Leben, das ich führe, habe ich mir nicht gewünscht, aber es ist das Leben, das ich mir erschaffen habe, und auch wenn es so voller Reue steckt, ist es doch wenigstens meins. Ich muss auf meine Weise mit dieser Qual umgehen, denn ich habe einfach nicht deinen Mut, liebe Schwester.«

Dem Gestank zum Trotz, der immer intensiver wurde, je weiter die Sonne über den Hof wanderte, legte Charlotte den Kopf auf Branwells Schulter, wie sie es so oft getan hatte, als sie noch Kinder waren.

»Ich glaube, dass wir beiden uns in dieser Familie am ähnlichsten sind«, sagte sie leise. »Mein ganzes Leben habe ich dich beneidet um die Freiheiten, die du als Mann genießt. Papa hat dich mit allem überschüttet, weil er dich für so vielversprechend hielt. Aber jetzt sehe ich, dass deine Freiheit, deine Selbstbestimmung, kein Grund für Neid sind. Für dich wäre es besser gewesen, du wärst als Mädchen auf die Welt gekommen, Branwell. Dann hättest du von Anfang gelernt, Zurückhaltung und Selbstbeherrschung zu üben, mit Enttäuschungen umzugehen und stets weniger zu erwarten, als du eigentlich verdient hättest. Es hätte dich zu einem viel stärkeren Menschen gemacht, als du es als Mann sein kannst.«

Branwells Finger umklammerten ihre.

»Mag sein, dass du recht hast, Charlotte«, sagte er.

»Ich habe immer recht – ist dir das noch gar nicht aufgefallen?« Charlotte lächelte ihn neckisch an, wurde aber sofort wieder ernst. »Wenn du sterben möchtest, Branwell, dann musst du einfach nur abwarten, denn der Tod kann jederzeit um die Ecke kommen und jemanden von uns holen – wir müssen ihn nicht suchen. Ich flehe dich an, bitte, lass den Alkohol und das Opium sein, nur für eine Weile. Bis du wieder einen klaren Kopf hast und sehen kannst, wie schön die Welt ist, was sie an Gutem für dich bereithält, wenn du es nur versuchst.«

»Ich glaube nicht, dass ich jemals wieder Freude empfinden werde«, sagte Branwell. »Ich kann mich kaum erinnern, was das überhaupt ist, so müde sind mein Herz und Geist.«

Charlotte schlang die Arme um ihren Bruder und drückte ihn an sich, während er weinte und seine magere Gestalt bebte.

»All das, was passiert ist, muss nicht das sein, was dir wieder passieren wird, Branwell«, flüsterte sie, während sie ihn wiegte. »Der Herr liebt dich, er vergibt dir. Siehst du, wie die Sonne sich am Himmel erhebt? Ein neuer Tag. Mach ihn auch zu deinem neuen Tag. Denn ich brauche dich, mein Bruder. Wer soll denn sonst für mich sorgen, wenn ich alt und senil bin?«

Branwell richtete sich auf, wischte sich mit dem Ärmel über die Nase und atmete die kühle Morgenluft tief ein.

»Ich hatte eigentlich gehofft, du würdest für mich sorgen«, sagte er und schaffte es, seiner Schwester ein winziges Lächeln zu schenken.

»Oder aber wir wurschteln uns alle weiter so durch wie immer.« Bei der Vorstellung musste Charlotte lächeln. »Stell dir das mal vor: Weißhaarige Alte, die über das Moor schwanken, um den Wind zu jagen und sich Geschichten zu erzählen. Wäre das nicht etwas, worauf du dich freuen könntest, lieber Branwell?«

»Das wäre in der Tat ein schöner Anblick«, sagte Branwell und bemühte sich sehr, tapfer zu wirken. Doch Charlotte wusste instinktiv, dass er, wenn er sich die Geschwister alt und grau vorstellte, nur die Schwestern sah, nicht sich selbst.

So viel Schmerz, so viele Geheimnisse, so viel Liebeskummer und Seelenpein, die sie hinter Korsetten, unter Hauben und hinter Gebetsbüchern versteckten. Charlotte nahm die Hand ihres Bruders und führte sie zu ihren Lippen. Sie verstand die Anziehungskraft dieser hoffnungslosen Abwärtsspirale. Denn manchmal brannten der Zorn und der Schmerz so heftig in ihr, dass sie am liebsten die ganze Welt zum Einstürzen bringen wollte. Vielleicht war es Elizabeth Chester ähnlich ergangen, vielleicht hatte Elizabeth Chester beschlossen, ein kurzes, riskantes Leben zu führen, nur um sich ein einziges Mal wirklich lebendig zu fühlen.

Kapitel 17

Charlotte

Charlotte und Anne betrachteten Emily stets als die Brontë mit dem geringsten sozialen Geschick, aber in Wirklichkeit war keine der drei Frauen besonders erpicht auf Gesellschaft, und eine Exkursion in die weite Welt verlangte nach gründlicher mentaler Vorbereitung und wurde eher als Pflichtübung absolviert denn als Vergnügen angesehen. Dieses Mal war aus naheliegenden Gründen kaum Zeit zur Vorbereitung gewesen, weshalb diese Exkursion ganz besonders Furcht einflößend wirkte – und gleichzeitig wunderbar belebend, was immerhin eine neue Erfahrung war. Denn abgesehen von einigen Besuchen bei Ellen Nussey, ihrer alten Freundin von Roe Head, konnte Charlotte sich an keine längeren Abwesenheiten von zu Hause erinnern, die ihr Freude gemacht hätten. Selbst ihre zwei Jahre in Brüssel, während derer sie eine kurze Phase der Glückseligkeit erlebte, endete in der Einsamkeit und Verzweiflung, die sie wieder nach Hause trieben. Für Anne gab es außer Haworth nur einen weiteren Ort auf der Welt, an dem sie sich aufhalten wollte, und das war Scarborough. Dort wollte sie auf den Klippen stehen, die unendliche Weite und Tiefe des Meeres bestaunen und sich fragen, was wohl dahinter liegen mochte.

Ihre Welt war so winzig und grenzenlos zugleich: Sie umfasste die wenigen Quadratmeilen rund um das Haus, das sie so gut kannten und innig liebten, genauso wie die Universen, die sich endlos in ihren Köpfen entfalteten.

Und so traten Charlotte und Anne die Reise nach Leeds über Keighley zwar ohne großes Aufhebens an, aber besonders wohl war ihnen nicht dabei.

Es schien dies ein Bereich ihres Lebens zu sein, der durch Übung und Wiederholung nicht leichter wurde. Je weiter die voll besetzte Kutsche sie von Haworth wegbrachte, desto reizvoller erschien ihnen der ereignislose heimische Herd.

Charlotte hatte noch am Vorabend einen Brief auf den Weg gebracht, um ihnen eine Unterkunft in einem respektablen Haus zu sichern, in dem auch ihre Freundin Ellen einmal untergekommen war. Es lag etwas abseits in der kleinen Ortschaft Headingley, ganz in der Nähe des stattlichen Hauses des Flachs-Industriellen Mr Honeychurch. Dort war man weit genug vom Schmutz und dem nie nachlassenden Rauch und Mief der Stadt entfernt, um einigermaßen frei atmen zu können – aber nicht so weit, als dass man nicht immer noch das Dröhnen der unermüdlichen Maschine hören könnte, zu der die Stadt geworden war. Kaum hatten Charlotte und Anne ihre Habseligkeiten abgelegt, machten sie sich auf den Weg zum Victoria Crescent, wo sich das Anwesen der Honeychurches befand. Die Anschrift der Familie herauszufinden war nicht schwer gewesen, da jeder in Leeds, ihre Vermieterin eingeschlossen, die Honeychurches kannte. Jetzt, da die einzige Tochter verheiratet war, bestand die Familie nur noch aus Mr und Mrs Honeychurch, denn Elizabeth war das einzige überlebende Kind gewesen – ein trauriger Umstand, der den Schwestern nicht entgangen war.

»Vielleicht hätten wir doch erst schreiben sollen.« Anne klang besorgt, als sie und Charlotte nebeneinander vor dem imposanten, aus grauem Stein erbauten gregorianischen Herrenhaus standen. »Um sie auf unser Anliegen vorzubereiten und zu fragen, ob sie uns empfangen werden. Schließlich sind wir für sie nichts weiter als zwei seltsame Landpomeranzen, denen es überhaupt nicht zusteht, irgendwelche Fragen zu stellen.«

»Anne«, Charlotte sah ihre Schwester mit gerunzelter Stirn an, »wir sind mehr als das. Viel mehr. Wir sind gelehrte Frauen, wir sind intelligent und ambitioniert, und wir haben uns zum Ziel gesetzt, den Verbleib und das Wohlergehen von Mr und Mrs Honeychurchs Tochter zu untersuchen. Unsere Absichten sind ehrenhaft und gut, und darum werden sie uns empfangen, und zwar gerne, da bin ich mir sicher.« Doch Charlotte war weniger sicher, als sie klang, als sie an der symmetrischen Fassade des Hauses aufsah und an Emilys Worte dachte, dass Frauen so gut wie nie als Autorität betrachtet wurden. »Außerdem werden wir Ihnen sagen, dass wir Entsandte unserer Firma Bell and Company Rechtsanwälte sind. Das scheint ganz gut zu funktionieren, wenn alles ein bisschen gesetzter wirken muss.«

»So viel Lug und Trug«, jammerte Anne. »Das kann doch zu nichts Gutem führen. Warum können wir ihnen nicht einfach die Wahrheit sagen, Charlotte?«

»Weil wir Mattie und Papa schützen müssen«, antwortete Charlotte. »Außerdem handelt es sich hierbei nicht um Lug und Trug, Anne.« Charlotte nahm die Hände ihrer Schwester und zitierte einen Satz, den sie schon oft gesagt hatten, wenn sie sich mit etwas konfrontiert sahen, das sie zum Innehalten zwang. »Hab Mut, Anne – und betrachte es nicht als Lug und Trug. Betrachte es als eine Rolle in einer der vielen Geschichten, die wir mit unseren Spielzeugsoldaten gespielt haben, als wir klein waren. Wir spielen, dass wir jemand anderes sind. Es ist eine geheime Mission.«

»Wenn du meinst«, sagte Anne und straffte die Schultern.

»Wobei ich geneigt bin zu sagen, dass es sich für eine junge Dame nicht schickt, Geheimnisse zu haben.«

»Und genau deshalb ist es so aufregend«, entgegnete Charlotte.

*

Mrs Honeychurch war eine üppige und attraktive Frau unbestimmten Alters. Sie trug teure, modische Kleidung, hatte blassgoldenes Haar und schöne blaue Augen. Eine Aura nobler Herkunft umgab sie sowie eine resolute Ruhe und Sicherheit, die das Leben mit sich brachte, wenn eine Frau verheiratet, reich und schön war. Sie trug ein leichtes Baumwollkleid und sah nicht im Geringsten so aus, als würde sie trauern oder unter Schock stehen. Charlotte war sich sicher, dass Chester die Honeychurches nicht vom Verschwinden ihrer Tochter unterrichtet hatte, ganz zu schweigen von den Umständen, die es begleiteten.

Mrs Honeychurch begrüßte Charlotte und Anne leicht verwirrt, aber höflich, bat um Tee und lud die Schwestern ein, sich in ihren reich ausgestatteten Salon zu setzen: ein Flügel, Satinvorhänge und viel Kunst an den Wänden, bei der Quantität wohl vor Qualität ging, aber die Gemälde sorgten dennoch für eine angenehm warme und vergnügliche Atmosphäre.

»Ich bin selten so gespannt gewesen zu erfahren, wie ich zu der Ehre komme.« Mrs Honeychurch lächelte und schenkte aus einer Kanne aus feinstem Knochenporzellan mit üppigem Rosenmuster und Goldrand Tee ein.

Charlotte bemerkte einen sehr verhaltenen Akzent – Mrs Honeychurch musste aus Yorkshire stammen –, wodurch sie ihr sofort sympathisch war. Charlotte traute Menschen, die ihre Herkunft nicht zu leugnen versuchten, immer mehr als jenen, die es taten.

»Wir arbeiten für die Anwaltskanzlei Bell and Company«, hob Charlotte an.

»Junge Damen, die für eine Anwaltskanzlei arbeiten – das ist neu!« Mrs Honeychurch strahlte. »Womit wir wohl als Nächstes rechnen dürfen?«

»Gute Frage.« Charlotte musste den Impuls unterdrücken, ihre erfundene Geschichte weiter auszuschmücken, denn ihr war sehr wohl bewusst, dass ein kompliziertes Geflecht aus Geschichten sie schnell straucheln lassen konnte. »Die Gebrüder Bell, unsere Arbeitgeber, haben uns entsandt. Es geht um die Befragung in einer äußerst delikaten und vertraulichen Angelegenheit, von der die Herren meinten, sie sei in weiblichen Händen durchaus besser aufgehoben, auch wenn es nicht ganz den Konventionen entspricht.«

»Eine Befragung?« Mrs Honeychurch blickte sie verwirrt an. »Dann sollten Sie vielleicht besser mit meinem Mann sprechen, Miss ...?«

»Nennen Sie mich einfach Charlotte, bitte.« Charlotte lächelte. »Und das ist Anne.«

Sie achtete darauf, weder ihren Nachnamen noch ihr verwandtschaftliches Verhältnis zu erwähnen, obgleich sie dadurch das Gefühl hatte, nicht ganz vollständig zu sein.

»Nun denn, *Charlotte*«, entgegnete Mrs Honeychurch und ließ sich den Vornamen auf der Zunge zergehen. »In diesem Haus ist es Mr Honeychurch, der sich um alle finanziellen und geschäftlichen Angelegenheiten kümmert – leider habe ich da keinerlei Einblick. Darum schlage ich vor, dass Sie mit ihm einen Termin vereinbaren und heute Abend wiederkommen, da er den ganzen Tag an der Mühle ist. Was er allerdings davon halten wird, dass zwei junge, unverheiratete Damen ihm Fragen stellen, kann ich nicht einschätzen. Mein Mr Honeychurch ist ein sehr konservativer Geist, er möchte, dass alles an seinem ihm von Gott zugewiesenen Platz ist.«

»Aber wenn alle immer an ihrem Platz blieben, dann würden Männer wie Mr Honeychurch, die sich aus eigener Kraft hochgearbeitet haben, immer noch für jemand anderen arbeiten, der allein aufgrund seiner Geburt zu Wohlstand gekommen ist«, erwiderte Anne unbekümmert und verwirrte Mrs Honeychurch damit nur noch mehr.

»Bitte, Miss Anne«, sagte sie. »Sagen Sie das nicht, wenn Sie mit ihm sprechen, ja? Ich für meinen Teil denke ganz gerne selbst, aber Mr Honeychurch mag es nicht, wenn seine Überzeugungen auch nur ein winziges bisschen infrage gestellt werden. Er bekommt davon ganz schreckliche Magenschmerzen.«

»Unsere Befragung hat allerdings überhaupt nichts mit den Geschäften Ihres Mannes zu tun«, erklärte Anne etwas zahmer und warf einen nervösen Blick auf Charlotte. »Mrs Honeychurch, wir machen uns Sorgen um Ihre Tochter, Elizabeth.«

»Lizzie?« Mrs Honeychurch blinzelte und schüttelte verblüfft lächelnd den Kopf, und doch meinte Anne zu bemerken, wie ein Hauch von Beunruhigung über die Miene dieser Frau huschte wie ein zarter Schleier. »Ach, nein, Ihre Herren Bell hinken ein wenig hinterher. Wissen Sie, meine Lizzie ist nämlich inzwischen verheiratet, seit über zwei Jahren schon! Mit ihrem Mann Robert Chester lebt sie auf Chester Grange in der Nähe von Arunton. Sie hat einen kleinen Sohn und einen Stiefsohn, ein ganz lieber Bub. Lizzie ist ganz vernarrt in ihn.«

Charlotte verrührte einen weiteren Löffel Zucker in ihrem Tee und sah zu Anne, deren Augen ausreichend geweitet waren, um Charlotte zu verraten, dass auch ihre Schwester keine Ahnung hatte, wie darauf zu reagieren war.

»Was könnten diese Anwälte denn von Lizzie wollen?«, dachte Mrs Honeychurch laut nach. »Hat sie vielleicht geerbt? Sie hat eine ganze Reihe von entfernten Verwandten in Übersee, alles Familie meiner Mutter, ziemlich wohlhabend, ehemalige Weinhändler von Madeira. Aber da sie jetzt verheiratet ist, müssten Sie schon mit ihrem Mann darüber sprechen, mit Chester. Ich bin sicher, er würde sich sehr freuen, wenn meine Tochter noch mehr Mittel in sein Vermögen einbrächte.«

Die letzte Bemerkung klang ein klein wenig spitz, was Charlotte ermutigte, weiterzumachen.

»Mrs Honeychurch.« Mit einem leisen Klirren stellte Charlotte die Teetasse zurück auf die Untertasse und lehnte sich leicht nach vorn. »Haben Sie in den letzten drei Tagen mit Mr Chester korrespondiert?«

»Überhaupt nicht.« Mrs Honeychurch runzelte die Stirn. »Und ich rechne auch in den nächsten drei Tagen nicht damit. Jede Woche erhalte ich einen Brief von Lizzie, aber Chester würde wohl am liebsten vergessen, dass wir überhaupt existieren, wie mir scheint! Meinen Enkelsohn habe ich erst ein einziges Mal gesehen, wobei das schon fast zu viel gesagt ist.« Sie hielt kurz inne und strich sich den Rock glatt. »Hat er Ihre Firma gebeten, hierherzukommen?«

»Nein.« Charlotte holte tief Luft, zögerte und wurde sehr unsicher. Wer war sie, dass sie meinte, dieser ahnungslosen Frau so schreckliche Nachrichten überbringen zu dürfen? Gänzlich unbekümmert, ja nachgerade übereifrig hatte sie sich vorgestellt, hier einen wichtigen Part zu übernehmen, und nicht gründlich überlegt, was ihre Worte in diesem ordentlichen, friedlichen Haus anrichten könnten. Der Drang, aufzustehen und das Haus zu verlassen, war groß – aber eine Mutter hatte es verdient, die Wahrheit zu erfahren.

»Mrs Honeychurch«, hob sie wieder an. »Ich habe nicht den Eindruck, dass Sie darüber informiert sind, dass Ihre Tochter seit vier Tagen vermisst wird. Seit Montag, in den frühen Morgenstunden. Dass … dass es ganz so aussieht, als seien die Umstände ihres Verschwindens gewaltsam gewesen, und dass Elizabeth dabei möglicherweise sehr schwer verletzt wurde.«

»Raus mit Ihnen!« Mrs Honeychurch erhob sich, die Stimme vor Erregung bebend, und zeigte zur Tür. »Raus hier, sofort! Wie können Sie es wagen, hierherzukommen und derartige schmutzige Lügen zu verbreiten?«

Mrs Honeychurch hatte mit einem solchen Nachdruck und einer solchen Intensität reagiert, dass Charlotte und ihre Schwester kurz wie gelähmt waren.

»Mrs Honeychurch …«, sprach Anne sie behutsam an, als sie sich wieder gefasst hatte. »Wir lügen nicht, wir sagen die Wahrheit. Wir sind hier, weil … wir … die Gebrüder Bell befürchteten, dass Sie nicht informiert wurden.«

»Nein.« Mrs Honeychurch schüttelte den Kopf. »Nein, bitte. Sagen Sie das nicht. Geben Sie einfach zu, dass Sie gelogen haben, und gehen Sie. Ich weiß nicht, was Sie im Schilde führen, Erpressung vielleicht? Ich nehme Ihre widerlichen Unwahrheiten nicht hin. Geben Sie es zu.« Mrs Honeychurchs Zorn wankte, und Charlotte sah, wie Angst aus ihrem Blick sprach, als sie mit zitternder Stimme weitersprach. »Bitte. Bitte sagen Sie, dass das eine grausame Lüge ist.«

Hilflos und bestürzt streckte Charlotte die Hände aus.

»Es tut mir so leid, Madam«, sagte sie. »Das können wir nicht. Wir sagen die Wahrheit.«

»Dann ist sie weggelaufen«, eiferte Mrs Honeychurch sich. »Ihr Vater wird toben. Sie ist ein eigenwilliges Mädchen, müssen Sie wissen, hat den Kopf voller Ideen. Jedenfalls früher, als sie noch kleiner war. Aber ich dachte wirklich, dass sich das gelegt hätte, dass sie zur Ruhe gekommen sei, und sie liebt ja die beiden kleinen Jungs. Wieso sollte sie weglaufen und die beiden geliebten Kinder zurücklassen? Das ergibt keinen Sinn.«

»Mrs Honeychurch...« Charlotte studierte das Gesicht der völlig aufgelösten Frau und überlegte sich ihre Worte wohl. »Die Art und Weise, wie sie verschwand, und der Umstand, dass sie nichts mitgenommen hat, weisen darauf hin, dass sie Chester Grange nicht freiwillig verlassen hat.«

»Grundgütiger Gott.« Mrs Honeychurch krümmte sich auf dem Sofa zusammen und schlug die Hände vors Gesicht. »Mein liebes kleines Mädchen. Ich hätte sie hierbehalten sollen, ich hätte sie in meiner Nähe behalten sollen. Hat er es herausgefunden? Ist es das? Ich habe immer Angst gehabt, dass er sie bestrafen würde, wenn er es herausfindet.«

»Wenn wer was herausfindet?«, fragte Charlotte vorsichtig, setzte sich behutsam neben Mrs Honeychurch und nahm ihre Hand.

»Ich meine... ich meinte nur, dass...« Mrs Honeychurch sah zu ihr auf, das Gesicht rot gefleckt. »Wer sind Sie? Was sind Sie bloß für Menschen? Dass Sie mein Haus mit solch vulgären und grausamen Lügen besudeln? Von ehrenwerten jungen Damen hätte ich das nicht erwartet!«

»Madam.« Anne kniete vor Mrs Honeychurch nieder und nahm ihre andere Hand. Die Dame des Hauses wehrte sich nicht. »Ich verstehe, wie bestürzend unsere Worte für Sie sein müssen, aber ich versichere Ihnen, dass jedes davon wahr ist. Bitte verzeihen Sie uns, dass wir Ihnen solch furchtbare Nachrichten überbringen. Aber wir können Ihnen auch sagen, dass durchaus noch Hoffnung besteht. Wir wissen nicht genau, was mit Elizabeth passiert ist. Anne und ich versuchen genau das herauszufinden, indem wir mehr über ihr Leben erfahren – mit alten Freunden sprechen vielleicht, oder mit anderen Menschen, die ihr einmal etwas bedeutet haben. Und möglicherweise sind wir die Einzigen, die wirklich versuchen, der Wahrheit auf den Grund zu gehen – allerdings nicht für Chester und auch nicht für uns selbst, sondern für Elizabeth und die Gerechtigkeit. Ich schwöre es Ihnen.«

Mrs Honeychurch strich Anne über die Wange.

»Sie sind doch nur ein zierliches Mädchen. Was wollen Sie schon für die Gerechtigkeit tun?«, fragte sie mit bebender Stimme. »Sie sagen, meine Tochter ist seit vier Tagen verschwunden, aber niemand hat mich darüber informiert, das kann ich nicht hinnehmen. Ich weigere mich, Ihnen zu glauben, dass, während ich nähte, im Park spazieren ging, mich um meinen Mann kümmerte und ...« Sie hielt inne, ein Funke der Hoffnung blitzte auf und zauberte ihr ein Lächeln aufs Gesicht. »Moment. Einen Moment, meine Damen, Sie irren sich! Womöglich ist es Ihnen nicht bewusst, aber Sie sind über meine Lizzie nicht korrekt informiert!«

»Was meinen Sie?«, fragte Charlotte perplex, als Mrs Honeychurch sich vom Diwan erhob und zum Sekretär hastete. Schnell wischte sie sich die Tränen aus dem Gesicht, bevor sie nach einem Bündel Briefe griff und den obersten herauszog.

»Sie sagten, dass ihr Verschwinden in den frühen Morgenstunden bemerkt wurde? Das kann aber nicht stimmen, und hier ist der Beweis dafür!« Sie lächelte durch den Tränenschleier und reichte ihnen zitternd den Brief. »Lesen Sie. Elizabeth geht es gut.«

Anne und Charlotte wechselten einen kurzen Blick. Charlotte nahm den Brief entgegen, faltete das Papier auseinander und las die erste Zeile laut vor:

»›Liebste Mama. Was für ein fürchterlicher Sommer auf Chester Grange ...‹« Sie gab Mrs Honeychurch den Brief zurück. »Das ist ein Brief von Ihrer Tochter.«

»Ja. Und haben Sie auch das Datum gesehen? Sehen Sie, ganz oben – und auf dem Poststempel. Beides vom Dienstag.

Elizabeth hat geschrieben, wie es ihr auf Chester Grange geht, wie es den Kindern geht und, ja, wie das Wetter *am Dienstag* war, und Sie behaupten, Sie sei in den frühen Morgenstunden des Montags verschwunden. Da sehen Sie es, meine Damen: Sie irren sich. Meine Tochter ist gesund und munter. «

Kapitel 18

Anne

»Wie überaus erstaunlich.« Es war Anne, die als Erste wieder Worte fand und diese mit großem Bedacht wählte. Sie erhob sich vom Fußboden und nahm gegenüber von Charlotte und Mrs Honeychurch Platz, die sich wieder gesetzt hatte. »Wir sind auf Chester Grange gewesen. Wir haben Elizabeths Kammer gesehen, und wir konnten uns durch Augenschein allein davon überzeugen, dass dort etwas Schreckliches passiert war. Wir haben mit Mr Chester persönlich gesprochen, der sich größte Sorgen um seine Frau machte ... Ich schwöre Ihnen, Mrs Honeychurch, das ist die Wahrheit – Elizabeth wurde seit Montag nicht mehr gesehen.«

»Von wem wurde sie nicht mehr gesehen?«, rief Mrs Honeychurch schrill. »Vielleicht hat da jemand schlechte Augen? Denn ich versichere Ihnen, meine Elizabeth befindet sich auf Chester Grange. Jede Woche bekomme ich einen Brief von ihr, jede Woche berichtet sie mir von sich und den Kindern. Sie war schon immer eine gute Briefeschreiberin. Jedes Mal, wenn sie mir schreibt, versichert sie mir, wie glücklich und zufrieden sie ist, und ich war noch nie so dankbar dafür, mich mit meinen Bedenken zu einer Sache so geirrt zu haben.«

»Sie hatten Bedenken bezüglich der Eheschließung zwischen Elizabeth und Robert Chester?«, fragte Anne.

»Nein, nicht so sehr bezüglich der Eheschließung.« Mrs Honeychurch setzte sich etwas gerader auf, langsam gewann sie ihre Fassung wieder. »Ich hatte vielmehr Bedenken, ob sie je eine glückliche Ehefrau sein würde«, sagte Mrs Honeychurch. »Lizzie kann sehr eigenwillig sein, sehr *originell*. Als Kind wollte sie immer Seefahrer werden – können Sie sich das vorstellen? Sie wollte um die Welt fahren und alles malen, was sie sah. Dann war sie mal fest entschlossen, professionelle Musikerin zu werden, Pianistin, und glaubte, ganze Konzertsäle füllen zu können! Mr Honeychurch sagte, ich hätte sie zu sehr verwöhnt, und das stimmt vielleicht auch, aber sie war so klug und neugierig. Er sagte, ich hätte nicht genügend Zeit darauf verwendet, ihr beizubringen, was es heißt, eine Ehefrau zu sein, und ich fürchtete, dass er damit recht hatte. Ich fürchtete, dass es ihr schwerfallen würde, sich anzupassen, eine gute und gehorsame Gefährtin zu sein, aber sie bewies mir das Gegenteil. Aus all ihren Briefen spricht eine sehr große Zufriedenheit. Sie wirkt außerordentlich glücklich mit ihrer kleinen Welt, als hätte sie die sieben Weltmeere und alles, was dahinter liegt, vergessen ...«

Mrs Honeychurch verlor sich in Gedanken, das leise Lächeln auf ihren rosaroten Lippen verflüchtigte sich.

»Wenn Sie gestatten, Mrs Honeychurch«, sagte Anne leise, nachdem sie erkannt hatte, dass es jetzt das Beste war, der armen, gequälten Frau nicht zu widersprechen, »würden wir uns sehr gerne auch die anderen Briefe Ihrer Tochter ansehen. Wir könnten so etwas mehr über Elizabeth erfahren und die Sorgen unseres Mandanten hoffentlich ein wenig dämpfen.«

»Meinetwegen.« Mrs Honeychurchs freundliches Benehmen bekam Risse. »Ich wüsste zwar nicht, was davon für Sie von Interesse sein könnte – es sei denn, Sie haben eine Schwäche für Krupphusten und Gedanken dazu, wie das Kinderzimmer neu eingerichtet werden könnte.«

Mrs Chester reichte ihnen das Bündel, das sie sich an die Brust gedrückt hatte. Es sah so aus, als sei jeder einzelne Brief nach seiner Lektüre wieder zusammengefaltet und säuberlich in den Umschlag zurückgesteckt worden. Jeder einzelne war datiert und unterschrieben, und beim ersten Überfliegen wurde bereits der warme Plauderton deutlich, in dem alle Briefe gehalten waren, ganz wie Mrs Honeychurch gesagt hatte.

»Und Sie sind sich sicher, dass das die Handschrift Ihrer Tochter ist?«, fragte Charlotte, während sie den jüngsten Brief mit einem älteren verglich. Beide trugen runde Poststempel, einer stammte aus Arunton, der andere aus Keighley.

»Selbstverständlich bin ich mir sicher«, sagte Mrs Honeychurch. »Ich selbst habe ihr das Lesen und Schreiben beigebracht, obwohl mein Mann das für völlig unnötig hielt. Wenn Sie dann mit Ihrer Befragung fertig sind, möchte ich Sie bitten, jetzt zu gehen und allen, die diese Gerüchte verbreiten, zu sagen, dass sie ihre Zunge hüten sollen.«

Mrs Honeychurch, deren Wangen von Minute zu Minute röter wurden, erhob sich abrupt, deutete Richtung Tür und klingelte nach dem Mädchen.

»Mrs Honeychurch.« Anne nahm allen Mut zusammen. »Ich bin bereits zweimal auf Chester Grange gewesen und habe mir das gesamte Haus angesehen, sogar die Schlafkammer Ihrer Tochter. Nirgendwo gibt es eine Spur von ihr. Wenn überhaupt, dann würde ich eher sagen ... im Gegenteil.«

»Was ist denn das Gegenteil von einer Spur von ihr?«, fragte Mrs Honeychurch spitz. »Ich weiß nicht, worauf Sie hinauswollen, junge Frau, aber ganz gleich, was es ist, es entspricht nicht der Wahrheit, denn hier ist ja ein Brief von Elizabeth. Meine liebe Elizabeth ist gesund und munter, und das hier ist der Beweis! Vielleicht spielt Ihnen ja jemand einen Streich? Als meine Lizzie klein war, hat sie alles Mögliche ausgeheckt, immer ist sie mit ihren Cousinen herumgezogen ... Ein richtiger kleiner Bengel war sie, so lebendig – so etwas haben Sie noch nie gesehen. «

Anne senkte den Blick, als ihr aufging, wie sehr Mrs Honeychurch sich anstrengen musste, um die Fassung zu bewahren. Sie hatte Tränen in den Augen, aber da war auch noch etwas anderes: Angst.

» Bitte glauben Sie uns «, sprach Anne sanft auf sie ein, ging einen Schritt auf Mrs Honeychurch zu und streckte vorsichtig die Hand nach ihr aus. » Wir handeln in allerbester Absicht und aus großer Sorge, es tut uns aufrichtig leid, wenn wir Sie so aus der Fassung gebracht haben. Ich gebe Ihnen ganz recht, die Sache mit dem Brief passt nicht ins Bild, aber wir glauben dennoch weiterhin, dass Elizabeth in großer Gefahr ist. Wir haben heute Nacht ein Zimmer in der Pension London am Victoria Square: Wenn Sie noch einmal mit uns sprechen möchten, wenn Sie uns doch noch mehr sagen möchten, können Sie uns dort finden. «

» Ich bin überzeugt, dass meine Frau sich nicht noch einmal mit Ihnen zu unterhalten braucht «, sagte Mr Honeychurch, als er den Raum betrat und ihn mit seiner imposanten Erscheinung und stürmischen Entrüstung ausfüllte.

» Sir «, setzte Charlotte an, » wenn Sie uns gestatten, Ihnen zu erklären, worin unsere Sorge ... «

» Ich habe genug von Ihren Sorgen gehört, während ich draußen in der Eingangshalle stand «, sagte Mr Honeychurch. » Zwei wildfremde Frauen ohne jede Referenz spazieren in mein Haus und nutzen die wehrlose, schlichte Natur meiner lieben Gattin aus, indem sie ihr solche Schauergeschichten erzählen? Wo sind die Männer, die dafür sorgen sollten, dass

Sie an dem für Sie vorgesehenen Platz in den eigenen vier Wänden bleiben?«

»Verzeihen Sie, aber...«

»*Schweigen Sie stille!*«, herrschte Mr Honeychurch Anne an, die vor Entsetzen darüber erblasste, die Zielscheibe einer solchen Demütigung zu sein. Und obwohl sie sich selbst dafür hasste, gehorchte sie ihm. »Sie dürfen demjenigen, der sich solche Sorgen um meine Tochter macht, ausrichten, dass sie mit Robert Chester eine sehr gute Partie gemacht hat und dass sie, genau wie ihre Mutter, weiß, wo ihr Platz als Ehefrau und Mutter ist, und dass Gehorsam gegenüber ihrem Mann gleich nach dem Gehorsam gegenüber Gott kommt. Wenn irgendetwas nicht stimmen würde, dann hätte ich direkt Kenntnis davon erlangt. Wenn Sie beide Ihre jüngeren Jahre damit verbracht hätten, genau das zu lernen, dann läge die beste Zeit Ihres Lebens vielleicht nicht bereits hinter Ihnen, dann wären Sie jetzt vielleicht nicht so verbittert und hätten nicht vor lauter Langeweile nichts Besseres zu tun, als sich in das Leben anderer Leute einzumischen. Damit einen guten Tag. Und ich warne Sie – lassen Sie sich hier nicht wieder blicken.«

»Frank, mein Lieber...«, meldete Mrs Honeychurch sich zu Wort.

»Ich habe dich nicht um deine Meinung gebeten, Weib!«, herrschte er sie an. »Das habe ich vermutlich schon viel zu oft getan.«

Mrs Honeychurch schloss den Mund. Ihr Blick begegnete Annes und sagte mehr, als Worte vermocht hätten.

*

Kaum waren sie aus dem Haus der Honeychurchs hinausgeflogen, eilten die Schwestern so schnell sie konnten davon.

»Charlotte, wir sind fürchterliche Menschen.« Anne war

die Erste, die etwas sagte, ihre Stimme bebte vor Aufregung. »Die arme Mrs Honeychurch – wir haben ihr so großen Schmerz bereitet und gleichzeitig keine einzige Antwort auf unsere Fragen bekommen. Ich schäme mich für uns – wir sind keinen Deut besser als dieser Chester. Sobald wir wieder zu Hause sind, werde ich Papa alles beichten, und ich werde Mrs Honeychurch schreiben, mich in aller Form bei ihr entschuldigen und ihr erzählen, wer wir wirklich sind. Ich ertrage einfach nicht, dass sie uns für Hochstaplerinnen hält.«

»Ich gebe dir ganz recht, dieser Besuch war sehr aufregend«, pflichtete Charlotte ihr bei. »Und ja, wir haben das Rätsel noch nicht gelöst – aber jetzt können wir uns zumindest sicher sein, dass es tatsächlich ein Rätsel gibt.«

»Du meinst den Brief.« Anne war in Gedanken immer noch ganz bei Mrs Honeychurchs offenkundiger Bestürzung.

»Der Brief«, sagte Charlotte. »Der Brief. Ich verstehe nicht, wie es zu so einer ganzen Reihe von merkwürdigen Ereignissen kommen kann. Wie und warum sollte jemand einen Tag nach Elizabeth Chesters Verschwinden einen Brief schreiben und abschicken? Das Datum auf einem Brief lässt sich natürlich leicht fälschen, aber der Poststempel auf dem Umschlag nicht.«

»Du vergisst das noch viel größere Rätsel.« Anne nahm Charlotte bei den Händen, als sie die Pension betraten, denn ihr war immer noch ganz blümerant, als hätte ihre Begegnung mit den Honeychurchs sie insgesamt um mindestens ein Grad aus dem Lot gebracht.

»Ich habe etwas vergessen?«, fragte Charlotte.

»Bevor Mrs Honeychurch sich an den Brief erinnerte, sagte sie doch, sie sei sich immer sicher gewesen, Chester würde ihre Tochter bestrafen, wenn er ›es‹ herausfände, und als wir sie fragten, was sie damit meinte, ist sie ausgewichen. Die Frage ist, Charlotte: Wenn er *was* herausgefunden hätte?«

Idee auf Idee wie Stern auf Stern
folgt durch die Unendlichkeit.
Ein süßer Einfluss, nah und fern,
uns durchdringt und uns vereint.

– » Sterne « von Emily Brontë

Kapitel 19

Emily

Hell fiel das Licht des Vollmonds durch Emilys Fenster, als sie sich nicht zum ersten Mal in dieser Nacht ruhelos im Bett aufsetzte, den Kopf voll wirrer Gedanken und Traumfetzen, die ihren Geist nicht lange genug in Ruhe ließen, um einschlafen zu können.

Aus Papas Kammer drang regelmäßiges Schnarchen. Tabby und Martha hatten sich längst in ihr Zimmer zurückgezogen, und Branwell war Gott wusste wohin ausgegangen und noch nicht wieder zu Hause.

Emily stand auf. Über die rauen, kühlen Dielen trat sie barfuß zum Fenster und zog die Vorhänge auf. Sie atmete tief durch, als sie die silbrige Unterwelt sah, in die das Mondlicht Haworth verwandelt hatte. Es war, als würde die Nacht Emily dazu einladen, ihr jenseitiges Wunder zu bestaunen, als würde sie sie heranwinken, um mit den silberumrandeten Schatten zu spielen.

Die Grabsteine glitzerten und schimmerten, als wollten sie die Auferstehung der Toten ankündigen, und sogar die Kirche ihres Vaters, die sich als Silhouette vor dem Himmel abzeichnete, wirkte aufregend finster. Was war das für ein Schatten? Stand da jemand zwischen den Gräbern? Emily durchlief ein wohliger Schauer. Ein Mörder vielleicht, ein Grabräuber oder ein Geist? Vielleicht das Phantom von James Sutcliffe, dem Wegelagerer, der vor fünfzig Jahren für seine Verbrechen gehängt und – wenn man den Gerüchten Glauben schenken durfte – in einem namenlosen Grab gleich hinter seinem geliebten Wirtshaus verscharrt worden war. Wie es wohl wäre, sich mit einem Geist zu unterhalten? Welche Geheimnisse des Todes er ihr wohl zuflüstern würde?

»Die perfekte Nacht für ein kleines Abenteuer, was, Keeper?« Emilys Hund hatte gehört, wie sie aufstand, hatte die Tür mit der Schnauze aufgedrückt, war in ihre Kammer getapst und stand jetzt dicht bei ihr. »Die perfekte Nacht, um übers Moor zu streifen und Antworten zu suchen. Ganz bestimmt würden wir ein paar Gytrashs begegnen und vielleicht auch ein paar umherirrenden Seelen, die nach ihrer verlorenen Liebe suchen. Oder was meinst du, hm?«

Keeper meinte in der Regel nicht viel, aber Emily liebte ihn dafür, dass er ein so exzellenter Zuhörer war und in fast allem, was sie sagte, einig mit ihr war. Außer wenn sie ihm befahl, dass er seine schmutzigen Pfoten vom Bett nehmen sollte. Aus diesem Grund hatte sie sich ein einziges Mal gezwungen gesehen, ihn zu schlagen – anderenfalls hätte Tabby ihn sicher ausgesetzt und verhungern lassen. Seit jenem verhassten, dunklen Tag wich Keeper kaum noch von Emilys Seite, er bewachte und beschützte sie ständig. Emily fragte sich, wie es sein konnte, dass ein Wesen, dem ein solcher Schmerz zugefügt worden war, seinen Peiniger immer noch so heiß und innig liebte. Sie hatte den Eindruck, dass diese Vorstellung von Liebe, die so viele Menschen in helle Aufregung versetzte, im Grunde die dunkelste, gefährlichste und komplizierteste aller menschlichen Gefühlsregungen war. Emily jedenfalls bedauerte und bereute das, was sie dem Hund an jenem Tag angetan hatte, mehr als alles andere Schlechte, das sie sich je in ihrem Leben hatte zuschulden kommen lassen, und sie würde bis ans Ende seiner Tage versuchen, es wiedergutzumachen.

»Warum sollen wir im Haus bleiben, nur weil es Nacht ist?«, dachte Emily laut nach und legte die Hand auf den knochigen Hundekopf. »Nachts passieren doch die interessantesten Dinge, Keeper, also wieso sollten wir nicht eine Runde im windigen Moor drehen? Das ist die Stunde, in der Geheimnisse entstehen und enthüllt werden, Verbrechen begangen werden und Liebende sich treffen. Wieso verlangt es die Konvention, dass du und ich in unseren Betten – oder Körben – bleiben müssen, nur weil die Sonne weg ist?«

Keeper wusste keine Antwort.

»Handeln statt reden, oder was meinst du?«

Keeper pflichtete ihr bei.

»Recht hast du, mein Junge. Du hast so recht.«

Und obwohl ihr Vater immer wie ein Stein schlief und Tabby so gut wie taub war, kleidete Emily sich so geräuschlos wie möglich an und band ihre Stiefel erst zu, als sie bereits draußen war. Sie füllte ihre Rocktaschen mit Dingen, von denen sie glaubte, sie für ein nächtliches Abenteuer mit Keeper gebrauchen zu können, und griff dann aus Gewohnheit zu ihrer Haube. Doch mit dem breiten Lächeln einer Frau, die in eine schöne neue Sternenwelt geboren wurde, ließ sie sie am Haken hängen. Heute Nacht wollte sie spüren, wie der Wind an ihren Locken zerrte, heute Nacht würde niemand sie ermahnen, dass sich das nicht gehörte. Niemand würde ihr sagen, wie sie sich zu benehmen hatte.

*

Es war wunderschön da draußen, auf dem Moor, mitten in der Nacht, unter funkelnden Sternen. Der Mondschein erweckte jeden Grashalm, jeden Stein zu Leben, alles nahm neue Formen und Schattierungen an und besang den Nachthimmel. Der Wind war stürmisch, aber warm, er berührte sie überall, strich durch ihr Haar und über ihre Haut wie ein vertrauter Liebhaber. Und als Emily aufsah zum sternenübersäten Firmament hoch über sich, breitete sie unwillkürlich die Arme aus und wollte diese Herrlichkeit des Herrn umarmen.

Keeper war extrem aufgeregt aufgrund ihres nächtlichen Abenteuers. Er rannte kreuz und quer, die Schnauze ständig dicht am Boden, und überall stieg ihm der Geruch von Kaninchen und Dachsen in die Nase. Er lief immer wieder um sein Frauchen herum und blieb nie lange an ihrer Seite.

Emily brauchte kein Ziel. Ihr reichte es vollkommen, zu den Wasserfällen zu wandern, zu sehen, wie die wilden Bäche die Hänge hinunterstürzten, wie das Mondlicht mit den tosenden Wassermassen spielte, und weiter zum Ponden Kirk zu marschieren und ins Tal hinunterzublicken, wo ihr die ganze Welt zu Füßen lag.

Es verging eine Weile, bis Emily bemerkte, dass sie den Weg nach Chester Grange eingeschlagen hatte. Als sie einen Bergkamm erreichte und den Koloss, in dem nur ein Fenster erleuchtet war, vor sich erblickte, ging ihr auf, dass ihr unbewusster Kompass sie hierhergeführt hatte.

»Was meinst du, Keeper? Soll ich mal gucken gehen?«, fragte Emily. »Wenn wir schon mal hier sind?«

Es überraschte sie nicht, dass Keeper sie in ihrem Plan unterstützte.

*

»Du musst hierbleiben, Keeper«, erklärte Emily dem Hund und band ihn mithilfe ihres durch sein Halsband geführten Umschlagtuch an eine solide wirkende junge Eiche. »Hier gibt es nämlich noch andere Hunde, und wenn du mitkommst, reagieren sie bestimmt empfindlich. Mich dagegen kennen sie bereits, und sie mögen mich. Also schön hierbleiben, ja? Brav!«

Keeper winselte und legte sich dann widerwillig in das hohe, kühle Gras, um dort auf die Rückkehr seines Frauchens zu warten. Denn wenn er eines wusste – wenn er überhaupt irgendetwas wusste –, dann, dass, wenn sie sich etwas in den Kopf gesetzt hatte, sie nur selten wieder davon abzubringen war.

Bevor sie das letzte Stück des Weges nach Chester Grange einschlug, betrachtete Emily das Anwesen aus dem Schutz des Waldes heraus, der es umgab. Sie dankte Gott, dass er ihr eine so klare und helle Nacht wie diese beschert hatte.

Der Gebäudekoloss lag dunkel, es waren kaum Details zu erkennen, außer dem möglicherweise von einer Kerze stammenden Licht in einem der Fenster im Erdgeschoss. Dort war eher nicht mit großen Enthüllungen zu rechnen, aber es war das Einzige, was sie sehen konnte, und so fixierte sie dieses eine erleuchtete Fenster und ging durch die Dunkelheit darauf zu.

Auf halbem Wege hörte sie das Donnern großer Pfoten und das Knurren und Bellen erregter Hunde, die sie gewittert hatten, auf sie zu rannten und nur wenige Fuß von ihr entfernt zähnefletschend stehen blieben. Jede andere junge Frau, die ganz ohne Begleitung des Nachts umhergestreift wäre, hätte es mit der Angst zu tun bekommen – nicht so Emily Brontë. Sie blieb ruhig stehen und wartete, bis die Hunde sich ein wenig beruhigt hatten, die Köpfe senkten, knurrten und schnupperten.

»Guten Abend, meine Lieben«, sagte Emily sanft und streckte die Hände aus, in denen sich jetzt der Inhalt ihrer Taschen befand: ein paar leckere Belohnungen für Keeper. Sie hatte keine Sorge, dass die Bluthunde, die Chester auf sofortiges Töten abgerichtet hatte, sie ihr aus den Händen reißen würden, denn Emily war noch nie einem Hund begegnet, der nicht weich wurde, wenn ihm kleine Stücke vom geschmorten Lamm vor die Nase gehalten wurden.

»Hallo, ihr Braven«, sagte sie und trat näher an die Tiere heran. »Ihr erinnert euch doch an mich, oder? Ihr wisst noch, wer ich bin, oder? Eure Freundin Emily. Ganz genau. Brave Hunde. Ich bin eine Freundin.«

Tatsächlich senkten sich die eben noch wachsam aufgestellten Ohren, und die Ruten rollten sich zur freundlichen Begrüßung auf, als die Hunde Emily die Leckerbissen aus der Hand fraßen. Den Rest des kalten Fleischs warf Emily ins hohe Gras. Sie beobachtete die Tiere, dann leerte sie ihre Taschen ganz und bescherte den Wachhunden ein unverhofftes Festmahl. Dann setzte sie ihren Marsch fort und ging auf das große dunkle Gebäude und alle Schrecken, die sich darin verbergen mochten, zu.

*

Emilys Hand berührte den rohen, kühlen Stein des Hauses, und sie tastete sich stetig an der Mauer entlang, blieb nur kurz stehen, um ihren Rock zu befreien, der an irgendwelchen Dornen hängen geblieben war, und spürte, wie ihr etwas über den Handrücken kratzte. Sie passierte ein dunkles Fenster nach dem anderen, bis sie endlich einen sanften Orangeschimmer auf den Kiesweg fallen sah, der ihr verriet, dass sie ihr Ziel erreicht hatte.

Emily drückte sich rechts des Fensters flach gegen die Wand und wartete geduldig. Eingehüllt in die Dunkelheit und Wärme der Sommernacht, fühlte sie sich in dieser Situation so wohl, wie andere junge Frauen sich fühlten, wenn sie in der Nachmittagssonne einen Spaziergang unternahmen.

Schon bald erschien ein Schatten am Fenster und schob sich kurz vor das Licht. Das musste Chester sein.

Sehr, sehr langsam bewegte Emily sich auf das Fenster zu und spähte mit einem halben Auge hinein. Es war die Bibliothek – deckenhohe, sich im Dunkel verlierende Bücherregale –, und sofort meldete sich Emilys ausgeprägte Sehnsucht nach Büchern zu Wort, danach, in ihnen zu blättern und eine wunderbare Welt nach der anderen zu entdecken. Ein so stumpfer Mann wie Chester hatte keine solche Bibliothek verdient, dachte Emily gereizt, denn sie war sich sicher, dass er kein einziges der Bücher gelesen hatte, die er mit seiner Ignoranz hier eingekerkert hatte. Kurz darauf wagte Emily es, mit einem ganzen Auge in den Raum zu spähen, und was sie sah, erstaunte sie so sehr, dass sie unwillkürlich komplett vor das Fenster trat und hineinglotzte wie ein Kind in einen Süßigkeitenladen.

Chester hatte den Rücken zum Fenster gewandt, er redete mit jemandem im Ohrensessel neben dem Kamin, obwohl reden vielleicht nicht das richtige Wort war. So, wie er sich bewegte und gestikulierte, sah es eher so aus, als würde er schimpfen – ständig ging er zwei Schritte auf und wieder ab und versperrte Emily dadurch die Sicht auf die Person, die im Ohrensessel saß, ganz gleich, wie sehr Emily sich duckte oder reckte und versuchte einen Blick zu erhaschen. Mit den Armen fuchtelte Chester wild herum, oder er raufte sich die Haare, und mehr als einmal schlug er die Hände vors Gesicht oder sah gen Zimmerdecke, als betete er zu Gott.

Dann, recht unvermittelt, drehte er sich zum Fenster um, durchmaß den Raum auf einen Tisch zu und schenkte sich aus einer Karaffe neu ein. Einen aufregenden Moment lang war Emily sich sicher, entdeckt worden zu sein. Aber natürlich konnte Chester sie nicht sehen – auf der Innenseite des Fensters blickte er in ein Spiegelbild der Bibliothek, er hatte keine Ahnung, dass Emily jenseits der Scheibe stand. Was Emily noch viel mehr schockierte als sein wildes Gebaren und die unordentliche Kleidung, war der Anblick seines tränenüberströmten Gesichts. Das Scheusal hatte geweint. Konnte ein Mörder weinen?

Chester ging zurück zu Kamin und Sessel, und Emily erhaschte einen kurzen Blick auf einen Pantoffel und den Saum eines Seidenkleides. Hatte er womöglich Elizabeth Chester in dem Sessel drapiert? War sie doch noch am Leben und wurde sie auf Chester Grange gefangen gehalten? Leider war es Emily von draußen unmöglich, das herauszufinden.

Ihr blieb also nur eins übrig: Sie musste sich Zugang verschaffen.

Kapitel 20

Emily

Zwar war Emily vorher noch nie mitten in der Nacht in die herrschaftliche Villa eines mutmaßlichen Mörders eingedrungen, aber sie kam überhaupt nicht auf den Gedanken, dass ihr das nicht auf Anhieb gelingen würde.

Mit etwas Glück hielt Chester es wie die Mehrheit der Menschen in Haworth und schloss das Haus ohnehin so gut wie nie ab. Im Gegensatz zu Chester hatten die Menschen in Haworth allerdings auch nichts zu verheimlichen. Das war das Problem, wenn jemand ein interessantes Leben führte, dachte Emily. Ein Leben voller Liebe, Leidenschaft und Begierde war ein Leben voller unnötiger Komplikationen. Einerseits fand sie die Vorstellung, dass ein Mensch vor lauter Liebe zu einem anderen verrückt werden konnte, faszinierend, andererseits dachte sie, im wirklichen Leben wäre das wahrscheinlich ein ziemliches Elend. Sie selbst lebte nur in Gondal wirklich, in der von ihr erdachten Welt, oder wenn sie hoch oben im Moor die Schönheit Gottes sah. Das waren die Orte, an denen ihr Herz wild klopfte. Hier dagegen, mitten in der Nacht, kurz vor der Entdeckung einer Niederträchtigkeit, schlug es mit der Regelmäßigkeit einer Trommel.

Doch leider war jede einzelne Tür, an der Emily vorbeikam, fest verschlossen, sodass sie am Hauptportal schon gar nicht mehr ihr Glück versuchte. Die Zeit drängte: Sie musste sich Zutritt verschaffen, um zu hören, was Chester sagte, und zwar, bevor er zu betrunken war, um sich überhaupt noch verständlich zu artikulieren.

Optimistisch wie immer beschloss Emily, dass es irgendwo ein Fenster geben musste, das ihren Zwecken dienlich war.

In den meisten großen Häusern gab es einen Fleischkeller, zu denen es zwar nicht immer einen Zugang von draußen gab, aber doch zumindest ein kleines Fenster, durch das sie sich hindurchzwängen könnte, wenn ihr das Schicksal ihrer Röcke nicht zu sehr am Herzen lag. So etwas musste es auf Chester Grange auch geben, überlegte Emily, ganz bestimmt würde sie einen Weg ins Haus finden. Sie musste ganz einfach, denn das hier war eine einmalige Gelegenheit. Beschwingt dachte Emily, dass, wenn sie zu Hause im Bett geblieben wäre, wie es sich gehörte, sie Chester nicht bei seinen nächtlichen Aktivitäten gesehen hätte. Kaum auszudenken, wenn sie die ganze rätselhafte Geschichte womöglich im Alleingang aufklärte! Charlotte würde wahnsinnig werden vor Ärger.

Vollkommen angstfrei und nicht im Geringsten erstaunt über sich selbst und ihr Vorhaben, bewegte Emily sich systematisch um die Hausmauer und hielt aufmerksam Ausschau nach dem geringsten Spalt in diesem Panzer. Sie wusste, dass ihr nicht viel Zeit blieb, wenn sie Chester in flagranti mit seiner armen Geisel erwischen wollte.

Schon bald gesellten sich die Bluthunde wieder zu ihr, allerdings ohne ihr eine große Hilfe zu sein. Sie trotteten neben ihr her, ihre neuen treuen Begleiter, sie konnten immer noch das Fleisch riechen, das in Emilys Rocktaschen gesteckt hatte, und hofften, es würde noch etwas für sie abfallen.

Emily ließ sie in der Hoffnung, obwohl Keeper sie sicher eine ganze Woche lang mit Nichtachtung strafen würde, wenn er die Konkurrenten an ihrer Kleidung roch. Es war aber besser, die Hunde in ihrer Nähe zu haben, als zu riskieren, dass sie Chester auf einen Eindringling hinwiesen.

Dann, endlich, als sie mit dem Kopf im Nacken und den Händen in den Hüften den Blick über die Fassade der oberen Stockwerke wandern ließ, sah sie, wie sich in einem offenen Fenster ganz klein der Mond spiegelte. Sie hatte einen Eingang gefunden.

Das Fenster war gerade groß genug für sie und ihre Röcke, schätzte sie. Gott sei Dank hatte sie auf die Unterröcke verzichtet. Das einzige Problem mit dem Fenster war, dass es sich im ersten Stock befand.

Doch Chester Grange war zu großen Teilen mit einem Geflecht aus kräftigem Efeu bewachsen, die Ranken sahen so dick aus, als könnten sie Emilys Gewicht tragen. Emily war zwar noch nie an einer Hausmauer hinaufgeklettert, aber schon auf so einige Bäume und viele Klippen hinunter.

In der absoluten Stille der Nacht hörte sie Dutzende kleiner Efeuzweige knacken, und doch hielt die Pflanze ihrem Gewicht stand. Zoll für Zoll arbeitete sie sich nach oben, genauestens beobachtet von den Hunden, die immer noch hoffnungsvoll mit dem Schwanz wedelten. Emily war so konzentriert darauf, zwischen dem dichten Laub immer wieder neuen Halt für Hände und Füße zu finden, dass sie überhaupt nicht bemerkt hätte, wenn Chester höchstpersönlich inzwischen am Fenster gestanden und sie in Empfang genommen hätte. Kurz bevor sie ihr Ziel erreicht hatte, hielt sie aber inne, um die Schönheit der warmen, klaren Nacht zu erfassen und sich genau zu überlegen, was sie da gerade tat. Sich vorzustellen, welchen Anblick sie dem Mond bot: eine Frau in einem Kleid und Schnürstiefeln, die furchtlos eine

Hauswand hochkletterte, um dunkle Taten und schreckliche Abenteuer aufzuklären. Sie lächelte breit vor sich hin, denn sie war sich sicher, sie bot einen prachtvollen Anblick.

Als sie schließlich das Fenster erreichte, zwängte sie sich unter geringen Schwierigkeiten durch die Öffnung. Sie zog ihre Röcke hinter sich her und fluchte, als sie Stoff reißen hörte – sie würde das Kleid flicken müssen. Sie hörte Glas klirren, und wie etwas Schweres, Metallenes zu Boden fiel, aber zum Glück befand sich außer Emily niemand in dem Raum – zumindest kein lebendes Wesen.

Dafür standen überall mit Laken abgedeckte Möbel jeglicher Größe und Form herum, die Emily zu beobachten schienen, als sie sich aufrichtete, eine Efeuranke aus den offenen, zerzausten Haaren zog und auf den Boden warf. Die Diele unter ihrem Fuß knarrte, die Nacht schien den Atem anzuhalten.

»Guten Abend«, flüsterte sie den verhüllten Gestalten zu. »Sehr erfreut, Ihre Bekanntschaft zu machen.«

Emily bahnte sich einen Weg zwischen den vielen Möbeln hindurch und eilte zum Treppenabsatz. Um sie herum war es still, selbst die Standuhr oben an der Treppe tickte nicht mehr, und ganz kurz stellte Emily sich vor, dass die Zeit in diesem Haus stehen geblieben war – aus Respekt vor jenen, die hier ihr Leben verloren hatten.

Der Mond spendete Licht, und irgendwo im Erdgeschoss brannte ein Kamin, dessen Flammen lange Schatten in der Eingangshalle tanzen ließen.

Emily bewegte sich durch den Flur, als sich auf halber Strecke langsam eine Tür öffnete. Abrupt blieb Emily stehen und verharrte reglos wie eine Feldmaus, die in den Blick eines Falken geraten war. Aus dem Zimmer fiel Licht, zu kühl, um von einem Feuer zu stammen, zu hell, um nur von einer Kerze auszugehen. Als befände sich der Mond in dem

Zimmer. Sie sollte ihr Vorhaben weiterverfolgen und sich ins Erdgeschoss schleichen, aber das Licht übte eine zu starke Anziehungskraft auf sie aus.

*

Emily näherte sich der einen Spalt offen stehenden Tür – es war die zu Elizabeth Chesters Schlafkammer. Kaum öffnete Emily die Tür etwas weiter, erlosch das Licht, und als Emily über die Schwelle trat und in den Raum spähte, war dort nichts zu sehen als Schatten und ein einziger, auf den Boden fallender Strahl des Mondlichts. Emily hielt die Luft an, als ein kleiner Gegenstand, einer Scheibe ähnlich, aus den Schatten in der Ecke ins Licht rollte, ins Schlingern geriet, leise scheppernd umkippte und schließlich liegen blieb. Emily strengte die Augen an, versuchte, in der Dunkelheit etwas zu erkennen – vielleicht war eins der Kinder aufgestanden und streunte herum –, doch sie konnte nichts sehen. Kein lebendes und kein totes Wesen in den dunklen Ecken. Emily atmete tief durch, schoss auf den Gegenstand zu, schnappte ihn sich vom Boden und steckte ihn ein.

Sie konnte nicht länger verweilen.

*

Emily achtete sehr darauf, sich stets im Schutz der Schatten zu bewegen, während sie sich die große Treppe hinunterschlich, aufmerksam beobachtet von den Porträts und Tierköpfen an den Wänden. Unten angekommen, zögerte sie kurz – der Klang von Chesters Stimme, die in der Stille des Hauses dröhnte und widerhallte, lähmte sie. Ganz langsam näherte Emily sich und hörte, wie er schrie und heulte, flehte und wetterte wie ein Wahnsinniger.

Emily sah sich noch einmal um, sie wollte nur ungern von Mrs Crawley oder sonst wem erwischt werden. Schritt für Schritt schlich sie sich näher heran und blieb hinter der Tür zur Bibliothek stehen, die praktischerweise nur angelehnt war. Emily spähte durch den Spalt und hatte jetzt einen ungehinderten Blick auf Chester und seine Geisel, endlich sah sie die arme Seele und konnte den Blick nicht wieder abwenden. Zum ersten Mal in dieser Nacht, zum ersten Mal seit sie ein kleines Mädchen gewesen war, bekam sie Angst. Ihr Herzschlag beschleunigte sich, sie war entsetzt.

Denn auf dem Sessel saß kein Mensch. Auf dem Sessel war ein Kleid drapiert – ein Brautkleid, angefertigt aus Spitze und Seide –, als würde es von einer Frau getragen. Die leeren Ärmel ruhten auf den Armlehnen, und unter dem schlaff herunterhängenden Saum stand ein Paar Seidenpantoffeln.

Doch was Emily am meisten entsetzte und faszinierte, war, was sich im Schoß des Kleides befand. Geschmückt mit einer Haube mit Seidenblumen, die kurz über den blicklosen Augenbrauen endete, lag dort ein menschlicher Schädel.

Emily war wie erstarrt und hätte fast vergessen, dass sie sich doch verstecken musste. Aber der Anblick war einfach zu bizarr und unwiderstehlich. Chester hatte den Schädel sogar so auf ein kleines Kissen gesetzt, dass er gleichsam zu ihm aufsah, während er redete, und wirkte, als hinge er an seinen Lippen. Diese Ungerechtigkeit, diese Schande, dass diese arme Seele, wer auch immer sie gewesen war, selbst im Tod nicht frei war von Chesters Kontrolle, war für Emily kaum zu ertragen, und sie musste die Fäuste ballen, um sich zu beherrschen, nicht in die Bibliothek zu stürzen und den Schädel aus seinen Klauen zu befreien.

Sie rang mit sich, zog sich wieder ein Stück in die Schatten zurück und zwang sich, weiter zuzuhören und hinzusehen. Denn Emily war überzeugt, dass sie, wenn sie sich geduldig zeigte, ein Mordgeständnis hören würde – schließlich sprach der Mann mit einer Leiche.

Doch Chester sprach sehr undeutlich, er nuschelte unter dem Einfluss von Alkohol und Selbstmitleid. Er kniete vor dem Schädel nieder und wollte wissen, wieso dieser ihn nicht genauso geliebt hatte wie er ihn. Er schluchzte, vergrub das Gesicht in Seide und Spitze, flehte um Verzeihung und Gnade, bat um eine zweite Chance.

Dann, offenbar völlig verzweifelt in seiner Trauer, packte er den Schädel mit beiden Händen und sah in die Höhlen, in denen einst die Augen lagen. Emily rechnete damit, dass er den Schädel mit seinen bloßen, riesigen Händen zermalmen würde, denn dazu wäre ein Mann seiner Größe und Stärke ganz sicher in der Lage. Doch dann hob er den Schädel an und führte ihn zu Emilys Entsetzen an seine Lippen. Unendlich zärtlich küsste er seinen breit grinsenden Mund.

Emily wurde übel. Sie schlug sich die Hand auf den Mund und fürchtete, sich ihr Abendessen noch einmal betrachten zu müssen. Aber sie konnte sich immer noch nicht wieder losreißen. Als Chester die unheilige Umarmung löste, schien er vor Emilys Augen in sich zusammenzusinken, vor Verzweiflung zu kollabieren. Er ruderte mit den Armen und stieß dabei den Schädel von seinem Podest. Der Schädel blieb auf der Seite liegen und sah aus, als würde er Emily direkt anstarren und um Erlösung flehen.

Erst da wandte Emily den Blick ab und registrierte, dass die Zähne im Gebiss des Schädels noch vollzählig zu sein schienen.

»Crawley!«, rief Chester. »Crawley! Wo sind Sie? Verdammt noch mal, wo sind Sie? Ich brauche Ihre Hilfe. Sofort!«

Und obwohl der Morgen noch längst nicht graute, hörte Emily, wie sich im Haus etwas rührte, als hätte die alte Frau irgendwo gesessen und sich wach gehalten und nur auf sein Rufen gewartet. Kurz darauf sah Emily das vom schwingenden Licht einer Petroleumlampe erleuchtete Gesicht von Mrs Crawley, die zielstrebig den Flur entlangmarschierte, direkt auf Emily zu.

Emily blickte sich nach einem geeigneten Versteck um und bemerkte die offene Tür gegenüber der Bibliothek. Sie betete, dass der untergehende Mond und Mrs Crawleys Laterne nicht genügend Licht verbreiteten, um sie zu entlarven, huschte durch die offene Tür und schloss sie bis auf einen winzigen Spalt, durch den sie das seltsame Paar beobachten konnte.

»Herrje.« Mrs Crawley war in der Tür zur Bibliothek stehen geblieben, den Blick auf Chester gerichtet, die Hände in die breiten Hüften gestemmt. Augenblicklich verstand Emily, warum die alte Frau bei ihrer ersten Begegnung Handschuhe getragen hatte, denn zwischen Daumen, Zeige- und Mittelfinger war Gewebe zu sehen, regelrechte Schwimmhäute, durch die diese drei Finger zusammengewachsen waren. Emily hatte durchaus schon von solchen Händen gehört, sie aber noch nie gesehen. »Hatte ich Ihnen nicht gesagt, Sir, und zwar mehr als einmal, dass, wenn Sie so weitermachen, all die Geheimnisse, die Sie so dringend vor der Welt verbergen möchten, genau dort landen werden? Rund um die Uhr durchs Haus geistern, Türen schlagen und sonstigen Krach machen wie ein Kind, das einen Wutanfall hat. Und dann dieser … dieser Mummenschanz! Was erwarten Sie sich davon? Dass ihr Geist in das Kleid fahren wird wie der Wind in die Segel und Ihnen sagt, dass er Sie liebt?«

»Ich wollte nicht, dass sie stirbt«, jammerte Chester unglücklich. »Ich habe ihr nicht erlaubt zu sterben. Sie hat das getan, um mich zu ärgern.«

»Der Tod war ihr einziger Ausweg.« Mrs Crawley seufzte

schwer. » Sie konnte die Folter, der Sie sie aussetzten, nicht länger aushalten. Ich habe Ihnen gesagt, dass Sie sie lieben müssen. Ich habe Sie angefleht, sie zu lieben, aber Sie vermögen es nicht. Immer, wenn etwas Gutes Ihren Weg kreuzt, holen Sie aus und zerstören es, und ich habe nie begriffen, warum. Wenn Sie Imogen geliebt hätten, dann wären Sie doch glücklich gewesen, ganz. Aber Sie mussten sie in den Wahnsinn treiben. Sie konnten es nicht lassen, etwas so Reines, Unschuldiges zu zerstören. «

Emily staunte, dass Mrs Crawley es wagte, so mit Chester zu sprechen – als sei er ein ungezogenes Kind, nicht ihr Herr.

Emily beobachtete, wie Mrs Crawley auf den am Boden liegenden Chester zuging. Behutsam hob sie den Schädel auf und steckte ihn in einen Samtbeutel, den sie plötzlich in der Hand hatte, allerdings nicht, bevor sie ihn mit einem langen, entschuldigenden Blick bedacht hatte. Dann zog sie das Beutelband zu, schwang das Säckchen lässig an ihrer Seite und legte zu Emilys allergrößtem Erstaunen die Hand auf Chesters Kopf, wie bei einem Schoßhund. Als sie ihn wieder ansprach, schlug sie denselben gütigen und reuevollen Ton an wie Emily gegenüber Keeper, als sie die Wunden versorgte, die sie ihm selbst zugefügt hatte.

» Na, na«, flüsterte sie sanft und half Chester mit unerwarteter Kraft auf die unsicheren Füße. » Na, na. Ab ins Bett jetzt. Morgen war das alles nur ein Traum. «

» Aber was ist mit ihr ...? « Chester deutete auf das zerknitterte Kleid.

» Sie gehen zu Bett «, sagte Mrs Crawley. » Ich kümmere mich um sie, versprochen. «

Chester schleppte sich aus der Bibliothek, rempelte erst die Wand an und stieß dann mit einem riesigen, ausgestopften Bären zusammen, so nah bei Emily, dass sie den beißenden Atem riechen konnte. Sie hörte, wie er den Flur entlangrumpelte, die Treppe hinaufstolperte und im Vorbeigehen an jede Tür hämmerte.

Emily schloss die Tür und wollte durch das Fenster im Erdgeschoss entwischen. Der Mond stand jetzt so tief am Himmel, dass er hinter den Bäumen kaum noch zu sehen war, und schon bald würde der Morgen dämmern und es ihr deutlich erschweren, sich unbemerkt davonzustehlen.

Doch als sie sich umsah, stellte sie fest, dass sie sich in Chesters Arbeitszimmer befand, von einem Porträt lächelte eine wunderschöne Frau traurig auf sie herab. Das musste das Gemälde von der armen Imogen sein, von dem Anne ihnen erzählt hatte: dieselbe Frau, deren Schädel nun in einem Samtbeutel lag. Auf dem Schreibtisch verteilt lagen Dutzende Dokumente. Emily ließ den Blick darüber schweifen in der Hoffnung, etwas von Interesse zu finden, doch gerade, als sie ein paar Papiere in die Hand nahm, hörte sie, wie sich Mrs Crawleys Schritte näherten und der Türknauf gedreht wurde.

Emily schob rasch die Unterlagen in ihr Mieder, floh hinter den schweren Fenstervorhang und hielt die Luft an. Sie hörte, wie die Tür geöffnet wurde, wie jemand den Raum betrat und stehen blieb.

Emily begann zu zittern, allerdings nicht vor Angst, sondern vor Kälte. Ihr war, als sei die Raumtemperatur dramatisch gefallen, als würde die kalte Luft, die sie einatmete, beim Ausatmen Wolken bilden.

Der Atem, den sie hörte, angestrengt und ermattet, war aber nicht ihr eigener und stammte auch nicht von der anderen Seite des Vorhangs. Das Geräusch entstand direkt neben ihr, und gerade, als Emily dachte, dass das nicht sein konnte, begriff sie auch schon, dass sie hinter dem dicken Samtvorhang vor den Fenstern nicht alleine war. Langsam drehte sie den Kopf, um zu sehen, womit sie sich ihr Versteck teilte, überzeugt davon, aus den blicklosen Augenhöhlen eines Totenkopfes angestarrt zu werden. Doch bevor sie so weit kam, ließ Mrs Crawleys Stimme sie zusammenzucken und erstarren.

»Lass ihn in Ruhe«, rief sie so energisch in den Raum, dass Emily sich fragte, ob Mrs Crawley sie entdeckt hatte. Aber sie rührte sich nicht, ließ den Vorhang, wo er war. »Lass ihn in Ruhe. Lass ihn mir, du böser Geist, ich bitte dich!«

Emily hörte Mrs Crawleys Schuhe quietschen, als sie auf dem Absatz kehrtmachte und ziemlich abrupt die Tür hinter sich zuschlug.

Mit nicht unbeträchtlicher Besorgnis ging Emily auf, dass ihre Hand für die Dauer von Mrs Crawleys Ansprache in einer anderen Hand geruht hatte – schmal und eiskalt.

»Grundgütiger«, japste sie und zog ihre frierenden Finger zurück. Da war keine Erscheinung, kein Geist – nur die klirrende Kälte und eine Aura tiefer Traurigkeit und Verzweiflung, die Emily die Tränen in die Augen trieb.

Kein einziges Wort wurde gesprochen, und doch hörte Emily das Flehen so klar und deutlich wie eine Glocke.

»Natürlich«, antwortete sie flüsternd. »Natürlich helfe ich dir, versprochen.«

Emily zog den Gegenstand aus der Tasche, den sie in Elizabeths Kammer aufgehoben hatte, wandte sich damit zum Fenster und betrachtete ihn eingehend. Ein Knopf. Und obwohl sie sich nicht ganz sicher sein konnte, war Emily plötzlich überzeugt, dass er einst einen Mantel geziert hatte. Den Mantel eines gewissen Mr Robert Chester.

Kapitel 21

Charlotte

» Miss, im Wohnzimmer wartet eine Dame auf Sie «, teilte Mrs Hepple, die Inhaberin der Pension, Charlotte mit, als diese, erschöpft vom Schlafmangel, den Fuß der Treppe erreichte. » Sie möchte unbedingt mit Ihnen sprechen und bat mich schon in aller Herrgottsfrüh, Sie zu wecken, aber da habe ich mich geweigert. Ich störe meine zahlenden Gäste nicht, für niemanden, ganz gleich, für wie wichtig sie sich halten mögen. «

» Vielen Dank, Mrs Hepple «, sagte Charlotte und warf einen Blick über die Schulter auf Anne. Kein Zweifel, wer da auf sie wartete. In Leeds gab es nur zwei Menschen, die sie kannten, und der eine war Mrs Honeychurch. Die Frage war vielmehr, *warum* – und ganz gleich, was der Grund war, so fürchtete Charlotte, dass sie und Anne in Schwierigkeiten steckten.

» Ich bringe Ihnen etwas Tee «, erbot sich Mrs Hepple. » Für die Lady auch ? «

» Ja, bitte, auch für die Lady, und setzen Sie es bitte auf unsere Rechnung. « Charlotte lächelte, obwohl Mrs Hepple offenkundig unwillig war, auch für den unerwarteten Gast Tee zuzubereiten – oder sonst etwas zu tun, das über ihre selbst definierten Aufgabengrenzen hinausging.

Mrs Hepples Wohnzimmer, wie sie es nannte, war eigentlich vielmehr ein Wartezimmer: Hier warteten ihre Gäste häufig auf die Kutsche, mit der sie die nächste Reiseetappe bewältigen wollten. Ein Sammelsurium abgenutzter Sessel stand darin herum, mindestens zwei zu viel im Verhältnis zur Größe des Raumes. Die Sessel bildeten einen willkürlichen Kreis und wirkten auf Charlotte wie die Menschen, die hier sonst zufällig zusammengewürfelt beisammensaßen und nicht recht wussten, was sie miteinander reden sollten – einer der Sessel sah sogar fast so aus, als wolle er sich klammheimlich zur Tür hinausschleichen. In all seinem Mangel an Wohnlichkeit spiegelte der Raum das Unbehagen wider, mit dem ihre zweite Begegnung mit Elizabeth Honeychurchs Mutter behaftet war.

»Mrs Honeychurch.« Charlotte und Anne knicksten kurz und setzten sich auf den reichlich zerschlissenen Diwan Mrs Honeychurch gegenüber.

Die arme Frau sah fürchterlich aus, das Gesicht verweint. Sie brauchte einen Moment, um sich so weit zu fassen, dass sie sprechen konnte.

»Mr Honeychurch weiß natürlich nicht, dass ich hier bin«, erklärte Mrs Honeychurch ernst. Dann, als Mrs Hepple den Tee abstellte, presste sie die Lippen zu einer schmalen Linie aufeinander, bis Mrs Hepple die Tür wieder hinter sich geschlossen hatte. »Das heißt, ich habe nicht viel Zeit, wenn ich nicht möchte, dass er mir auf die Schliche kommt. Dass ich hier bin, ist ... nun, für gewöhnlich verweigere ich meinem Mann nicht den Gehorsam. Aber ich kam einfach nicht mehr zur Ruhe. Ich musste noch einmal mit Ihnen sprechen.«

»Dann sprechen Sie doch bitte aus, Mrs Honeychurch, was Sie uns zu sagen haben.«

»Ihr Besuch hat mir großen Kummer bereitet«, erklärte Mrs Honeychurch unglücklich. »Sehr großen Kummer sogar, ich konnte das alles überhaupt nicht mehr aus dem Kopf bekommen, was Sie gesagt haben, die Gedanken drehten sich im Kreis, immer und immer wieder, bis ich Angst bekam, wahnsinnig zu werden, aber es kommt noch schlimmer. Heute Morgen erfuhren wir, dass Sie mit Ihren Behauptungen recht haben. Kaum waren Sie gestern gegangen, ließ Mr Honeychurch sich nach Chester Grange kutschieren, um mich zu beruhigen, und er war heute kurz vor dem Morgengrauen wieder zu Hause. Sie hatten recht. Meine Elizabeth ist nicht auf Chester Grange, ihr Verschwinden wurde am Montagmorgen entdeckt. Mein Mann schob sich an dieser Haushälterin vorbei ins Haus, warf einen Blick in Elizabeths Kammer und wurde hinausgeworfen und … er wollte mir nicht sagen, was er gesehen hatte, und darum bitte ich Sie, es zu tun, denn meine Fantasie malt sich die schlimmsten Dinge aus.«

»Wir sahen eine Kammer, die sehr gründlich gereinigt worden war, Madam, was uns aber fast genauso viel verriet, wie wenn man alles belassen hätte, wie es war.« Charlotte wollte der armen Frau so viel wie möglich erzählen, achtete dabei aber darauf, sie einerseits nicht noch weiter in Verzweiflung zu stürzen und andererseits auch nichts zu verschweigen. »Die Gouvernante berichtete uns, dass die Kammer voller Blut war, als sie am Morgen anklopfte, und von Ihrer Tochter keine Spur.«

Mrs Honeychurch nickte beherzt und wrang ein Taschentuch, das sie fest in beiden Händen hielt. »Es kam zu einer Auseinandersetzung zwischen meinem Mann und Mr Chester, im Verlaufe derer Chester sagte, dass Elizabeth nicht mehr ihrem Vater gehöre. Mr Honeychurch wurde darauf bei der Polizeiwache in Keighley vorstellig, wo man offenbar noch weniger wusste als Sie beide, und darum will er jetzt das Gericht in Leeds aufsuchen und um Unterstützung bitten, um herauszufinden, was … was mit ihr passiert ist, aber da es sich um unterschiedliche Bezirke handelt, bin ich mir nicht sicher, ob sie wirklich etwas unternehmen werden, und wenn sie es doch tun, dann ist es vielleicht schon zu spät. «

» Haben Sie ihnen den Brief gezeigt, den Sie von Elizabeth bekommen haben? «, fragte Charlotte, und Mrs Honeychurch schüttelte den Kopf und zog den Brief hervor.

» Mr Honeychurch sagt, der beweist nur, dass Lizzie ein falsches Datum draufgeschrieben hat. Lizzie ist doch schon immer so ein Gipskopf gewesen, hat er gesagt, und dann hat sie ihn wohl auch spät zur Post gebracht. Er sagt, der Brief ist bedeutungslos und dass jetzt, da er nach Elizabeth sucht, Gang in die Sache kommen und sie schon bald wieder zu Hause sein wird. Ich ... ich komme einfach nicht zur Ruhe, weil ich ständig über diesen Brief nachdenke und mir Sorgen mache. Eine Mutter spürt gewisse Dinge oft lange, bevor sie erfährt, dass etwas nicht stimmt. Ich weiß nicht, wieso ich nichts geahnt habe, vielleicht weil ich ihr so sehr wünschte, dass alles gut werden würde für Lizzie. Aber jetzt kann ich nicht mehr länger so tun, als ob ... Jedes Mal, wenn ich den Brief sehe, überfällt mich eine tiefe Unruhe. Mein Mann nimmt meine Sorgen nicht ernst – was ist mit Ihnen? «

» Wir nehmen Ihre Sorgen sehr ernst «, sagte Anne. » Und auch der Brief sollte ernst genommen werden. «

» Sie sagten gestern, Sie seien die Einzigen, die versuchten, der Wahrheit in dieser Angelegenheit auf die Spur zu kommen. «

» Wir glauben, dass wir die Einzigen sind, die sich mit vollem Eifer in dieser Sache einsetzen. « Charlotte nickte und fügte hinzu: » Im Auftrag unserer Arbeitgeber, der Herren Bell. «

» Könnten Sie mir erklären, wer diese Herren Bell sind und wie es zu ihrem Engagement in dieser Sache kam? «

» Sie sind gute Christen und Gentlemen «, erklärte Charlotte und warf Anne einen verunsicherten Blick zu, als sie merkte, dass Mrs Honeychurch einiges mehr an Information erwartete. Dann dachte sie an einen Brief ihres Vaters an die Zeitung, den sie vor ein paar Wochen für ihn ins Reine geschrieben hatte, und ließ sich davon inspirieren. »Ihnen war aufgefallen, wie lax das Gesetz in unserem Landesteil gehandhabt wird. Ein Wachtmeister ist für Tausende von Menschen zuständig und meist auf die Gunst eines einzigen Gönners angewiesen. Er verdient nur Geld, indem er Geldstrafen verhängt, für die er eine Provision bekommt. So wird nie Gerechtigkeit erreicht. Verbrecher haben keine Strafe zu erwarten.«

»Ganz genau«, sagte Anne. »Die Bells haben gesehen, welche Fortschritte durch die Neuorganisation der Metropolitan Police in London erzielt wurden, und versuchen, im Parlament eine Mehrheit für ähnliche Maßnahmen im Rest des Landes zu finden, aber gleichzeitig tun sie, was sie können, um schon jetzt der weitverbreiteten Ungerechtigkeit entgegenzuwirken.«

»Verstehe.« Mrs Honeychurch nickte. »Würden Sie dann bitte damit weitermachen? Mir zuliebe? Ich habe ein wenig Geld, von dem Mr Honeychurch nichts weiß.«

»Wir brauchen kein Geld von Ihnen«, beeilte Anne sich zu sagen und nahm Mrs Chester den Brief ab. »Wir wollen nur helfen. Meine Schwester und ich konnten die halbe Nacht nicht schlafen, weil wir Ihnen gestern so großen Kummer bereiteten, aber bitte glauben Sie uns, das war nicht unsere Absicht.«

»Sie sind Schwestern?« Überrascht sah Mrs Honeychurch sie an, und Anne warf Charlotte einen entschuldigenden Blick zu.

»Ja, in der Tat, das sind wir«, räumte Charlotte zögerlich ein. »So ganz ohne Ehemann oder Familie, die uns unterstützen könnte, sind wir auf eine gute, anständige Anstellung angewiesen.«

» Sie können immer noch einen guten Ehemann finden. « Mrs Honeychurch lächelte tränenfeucht. » Vor allem Sie, Anne. Was für ein liebliches, zartes Gesicht Sie haben. Hätte einer meiner Söhne überlebt, dann hätte ich mir gewünscht, dass er ein so nett anzusehendes Mädchen wie Sie heiratet. «

» Ich bin mir allerdings nicht sicher, ob ich auch eine nette Ehefrau abgeben würde. « Anne lächelte schwach, sie spürte, wie verletzt ihre Schwester neben ihr war. Charlotte gab ihr Bestes, um Mrs Honeychurchs Einlassung abzuschütteln – die Frau war in Aufruhr und wusste kaum, was sie sagte –, und außerdem war es nicht das erste Mal, dass ihr so etwas zu Ohren kam. Und doch schmerzte es sie mehr, als sie zugeben wollte.

» Ich konnte letzte Nacht auch kaum schlafen «, fuhr Mrs Honeychurch fort. » Ich habe sämtliche Briefe, die Lizzie mir geschrieben hat, noch einmal durchgelesen, manche mehrfach, ich bin sie Satz für Satz, Wort für Wort durchgegangen. Als ich über die letzten Wochen und Tage vor ihrer Hochzeit nachdachte, beschloss ich, dass ich noch einmal mit Ihnen sprechen wollte und dass ich Ihnen, falls Sie mir rechtschaffen und ehrenhaft vorkommen, alles erzählen werde, was ich weiß – auch wenn mein Mann sehr wütend werden wird über meinen Ungehorsam. « Mrs Honeychurch betrachtete ihre reich beringten, diamantglitzernden Finger. » Meine Damen. Ich habe sieben Kinder in diese Ehe geboren, und alle außer Lizzie wurden uns genommen, bevor sie ein Jahr alt waren. Der Verlust war mit jedem Mal schwerer zu ertragen, Miss … «

» Brontë «, sagte Charlotte, die sich außerstande sah, angesichts einer mit solcher Offenheit vorgetragenen tragischen Geschichte weiter zu lügen.

» Manche Leute meinen, wenn der Tod immer wieder zuschlägt, wenn einem ein Kind nach dem anderen genommen wird, dann gewöhnt sich eine Mutter daran – als würde nicht jedes kleine Leben zählen. Ich versichere Ihnen, jedes kleine Leben zählt! Jedes Mal, wenn Ihnen die winzige Seele in den Arm gelegt wird, verlieben Sie sich Hals über Kopf – jeder einzelne Teil von Ihnen ist mit jedem einzelnen Teil dieses kleinen Wesens verbunden, denn schließlich war es in all den Wochen in Ihrem Leib ein Teil von Ihnen. Man gewöhnt sich nie daran, ein Kind zu verlieren, und das wäre auch nicht richtig.« Tränen standen in ihren veilchenblauen Augen, als sie Charlotte ansah. »Ich habe sechs meiner sieben Kinder, süße, weiche, lächelnde Babys, in die kalte Erde gelegt, bevor ich sie je ›Mama‹ sagen hörte, und jedes Mal hoffte ich, selbst zu sterben. Ich bat sogar meinen Mann, nicht mehr ... Ich bat ihn, damit aufzuhören, damit ich nicht wieder in Umstände käme, aber er sagte, wir müssen dem Herrn vertrauen, und er hatte recht. Denn dann schenkte der Herr uns Lizzie, und sie wuchs und gedieh und wurde zur Frau, und in meinen Augen war sie unbesiegbar. Ich habe sie abgöttisch geliebt, liebe Misses Brontë, ich habe sie verwöhnt, mein liebes, süßes Mädchen!«

»Selbstverständlich«, sagte Charlotte. »Das ist doch ganz natürlich für eine Mutter.«

»Wir wollten nur das Beste für sie, und sie, ganz gehorsame Tochter, vertraute darauf, dass wir die richtigen Entscheidungen für sie trafen. An ihrem achtzehnten Geburtstag wurde sie in die Gesellschaft eingeführt, und auf ihrem ersten Ball lernten wir Chester kennen. So viele gut aussehende junge Männer wollten ihr den Hof machen, aber wir fanden, dass keiner von ihnen das bieten konnte, was wir uns für Elizabeth wünschten.«

»Und was genau wünschten Sie sich für Ihre Tochter?«, fragte Anne.

Mrs Honeychurch rutschte auf ihrem Sessel herum und

senkte den Blick. » Es war vor allem der Wunsch meines Mannes. Mr Honeychurch hat es aus eigener Kraft zu Wohlstand gebracht, manche würden uns wohl neureich nennen. Materiell gesehen haben wir tausendmal so viel wie diese Leute von Rang, und doch sehen sie auf uns herab. Mr Honeychurch findet das unerträglich. Wir hatten gehofft, dass unser nicht unbeträchtliches Vermögen einen Mann locken könnte, der den Stammbaum und die Herkunft mitbrachte, die unserer Lizzie und ihren Kindern eine höhere gesellschaftliche Stellung bescheren würde – ein höheres Ansehen. «

Charlotte nickte ernst und nahm allen Mut zusammen, um dieser liebenswürdigen und unglücklichen Frau die unvermeidliche Frage zu stellen.

» Mrs Honeychurch, als wir gestern bei Ihnen waren, da sagten Sie etwas von … Sie sagten, wenn Mr Chester etwas über Elizabeth herausfände, dann würde er sicher sehr wütend werden und sie möglicherweise bestrafen. Mir ist bewusst, wie schwer das für Sie sein muss, aber wenn Sie möchten, dass wir Ihrer Tochter helfen, dann müssen wir alles wissen, was Sie uns erzählen können, ganz gleich, wie schockierend Sie es auch finden mögen. Ich versichere Ihnen, dass alles, was Sie uns mitteilen, an niemand anderen weitergegeben wird. «

Wieder schüttelte Mrs Honeychurch den Kopf, immer wieder. Sie presste sich das Taschentuch an die Lippen.

Charlotte rutschte auf dem Diwan etwas nach vorn.

» Mrs Honeychurch «, sagte sie leise und nahm ihre Hand. » Würde es Ihnen helfen, wenn wir Ihnen sagten, dass uns zu Ohren gekommen ist, Elizabeth habe möglicherweise Gefühle für einen anderen Mann als ihren Ehemann gehegt? «

» Ich sagte Ihnen bereits, dass meine Elizabeth ziemlich wild war, als sie klein war «, entgegnete Mrs Honeychurch.

»Dass ich sie verwöhnt habe. Sie war so klug, sie zeigte große Begabung am Klavier und beim Zeichnen. Darum bat ich Mr Honeychurch, Hauslehrer für sie einzustellen. Wir fanden einen jungen Mann, der ihr Klavierstunden gab, und eine junge Dame, die ihr Zeichnen schulen und ihre Allgemeinbildung verbessern sollte. Ihrem Vater war sehr daran gelegen, dass Elizabeth gebildet war, müssen Sie wissen. Ich erklärte ihm, dass ihr das auch bei der Suche nach einem guten Ehemann helfen würde.« Mrs Honeychurch schüttelte den Kopf. »Aber nach einigen Monaten wurde deutlich, dass der Klavierlehrer, ein Mr Walters, ihre Gutmütigkeit ausnutzte. Auf das Gröbste ausnutzte. Sie war erst fünfzehn, sie wollte sich so gerne verlieben und ihrem Herzen folgen, ganz gleich, wohin es sie führte, verstehen Sie?«

»Und die Liaison blieb nicht geheim?«

»Nein.« Mrs Honeychurch senkte den Blick aus den geschwollenen Augen. »Eines unserer Dienstmädchen ertappte meine Elizabeth in einer ... kompromittierenden Situation mit dem Scheusal, das sie dazu verführt hatte.«

»Das ist äußerst bedauerlich, Mrs Honeychurch«, sagte Charlotte sanft. »Aber Ihre Tochter ist nicht die Erste und wird auch nicht die Letzte gewesen sein, die diesen Weg geht.«

»Mr Honeychurch sagte, Elizabeth sei ruiniert, er sagte, kein ehrenwerter Mann würde sie noch zur Frau nehmen, wenn diese Geschichte die Runde machte, und dass die damit verbundene Demütigung sein persönliches Ende bedeuten würde. Also hat er gezahlt. Er hat denen, die die beiden in flagranti erwischt hatten, Schweigegeld gezahlt. Und er hat dem, in dessen Armen Elizabeth gefunden wurde, eine bedeutende Summe gezahlt, damit auch er schwieg und ging und nie mehr in Elizabeths Nähe kam. Der Schuft musste einen anderen Namen annehmen und zog nach Scarborough.« Sie senkte die Stimme, neigte sich Charlotte zu und reichte ihr einen mehrfach gefalteten Bogen Papier. »Ich wäre mehr als dankbar, wenn ich seinen Namen nie wieder aussprechen müsste. Aber ich bin bereit, zu tun, was ich kann, um meiner Lizzie zu helfen. Letzte Nacht habe ich den Schreibtisch meines Mannes durchsucht und das hier gefunden, die letzte bekannte Adresse des Mannes. Natürlich gab es Gerüchte – das ließ sich bei allem Bemühen nicht vermeiden. Elizabeth wurde fortgeschickt, auf ein Mädchenpensionat in Whitstable, bis sie achtzehn war, und wir hatten gehofft – so sehr gehofft –, dass sie die ganze Geschichte hinter sich lassen würde, und genau so sah es auch aus, als sie Robert Chester kennenlernte.

Schon bei ihrer ersten Begegnung war Lizzie hin und weg, sie gewährte ihm an dem Abend jeden Tanz. Ich habe sie nie so glücklich und strahlend gesehen. Und nach ein paar weiteren Zusammenkünften war sie immer noch ganz hingerissen von ihm. Als Chester uns dann aufsuchte und um Lizzies Hand anhielt, freuten wir uns darum genauso sehr wie sie. Alles schien perfekt zu sein: ein alter, angesehener Name. Ein gütiger, älterer Mann. Ein Witwer. Und wie es aussah, war sogar Liebe im Spiel. Die Wochen, in denen ihre Hochzeit vorbereitet wurde, waren eine schöne, glückliche Zeit...« Mrs Honeychurch verstummte, ihr Lächeln bröckelte.

»Und dann, wenige Tage vor der Trauung, reisten wir nach Chester Grange, um unsere Gäste zu empfangen und Lizzie in ihrem ehelichen Zuhause zu installieren. Wir waren... nicht ganz so streng, was die unbeaufsichtigte Zweisamkeit der beiden anging. Schließlich sollte Robert ja keine zwei Tage später ihr Ehemann sein. Als er also eines Abends nach dem Essen mit ihr im Garten spazieren ging... nun, wir dachten uns nichts weiter dabei – so konnten die beiden sich noch ein bisschen besser kennenlernen, aber...«

Mrs Honeychurch bereitete die Erinnerung ganz offensichtlich großen Kummer, und es fiel ihr schwer, sie in Worte zu fassen.

»Misses Brontë, ich möchte Sie als unverheiratete Damen nur ungern mit Dingen belasten, über die Sie keine Kenntnis haben ...«

»Wir mögen unverheiratet sein, aber wir haben durchaus Kenntnis von ehelichen Angelegenheiten – machen Sie sich um uns keine Sorgen«, versicherte Charlotte ihr. Anne hob eine Augenbraue, schwieg aber.

»Ich hatte Lizzie auf das vorbereitet, was ihr Ehemann von ihr erwarten würde – zumindest dachte ich, ich hätte sie vorbereitet –, und ... nun ja ... Über den Vorgang an sich wusste sie durchaus Bescheid. Lizzie ist ein vernünftiges und starkes Mädchen und wirkte, als sei sie bereit für diese Art der Intimität. Ich glaube, sie freute sich richtig darauf, schon bald eine vollwertige Frau zu sein. *Wieder.*«

Sie fügte das letzte Wort flüsternd hinzu und setzte sich in ihrem Sessel zurecht. Diese Begegnung, dieses Gespräch, in dem sie zwei wildfremden Frauen von derart intimen Angelegenheiten erzählte, verlangte ihr viel ab.

»Nun, als sie von diesem Spaziergang zurückkehrten, war Lizzie kreidebleich, als sei ihr ein Gespenst begegnet, als habe sie panische Angst«, erzählte Mrs Honeychurch unglücklich. »Und sie hat die ganze Nacht geweint. Das weiß ich, weil wir uns ein Bett teilten. Am nächsten Morgen flehte sie mich an, die Hochzeit abzusagen – sie war untröstlich. Ich dachte, sie sei einfach nur furchtbar nervös, so kurz vor der Hochzeit, und fragte sie, was zwischen ihr und Chester vorgefallen war, damit ich besser verstehen konnte, was sie so aus der Fassung brachte, aber sie wollte es mir nicht sagen. Sie brachte es nicht über sich, mir zu sagen, was er ihr angetan hatte.«

Völlig unvermittelt erhob Mrs Honeychurch sich und ging einmal zur Tür und wieder zurück, als könne sie die Sorge nicht mehr aushalten.

»Mr Honeychurch und ich sprachen natürlich darüber, während um uns herum die Vorbereitungen auf Hochtouren liefen und die Gäste ankamen. Lizzie war bis dahin so glücklich gewesen! Wir dachten, wenn wir sie nur ausreichend beruhigten, würde alles gut werden. Also nahmen wir uns vor, dahingehend auf sie einzuwirken, die Ehe mit Chester wie geplant einzugehen. Aber sie lief weg. Als wir sie wiederfanden, war sie zutiefst verstört und hysterisch. Ich sagte Frank, dass wir die Hochzeit dann vielleicht doch besser absagen sollten – doch er weigerte sich. Er lehnte meinen Vorschlag ab mit der Begründung, eine Absage würde Schande über ihn und seinen Namen bringen, und dass Lizzie ihm das nicht noch einmal antun würde. Er sagte, sie sei einen Vertrag eingegangen und dass sie sich nun an diesen Vertrag halten müsse und dass er froh sei, wenn er nicht mehr für Elizabeth verantwortlich sei. Und dann haben sie geheiratet.«

Mrs Honeychurch schlug die Hände vors Gesicht und weinte. »Ihr armes, liebes Gesicht an ihrem Hochzeitstag, die Augen ganz rot vom Weinen. Das habe ich nie vergessen.«

»Es gibt Gerüchte, dass Elizabeth nicht besonders glücklich war in ihrer Ehe«, sagte Charlotte. »Soweit ich weiß, hat sie sich mit der Gouvernante des Jungen angefreundet und ihr so einiges anvertraut. Aber die Ehe ist ja häufig eine Angelegenheit, die etwas Geduld erfordert, man muss sich aneinander gewöhnen. Verständlich, dass Sie gehofft hatten, dass das auch für Ihre Tochter galt.«

»In den Flitterwochen fuhren sie nach Venedig, doch als sie zurückkehrten, war Lizzie dünn und blass und gar nicht sie selbst. Schon bald war klar, dass sie in Umständen war, und wir dachten, das sei der Grund für ihre schlechte Verfassung. Dann wurde der süße kleine Archie geboren, doch jeder Versuch unsererseits, unsere Tochter und unseren Enkel zu besuchen, wurden von Chester abgewehrt. Ich machte mir größte Sorgen, und Mr Honeychurch war sehr wütend – wir waren kurz davor, einfach nach Chester Grange zu fahren und darauf zu bestehen, unsere Tochter zu sehen. Doch dann kam der erste Brief, gefolgt von vielen weiteren, in denen Elizabeth glücklich und zufrieden klang. Wir beruhigten uns, sorgten uns nicht mehr so viel. Wir müssen ihnen ihren eigenen Raum lassen, sagte mein Mann. Chester ist jetzt für sie verantwortlich. Und obwohl es mich mehr schmerzte, als ich sagen kann, beschloss ich, mein kleines Mädchen loszulassen, wie jede Mutter es irgendwann tun muss. Ich war nicht glücklich über die Situation, aber ich tat mein Bestes, um meine dummen Ahnungen, wie mein Mann sie nennt, zu ignorieren und mich damit zufriedenzugeben, dass Elizabeth glücklich war. Und zwar bis gestern. Bis Sie vor unserer Tür standen.«

»Dafür möchte ich mich aufrichtig entschuldigen«, sagte Charlotte.

»Nein, Sie brauchen sich nicht zu entschuldigen. Nachdem Sie gegangen waren, las ich die Briefe alle noch einmal durch«, erzählte Mrs Honeychurch. »Und da sah ich es. Wenn ich daran denke, wie oft ich all die Zeilen gelesen habe, immer wieder, und mich nach meinem kleinen Mädchen verzehrte – aber es war mir nie aufgefallen, bis Sie gestern bei uns aufkreuzten.«

»Was war Ihnen nie aufgefallen?« Anne richtete sich etwas auf.

»Als Lizzie klein war, bekam sie nachts immer wieder Angstanfälle. Fast jede Nacht schrie sie das ganze Haus zusammen, und das Einzige, das half, war, dass ich mich zu ihr ins Bett legte und ihr mit Lavendelöl die Schläfen massierte, bis sie eingeschlafen war.

› Ich habe Angst, Mama ‹, sagte sie immer und immer wieder. › Bring mir den Lavendel, bitte, bring mir den Lavendel. ‹ «

» Und? «, fragte Charlotte gespannt.

» In jedem einzelnen ihrer Briefe schreibt sie auch einen Absatz über ihre Kindheit, jedes Mal fragte sie: › Weißt du noch, wie ich immer › Bring mir den Lavendel ‹ gesagt habe, Mama? ‹ Und sie hatte die vier Schlüsselwörter stets unterstrichen. › Bring mir den Lavendel. ‹ Charlotte, Anne – ich glaube, meine Lizzie hat mir mit jedem einzelnen ihrer Briefe versucht mitzuteilen, dass sie Angst hat. Sie hat nach ihrer Mama gerufen, und ich … ich habe sie nicht gehört. «

Die arme Mrs Honeychurch brach zusammen. Anne kniete vor ihr nieder und legte ohne nachzudenken tröstend die Arme um sie. Charlotte wünschte sich nicht zum ersten Mal, sie wäre mit derselben selbstverständlichen Menschlichkeit ausgestattet wie ihre Schwester.

» Bitte, liebe Charlotte und liebe, süße Anne, bitte sagen Sie mir, wie ich meine Lizzie finden kann! «

» Wir werden sämtliche Informationen, die wir gesammelt haben, unter Einsatz unseres Intellekts zu einem Gesamtbild zusammenfügen. Und sobald wir das getan haben, bin ich mir sicher, dass wir auch die Antwort finden … allein … allein, die Antwort könnte sehr schwer zu ertragen sein, Mrs Honeychurch. «

» Mit Trauer kenne ich mich aus. « Mrs Honeychurch nickte kurz und stoisch. » Vielleicht besser als die meisten anderen. Was ich nicht ertragen kann, ist Nicht-Wissen – das ist für mich das Schlimmste. «

» Wir werden zu einem Ergebnis kommen, ganz sicher «, versprach Charlotte mit ernster Miene.

» Und die Herren Bell werden Ihnen ja auch sicher dabei helfen, nicht wahr? «, fragte Mrs Honeychurch und nahm Charlottes Hand.

»Ja.« Charlotte konnte sehen, wie viel es Mrs Honeychurch bedeutete, die Angelegenheit in den kundigen Händen von Männern zu wissen. »Selbstverständlich. Die Herren Bell leiten die ganze Unternehmung.«

»Dann bitte, liebe Damen, tun Sie, was getan werden muss.«

Aus ihrer Miene sprach eine solche Seelenqual, dass Charlotte ohne nachzudenken sagte:

»Das werden wir. Wir werden erst ruhen, wenn alles aufgeklärt ist.«

Kapitel 22

Emily

In den Senken und Spalten des Tales lagen noch frühmorgendliche Nebelpfützen, als Emily sich mit Keeper an ihrer Seite dem Pfarrhaus näherte. Sie wollte gerade durch die Hintertür hineingehen und gegebenenfalls behaupten, sie habe einen frühen Morgenspaziergang unternommen, als sie den Kirchendiener ihres Vaters, John Brown, zwischen den vielen Grabsteinen entdeckte.

»Guten Morgen, John.« Emily näherte sich ihm, um zu sehen, was er dort machte, während Keeper ins Haus verschwand, um sein Frühstück zu vertilgen.

»Guten Morgen, Miss Emily.« John Brown sah von dem Familiengrab auf, das er vorsichtig wieder öffnete und in dem, wie Emily wusste, bereits mehrere Särge in unterschiedlichen Verrottungsstadien übereinanderlagen. An diesem frühen Morgen, der einen sonnigen, warmen Tag versprach, tat John Brown sein Bestes, um Platz für einen weiteren Sarg zu schaffen. Emilys Vater sandte mit großer Regelmäßigkeit Petitionen an den Bischof, mit denen er darum bat, mehr Erde für die Toten von Haworth zu weihen, weil schon bald kein Platz mehr für die vielen Gebeine sein würde. »Sie sind wieder mal früh auf den Beinen.«

»Ich habe den Sonnenaufgang gesehen, John, wunderschön.« Emilys Kopf quoll über von all dem, was sie letzte Nacht gesehen hatte – so merkwürdige Dinge, dass sie fast bezweifelte, überhaupt wach gewesen zu sein, denn das ganze Abenteuer kam ihr eigentlich eher wie ein höchst außergewöhnlicher Traum vor. Emily neigte den Kopf ein wenig, um den Namen auf dem flachen Stein zu lesen. » Noch eins von den Pickford-Kindern, John? Papa hatte gehofft, das jüngste würde es vielleicht schaffen. Wird es heute beerdigt?«

John nickte. » Heute Mittag.«

» Ich werde kommen. Das letzte Jahr hat den Pickfords wirklich viel abverlangt.« Sie fasste in ihre Tasche und holte den Kiesel hervor. » Wären Sie so freundlich, John, sich diesen Stein etwas genauer anzusehen und mir zu sagen, was sie über seine Herkunft denken?«

» Ein Kieselstein?« John Brown kletterte aus dem Grab und wischte sich die Hände an der Hose ab. Falls er eine Meinung zu Emilys unbedecktem Kopf hatte, zu ihrem zerzausten Haar und ihrem zerrissenen, beschmutzten Kleid, dann lag ihm zumindest nichts daran, diese zu äußern, und das war einer der vielen Gründe dafür, dass Emily ihn mochte. Der Vater ihres Dienstmädchens Martha war ein zuverlässiger und anständiger Mann und für jemanden, der sich täglich zwischen den Toten bewegte, auch erstaunlich frohgemut.

» Ja. Bitte.« Emily legte den Kiesel in seine Hand.

» Nun «, sagte der Kirchendiener mit tief gerunzelter Stirn, » es handelt sich auf jeden Fall schon mal um einen Stein.«

» Sie sind witzig, John Brown «, sagte Emily. » Können Sie sagen, woher er wohl stammen mag? Mein Eindruck ist, dass sein Grau zu hell und seine Oberfläche zu glatt ist, als dass er aus dieser Gegend kommen könnte.«

John Brown betrachtete den Stein noch eine Weile.

» Er ist sehr glatt.« Mit einem Achselzucken gab er ihr den Kiesel zurück. » Darum schätze ich, dass er in einem fließenden Gewässer gelegen hat, einem Fluss vielleicht oder sogar dem Meer, aber mehr kann ich dazu nicht sagen, Miss Emily.«

»Vielen Dank, John. Wo könnte ich denn wohl einen Experten finden, der mehr dazu weiß? Vermutlich werde ich einige Briefe an Gelehrte schreiben müssen, das nimmt Zeit in Anspruch, die ich nicht habe, ganz zu schweigen davon, dass jedes Mal, wenn jemand sich an einen unverheirateten Mann wendet, um Informationen zu erhalten, dieser Mann glaubt, man sei auf der Suche nach einem Ehemann, obwohl das wirklich das Letzte ist, was dieser Jemand sucht!« Sie sah John an. »Wenn ich ›jemand‹ sage, meine ich damit mich selbst.«

»Miss Emily.« Mit einem Tuch wischte sich John den Schweiß aus dem Nacken. »Ich verstehe nicht, wovon Sie reden, aber ich glaube nicht, dass es einen Mann gibt, dessen Interesse an Ihnen Sie, falls nötig, nicht mit Ihrer spitzen Zunge und Ihrem wilden Aussehen abwehren könnten.«

»Vielen Dank, John Brown.« Emily lächelte, sein Kompliment gefiel ihr gut.

Sie ging ums Haus und entdeckte Branwell, der totenblass quer über der Trockenmauer auf der anderen Straßenseite hing. Ohne seine leuchtend roten Haare, die immer wieder auftauchten, wenn er die Schultern hob, hätte man ihn glatt für ein Stück der Wäsche halten können, die Tabby ganz in der Nähe zum Trocknen aufhängte, während sie vorgab, den Sohn des Hauses nicht zu sehen.

»Morgen, Tabby«, rief Emily mit geübter Lässigkeit.

»Ihr Bett war schon sehr früh gemacht, Miss Emily«, stellte Tabby ernst fest. »Und Sie sehen jetzt schon aus, als hätte man Sie rückwärts durch eine Hecke gezogen. Kümmern Sie sich drum?« Tabby brachte es nicht recht über sich, zu Branwell zu sehen.

»Ja, mache ich, Tabby. Tut mir leid. Beides.«

» Passen Sie bloß auf, dass Mr Brontë Sie nicht so sieht. Und ich bin schon seit dem Morgengrauen wach und habe die Böden mit frischem Sand gereinigt, also bitte nicht darüberlaufen«, warnte Tabby. » Ich erwarte Sie rechtzeitig zu Ihrem Mittagessen, Madam! «

» Wunderbar«, entgegnete Emily fröhlich. » Ich werde über die Böden hinweg zu Tisch schweben. «

Tabby brummte etwas von Impertinenz und Undankbarkeit, während Emily durch das Hintertörchen den Hof des Pfarrhauses betrat.

» Branwell«, sagte Emily und strich ihm über den Rücken, während er sich in das Gras übergab. » Kommst du jetzt erst nach Hause? «

» Und du? « Er sah sie seitwärts an seinen Haarsträhnen vorbei an und schaffte es trotz seines Zustands, ein verschwörerisches Lächeln aufzusetzen. » Hilf mir doch mal, Emily. Irgendwie ist mein Gehirn noch nicht in der Lage, den Unterschied zwischen oben und unten zu erfassen. «

» Ich fürchte, das liegt daran, dass gar kein Gehirn mehr deinen Kopf ausfüllt. Oder dass es ebendort gestorben ist. Eins von beidem. « Sie nahm Branwells Hand, zog ihn von der Mauer und legte sich seinen Arm um die Schultern. Gemeinsam ließen sie sich das grobe Mauerwerk hinuntergleiten und landeten sitzend im Gras.

» Ich werde mich niemals verlieben«, verkündete Emily mit gerümpfter Nase. » Die Nebenwirkungen sind einfach zu abscheulich. «

» Bitte keine Vorträge, Schwester, die liebe Charlotte hat mir bereits sehr eingehend all meine Fehler und Schwächen aufgezählt. «

» Ich halte dir keine Vorträge, Branwell«, sagte Emily. » Ich vermeide, wenn möglich, aussichtslose Unterfangen. Wie ging es mit den Wissenschaftlern? «

» Den was? « Branwell sah in den strahlenden Himmel.

» Du hast gesagt, es befänden sich derzeit ein paar Wissenschaftler im Black Bull, die das Land um Haworth untersuchen, und dass du mir dabei helfen würdest, einen Kieselexperten zu finden oder zumindest etwas Information darüber, wo ich einen finden könnte? « Emily wich abrupt von ihm zurück, weshalb er sich schnell an der Mauer festklammern musste und sich daran festhielt, als könne er von der Erde purzeln und in den Himmel fallen.

» Ach ja, warte … Jetzt erinnere ich mich … « Branwell legte sich auf die Seite und vergrub sein Gesicht zur Hälfte in den Gänseblümchen. » Wir haben uns Gedichte vorgelesen, meine waren die besten. Es wurde viel gesungen, Volkslieder, wenn ich mich recht entsinne … Ist dir schon mal aufgefallen, wie viele von Menschen handeln, die auf grausame Weise sterben, Emily? « Emily seufzte so theatralisch wie möglich. » Dann haben wir auf ein paar Hühner gesetzt, meins hat verloren, und dann … Ja! Jetzt hab ich's! Unter den Wissenschaftlern ist ein Geologe namens Purbeck, der vielleicht etwas über deinen Kiesel wissen könnte. Vielleicht aber auch nicht. Für einen so wichtigen Mann, der nichts Geringeres als die Geheimnisse von Gottes Schöpfung aufzuklären versucht, ist dein Anliegen sicher ungemein klein und unwichtig, aber er sagte, er werde mir den Gefallen tun, sich ein wenig mit deinen mädchenhaften Interessen zu befassen. Wir können ihn heute Vormittag am Ponden Kirk treffen, bevor er mit der Mittagskutsche abreist. «

» Heute Vormittag? « Emily rappelte sich auf. » Aber die Hälfte des Vormittags ist doch schon vorbei! Und du … « Sie betrachtete ihn, zusammengerollt wie ein Katzenjunges am Straßenrand. » Du siehst nicht sonderlich präsentabel aus, Branwell. «

»Gib mir ein paar Minuten, Emily, bis ich mich wieder mit der Schwerkraft angefreundet habe.«

»Wie immer, mein geliebter Bruder«, sagte Emily, »ist meine Zeit zu kostbar, als dass ich sie aufgrund der Schwächen irgendwelcher Männer vergeuden möchte.«

Kapitel 23

Emily

Emily fand Mr Purbeck auf halbem Wege den großen Felsen hinunter, wo er sich ins Heidekraut gesetzt hatte, neben sich eine faszinierende Sammlung von Werkzeugen ähnlich denen des Steinmetzes. Emily beobachtete ihn eine Weile, allein er war so vertieft in seine Gedanken, dass er sie überhaupt nicht wahrnahm. Er war noch recht jung, fand Emily, ungefähr ihr Alter – obschon sie sich selbst nicht mehr für jung hielt, denn offenbar alterte eine Frau in den Augen der Gesellschaft schon früher als ein Mann. Sein dünnes, blondes Haar war zerzaust vom Wind und sein Nasenrücken bereits leicht gebräunt von der Sonne. Emily hätte auf dem Absatz kehrtmachen können, und er hätte nie erfahren, dass sie dort gewesen war. Sie überlegte es sich ernsthaft, aber es musste ja sein.

»Guten Tag, Sir!«, rief sie und machte sich halb kletternd, halb gleitend daran, den steilen Hang hinabzusteigen. Bei Mr Purbeck angekommen, reichte sie ihm die Hand, statt einen Knicks zu machen, da sie das unter den schroffen Umständen für sicherer hielt. »Ich bin Emily Brontë aus Haworth. Der dortige Pfarrer, Patrick Brontë, ist mein Vater, und ich glaube, Sie haben gestern Abend im Wirtshaus meinen Bruder Branwell kennengelernt. Vielleicht hat er erwähnt, dass ich in einer dringenden Angelegenheit gerne Ihre geschätzte Expertenmeinung hören würde?«

»Ich ... oh ... Guten Tag, Miss ... Brontë.« Mr Purbeck rappelte sich auf, trat dabei ein paar Steinproben los, woraufhin wiederum ein Blatt Papier mit seinen Notizen vom Wind erfasst und ins Tal getragen wurde. »Jonathan Purbeck, stets zu Diensten, Madam... Miss? Ihr Bruder, sagen Sie? Ist er auch hier?«

Die Frage befremdete Emily, die doch offenkundig allein da war. Vielleicht war Mr Purbeck nicht ganz so klug und gelehrt, wie sie gehofft hatte.

»Guten Tag«, sagte sie noch einmal. Sie hatte das Gefühl, noch mehr erklären zu müssen, aber sie wusste nicht recht, was. »Mein Bruder, Branwell Brontë, sagte mir, Sie interessierten sich für Geologie und dass er mit Ihnen darüber gesprochen hätte, dass ich mich gerne mit Ihnen über die Herkunft eines bestimmten Steins unterhalten würde.«

»Branwell Brontë.« Mr Purbeck dachte nach. »So ein unterhaltsamer Rotschopf? Wunderschöne Singstimme?« Mr Purbeck lächelte und lief dunkelrot an. »Ich erinnere mich, dass ich erwähnte, dass ich heute hier oben arbeiten würde, aber was Ihren Stein betrifft, muss ich leider passen, Miss Brontë. Davon weiß ich nichts. Aber selbstverständlich stehe ich einer Dame in Not zur Verfügung, ich werde helfen, wo ich nur kann...« Ihm schienen die Worte auszugehen, und Emily war froh über die kurze Pause.

Ihrer Aufmerksamkeit war nicht entgangen, dass Mr Purbeck sie unverwandt ansah. Tabby hatte sie bereits darauf hingewiesen, dass sie ziemlich wüst aussah, aber ein Mann mit besseren Manieren hätte den Blick von ihren unterrocklosen Röcken und ihren zerzausten offenen Haaren abgewandt. Nicht so Mr Purbeck. Der schien aus Gründen, die sich Emily nicht erschlossen, höchst fasziniert zu sein von ihrer Unordentlichkeit.

»Wären Sie dann bitte so freundlich, sich meinen Stein

einmal kurz anzusehen?« Emily streckte ihm die offene Hand entgegen, auf der der Stein sowie ein paar Reste Lammfleisch und Hundehaare lagen.

»Ah ... ja, natürlich.« Mr Purbeck zog seine Jacke zurecht. »Obgleich dies eine sehr unerwartete Anfrage ist. Ich bin nicht darauf vorbereitet.«

»Machen Sie sich um Unschicklichkeit keine Sorgen. Hier oben ist nie jemand«, sagte Emily. »Einer der Gründe, weshalb ich es hier oben so liebe. Man kann fast den Himmel berühren, finden Sie nicht? Der Wind hier oben redet mit einem – verrät Geheimnisse, wenn man genau hinhört.«

»Es ist ganz schön windig hier.« Mr Purbeck nickte begeistert. »Ihre Beobachtungen sind ganz richtig und wunderbar, Miss Brontë.«

»Was tun Sie hier oben?«, fragte sie, und sein Blick hellte sich auf, als wüsste er endlich, was er sagen könnte.

»Geologen in ganz Europa sagen, dass alle großen Täler und Berge der Erde, wie zum Beispiel genau dieser, durch die Bewegung riesiger Eisfelder vor Zehntausenden von Jahren entstanden sind, als die ganze Welt zugefroren war. Dieser Berg, die Steine, die Felsspalten, sind das Ergebnis einer sich ganz langsam bewegenden Eiswand, die eine solche Kraft hatte, dass sie ganze Landschaften erschuf. Ich bin hier, um nach Belegen für diese Theorie zu suchen, obwohl ...«, er zögerte kurz, dachte vielleicht plötzlich daran, dass Emilys Vater Pfarrer war, »... selbstverständlich der Herr allein der Architekt der Welt ist.«

»Eine von Eis bedeckte Welt«, sagte Emily nachdenklich und sah zu einem der gespaltenen Hänge. »Ich fand schon immer, dass dieses Tal aussieht, als sei es von zwei riesigen Händen entzweigerissen worden, aber ja, eine riesige Eiswand würde auch passen. Sehr interessant, Mr Purbeck. Ihre

Theorie gefällt mir. Und was können Sie mir über meinen Stein sagen?«

Mr Purbeck nahm den Stein und legte ihn sich auf die Hand wie ein rohes Ei.

»Das ist Kalkstein«, sagte er sofort. »Und ich glaube, dass er an einem Ufer lag, wo er von der wiederkehrenden Flut glattgeschmiegt wurde. Die Küste von Yorkshire besteht aus vielen Gesteinslagen aus dem Jura, eine davon ist Kalkstein, aber auch hier können sie eine Ader aus Sandstein sehen. Man sieht es besser, wenn der Fels nass ist.« Er nahm eine kleine Thermosflasche zur Hand und tunkte den Kiesel in Wasser. Zarte rosa- und goldfarbene Adern wurden im Lilagrau sichtbar. »Ich kann Ihnen natürlich nicht sagen, wo exakt dieser Stein herkommt, aber ich tippe auf die Küste bei Scarborough.«

»Scarborough – interessant.« Emily nahm den Stein wieder entgegen und ließ ihn von Hand zu Hand wandern, während ihr Gehirn auf Hochtouren arbeitete. »Er könnte ein Andenken sein an einen besonderen Ort, an einen kostbaren Augenblick, der nie wiederkehren wird. Ein Erinnerungsstück, vielleicht sogar ein Liebessymbol!«

»Ach was!«, sagte Mr Purbeck und lächelte verhalten. Kein Wunder, dachte Emily, sicher traf er nur selten Frauen wie sie. »Miss Brontë, verzeihen Sie bitte die Frage, aber wieso interessiert Sie das überhaupt? Ich glaube, so etwas hat mich noch nie jemand gefragt, zumal keine junge Lady.«

Doch Emily kletterte schon wieder den Hang hinauf.

»Verzeihen Sie, Mr Purbeck«, rief Emily über die Schulter. »Ich würde mich zu gern noch etwas länger mit Ihnen unterhalten – Sie scheinen mir ein sehr interessanter Zeitgenosse zu sein –, aber ich werde leider bei einer Beerdigung erwartet.«

Kapitel 24

Anne

»Du liebe Güte, Emily, du siehst ja aus, als wärest du die ganze Nacht auf den Beinen gewesen!«, rief Charlotte, als sie und Anne wieder nach Hause kamen und Emily in der Küche vorfanden, wo sie mit einem aufgeschlagenen Roman vor sich auf dem Tisch Teig für frisches Brot knetete – was sie normalerweise viel früher am Tag erledigte.

»Na, dann entspricht mein Aussehen ja den Tatsachen«, sagte Emily. »Ich habe eine ganze Nacht voller höchst außergewöhnlicher Abenteuer und ohne jeden Schlaf hinter mir, einen Vormittag voller Enthüllungen sowie eine Beerdigung. Und Tabby hat gerade erst die Fußböden gescheuert, also bitte achtet darauf, euch schwebend fortzubewegen, um nicht das Ergebnis ihrer Arbeit zu zerstören.«

»Das habe ich gehört!«, rief Tabby aus der hinteren Küche, wo sie und Martha noch mehr Wäsche durch die Mangel drehten.

»Die Böden sehen ganz wunderbar aus, Tabby!«, rief Anne, um die Haushälterin zu besänftigen.

»Soso. Außergewöhnliche Abenteuer?« Charlotte klang wenig interessiert, sie stellte sich vor, dass Emily wieder ein paar Gondal-Geschichten geschrieben hatte – und in Gondal kamen die Menschen immer auf tragische Weise ums Leben.

»Absolut«, sagte Emily. »Sobald dieses Brot im Ofen und

Zeit zum Reden ist, werde ich euch erzählen, was ich alles gesehen habe.«

»Und wir werden dir erzählen, was wir in Leeds herausgefunden haben.« Anne ging auf die Zehenspitzen und legte das Kinn auf Emilys Schulter, um zu sehen, was sie da las. »Denn wir haben jede Menge herausgefunden.«

»Dann werden wir sehen, wer von uns die außergewöhnlicheren Dinge erlebt hat«, antwortete Emily. »Aber ich warne euch, denn ich weiß jetzt schon, dass ich das war.«

Charlotte und Anne wechselten Blicke, überzeugt, dass, was auch immer Emily zu Hause in Haworth widerfahren war, höchstens ihre Feen-Fantasie beflügelt haben konnte und auf keinen Fall ihren Ausflug nach Leeds übertraf.

Aber da irrten sie sich natürlich gewaltig.

»Himmel«, sagte Charlotte und spürte, wie sich ihr die Nackenhaare aufstellten, während Emily ihren Schwestern äußerst detailreich und lebhaft *fast* alles schilderte, was sie auf Chester Grange beobachtet hatte.

Sie hatten sich ein wenig gedulden müssen, bis Emily endlich redete, denn die hatte sich geweigert, auch nur ein Sterbenswörtchen in den eigenen vier Wänden zu sagen – aus Angst, ihr Vater, Tabby oder der unglaublich unbeholfene neue Hilfspfarrer könnten etwas davon mitbekommen.

Es war ein angenehmer Nachmittag, und so überzeugte Emily ihre müden Schwestern, kaum dass diese ihr Gepäck abgesetzt hatten, das Haus schon wieder zu verlassen. Nachdem Charlotte und Anne die Geschichte ihrer mittleren Schwester gehört hatten, bereuten sie nicht, ihr gefolgt zu sein – zumal ihr Spaziergang sie zu dem wunderschönen Wasserfall geführt hatte, den sie unter sich »Waters Meet« nannten. Hier ergoss sich das Wasser aus dem Moor mit einem kalten, klaren und melodischen Rauschen in die Tiefe, das Anne an ihre Katze erinnerte, die über die Tasten des Klaviers spazierte. Die Landschaft sah aus, als sei vor nicht allzu langer Zeit ein Riese vorbeigetrampelt und hätte große, runde Felsbrocken die steilen Abhänge hinunter ins Tal geworfen wie Spielzeug. Der Anblick war so pittoresk wie wild, er spiegelte einen Teil von jeder der drei Schwestern wider, und vielleicht liebten sie ihn deshalb so, vielleicht fühlten sie sich deshalb alle dort zu Hause. Hier, weit weg von allen neugierigen Ohren und unter dem prächtigen Himmel, konnten sie offen sprechen – sie waren zusammen und dabei vollkommen allein.

Anne für ihren Teil wusste nicht recht, was sie an Emilys Geschichte schlimmer fand: dass Chester einen Totenkopf liebkost hatte oder dass ihre Schwester nachts allein unterwegs gewesen war und sich gedankenlos großer Gefahr ausgesetzt hatte.

»Ich habe ganz schnell ein paar Papiere von seinem Schreibtisch mitgenommen, aber als ich sie mir später ansah, war nichts besonders Interessantes dabei – bloß Buchführung und extrem langweile Korrespondenz.«

»Wenn dich jemand erwischt hätte, Emily«, merkte Charlotte überaus ernst an, »dann kämst du jetzt hinter Gitter. Das war Diebstahl.«

Emily nickte. »Ja, es wäre ein sehr großer Fehler gewesen, mich erwischen zu lassen. Ach, und dann war da noch etwas...« Emily dachte wieder an das Licht, dass sie zu Elizabeths Kammer geführt hatte, behielt dieses Detail aber für sich. »Ich war noch einmal kurz in Elizabeths Kammer, und da habe ich das hier gefunden.« Sie streckte die offene Hand aus. »Ich glaube, das ist der Knopf, der an Chesters Mantel fehlte. Vielleicht wurde er bei einem Handgemenge abgerissen?«

»Mich schaudert allein beim Anblick. Lasst uns beten,

dass Papa niemals von unseren Eskapaden erfährt – ich bin mir sicher, es würde zu Unzeiten sein Leben beenden. « Anne war gründlich entsetzt von Emilys Abenteuern.

» Ganz deiner Meinung. « Charlotte nickte. » Papa darf auf keinen Fall etwas erfahren, er hat schon Sorgen genug. «

» Unser Bruder tut ganz allein schon genug dafür, unseren armen Vater ins Grab zu treiben «, stellte Emily unverblümt fest. » Als Keeper und ich heute früh nach Hause kamen, hing er über der Trockenmauer und schaffte es nicht einmal mehr bis ins Haus. «

» Schon wieder? « Charlotte klang resigniert. » Ich dachte, mit unserem letzten Gespräch hätte ich den alten Branwell erreicht, aber da habe ich mich wohl getäuscht. «

Die Schwestern schwiegen eine Weile, und Anne wusste, dass sie es aus Angst taten – aus Angst, dass Branwell es nicht schaffen würde, den Weg, auf dem er strauchelte, wieder zu verlassen, bevor er den Abgrund an dessen Ende erreichte.

» Wisst ihr noch? Früher war er immer unser Anführer «, sagte Anne wehmütig. » Als ich klein war, wäre ich ihm bis ans Ende der Welt gefolgt, ich fand, er war mit einer solchen Größe gesegnet. «

» Und diese Größe hat ihn auch noch nicht verlassen «, sagte Charlotte. » Wir müssen darauf vertrauen und beten und hoffen, dass er wieder der Alte wird. Ein so vielsprechender Mann muss es doch irgendwann zu irgendetwas bringen? «

» Er macht mir Angst «, sagte Emily schließlich, und das bereitete Anne große Sorge, denn normalerweise gab es kaum etwas, vor dem ihre Schwester sich fürchtete.

» Na dann: an die Arbeit, werte Ermittlerinnen! «, sagte sie so fröhlich, wie es ihr gelingen mochte, im Versuch, ihrer aller Gedanken von Branwells Misere abzulenken. » Lasst uns alle Puzzleteile, die wir bisher zusammengetragen haben, betrachten und versuchen, sie zu einem Bild zusammenzufügen. Der Schädel, mit dem du Mr Chester ... verkehren sahst – könnte das Elizabeths gewesen sein?«

»Ich glaube nicht«, sagte Emily recht überzeugt. »Ich habe den Schädel sehr deutlich gesehen. Er wirkte in seinen großen Händen so fein und zart, als könne er ihn jederzeit zerdrücken. Ich bin mir sicher, dass es der Schädel einer Frau war, aber er hatte noch alle Zähne. Darum glaube ich, dass es der Schädel der ersten Mrs Chester ist, den er bis heute gefangen hält, weil er ihr immer noch nachträgt, dass sie vor ihm in den Tod geflüchtet ist. Kein Zweifel besteht für mich daran, dass er ein dunkler, gefährlicher Mann ist. Chester ist wahnsinnig. Er versteckt das ziemlich gut, aber er ist geisteskrank. Und ich glaube, dass ein Mann, der immer noch und auf so seltsame und unnatürliche Art um seine erste Frau trauert, die er bis aufs Blut gequält hatte, keine Schwierigkeiten damit hätte, auch seine zweite Frau ins Jenseits zu befördern.«

Anne fröstelte trotz des warmen Nachmittags. Zu welchen Grausamkeiten Männer in der Lage waren, entsetzte sie noch viel mehr, wenn sie daran dachte, hinter welch polierten Fassaden des Anstands sich diese Monster häufig versteckten.

»Und jetzt sieh dir mal das hier an.« Charlotte holte den Brief hervor, den Mrs Honeychurch ihr überlassen hatte, und drehte und wendete ihn. »Dieser in Elizabeths Handschrift verfasste Brief ist datiert auf und gestempelt am Tag *nach* ihrem Verschwinden.«

»Wäre es möglich, dass Chester ihre Handschrift imitiert und den Brief an ihre Eltern geschickt hat, damit sie erst verspätet von Elizabeths Verschwinden erfahren?«, fragte Emily, nahm Charlotte den Brief ab und las ihn, leicht geblendet von der Sonne.

»Mrs Honeychurch schwört Stein und Bein, dass das Elizabeths Handschrift ist«, sagte Anne. »Sie hat sie selbst unterrichtet und ihr das Schreiben beigebracht, und ich glaube kaum, dass ein Mann wie Chester die einförmige Handschrift einer gelehrten jungen Frau kopieren könnte, oder? Ihre Handschrift ist so eindeutig feminin, sie ist die typische Handschrift einer Frau, der beigebracht wurde, selbst beim Schreiben ihre eigene Persönlichkeit zu unterdrücken.«

»Da ist noch mehr«, sagte Charlotte. »Elizabeth war mit fünfzehn in einen großen Skandal verwickelt, nachdem sie sich offenbar mit ihrem Klavierlehrer eingelassen hatte.«

»Je mehr ich von derartigen leidenschaftlichen Verwicklungen höre, desto mehr Zerstörung sehe ich«, sagte Emily. »So langsam glaube ich, dass man nur als Eremit einigermaßen in Sicherheit leben kann.«

»Soweit wir das verstanden haben, war Elizabeth durchaus einverstanden mit dieser Affäre«, fuhr Charlotte fort. »Offenbar hat Elizabeths Vater dem Klavierlehrer Schweigegeld gezahlt und ihn an die Küste verbannt. Umso merkwürdiger, dass Elizabeth eine solche Angst vor der Ehe hatte, schließlich wusste sie vermutlich viel genauer als andere junge Bräute, was sie erwartete.«

»Ist doch interessant, dass es in ihrem Leben eine unglückliche Liebe gegeben hat«, sagte Emily. »Einen unerreichbaren Mann, der an die Küste verbannt wurde. Denn Mr Purbeck, der Geologe, meinte, der Kieselstein könnte von der Küste bei Scarborough stammen.«

»Mr Purbeck?« Charlotte hob die Augenbrauen.

»Ein Experte, den Branwell mir vermittelt hat.« Emily winkte ab, sie hatte keine Lust, das weiter zu erklären. »Ich glaube, wir müssen diesen jungen Mann finden, mit dem Elizabeth verbandelt war. Denn wenn er der junge Mann war, mit dem Mrs Hardy Elizabeth im Wald sah, dann könnte es durchaus sein, dass ihre Liebesbeziehung auch über die Eheschließung mit Chester hinaus anhielt. Und das wäre Motiv genug für Chester, sie umzubringen. Oder es könnte sein, dass der eifersüchtige Geliebte der Schuldige ist.«

»Das sehe ich auch so.« Charlotte nickte. »Mrs Honeychurch war so freundlich, uns seine letzte bekannte Adresse zu nennen.«

»Und der Zettel – die Nachricht, die wir in Matties Kammer gefunden haben«, rief Anne ihnen in Erinnerung. »Die dürfen wir nicht vergessen. Ich finde, wir sollten noch einmal mit Mattie reden und versuchen herauszufinden, was es damit auf sich hat. Und ob das ›R‹ für Robert stehen könnte.«

»Mattie ist ein Engel, so lieblich«, sagte Charlotte. »Ich kann mir nicht vorstellen, dass sie sich von einem Mann wie Chester dazu verführen lassen würde, seine Gräueltaten zu vertuschen – schon gar nicht, nachdem sie uns erzählt hat, dass sie ihm alles zutrauen würde. Das ergibt keinen Sinn.«

»Vielleicht möchte sie ihn erniedrigen«, merkte Anne nachdenklich an. »Ihn ihrem eigenen Stand annähern. Das können wir nicht ausschließen, Charlotte. Die Liebe ist eine Krankheit, die ihre Opfer zu seltsamen und unnatürlichen Handlungen treibt. Wenn sie Chester wirklich liebt, dann käme es ihr sehr gelegen, seine Frau verschwinden zu lassen.«

»Einen solchen Gedanken kann ich nicht gutheißen!« Charlotte weitete entsetzt die Augen. »Willst du damit sagen, dass Mattie Elizabeth Chester aufgeschlitzt hat?«

»Anne hat ganz recht«, sagte Emily. »Wir können nichts ausschließen. Männer wie Frauen sind fürchterliche Wesen, und wir können nie mit Sicherheit wissen, wozu sie wirklich in der Lage sind. Eine Reise nach Scarborough halte ich für ein gewagtes Unterfangen, eine Unternehmung, die meiner Meinung nach Anne antreten sollte, da sie sich aufgrund ihrer Reisen mit den Robinsons nach Scarborough dort am besten auskennt. Du, Charlotte, solltest noch einmal Mattie besuchen. Sie ist deine Freundin – du kennst sie von uns dreien am besten und wirst am ehesten ihr Vertrauen gewinnen können. Vielleicht kommst du dahinter, ob sie etwas verbirgt und vielleicht doch auch eine dunkle Seite hat.«

»Eine dunkle Seite?«, platzte es aus Charlotte hervor. »Wenn du sie, wie ich, bereits als junges Mädchen gekannt hättest, Emily, wäre dir mehr als klar, dass diese Vorstellung vollkommen absurd ist.«

»Wenn man einen Hund lange genug prügelt, beißt er eines Tages zurück«, sagte Emily. »Außerdem ist das der beste Plan, den wir haben, also los schon.«

»Verstehe, Major.« Charlotte hob die Augenbraue. »Und was machst du, während Anne und ich deinem Kommando folgend in alle Himmelsrichtungen ausschwärmen?«

»Ich werde Anne morgen nach Scarborough begleiten.« Voller Zuneigung lächelte Emily Anne an. »Weil sie die Reise nicht alleine antreten kann.«

»So schnell, wie wir Tante Branwells Erbe ausgeben, werden wir schon bald nichts mehr übrig haben«, merkte Charlotte etwas spitz an, aber natürlich nur – da war Anne gewiss –, weil sie wusste, dass Emilys Plan vernünftig war. Ja, sie verbrauchten die wenigen Rücklagen, die sie hatten, und brachten sich damit in eine wenn nicht nachgerade bedrohliche, so doch zumindest in eine heikle Situation – und dennoch zweifelte keine von ihnen die getroffenen Entscheidungen an. Sie hatten sich zusammengetan für Mattie, für Elizabeth und Imogen Chester und für sich selbst, sie wollten denen, die keine Stimme hatten, eine Stimme geben.

»Wir können nicht morgen nach Scarborough reisen«, mahnte Anne an. »Morgen ist Sonntag, da sind wir dem Herrn und Papa gegenüber verpflichtet.«

Emily schnaubte, und Charlotte seufzte, und doch akzeptierten beide, dass der heilige Sonntag kein Tag für Ermittlungen war, ganz gleich, wie sehr die Zeit drängte.

» Dann am Montag. « Charlotte raffte ihre Röcke zusammen und trat den Rückweg an. Anne folgte ihr, doch Emily blieb oben auf dem Felsen stehen und legte den Kopf in den Nacken, um ihr Gesicht noch etwas von der Sonne bescheinen zu lassen.

» Kommst du? «, fragte Anne, die sich noch einmal umgedreht hatte.

» Bleibst du noch ein bisschen mit mir hier, Anne? « Emily lächelte. » Es ist schon so lange her, seit wir zuletzt in Gondal waren, und es gibt noch so viel zu entdecken. «

Anne zögerte, hin- und hergerissen zwischen der Welt, die sie und Emily erschaffen hatten, und diesem Leben, dem Leben aus Fleisch und Blut, wo alles so echt war wie der Matsch unter ihren Füßen. Emily liebte ihre Geschichten noch immer, sie lebte sie ständig, und Anne wusste nicht, wie sie ihrer Schwester beibringen sollte, dass es ihr nicht mehr so ging, dass ihre Inspiration fürs Schreiben inzwischen in den Geschichten der echten Menschen um sie herum lag. Doch Emily sah sie so hoffnungsvoll an, ganz wie das Kind von einst, dass Anne ihr nicht widerstehen konnte.

» Na, komm schon, Schwester. « Sie streckte die Hand nach ihr aus. » Wo fangen wir heute an? Mit einer Schlacht? «

Es machte Charlotte nichts aus, ihre zwei Schwestern davonziehen zu sehen, vermutlich zur Farm Top Withens oder einem anderen von Emilys Lieblingsorten, an denen es angeblich spukte. Sie freute sich sogar darüber, die beiden Hand in Hand zu sehen, die Köpfe zueinander geneigt, es hatte sie schon immer gefreut, seit sie klein gewesen waren. Es war ein Trost zu wissen, dass gewisse Dinge sich nicht veränderten und dass sie sich in dieser Welt, ganz gleich, welche dunklen Geheimnisse in ihr auch lauern mochten, einer Sache stets und für immer sicher sein konnte: ihrer Schwestern.

Kapitel 25

Anne

Die Reise nach Scarborough war lang und anstrengend, und Anne kam innerlich keine Minute zur Ruhe, weil sie den Verdacht hatte, dass ihr Vater ihnen ihre Geschichte, sich nach einem möglichen Standort für die Schule, die die Schwestern gerne gründen wollten, umzusehen, nicht ganz abgenommen hatte.

»Verstehe, verstehe«, hatte er gesagt, während er dabei zusah, wie sie einen gemeinsamen Koffer packten, und ein sehr besorgtes Gesicht aufsetzte. »Wäre es nicht eine Idee, euren Bruder zu bitten, euch zu begleiten? Ich weiß, ihr Mädchen seid reiseerfahren, und doch – ihr seid immer noch junge Ladys.«

Anne und Emily wechselten Blicke.

»Liebster Papa«, sagte Emily, »du brauchst dir um uns keine Sorgen zu machen, ganz bestimmt. Wir werden den ganzen Weg in der Begleitung des Kutschers und des Zugschaffners sein, und wir werden in einer soliden Unterkunft erwartet.«

»Wir hätten Branwell nur zu gerne mitgenommen, Papa«, hatte Anne vorsichtig hinzugefügt, »aber ich glaube, für ihn ist es derzeit das Beste, unter deinem Einfluss zu stehen. Wenn er nach Hause kommt, und das wird er sicher bald, ist er unter deinem wachsamen Blick sicher am besten aufgehoben.«

Branwell war, kurz nachdem Emily ihn auf der Mauer gefunden hatte, verschwunden und seither nicht wiederaufgetaucht. Zwei Tage und zwei Nächte hatten sie nicht von ihm gehört, und Anne hatte Tabby und Martha losgeschickt, ihn überall dort zu suchen, wo sie ihn vermutete – in Ponden bei den Heatons, auf ein Glas oder zwei, in allen Wirtshäusern im Umkreis von fünf Meilen, wo er womöglich mit zwielichtigen Gestalten dem Glücksspiel frönte –, doch sie hatten ihn bisher nicht gefunden. Es wäre nicht das erste Mal, dass Branwell mehrere Meilen lief, um Freunde zu besuchen, in Straßengräben schlief oder sich von einem Fuhrwerk mitnehmen ließ. Aber als er früher solche Abenteuer unternahm, war er ein ganz anderer Mensch gewesen. Hoffnungsvoll, munter und – das Wichtigste – in der Regel nüchtern. Jetzt umgab ihn stets eine Aura des Verderbens, dunkel wie eine mondlose Nacht, ein so tiefes Unglück, dass alle, die ihn liebten, fürchteten, es würde ihn eines Tages ganz verschlingen.

»Mein armer Junge.« Patrick war zum Fenster gegangen und blickte hinaus in den frühen Morgen, als suchte er in den dunklen Spalten und Ritzen des Kirchhofs und dahinter nach einer Spur von seinem Sohn. Anne wusste, dass seine Sehkraft so schlecht war, dass er wahrscheinlich nur unscharfe Umrisse und schemenhafte Schatten erkennen konnte.

»Ich wünschte, er würde an meiner Seite bleiben und mich ihn beschützen lassen«, hatte Papa gesagt und sich wieder zu seinen jüngeren Töchtern umgedreht. »Ich wünschte, ihr alle würdet das tun, aber in letzter Zeit packt ihr ständig eure Koffer und reist mal nach hier, mal nach da. Wenn es damit irgendetwas ... *Ungehöriges* auf sich hätte, dann würdet ihr das eurem Vater sagen, nicht wahr? Denn ich bin zwar alt, aber ich bin immer noch euer Beschützer und bedeutend weiser und vertrauter mit der Welt und ihrer Unbill als ihr.«

»Selbstverständlich würden wir dir das sagen, Papa.«
Anne hatte seine Hand genommen und kurz an ihre Wange
gelegt, dann küsste sie sie. »Du brauchst dir um Emily und
mich keine Sorgen zu machen, Papa, und um Charlotte
natürlich auch nicht. Wir tun nur, was getan werden muss,
um unsere Zukunft zu sichern, ganz so, wie du es uns immer
gelehrt hast. Wenn alles gut geht, werden Charlotte und ich
schon bald in Scarborough eine sehr schöne Schule führen,
und Emily könnte hier bei dir bleiben und den Haushalt führen. Wir würden alle davon profitieren, wenn es klappt.«

»Na, dann gute Reise, meine Mädchen, und viel Glück!«
Patrick hatte sie beide auf die Stirn geküsst. »Und kommt
bald wieder nach Hause.«

Anne behagte es überhaupt nicht, ihren Vater derart zu
täuschen, obschon sie wusste, dass es das Klügste war. Doch
während der gesamten Tagesreise, die angefüllt war von voll
besetzten Kutschen, Rauch und Dampf, sowie von Emily, die
sich vor lauter Aufregung an Annes Arm festklammerte, als
der Zug immer mehr beschleunigte, musste sie ständig an
sein besorgtes Gesicht am Fenster denken, als sie das Haus
verlassen hatten, und daran, wie sehr sie ihn liebte. Sie war
erfüllt von einer Unruhe, von der sie wusste, dass sie sich erst
wieder legen würde, wenn sie nach Hause zurückgekehrt war
und diese ganze Heuchelei, so interessant und verlockend sie
auch war, ein Ende hatte.

Anne sah das Meer nicht zum ersten Mal, und doch war sie
wieder restlos fasziniert.

»Diese Größe«, sagte sie halb zu sich selbst, halb zu Emily
und ein bisschen zum Wind, als sie nebeneinander am Strand
standen. »Diese unermessliche Weite, Emily. Und das Rauschen, das niemals aufhört, es klingt wie Poesie, und dann die
Farben. Sämtliche Blau-, Grau- und Grüntöne, die es je gege-

ben hat. Wie herrlich, jeden Morgen diesen Anblick vor Augen zu haben, diese Luft zu kosten, die Möwen fliegen zu sehen und kreischen zu hören.«

»Ja, es ist wirklich wunderschön hier.« Emily lächelte ihre so hingerissene Schwester an. »Und du bist es auch, Anne. Ich glaube, ich habe deine Augen noch nie so strahlen sehen, und deine Wangen sind so rosig. Scarborough steht dir sehr gut.«

Emily bohrte die Stiefelspitze in den Sand und ließ den Blick über die größeren Kiesel hier und da wandern. Sie hob den einen oder anderen auf und ließ ihn wieder fallen, bis sie einen fand, der dem ähnelte, den sie bereits bei sich hatte.

»Sieh mal, wie ähnlich die sich sind«, sagte sie zu Anne. »Vielleicht haben Elizabeth und ihr Lehrer sich mal heimlich hier getroffen.«

»Ach, Emily«, sagte Anne. »Kannst du nicht mal einen Moment aufhören, die Ermittlerin zu spielen, und dich hier umsehen! Ich glaube, ich bin noch nie irgendwo so glücklich gewesen wie hier.« Anne breitete die Arme aus, als wollte sie den Horizont umarmen. »Hier, am Rande des Festlandes, erscheint jede Reise möglich, jedes Ziel erreichbar.«

Arm in Arm verließen sie den Strand und gingen in die Stadt. Anne gefiel es gut, die Richtung anzugeben, und hielt mit einer Hand ihre Haube fest, an der die kecke Meeresbrise zerrte.

»Das hier ist die Anschrift, die Mrs Honeychurch uns gegeben hat. Die letzte bekannte Adresse von Mr Walter«, sagte Anne und nickte in Richtung einer Reihe von bescheidenen kleinen Häusern gegenüber der Kirche. »Diese Information ist drei Jahre alt, es könnte also durchaus sein, dass er inzwischen verzogen ist. Was meinst du, Emily, war es dumm von uns, diese Reise mit so wenigen Anhaltspunkten anzutreten?«

»Uns bleibt nichts anderes übrig, als anzuklopfen, dann werden wir weitersehen«, sagte Emily. »Was auch immer uns hinter der Tür erwartet, wird uns zu unserer nächsten Anlaufstelle führen.«

Doch noch bevor sie die Straße überqueren konnten, bewegte sich eine ältere Dame, vermutlich um die vierzig, die Straße hinunter. Zwar trug sie von Kopf bis Fuß Trauer – inklusive Witwenschleier und schwarzer Handschuhe –, aber ihr Schritt war durchaus federnd und erwartungsfroh. Nicht weit hinter ihr folgte eine jüngere Frau in einem sehr schlichten und praktischen Kleid, das förmlich in die Welt hinausrief, dass ihr die Rolle einer Begleiterin zukam – eine Stellung, die – wenn das überhaupt möglich war – noch hoffnungsloser war als die einer Gouvernante. Im Gefolge der Begleiterin trottete ein kleiner weißer Terrier, der sein Hinterteil hochreckte wie ein kleiner Napoleon, übereifrig und wichtigtuerisch. Anne beobachtete das kuriose Trio und stellte erstaunt fest, dass die Dame an genau die Haustür klopfte, die auch sie und Emily ansteuerten. Die Dame wartete kurz, nahm dann ihrer Begleiterin etwas ab, das wie ein Bündel Musiknoten aussah, und betrat das kleine Haus. Sie schloss die Tür hinter sich, ohne dass Anne einen Blick auf das Innere des Hauses erhaschen konnte.

»Wie wäre es denn ...«, sagte Anne, tippte Emily an und nickte in Richtung der jungen Frau, die recht betreten vor dem Haus herumstand und den Blick starr auf ihre Füße richtete.

»Was wäre wie wenn, Anne?«, fragte Emily.

»Wie wäre es, wenn wir uns ein wenig mit der armen jungen Frau unterhielten, ganz dezent? Vielleicht können wir so etwas darüber erfahren, was hinter dieser Tür vor sich geht?«

»Hervorragende Idee«, sagte Emily. »Du sprichst mit ihr, ich befrage den Hund.«

»Guten Tag.« Freundlich sprach Anne die junge Frau an, die vor dem kleinen Haus herumstand, in das ihre Herrin verschwunden war. »So ein angenehmer Nachmittag, nicht wahr?«

»In der Tat«, entgegnete die junge Frau höflich mit einem leisen Lächeln, während sie ansonsten so matt und freudlos wirkte, dass es genauso gut ein Stirnrunzeln hätte sein können.

»Meine Schwester und ich sind für ein paar Wochen in Scarborough zu Besuch und haben gehört, es sei möglich, hier einen Klavierlehrer zu finden?«, erklärte Anne, während Emily in die Knie ging, um den kleinen Hund zu begrüßen, der an ihren Röcken hochsprang und dabei kläffte und knurrte wie eine Dogge. »Dummerweise haben wir sowohl seinen Namen als auch seine genaue Adresse vergessen, es müsste aber wohl hier in der Nähe sein ... Ein Mr Willoughby? Oder Walter? Ach, verzeihen Sie bitte – ich bin Anne Brontë, und das ist meine Schwester Emily. Sehr erfreut, Miss ...?«

Anne knickste, Emily tat es ihr nach und nickte dem Mädchen kurz zu, bevor sie sich wieder dem Hund zuwandte.

»Miss Amelia Pritchard, sehr erfreut.« Die junge Frau knickste ebenfalls. »Ich vermute, Sie meinen Mr Watson, und er lebt genau hier, in diesem Haus. Meine Herrin, Mrs Moreton, bekommt in diesen Minuten Unterricht von ihm. Es tut ihr immer sehr gut, Aufmerksamkeit von ihm zu erfahren.«

»Was Sie nicht sagen.« Anne lächelte und wandte sich an Emily, die sich von dem Terrier die Nase ablecken ließ. »Was für ein Glück, Emily – das hier ist die Adresse, die wir suchen.«

»Und Sie müssen draußen warten?«, erkundigte sich Anne. »Während Mrs Moreton Unterricht bekommt? Ist das Haus denn so klein?«

»Ja, sehr klein.« Miss Pritchard nickte. »Außerdem möchte Mrs Moreton auf gar keinen Fall vor Publikum spielen, und darum müssen wir hier draußen warten, nicht war, Button? Wir warten, und wir folgen, das ist unser Los.«

»Hätten Sie etwas dagegen, wenn wir mit Ihnen warten?«, fragte Anne. Ihre Schwester nahm Button auf den Arm und ließ sich weder von seinen kratzigen kleinen Pfoten an ihrem Hals noch von seinen Versuchen, in ihre Ohren zu beißen, einschüchtern.

»Ich würde mich über Ihre Gesellschaft sehr freuen«, entgegnete Miss Pritchard.

Anne war davon ausgegangen, dass der Klavierunterricht eine halbe Stunde dauerte, doch der große Zeiger der Kirchturmuhr drehte sich ein ganzes Mal, und so war eine Stunde vergangen, bevor Mrs Moreton das Haus wieder verließ, die Haube unter dem Kinn festband und die Tür hinter sich schloss.

»Was tun Sie hier, Pritchard?«, fragte Mrs Moreton, die nicht erbaut schien, ihre Begleiterin in der Gesellschaft von Fremden anzutreffen. Anne sah, wie hinter dem schwarzen Schleier einzelne braune Strähnen unter der Haube hervorrutschten und dass Mrs Moretons Bluse nicht ganz korrekt zugeknöpft war.

»Verzeihen Sie, Madam, diese Damen wollten sich erkundigen, ob Mr Watson ihnen Klavierunterricht erteilen könnte«, erklärte Miss Pritchard.

»Ach ja?« Mrs Moreton musterte Anne und Emily von Kopf bis Fuß, registrierte ihr Jungfrauen-vom-Land-Aussehen und schien sie sofort abzutun. Sie nahm Emily den Hund ab und bewegte sich in flottem Tempo mit rauschenden Röcken die Straße hinauf. »Sagen Sie ihnen, er ist ausgebucht«, rief sie über die Schulter zurück. »Und beeilen Sie sich – ich habe großen Appetit bekommen.«

Kapitel 26

Emily

» Guten Tag?«, rief Anne, als sie durch die niedrige Tür direkt in eine ziemlich schäbige und unordentliche Stube voller Bücher- und Notenstapel traten, in der an der einen Wand ein Klavier stand, dessen Deckel geschlossen und von einer so dicken Staubschicht bedeckt war, dass er sicher schon eine ganze Weile nicht mehr angefasst worden war. » Mr Watson? Sind Sie zu Hause?«

Emily ging weiter. Zur Linken befand sich eine verriegelte Tür, von der sie vermutete, dass sie zu einer Treppe führte, und neben dem Klavier eine weitere, hinter der wahrscheinlich ein Esszimmer mit daran anschließender Küche lagen.

» Emily!«, flüsterte Anne, als diese gerade in das Nachbarzimmer gehen wollte. » Schritte!«

Emilys Hand lag noch am Riegel, als sich die Tür zur Treppe öffnete und ein sichtlich aufgewühlter junger Herr erschien, der sehr überrascht war, die beiden Frauen in seinem Wohnzimmer anzutreffen.

» Grundgütiger!« Er ließ das Schüreisen sinken. » Ich dachte, hier wären Einbrecher.«

» Sir«, sagte Emily und dachte einen Moment zu spät daran, die Hand vom Türriegel zu nehmen.

» Die Damen?« Mr Walters kam näher, und mit einem Schlag hatten beide Brontë-Ermittlerinnen vergessen, weshalb sie hier waren, denn ganz gleich, wie dieser Gentleman hieß – er war eine Attraktion. Langes, dunkles Haar fiel in Locken über seinen Kragen, seine Augen strahlten blau wie Lavendel, und sein Hemd, das nicht ganz zugeknöpft war, als habe er es in aller Eile übergezogen, gewährte einen nicht unbeträchtlichen Einblick. »Sie treffen mich in einem äußerst ungünstigen Moment an.«

»Wir ... äh ...« Emily sah zu Anne, die den Blick fest auf den Boden gerichtet hatte. »Klavier. Wir wollten gerne Klavierunterricht nehmen.«

»Verstehe.« Mr Walters beeilte sich, das Hemd in Ordnung zu bringen, und zog eine Jacke über, die auf der Lehne einer abgenutzten Chaiselongue lag.

»Haben Sie bereits Vorkenntnisse, oder sind Sie Anfänger?«, fragte er, sobald er präsentabel war. »Ich unterrichte alle Niveaus.«

Er nahm Emilys behandschuhte Hand und betrachtete ihre Finger.

»Sie haben Pianistenfinger«, stellte er fest. »Lang und elegant.«

»In der Tat, und ich spiele auch sehr gut«, antwortete Emily und zog ihre Hand zurück, weil ihr eine ungewohnte Wärme in die Wangen stieg und sie das sehr verunsicherte. Das kam überhaupt nicht infrage, dass dieser Geck sie mit seinem Aussehen und seiner Händchenhalterei durcheinanderbrachte. Sie musste sofort wieder in die Offensive gehen. »Leben Sie schon lange in Scarborough, Mr Walters?«

Als er seinen richtigen Namen hörte, wurde Frederick Walters blass. Misstrauisch sah er von Emily zu Anne.

»Seit einigen Jahren, ja«, antwortete er vorsichtig. »Aber Sie meinen wohl Watson. Mein Name ist Watson – der Mann namens Walters, von dem Sie sprechen, ist schon lange tot.«

Emily bemerkte eine leichte Melancholie in seinen violetten Augen, ein Blick, der sie ein wenig an ihren Hund erinnerte. Auf sie wirkte dieser Mann eher wie jemand, der sich vor etwas versteckte, und nicht wie jemand, der selbst versuchte, etwas zu verbergen. Aber auch das kam nicht infrage, dass sie allein aufgrund seines Aussehens – seines sehr guten Aussehens – Mitgefühl mit diesem Mann hatte. Wenn er sogar sie anrühren konnte, dann überraschte es sie nicht, dass ein junges Mädchen wie Elizabeth Honeychurch seinem Charme erlegen war.

»Darf ich offen sprechen, Mr Walters?« Emily wartete seine Antwort nicht ab, sie ging zum Fenster und sah hinaus, da ihr das sicherer erschien, als ihn anzusehen. »Wir sind die Schwestern Brontë aus Haworth, und wir sind hier im Auftrag der Anwaltskanzlei Bell Brothers and Company. Uns ist bekannt, dass Sie, bevor Sie nach Scarborough kamen, eine Stelle als Klavierlehrer für eine gewisse Miss Elizabeth Honeychurch in Leeds bekleideten, und uns ist auch bekannt, dass Sie die Anstellung verlassen mussten, als herauskam, dass Ihre Beziehung zu Miss Honeychurch weit über das übliche Verhältnis zwischen Lehrer und Schülerin hinausging. Wir wissen alles über Sie, Sir. Mrs Honeychurch hat uns alles erzählt.«

»Dann wissen Sie überhaupt nichts.« Mr Walters' Augen blitzten auf. »Denn das, was Sie da sagen, ist nie passiert.«

Charlotte hatte ihre ganz eigene Art, Menschen für sich einzunehmen, ihre Sympathie und ihr Vertrauen zu gewinnen und ihnen mit einem ihrer hypnotischen Blicke jedes erdenkliche Geheimnis zu entlocken. Emily besaß diese Gabe nicht. Die einzige Methode, die sie kannte, war der direkte Weg, auch wenn sie dadurch hin und wieder ein wenig Schaden anrichtete. Manchmal musste sie dieses Risiko in Kauf nehmen.

»Sir«, sagte sie mit sehr ernster Stimme und drehte sich

dabei halb zu Walters um. »Warum sollte die Mutter einer vormals unbescholtenen jungen Frau in einer solchen Angelegenheit lügen? Sie begehen einen sehr großen Fehler, wenn Sie uns für dumm halten. Wir sind unverheiratet, ja, aber wir sind nicht zart besaitet, und ich möchte Sie bitten, uns gegenüber aufrichtig zu sein, da es durchaus um Leben und Tod gehen könnte.«

»Leben und Tod?« Verwirrt schüttelte Mr Walters den Kopf. »Ich rate Ihnen, sich Ihrer Sache ganz sicher zu sein, bevor Sie sich solch ernster Wörter bedienen, Madam.«

»Emily, vielleicht...«, hob Anne beschwichtigend an, doch Emily schnitt ihr das Wort ab.

»Wir glauben, dass Elizabeth in sehr ernster Gefahr ist – wenn Sie überhaupt noch lebt, Sir. Und wir glauben, dass Sie etwas wissen, das zur Aufklärung der Wahrheit beitragen könnte, wie auch immer diese aussieht.«

Sofort gab Mr Walters seine empörte Miene auf und sank, jeden Anstand vergessend, auf einen Stuhl, während er seine beiden weiblichen Besucher stehen ließ. Die wenig regelkonforme Emily setzte sich auf die Kante der Chaiselongue und bedeutete Anne, es ihr nachzutun. Ihre kleine Schwester gehorchte zögernd.

»Bitte sagen Sie mir, wovon Sie sprechen«, sagte er sehr leise. »Sagen Sie mir, welches Grauen die liebe, süße Elizabeth befallen hat!«

»Wie Sie vielleicht wissen, hat sie vor etwas über zwei Jahren einen Mr Chester in Arunton geheiratet«, sagte Emily. »Vor sieben Tagen, letzten Montag, ist sie in der Nacht verschwunden und hat keinerlei Spuren hinterlassen außer einer großen Menge Blut.«

Emily beobachtete Walters' Gesichtsausdruck mit großer Aufmerksamkeit, während sie die schreckliche Wahrheit erzählte, suchte nach Anzeichen von Heuchelei in seinem schönen Gesicht, aber entweder war er ehrlich entsetzt oder aber ein sehr guter Schauspieler, denn er wirkte wahrlich betroffen.

»O mein Gott«, flüsterte er. »Die arme, liebe, süße Lizzie ... Glauben die Herren Bell denn, dass ich mit diesem schrecklichen Ereignis etwas zu tun haben könnte?«

»Wir wissen, dass Sie und Mrs Chester eine Liaison hatten«, sagte Emily. »Und wir wissen, dass Mrs Chester wenige Wochen vor ihrem Verschwinden im Wald in den Armen eines Mannes gesehen wurde, der nicht ihr Ehemann war. Wir sind hier, um herauszufinden, ob Sie dieser junge Herr waren und ob Ihre Verbindung zu Elizabeth nach Ihrer Kündigung fortbestand – und vielleicht sogar über Elizabeths Heirat hinaus.«

»Sie irren sich ganz gründlich.« Mr Walters schüttelte den Kopf. »Das mache ich Ihnen nicht zum Vorwurf, aber ich versichere Ihnen, dass dieser Mann, mit dem Lizzie im Wald war, weder ich selbst war noch ein anderer mir bekannter Mann. Mrs Honeychurch hat Ihnen das erzählt, was sie für die Wahrheit hielt, meine Damen, aber Mrs Honeychurch kennt nicht die ganze Wahrheit.

Seit ich mit den Honeychurchs zu tun hatte, habe ich mich von der Welt zurückgezogen, denn ich weiß um das Leid, das andere Menschen mir zufügen können. Mir behagt es nicht, wenn Fremde in mein Haus kommen und alle meine Geheimnisse von mir hören wollen, als stünde ihnen das zu. Selbst wenn es sich bei diesen Fremden um so bewundernswerte junge Damen handelt wie Sie.«

»Uns behagt es auch nicht, Sir«, sagte Anne, »und ich bedaure das Unbehagen, das meine Schwester und ich in Ihr Haus bringen. Aber wir fürchten, dass niemand außer uns die Fragen stellen wird, die gestellt werden müssen.«

»Lizzie war ein eigenwilliges Mädchen, das mit einem

herrschsüchtigen Vater gestraft war. Ihr Benehmen sorgte häufig für Aufruhr, aber das änderte nichts daran, dass ich sie ins Herz schloss.« Mr Walters erhob sich. »Kommen Sie mit mir in den Garten. Dann sehen Sie alles, was ich zu verbergen habe.«

Emily und Anne folgten Walters durch eine kleine, spärlich eingerichtete Küche und eine offene Tür in einen briefmarkengroßen, von Mauern umgebenen, üppigen Blumengarten. Auf dem winzigen Rasen saß eine junge Frau, deren lange, dunkle Locken sich über ihren Rücken ergossen. Als die drei sich näherten, sah Emily, dass sie eine Kette aus Gänseblümchen band.

»Sieh nur, Freddie.« Sie drehte sich um. Lächelnd hob sie die Blumenkette in die Höhe. »Das ist bisher die längste!«

»Sehr schön, Clara.« Mr Walters kniete sich neben sie ins Gras, pflückte ein weiteres Gänseblümchen und reichte es ihr. »Wie geschickt du bist. Das ist die beste Gänseblümchenkette, die es je gegeben hat, liebe Schwester.«

»Wer sind die Damen?« Clara schielte zu Emily. »Werden die auch mit mir spielen?«

»Natürlich.« Anne setzte sich zu Clara ins Gras. Emily beobachtete die beiden ein paar Minuten, dann war ihr klar, dass Clara, obschon eine erwachsene Frau, im Geiste kaum älter als ein Kind von acht Jahren war.

»Ich weiß nicht, was mit Lizzie passiert ist«, erklärte Frederick, während sie seine Schwester beobachteten. »Es stimmt, ich habe sie geliebt. Sogar sehr. Genau wie Clara, wie eine kleine Schwester. Aber ich war es nicht, der Schande über sie gebracht hat. Ich weiß nur, dass Honeychurch eines Tages auf mich zukam und mir einen Haufen Geld und ein Haus als Gegenleistung dafür anbot, meinen Namen nennen zu dürfen, wenn Gerüchte in Umlauf kämen, dass jemand seine Tochter verführt habe. Offenbar war der tatsächliche

Übeltäter in seinen Augen so skandalös und brüskierend, dass er alles daransetzte, die entstehenden Gerüchte zu entschärfen und so unter Kontrolle zu halten. Er ist ein außergewöhnlich herrschsüchtiger Mann, und Lizzie wollte sich nicht beherrschen lassen. Es war ein merkwürdiges Ansinnen, aber wenn es Lizzie helfen konnte, wollte ich mich nicht sträuben, und es war doch so schwer für mich, Clara bei mir zu behalten und sie mit zu versorgen. Die Einkünfte eines Lehrers sind nicht üppig, und ich hatte Angst, irgendwann gezwungen zu sein, sie in eine Anstalt abzugeben, denn die meisten sind wirklich abscheuliche Orte. Honeychurchs Angebot war so etwas wie ... eine Lösung, wenn auch eine verzweifelte. Ich nahm es an, ich nahm sein Geld, und im Gegenzug wurde mein echter Name unwiderruflich beschädigt. Ich werde nie wieder als Konzertpianist arbeiten können, und ich bin für immer abhängig vom Liebeshunger einsamer Frauen. Keine wird mich je heiraten, da ich nichts zu bieten habe. Ich werde nie Liebe erfahren, nie Kinder haben. Das ist das Opfer, das ich gebracht habe, um Clara in Sicherheit und liebevoll umsorgt zu wissen, und das kann ich nicht bereuen.«

»Ich würde Sie heiraten«, platzte es aus Emily hervor. Als ihr aufging, dass sie ihren Gedanken laut ausgesprochen hatte, ruderte sie zurück: »Wenn ich denn ... auf der Suche nach einem Ehemann wäre, aber das bin ich nicht.«

»Ah, ja ...« Frederick Walters hustete. »Danke. Das macht mir Hoffnung.«

»Sie sind hübsch«, sagte Clara zu Anne und band sich die Blumenkette um die Haube. »Kommen Sie jetzt jeden Tag?«

»Glauben Sie mir«, sagte Frederick Walters. »Ich weiß nicht, was damals mit Elizabeth passiert ist – nur dass es so vernichtend gewesen sein muss, dass Mr Honeychurch mit allen Mitteln versuchte, es zu verbergen.«

Emily wandte sich an ihre Schwester.

»Warum sollte ein Vater sich eine Liebschaft zwischen seiner Tochter und einem Mann ausdenken? Was könnte er vertuschen wollen?«, fragte sie. »Was könnte skandalöser sein als das?«

Kapitel 27

Charlotte

Matilda French neigte den blonden Kopf und richtete den Blick auf ihre Hände. Charlotte setzte sich ein wenig anders zurecht, die schmalen, zarten Finger im Schoß verschränkt. Die Vorhänge waren an diesem warmen Nachmittag zugezogen, weil die Kinder ihren Mittagsschlaf machten, doch im Zimmer war es trotzdem stickig und heiß. Die Richtung, in die sich ihr Gespräch entwickelte, machte die Sache auch nicht besser.

»Verzeih, Charlotte«, sagte Mattie schließlich sehr sanft und leise, »aber ich verstehe nicht, was du mir da unterstellst.«

Charlotte hielt kurz inne. Unbehagen zeichnete sich in ihrer Haltung ab – in ihrem geraden Rücken und ihren steifen Schultern. Kein einziges Wort war bisher so über ihre Lippen gekommen, wie sie es sich vorgestellt hatte, denn obgleich Charlotte das Gefühl hatte, in diesen Dingen versierter zu sein als die meisten anderen unverheirateten Frauen, bereitete es ihr doch Schwierigkeiten, diese heiklen Themen zu artikulieren.

»Ich unterstelle dir gar nichts, Matilda.« Charlotte sprach vorsichtig, wägte jedes Wort ab, bevor sie es aussprach. »Ich möchte nur gerne verstehen.«

»Was verstehen?« Mattie sah sie immer noch nicht direkt an, was Charlotte sehr betrübte. Wenn sie Matilda doch nur dazu bringen könnte, ihr in die Augen zu sehen, dann hätte sie eine reelle Chance, herauszufinden, was ihre Freundin wirklich dachte und – noch viel wichtiger – ob sie etwas verheimlichte. Das Problem war, dass Matilda French in Charlottes Augen immer ein liebes, liebenswürdiges Mädchen gewesen war – gewissermaßen ein unbeschriebenes Blatt – und dass sie sich nie die Mühe gemacht hatte, in ihren hübschen blauen Augen nach Spuren von Widrigkeiten zu suchen. Sie kannte keine junge Frau, die so sittsam und sanft aussah – und doch hatte Emily recht: Irgendetwas stimmte hier nicht. Charlotte spürte es.

»Ich habe dir alles gesagt, was ich weiß«, fuhr Mattie fort. »Der Wachtmeister hat eine Truppe Männer organisiert, sie haben den Wald, die Außengebäude und alle verlassenen Höfe und Häuser im Umkreis von zwanzig Meilen durchsucht und keine Spur von Mrs Chester gefunden. Sie haben die Zigeuner vertrieben und behauptet, einer von ihnen sei auf der Suche nach Essen und Geld ins Haus eingedrungen und habe dann, als er sie entdeckte, meine arme Herrin verschleppt.«

»Das fahrende Volk?«, fragte Charlotte. »Letztes Mal, als wir hier waren, trafen wir einen von ihnen im Wald, Mattie, und er war ganz schön Furcht einflößend. Ich könnte mir gut vorstellen, dass er gewalttätig werden kann.«

»Aber sie waren es nicht, die meine Herrin gequält und unglücklich gemacht haben«, beeilte Mattie sich zu sagen, um dann länger zu schweigen und an einem unsichtbaren Faden ihres Rocks zu zupfen. »Und jetzt erzählst du mir, dass Mr Honeychurch in Leeds Hilfe sucht, aber was hat Leeds mit Arunton zu tun? Was das Gesetz betrifft, könnten wir uns genauso gut in einem anderen Land befinden.«

»Elizabeths Vater hat selbst ein paar Geheimnisse, die er zu schützen versucht«, sagte Charlotte. »Vielleicht sogar auf

Kosten der Sicherheit seiner eigenen Tochter. Anne und Emily versuchen gerade, mehr in Erfahrung zu bringen. Und was Chester betrifft, vielleicht glaubt er ja, dass die Zigeuner seine Frau entführt haben – oder dass sie sich perfekt als Sündenbock eignen. Um ihm zu ermöglichen, wieder das Leben eines Junggesellen zu führen, frei wie ein Vogel? Frei, um ... wieder zu heiraten? Was meinst du, Matilda? Wenn Chester sich nach einer neuen Frau umsähe, nach einer neuen Mutter für seine Söhne, und sein Blick an dir hängen bliebe. Würde dir das Angst machen oder würde es dir schmeicheln?«

Matilda reagierte überhaupt nicht so, wie Charlotte es erwartet hatte, schrie nicht entsetzt auf und stritt alles ab. Stattdessen schwieg sie wieder und neigte den Kopf so, dass Charlotte lediglich die Silhouette ihrer blassen Wange sehen konnte, die langen, blonden Wimpern auf der geröteten Haut.

»Mr Chester ist ein gefährlicher Mann«, sagte Matilda nach einer Weile. »Ein sehr zorniger und gewalttätiger Mann – daran besteht kein Zweifel. Und doch ...«

»Und doch? Und doch sprichst du diese Worte mit einer solchen Ruhe aus, Matilda«, sagte Charlotte leise. »Und mit so etwas wie Sehnsucht. Bist du womöglich in Mr Chester verliebt?«

Matilda schüttelte den Kopf, und als sie schließlich wieder aufsah und Charlottes Blick begegnete, lief ihr eine Träne übers Gesicht.

»Woher sollte ich denn wissen, was Liebe ist, Charlotte?« Sie griff nach Charlottes Hand und zog ihre Freundin zu sich heran, bis ihre Köpfe ganz nah beieinander waren. »Ich bin in einer Welt ohne jede Liebe aufgewachsen, meine Mutter und mein Vater starben, als ich noch ein Kind war, ich kam unter die Obhut liebloser und desinteressierter Schulleiterinnen. Aber ich trage ein Herz in mir – ein Herz, das sich nach der Zuwendung eines Ehemannes sehnt. Und außer dem Herz ist da noch ... dieser Körper.« Mattie deutete auf sich selbst und flüsterte weiter. »Diese Haut, die berührt werden möchte, dieser Hals, der sich nach den Lippen meines Ehemannes sehnt, diese Taille, die umschlungen werden möchte. Charlotte, ich bin ein lebendiges Wesen, gefangen in diesem Käfig von einem Leben. Eine Frau voller Leidenschaft – einer Leidenschaft, die ich nie ausdrücken, von der ich nie reden, die ich nie eingestehen darf –, und ja, tatsächlich, Robert Chester könnte mich töten, aber manchmal frage ich mich, ob ein Kuss dies nicht wert wäre, nur um endlich zu wissen, wie es sich anfühlt.«

Die beiden Frauen hielten weiter ihre Hände umklammert und sahen sich tief in die Augen. Dann löste Mattie sich von Charlotte und ließ sich auf dem Stuhl zurücksinken, die Augen glitzernd, auf den Brauen feine Schweißperlen.

»Du täuschst dich«, sagte Charlotte leise. »Du täuschst dich gewaltig, liebe Mattie. Ich kenne diese Impulse, von denen du sprichst. Ich verstehe deine Sehnsucht, aber du als Mensch bist so viel mehr als nur ein Objekt, das geliebt oder geheiratet werden kann. Du bist gütig, mutig, ehrenhaft und anständig. Du bringst Licht und Stabilität in das Leben zweier Kinder, die niemand anderen haben, der ihnen vorleben könnte, wie man gut ist.« Charlotte sah zu dem Spalt zwischen den Vorhängen, durch den das Sonnenlicht fiel. »Es ist nicht ganz unwahrscheinlich, dass du und ich sterben werden – so Gott will, erst in vielen Jahren –, ohne je erlebt zu haben, was es heißt, eine Ehefrau zu sein, aber das macht nichts, denn unser Wert besteht nicht darin, von einem Mann gewollt und begehrt zu werden. Er besteht nicht einmal darin, Mutter zu sein. Wir tragen unseren Wert in uns, wie wir sind, und du, Matilda – du bist tausendmal so viel wert wie Chester, ganz gleich, ob er ein Mörder ist oder nicht.«

Mattie schloss die Augen, weitere Tränen liefen ihr übers Gesicht, als würde sie Charlottes Worten noch lauschen, nachdem sie längst ausgesprochen waren.

»Ich weiß«, sagte sie. »Ich weiß, dass du recht hast, Charlotte. Ich weiß, was für ein Mann er ist – das weiß ich besser als die meisten. Ich war selbst entsetzt, mich dabei zu ertappen, wie ich ihn mir als etwas anderes als ein Monster vorstellte. Bin ich so verzweifelt? Hungere ich so sehr nach Liebe? Es fällt mir nicht leicht, mich nicht zu verachten.«

»Hat er Annäherungsversuche unternommen?«, fragte Charlotte. »Denn als Anne in deiner Kammer war, fand sie zufällig einen kleinen Zettel, und auf dem... nun ja...«

Charlotte streckte die Hand mit dem Papier darauf aus und beobachtete Matties Reaktion auf die Nachricht sehr aufmerksam. Matties Augen weiteten sich erst vor Angst, dann vor Entsetzen.

»Den hätte Anne nicht mitnehmen dürfen.« Mattie schnappte sich den Zettel. »Das sind meine Privatangelegenheiten. Die haben nichts damit zu tun, was mit Elizabeth passiert ist. Rein gar nichts.«

»Mattie... Mattie.« Charlotte überließ ihrer Freundin den kleinen Brief. »Wenn du etwas weißt – irgendetwas, das Chester getan hat –, dann ist dir doch klar, dass es falsch ist, ihn zu schützen? Das verstehst du doch? Ganz gleich, wie du empfinden magst oder wie er deine Gefühle manipuliert haben mag. Wenn du ihn vor dem Gesetz beschützt, wäre das eine große Sünde, und du kannst dir sicher sein, dass die nächste Ehefrau, die verschwindet, du sein wirst.«

»Was fällt dir ein!?« Abrupt erhob Mattie sich und schloss die Tür zwischen ihnen und den Kindern. »Wie kommst du dazu, so etwas zu unterstellen? Mr Chester und ich waren einige Monate allein, bevor er Elizabeth heiratete. Und einmal dachte ich tatsächlich, dass vielleicht... als er mit meinen Gefühlen spielte und mich glauben ließ, er hege mir gegenüber ehrenhafte Absichten. Siehst du! Jetzt hast du die demütigende Wahrheit aus mir herausgepresst! Aber dann hat er natürlich eine reiche Erbin geheiratet und aus mir und ihm wurde nichts, rein gar nichts, Charlotte. Ich Dummerchen habe den Zettel aufgehoben, weil es die einzigen Zeilen dieser Art sind, die ich je in die Finger bekommen habe. Ich habe ihn aufgehoben und ihn hin und wieder betrachtet und davon geträumt, dass er von einem guten, anständigen Mann sei, der mich aufrichtig liebt. Nenn mich dumm oder naiv, Charlotte, aber ich für meinen Teil würde niemals eine Liaison mit einem verheirateten Mann eingehen – nie. Ich bin eben doch nicht wie du.«

Charlotte zuckte zusammen, als hätte Mattie ihr eine heftige Ohrfeige verpasst. Wer hatte mit Matilda über Charlottes Erlebnisse in Brüssel gesprochen? Ihre gute Freundin Ellen ganz sicher nicht, denn der hatte Charlotte kein Wort davon erzählt, so sehr sie sie auch schätzte. Und Emily auch nicht, aber irgendwie musste Mattie gerüchteweise etwas gehört haben. Gott im Himmel, wenn die Gerüchte über ihre Gefühle für Monsieur Héger auch Menschen erreichten, deren Respekt Charlotte überaus wichtig war – was dann? Ohne ihren guten Ruf war sie nichts.

»Ich gehe dann jetzt besser.« Charlotte wandte sich zur Tür. »Ich möchte dich bitten, nicht schlecht über mich zu reden, Mattie. Im Gegenzug werde ich auch alle deine Geheimnisse für mich behalten.«

»Warte, Charlotte…« Mattie ergriff ihren Arm im Gehen. »Bitte, liebe Charlotte, es tut mir leid. Ich wollte nicht… Du und deine Schwestern, ihr zeigt ein so großes Interesse an dieser Sache – so groß, dass es mir Angst macht. Charlotte, du darfst nicht vergessen, dass es dir nicht obliegt, dieses Rätsel zu lösen. Mr Chester und Mr Honeychurch haben es in der Hand, und der Herr wird ihr letzter Richter sein. Darauf müssen wir vertrauen. « Mattie ließ Charlottes Arm los. » Ich hoffe jetzt nur, dass ich die Kinder sicher von hier wegbekomme. Bitte verzeih meine Wut und meine Verlegenheit. Und meine Grausamkeit. Du bist meine Freundin, und ich würde niemals Schande über dich bringen, indem ich schlecht über dich rede, versprochen. «

Charlotte nickte.

» Du willst die Kinder sicher von hier wegbekommen ? «, fragte sie. » Du willst sie nicht hier schützen, sondern von hier wegbringen? Wohin? Der Kleine könnte vielleicht bei den Honeychurchs unterkommen, aber der Große? Er ist ja nicht blutsverwandt. «

» Ich weiß schon nicht mehr, was ich sage «, entgegnete Mattie. » Ich meinte bloß, dass ich mir Sorgen um sie mache – um alle, die unter diesem Dach leben und seinen Zornesausbrüchen ausgeliefert sind. «

» Natürlich. « Charlotte gab ihrer Freundin einen schnellen Kuss und nahm ihre Hände. » Und ja, vermutlich sind wir in unserem Eifer, der Wahrheit auf den Grund zu gehen, etwas zu forsch gewesen. Das tut mir aufrichtig leid. Du bist ein guter Mensch, Mattie. Ich weiß, dass du nie einem anderen Menschen etwas zuleide tun könntest. «

Auf ihrem Weg zurück übers Moor ging Charlotte ihr Gespräch mit Mattie ein ums andere Mal im Geiste durch. Sie war überzeugt, dass Mattie niemandem etwas zuleide tun konnte. Aber sie war genauso überzeugt, dass Mattie unruhig war und irgendetwas verheimlichte.

Die Frage war: was?

Kapitel 28

Charlotte

»Miss Charlotte?« Der Junge vom Black Bull, Joseph Earnshaw, lungerte zusammen mit Mr Nicholls am Hintertor herum, als Charlotte nach Haworth zurückkehrte. Charlottes Herz sank weiter. Mr Nicholls war ein anständiger Mann, und Papa mochte ihn in jedem Fall mehr als den letzten Hilfspfarrer. Aber er war nicht sonderlich umgänglich, was es einer Frau, die sich gerne umgänglich zeigen wollte, erschwerte, sich mit ihm zu unterhalten. Zu allem Überfluss hatte Tabby auch noch die frisch gewaschene Wäsche zum Trocknen über die hintere Mauer gehängt – unter anderem einige geflickte Unterröcke und, ja, stöhnte Charlotte innerlich, sogar einen Schlüpfer.

»Joseph?« Charlotte lächelte den Burschen an, der nicht älter als elf war. »Mr Nicholls.«

»Miss Brontë.« Mr Nicholls errötete, als er sich verbeugte, woraufhin Charlotte ebenfalls errötete, eine höchst lästige Nebenwirkung. »Der junge Joseph möchte gerne mit Ihnen sprechen.«

Charlotte richtete ihren bohrenden Blick auf den Jungen und tat, als sei Mr Nicholls nicht mehr da, ja, sie wünschte sich nachgerade, er würde jetzt, da sie Nettigkeiten ausgetauscht hatten und seine Anwesenheit nicht mehr erforderlich war, gehen. Doch er blieb. Druckste herum wie ein unschlüssiges Milchmädchen.

Charlotte wusste, dass Joseph sich an der neuen Schule, deren Gründung ihr Vater nach Kräften unterstützt hatte, in den letzten Monaten gut gemacht hatte, dass er beim Rechnen, Lesen und Schreiben genauso schnell und mit derselben Begeisterung lernte wie seine Klassenkameraden. Das erfüllte Papa mit Stolz und Freude. Bevor Joseph zur Schule ging, hatte er im Black Bull für Enoch Thomas als Laufbursche gearbeitet, um seiner verwitweten Mutter über die Runden zu helfen.

Wenn Josephs Anliegen sich um den Black Bull drehte, dann musste es mit Branwell zu tun haben, dachte Charlotte: unbezahlte Schulden oder ein hochkochender Streit. Lieber Gott, hoffentlich war es nicht wieder Mr Robinson, der Satisfaktion suchte und ihn zum Duell herausforderte. Was auch immer es war, Josephs gequälte Miene verhieß nichts Gutes.

» Sprich schon, Junge «, forderte Charlotte ihn auf. » Ich habe mich um wichtige Angelegenheiten zu kümmern und kann nicht den ganzen Tag darauf warten, dass du den Mund aufmachst. «

» Ich ... ich glaube, unter vier Augen wäre besser, Miss «, sagte der Junge und sah Mr Nicholls an, der abermals tief errötete und damit auch Charlotte wieder die Röte ins Gesicht trieb.

» Nun gut – wenn Sie das alleine schaffen, Miss Brontë? « Mr Nicholls wollte sicher einfach nur galant sein.

» Ja, Mr Nicholls «, entgegnete Charlotte spitz. » Ich habe fast mein ganzes bisheriges Leben ohne Ihre Hilfe geschafft. Ich bin mir sicher, dass ich sie auch jetzt nicht benötige. «

» Gut ... «

Charlotte verspürte den Anflug eines schlechten Gewissens, als sie sah, wie Mr Nicholls' Miene verrutschte, aber nur ganz kurz, weil seine gesamte Verabschiedungszeremonie mit Verbeugung und Guten-Tag-Wünschen insgesamt viel zu lange dauerte, als dass sie es bedauerte, ihn von dannen ziehen zu sehen.

»Komm mit, Joseph«, sagte sie erleichtert, als der Hilfspfarrer endlich weg war.

»Im Pub wurde ein Brief abgegeben – persönlich.« Joseph wand sich unter Charlottes unnachgiebigem Blick, während er einen Brief in Händen hielt und halbwegs zerknüllte.

»Der wird für Mr Branwell sein – ich gebe ihn an ihn weiter.« Charlotte streckte die Hand aus, doch Joseph rückte den Brief nicht heraus.

»Die Sache ist ein wenig kompliziert, Miss ...« Der Junge umklammerte den Brief weiter fest und wand sich vor Unbehagen. »Der Brief ist nicht an eine Miss oder einen Mr Brontë adressiert, müssen Sie wissen. Sondern an Mr B ... e ... ll und Co.?«

Behutsam sprach er die einzelnen Buchstaben aus.

»Oh!« Charlotte starrte den Brief an und brannte sofort vor Neugier. »Oh, na dann ... gib ihn mir, und ich werde ihn dem richtigen Empfänger übergeben.«

»Er ist aber nicht an Sie adressiert, Miss«, sagte Joseph. »Sie sind eine Miss Brontë, kein Mr Bell.«

»Und soweit ich informiert bin, bist du nicht der Postmeister, Joseph Earnshaw, also her damit.«

Doch der Junge rückte das Dokument nicht heraus. Aus genau diesem Grund wollte sie keine Jungen unterrichten, ging es Charlotte durch den Kopf, ganz gleich, wie groß die Versuchung sein sollte: Jungen waren einfach in jeder Hinsicht enorme Nervensägen. Sie setzte eine etwas mildere Miene auf und versuchte eine andere Strategie.

»Übrigens sehr schön, Joseph, dass du so schwierige Wörter wie ›kompliziert‹ benutzt. Wie ich höre, machst du dich ganz hervorragend in der Schule, und ich bin mir sicher, du wirst es weit bringen, wenn du so weitermachst. Und jetzt verrate mir eins: Wenn du nicht willst, dass jemand aus dem Pfarrhaus die Zustellung des Briefes übernimmt, wieso hast du ihn dann hergebracht?« Im allerletzten Moment dachte Charlotte daran, ein aufmunterndes Lächeln aufzusetzen.

»Weil…« Joseph guckte gequält. »Als der Brief meinem Master überreicht wurde, sagte der, er hätte noch nie von einem Mr Bell in Haworth gehört. Und der, der den Brief brachte, sagte, dass er die Adresse von zwei herrischen, neugierigen Jungfern hätte, und da hat mich mein Master hergeschickt, damit ich Sie danach frage.«

Aus großen Augen sah er sie an, als erwartete er, jeden Moment vom Feuer flammender Wut verschlungen zu werden. Doch Charlotte zuckte kaum mit den Schultern. Schließlich passte die Beschreibung sehr gut auf Emily und sie.

»Verstehe«, sagte sie. »›Zwei hartnäckige und wissbegierige Frauen‹ wäre eine etwas höflichere Beschreibung gewesen, Joseph – merk dir das. Ich habe zwar auch keine Ahnung, für wen dieser Brief sein könnte, aber ich werde ihn ungeöffnet meinem Vater übergeben, der uns sicher helfen wird, den rechtmäßigen Empfänger zu finden. Nun gib schon her und befreie dich von der Last.«

Das ließ Joseph Earnshaw sich nicht zweimal sagen. Er drückte ihr den zerknitterten Umschlag in die Hand und rannte weg, den Hang hinunter. Charlotte eilte ins Haus und riss noch im Gehen den Umschlag auf.

Anne und Emily kehrten erst kurz vor dem Abendessen am nächsten Tag zurück: ausreichend Zeit für Charlotte, sich mit dem Brief und seinem Inhalt zu beschäftigen. Ein langer, einsamer Abend und eine schlaflose Nacht, in der sie jedes einzelne Puzzleteil im Geiste drehte und wendete und immer noch nicht in der Lage war, alles zu einem schlüssigen Gesamtbild zusammenzufügen.

» Na, endlich «, sagte Charlotte, als ihre Schwestern zur Tür hereinkamen und lachend die Hauben losbanden. » Wir haben eine Menge zu besprechen. «

» Dürfen wir bitte noch unsere Stiefel ausziehen? «, protestierte Emily, und Charlotte brachte sie mit einem Blick auf Patricks Arbeitszimmer und einem Zeigefinger vor den Lippen zum Schweigen. Leise führte sie ihre Schwestern ins Esszimmer und schloss die Tür hinter ihnen.

» Charlotte, wir sind den ganzen Tag unterwegs gewesen «, sagte Emily gereizt, als Charlotte ihnen bedeutete, sich zu setzen. » Wir sind müde, und uns ist heiß, und wir hätten zumindest bitte gerne eine Tasse Tee. «

» Geduldet euch nur einen Moment, dann bringe ich euch euren Tee. « Charlotte war ziemlich aufgeregt. » Aber zuerst muss ich euch diesen Brief zeigen, der gestern im Pub abgegeben wurde – adressiert an die Herren Bell. « Sie wedelte nicht ohne eine gehörige Portion Melodramatik mit dem Brief.

» Ah, gut, gib her. « Emily wollte sich den Brief schnappen, doch Charlotte ließ ihn hinter dem Rücken verschwinden und lehnte sich dann an so an die Wand, dass Emily nicht mehr drankam.

» Jetzt gib schon her! «, jaulte Emily, und für einen Moment waren sie wieder Kinder, die sich um ein Buch oder ein Spielzeug zankten.

» Ich habe keine Geduld für so etwas «, meldete Anne sich scharf zu Wort. » Charlotte, gib Emily den Brief – immerhin war die Idee mit der Anwaltskanzlei von ihr. «

» Setzt euch, und ich erzähle euch, was drinsteht. « Charlotte rührte sich nicht vom Fleck.

Emily verdrehte die Augen und ließ sich auf einen Stuhl plumpsen. Anne setzte sich neben sie.

» Das machst du doch nur, weil ich den Schädel entdeckt

habe und nach Scarborough gereist bin, oder?«, schmollte Emily. »Du bist grün vor Neid, und jetzt willst du selbst etwas Wichtiges entdeckt haben – und wenn es nur ist, wie man einen Briefumschlag öffnet.«

»Es ist meinem Scharfsinn zu verdanken, dass es nicht zu einer Katastrophe gekommen ist«, hielt Charlotte dagegen und übertrieb damit ein klein wenig die Umstände, unter denen sie die Aushändigung des Briefes erwirkt hatte. »Wenn ich den jungen Earnshaw nicht überredet hätte, mir den Brief zu geben, wäre er damit zu Papa gegangen, und dann wäre unsere schöne Ermittlungstätigkeit aufgeflogen, und der Spaß hätte ein jähes Ende gefunden, Emily Jane.«

»Worauf wartest du dann noch? Lies vor«, wies Emily sie mit einer herrischen Handbewegung an.

»Ja, bitte, lies«, sagte Anne müde.

»Der Absender des Briefes schreibt, er habe vor ein paar Tagen von unseren Untersuchungen in Arunton gehört und nach einigem Nachdenken beschlossen, uns die gewünschten Informationen zukommen zu lassen. Der Absender unterschreibt nicht mit seinem Namen, er erklärt sogar, dass jemand anderes den Brief für ihn niederschreibt, da er selbst nicht des Lesens und Schreibens mächtig sei. Das heißt, zwei Menschen aus Arunton riskieren, Chesters Zorn auf sich zu ziehen, indem sie diesen Brief schreiben – wisst ihr noch, wie ungern die Näherin schlecht von ihm sprechen wollte? Außerdem ist allgemein bekannt, dass er gewalttätig werden kann.«

»So viele Menschen in Arunton scheinen vor Chester Angst zu haben«, sagte Anne. »Ich würde nur zu gerne seine abscheulichen Geheimnisse öffentlich machen, auf dass niemand jemals mehr Angst vor ihm haben müsste.«

»In der Tat.« Charlotte war ein wenig verwirrt angesichts der wütenden Miene, die Annes hübsches Gesicht verunzierte. »Der Absender schreibt weiter: ›Kurz vor Mistress Chesters Niederkunft weckte mich Chester höchstpersönlich mitten in der Nacht auf, im Nachtgewand, und bot mir mehr Geld an, als ich je gesehen hatte, um mich sofort nach Bradford aufzumachen und einen ganz bestimmten Arzt zu holen. Er sagte mir, es sei dringend, doch als ich anbot, Doktor Morley zu holen, der nur ein paar Häuser weiter wohnte, beharrte Mr Chester darauf, dass es dieser eine bestimmte Arzt aus Bradford sein musste. Also tat ich, wie mir geheißen. Der Doktor wollte mir zuerst nicht folgen, doch als er hörte, dass Mr Chester nach ihm verlangte, kam er sofort mit.«

Charlotte sah ihre Schwestern an, um sich ihrer ungeteilten Aufmerksamkeit zu versichern.

»Offenbar wurde der Absender dieses Briefes, kaum dass er den Doktor nach Chester Grange gebracht hatte, angewiesen zu warten, und so wartete er mehrere Stunden, bis nach Sonnenaufgang. Während er dort saß, meinte er, Schreie hören zu können und Hilferufe – er beschreibt es als ›entsetzliches Wehklagen‹ –, und er dachte, das Kind würde geboren und Mutter und Kind seien dem Tode nah. Mehrmals kletterte er von seinem Karren und wollte ins Haus gehen und sich erkundigen, doch dann fiel ihm wieder ein, dass Chester ihm erklärt hatte, er würde seinen Lohn nicht erhalten, wenn er sich nicht strikt an seine Anweisungen hielt, und darum blieb er, wo er war.«

»Na, das ist mir ein feiner Kerl, der das qualvolle Schreien einer Frau hört und dem seine eigene Tasche wichtiger ist als das Wohlergehen dieser Frau.«

»Wenn er glaubte, Elizabeth Chester läge in den Wehen, fand er es womöglich schlicht unangemessen, in das Geburtszimmer zu platzen«, stellte Anne fest. »Du bist doch nur beleidigt, weil Charlotte dich den Brief nicht lesen lassen wollte.«

» Ich verstehe nun mal nicht, wieso sie die Früchte meiner Genialität ernten soll «, brummte Emily. » Spielt sich hier auf, als sei es ihre Idee gewesen, einen Decknamen zu benutzen. Wenn ich nicht so klug gewesen wäre, gäbe es diesen Brief überhaupt nicht. «

» Hier, bitte. « Charlotte hielt ihr den Brief hin wie einen schmutzigen Lappen. » Ich habe lediglich versucht, seinen Inhalt auf die für uns wichtigen Fakten zu reduzieren, damit keine von euch noch mehr Zeit damit verschwenden muss, die unleserliche Klaue zu entziffern. «

» Dass der Absender des Briefes sich jemandem anvertraut hat, der diese Geschichte für ihn niederschreibt, schränkt den Kreis derer, die dafür infrage kommen, dramatisch ein «, sagte Anne nachdenklich. » Ich glaube nicht, dass es in Arunton viele Arbeiter gibt, die zur Schule gegangen sind ... «

» Also? Willst du ihn haben? « Charlotte pfefferte den Brief Richtung Emily. » Dann nimm ihn doch. «

» Erzähl einfach fertig «, sagte Emily und verschränkte die Arme vor der Brust. » Bringen wir es hinter uns. «

» So geht das immer weiter. « Charlotte nahm den Brief wieder zur Hand. » Am Ende kam der Doktor zusammen mit Chester heraus. Er schreibt, der Doktor wollte von Chester kein Geld annehmen und dass er ihm in Anwesenheit unseres Informanten sagte, dass er nie wieder von ihm hören wollte, dass alle Schulden beglichen seien und dass Chester ein Scheusal und ein Monster sei. «

» Wirklich? « Das munterte Emily ein wenig auf.

» O nein «, sagte Anne.

» Der Arzt sprach auf dem gesamten Weg zurück nach Bradford kein einziges Wort. Der Absender erzählt, er habe leise geweint wie eine Frau. «

» Was muss die arme Elizabeth durchlitten haben, was selbst einen Mann der Medizin, der doch mit Tod und Verletzungen vertraut ist, so erschütterte?«, fragte Anne, die Augen weit aufgerissen vor Sorge.

»Das frage ich mich auch«, sagte Emily. »Ich vermute, es hatte mit Komplikationen während der Geburt zu tun. Schließlich ist eine Schwangerschaft eine sehr gefährliche Angelegenheit für eine Frau.«

»Aber wenn das alles wäre, wieso dann die Geheimniskrämerei? Wieso dann einen Arzt aus dem sieben Meilen entfernten Bradford holen? Und außerdem kam Elizabeth in der Nacht gar nicht nieder – der Schreiber des Briefes erzählt, dass Elizabeth Chester wenige Tage später immer noch schwanger war und Archie erst eine Woche später geboren wurde.«

»Kennen wir den Namen des Arztes?«, fragte Emily. »Es wäre sicher sehr interessant, sich mit ihm zu unterhalten.«

»Ja, tun wir«, sagte Charlotte. »Es handelt sich um Dr. Charles Prescott.«

»Dann wissen wir ja, wo die nächste Reise hingeht«, erklärte Emily. »Vielleicht wird das mehr Licht auf die seltsamen Umstände in Scarborough werfen – obwohl ich sagen muss, je mehr Beteiligte an diesem Drama ich kennenlerne, desto weniger verstehe ich die Handlung.«

»Ich habe euch noch einiges über Mattie zu berichten.« Charlotte nickte. »Und doch bin auch ich keinen Deut schlauer als vorher.«

»Wenigstens ist Bradford nur zehn Meilen entfernt.« Emily begann, sich am Tisch die Haare zu lösen. »Da können wir morgen hinlaufen. Und dieses Mal werde ich die Führung übernehmen.«

»Du?«, fragte Charlotte. »Ich bin die Älteste.«

»In der Tat, das ist nicht zu übersehen«, gab Emily zurück.

» Ich kann mich am besten ausdrücken «, sagte Charlotte.
» Fremde Menschen schnell für mich gewinnen. «

» Bis sie dich besser kennenlernen «, merkte Emily spitz an.

» Wohingegen du sie gleich von Anfang an vergraulst! «

» Herrjemine. « Anne stand auf und brachte beide Schwestern zum Schweigen. » Das Leben einer Frau steht auf dem Spiel – was wir brauchen, ist Gerechtigkeit und Anstand, und was macht ihr? Hackt aufeinander herum wie Kleinkinder. Emily, du hast dich bisher mit keiner Silbe nach deinem Bruder erkundigt. Und du, Charlotte, hast ihn nicht erwähnt. «

» Er ist zu Hause, seit letzter Nacht irgendwann. Er liegt im Bett, es geht ihm nicht gut, Nachwehen eines Exzesses natürlich! « Charlotte war wütend über die Unterstellung ihrer Schwester, sie interessiere sich nicht für ihren Bruder.

» Dann werde ich mal nach ihm sehen und ihm etwas bringen, das seinen Schmerz lindern kann «, hielt Anne dagegen. » Nach dem Abendessen reden wir weiter, und bis dahin möchte ich nicht einen einzigen Piep von euch hören. Für den Ausflug nach Bradford werde ich die Führung übernehmen, da die Aufgabe am besten von jemandem übernommen wird, der tatsächlich erwachsen ist, und das seid ihr beide ganz offensichtlich nicht. «

Emily und Charlotte schwiegen, bis ihre kleine Schwester den Raum verließ und die Treppe hinaufpolterte.

» Die war ja richtig wütend «, brummte Emily.

» Na ja, unsere Kleine halt ... schon immer ziemlich verwöhnt «, pflichtete Charlotte ihr bei. Dennoch nahmen sie ihre Zankerei nicht wieder auf.

Kapitel 29

Charlotte

Doktor Prescott war nicht zu Hause, als die Schwestern vor seiner Tür standen. Gemeinsam waren sie früh am Morgen von Haworth nach Bradford aufgebrochen, nachdem sie übereingekommen waren, dass es unklug wäre, ihren Besuch schriftlich anzukündigen. Sie wollten ihrem Gegenüber keine Zeit geben, sich auf ihre Fragen vorzubereiten – und wenn ihre Begegnung mit den Honeychurchs sie eines gelehrt hatte, dann, dass es die unmittelbare Reaktion auf ihr vorgebrachtes Anliegen war, die ihnen mehr verriet als jedes später gesprochene Wort.

Charlotte hatte gesehen, wie Anne Branwell Tinte und Papier brachte, bevor sie das Haus verließen, und hatte gehört, wie sie ihn bat, ihrem Vater auszurichten, sie würden wieder jemanden besuchen, und dass er eine Geschichte für sie schreiben möge, während sie weg seien.

»Was für eine Geschichte?«, hatte Branwell gefragt und dabei mit dem trotz des warmen Wetters um den Hals gewickelten Schal ziemlich erbärmlich ausgesehen.

»Irgendetwas Aufregendes, wie die Geschichten, die du uns früher erzählt hast, als wir klein waren«, sagte Anne. »Und du musst hierbleiben, bis sie fertig ist. Du bleibst auf dem Diwan sitzen, bis wir wiederkommen. Versprochen?«

»Keine Sorge«, sagte Branwell. »Ich bewege mich nicht vom Fleck, bis ich einen Geniestreich produziert habe.«

»Gut. Du musst nämlich zu Kräften kommen für den Fall, dass wir dich brauchen«, hatte Anne gesagt und ihn auf die Stirn geküsst.

»Ihr braucht mich doch überhaupt nicht mehr«, hatte Branwell gebrummt, aber es war ein gutes Gefühl gewesen, zu wissen, dass er in seinem angeschlagenen Zustand die nächsten Stunden beschäftigt und in Sicherheit sein würde.

Die Entschlossenheit, mit der Anne die Führung hatte übernehmen wollen, war der Sorge um ihren Bruder gewichen, und so war es Emily, die, bei Doktor Prescott angekommen, kräftig die Türglocke läutete, worauf umgehend eine eindrucksvolle, korpulente Haushälterin öffnete, deren Unterarme aussahen, als würde sie sehr viel Brotteig kneten.

»Guten Tag.« Die Frau knickste und sah Emily erwartungsvoll an.

»Guten Tag.« Emily lächelte freundlich. »Wir wollten hören, ob es möglich wäre, mit Doktor Prescott zu sprechen? Wir haben einen ziemlich weiten Weg hinter uns, und die Angelegenheit ist durchaus dringend.«

»Der Doktor praktiziert nicht von zu Hause aus«, sagte die Haushälterin nur und half ihnen nicht mit zusätzlichen Informationen weiter, sondern glotzte sie eine nach der anderen an, als wolle sie sie wegschicken. Und fast hätte es funktioniert.

»Wer ist da, Hattie?«, rief eine Frauenstimme im Haus, und schon erschien auch die Sprecherin in der Tür. Mrs Prescott, wie Charlotte annahm, war eine gepflegte, intelligent wirkende Frau etwa in ihrem Alter, vornehm gekleidet und mit lebhaftem Blick.

»Wir sind Charlotte, Emily und Anne Brontë aus Haworth. Wir würden gerne mit Doktor Prescott über unseren Vater sprechen.«

»Ist das zufällig Reverend Patrick Brontë?«, fragte

Mrs Prescott, was die Schwestern aus dem Konzept brachte, da sie angenommen hatten, ihr Familienname würde der Gattin des Arztes wenig bis gar nichts sagen.

»Kommen Sie doch herein, und trinken Sie eine Tasse Tee mit mir. Ich bin mir sicher, dass ich Ihnen zu einem Gespräch mit meinem Mann verhelfen kann. Hattie? Tee, bitte.«

Hattie bedachte Mrs Prescott mit einem überraschend düsteren Blick dafür, dass sie lediglich gebeten wurde, ihre Aufgabe zu erfüllen, und stolzierte davon, vermutlich Richtung Küche.

»Die drei Misses Brontë aus Haworth?« Mrs Prescott lächelte, als sie sie in ihren Salon führte. »Ich habe den Brief Ihres Vaters zum Verbot von Baumwollkleidung für Kinder zur Vermeidung von Unfalltoden durch Verbrennen im *Leeds Mercury* gelesen, und ich muss sagen, ich unterstütze seine Haltung aus vollem Herzen. Letztes Jahr sind mehr als hundert Kleinkinder so zu Tode gekommen. Was für eine Verschwendung von Leben – und wie leicht wäre sie zu vermeiden.«

»In der Tat.« Charlotte lächelte. Mrs Prescott war ihr sofort sympathisch. Sie sprach so klar und lebendig – als sei sie eine Gleichgesinnte.

Hattie brachte ein klirrendes Tablett, das sie mit derselben Sorgfalt auf einem kleinen Tisch aus Walnussholz abstellte, wie ein Mühlenarbeiter einen Ballen Wolle abgeladen hätte. Mrs Prescott lächelte sie gelassen an und betrachtete das Tablett. »Hattie hat leider die Milch vergessen. Und Zitrone. Würde es Ihnen etwas ausmachen, den Tee schwarz zu trinken?«

»Ganz und gar nicht«, sagte Charlotte. »So trinken wir ihn ohnehin am liebsten.«

»Was meinen Mann angeht«, fuhr Mrs Prescott fort, als sie den Tee einschenkte, »so muss ich Ihnen leider sagen, dass

Charles zu Hause keine Patienten empfängt. Er macht lediglich Hausbesuche bei privaten Bekannten. Ich werde ihn gerne bitten, Sie in Haworth aufzusuchen, aber vielleicht könnten Sie mir doch noch erklären, wieso Sie glauben, dass mein Mann mehr für Sie tun kann als Ihr Hausarzt?«

»Es ist…« Charlotte zögerte. So weit hatten sie die Sache nicht durchdacht.

»Eine sehr private Angelegenheit«, sagte Emily. »Eine, die wir am liebsten mit einem Mediziner besprechen würden, nicht mit seiner Frau.«

Mrs Prescotts Miene verschloss sich. Sie legte dieselbe Verstimmung an den Tag, die Charlotte empfand, wenn sie aufgrund ihres Geschlechts abgetan wurde.

»Was Emily sagen wollte…«, hob Anne an und riskierte damit, den Zorn ihrer Schwester auf sich zu ziehen.

»Was ich sagen wollte, war, dass wir eine medizinische Angelegenheit gerne mit einem Mediziner besprechen würden«, erklärte Emily Mrs Prescott und stimmte dabei einen etwas sanfteren Ton an. »Ich wollte Sie nicht brüskieren – bitte entschuldigen Sie.«

»Selbstverständlich.« Mrs Prescotts Lächeln hatte etwas nachgelassen. »Vielleicht interessiert es Sie, dass ich zwar keinen medizinischen Abschluss habe, jedoch dieselbe universitäre Ausbildung durchlaufen habe wie mein Mann und ihm beim Abschluss seines Studiums geholfen habe. Wenn es Frauen gestattet wäre, einen akademischen Grad zu erwerben, dann hätte auch ich einen Abschluss in Medizin.«

»Das interessiert mich in der Tat«, sagte Emily. »Sehr sogar.«

»Ich helfe meinem Mann täglich bei seiner Arbeit. Es mag Sie schockieren, Miss Brontë, aber ich glaube, wenn ich in einer Welt lebte, in der auch Frauen diesen Beruf ausüben dürften, dann gäbe ich einen genauso guten Arzt ab wie mein

Mann.« Fast hätte sie *wenn nicht sogar einen besseren* hinzugefügt, aber das wäre gar nicht nötig gewesen, da alle anwesenden Frauen die Worte ohnehin dachten.

» Ganz bestimmt «, pflichtete Anne ihr eifrig bei. » Und seien Sie versichert, Mrs Prescott, wenn Sie die Briefe unseres Vaters kennen, dann kennen Sie auch uns, denn er hat uns dazu erzogen, nach Unabhängigkeit der Art, wie Sie sie schildern, zu streben. Wir haben alle drei Berufe erlernt, allerdings ist keine von uns so hoch qualifiziert wie Sie. «

» Wenn Sie mir verraten, worum es sich handelt, kann ich Ihnen vielleicht bereits sagen, ob Charles der richtige Arzt für Sie ist. «

» Unser Vater ist fast blind, er hat Grauen Star «, erklärte Anne. » Die Ärzte in Haworth sagen, da sei nichts zu machen, aber ein Bekannter von uns, ein gewisser Mr Chester in Arunton, hat uns Ihren Mann empfohlen. «

Binnen eines Augenblicks wurde Mrs Prescott kreidebleich, unbewusst legte sie sich die Hand auf die Brust.

» Der Mann hat Ihnen Charles empfohlen? «, wisperte sie, und ihre Schultern bebten. » Er hat es gewagt, den Namen meines Mannes auszusprechen? «

» In der Tat … «, sprach Emily vorsichtig weiter und sah dabei ihre Schwestern an. Mit einer solch heftigen Reaktion hatten sie nicht gerechnet – lähmende Angst und tiefste Abscheu in einem. » Bei einem Besuch der Kirche in Arunton. Er erzählte uns, Doktor Prescott habe seine Frau kurz vor der Geburt des gemeinsamen Sohnes behandelt und dass er bezüglich der jüngsten medizinischen Techniken sehr versiert sei. «

» Das ist er «, sagte Mrs Prescott und bemühte sich, ihre Fassung zurückzugewinnen. » Sehr versiert, und wir haben uns sehr viel mit den Methoden und Behandlungsmöglichkeiten für den Grauen Star befasst und bereits einige Patienten mit gutem Erfolg behandelt. Ich glaube, Charles würde sich gerne einmal mit Ihrem Vater unterhalten. Er ist aber nicht vor heute Abend wieder zu Hause, da er den ganzen Tag im Spital gebraucht wird. Wenn Sie mir Ihre Adresse dalassen, werde ich dafür sorgen, dass er Ihnen schreibt, um einen Untersuchungstermin für Ihren Vater zu vereinbaren. Ich für meinen Teil möchte sehr gerne, dass er einem so guten Christen hilft.«

»Dann möchten wir Sie nicht länger belästigen«, sagte Charlotte.

»Eine Frage hätte ich aber doch noch«, meldete Emily sich zu Wort, griff in die Rocktasche und holte etwas hervor, das in Papier eingewickelt war.

»Was sagen Sie hierzu?«

»Emily, bitte ...« Charlotte drehte sich zu ihrer Schwester um, aber da war es bereits zu spät. Mrs Prescott entfernte das Papier und betrachtete stirnrunzelnd seinen Inhalt – kein Wunder, denn sicher wurde eine angesehene, verheiratete Frau nur selten mit einem schwarzen Knochen und einem menschlichen Zahn konfrontiert.

»Haben diese Dinge irgendetwas mit der Erkrankung Ihres Vaters zu tun?«, fragte sie und sah zu Emily auf.

»Nein, das sind Gegenstände, die ich neulich bei einem Spaziergang fand – und da Sie eine Frau der Medizin sind, dachte ich, Sie könnten mir helfen, meine Neugier zu stillen?«

»Das sind sehr verstörende Gegenstände.« Mrs Prescott hielt den Zahn in die Höhe und betrachtete ihn mit zusammengekniffenen Augen. »Das ist in jedem Fall ein menschlicher Zahn. Ein Schneidezahn. Kein Milchzahn, sondern ein bleibender, und aus seiner Größe und seinem guten Zustand würde ich schließen, dass er von einer jungen Frau stammt – zwischen fünfzehn und zwanzig Jahre alt vielleicht?«

»Das können Sie wirklich so weit eingrenzen?«, fragte Emily beeindruckt.

»Nun ja«, Mrs Prescott warf sich ein klein wenig in die Brust, »er ist nicht hell genug, um von einer noch jüngeren Frau zu stammen, und er ist nicht abgenutzt oder faul genug, um von einer älteren Frau zu stammen. Reiner Augenschein – das ist alles.«

»Sie sind fantastisch«, sagte Emily und grinste Charlotte an, die zugeben musste, dass die Idee ihrer Schwester, die schrecklichen Dinge hervorzuholen, goldrichtig gewesen war.

»Und was ist mit dem Knochen?«, fragte Emily. »Ist das vielleicht eine Rippe?«

»Ganz genau, eine Rippe.« Mrs Prescott lächelte sie an. »Sehr gut.«

»Ich habe viele medizinische Aufsätze gelesen«, erklärte Emily und nickte Richtung Knochen. »Aber nicht genug, um mir sicher zu sein, ob es eine menschliche Rippe ist. Wie ist es mit Ihnen? Können Sie das durch Augenschein feststellen?«

»Sie haben die Rippe an der gleichen Stelle gefunden wie den Zahn?« Mrs Prescott strich mit dem Finger über den schwarzen Knochenbogen.

»Ja.« Emily nickte. »Stammen sie von demselben Opfer?«

»Nein.« Mrs Prescott schüttelte den Kopf. »Eine menschliche Rippe ist länger und eleganter gebogen als dieser Knochen, müssen Sie wissen. Mit Zoologie kenne ich mich nicht so gut aus, aber aufgrund seiner Form und Dichte schätze ich, dass dieser Knochen von einem Vierbeiner stammt, höchstwahrscheinlich von einem Schwein. Mit Sicherheit aber nicht von einem Menschen.«

»Haben Sie viele Leichen seziert?«, fragte Emily Mrs Prescott mit unverhohlener Neugier, angesichts derer Tante Branwell sich im Grabe umgedreht hätte.

»Dutzende.« Mrs Prescotts Augen funkelten.

»Fantastisch«, sagte Emily, bevor sie sich Charlotte und Anne zuwandte. »Kein menschlicher Knochen, liebe Schwestern. Das macht die Sache nur noch rätselhafter!« Emily nahm den Knochen und fuchtelte damit vor Charlotte herum. »Ein menschlicher Zahn und ein verbrannter Schweineknochen, gefunden an derselben Stelle – was kann das bloß heißen? Hat es einen Streit um ein Schwein gegeben? Oder ...?«

»In welchem Spital arbeitet Ihr Mann?«, unterbrach Charlotte Emily, bevor deren Begeisterung über Mrs Prescotts Wissen dazu führte, dass sie sich verplapperte.

»In Bradford gibt es nur eins.« Mrs Prescott richtete den Blick starr in ihre Teetasse und dann auf Charlotte.

»Eins verstehe ich nicht.« Sie lächelte. »Warum haben Sie meinem Mann nicht einfach geschrieben? Das wäre doch viel bequemer gewesen als die Reise anzutreten, ohne zu wissen, ob Sie ihn überhaupt zu Gesicht bekommen würden? Und ein Brief wäre genauso schnell gewesen.«

»Natürlich.« Charlotte sah zu Anne, die zu Emily blickte, die den Kristallleuchter betrachtete, als hätte sie nie etwas so Faszinierendes gesehen. »Aber unser Vater hat uns beigebracht, dass sich die Vorzüge eines Menschen am besten erkennen lassen, wenn man ihm persönlich begegnet«, erklärte Charlotte nach ein paar Sekunden betretenen Schweigens. »Und da es sich um eine so delikate und wichtige Angelegenheit wie das Augenlicht unseres Vaters handelt, fanden wir, dass die Reise die Sache wert sei. Und das war sie auch – schließlich haben wir dadurch Ihre Bekanntschaft gemacht, Mrs Prescott. Ich bin überzeugt, wenn eine Frau wie Sie Doktor Prescott das Ja-Wort gegeben hat, dann muss er ein äußerst anständiger Mann sein.«

»Ach, nennen Sie mich doch Celia.« Celia lächelte, sie bekam wieder Farbe im Gesicht, ihre Augen blitzten lebhaft auf. »Und Sie haben ganz recht, Miss Brontë, ich bin eine Frau von guter Urteilsfähigkeit und großer Intelligenz. Was meinen Sie, soll ich Hattie bitten, uns noch etwas mehr Tee zu bringen? Und dann erzählen Sie mir den wahren Grund Ihres Besuchs?«

Kapitel 30

Anne

»Das arme, arme Kind«, sagte Celia, als Anne ihr berichtete, was sie bisher über das Schicksal von Elizabeth Chester in Erfahrung gebracht hatten. »Das viele Blut, von dem Sie sprechen, deutet in der Tat auf einen gewaltsamen Tod hin. Bitte, fahren Sie fort.«

Ernst, ruhig, konzis und gewandt fasste Anne alle Einzelheiten zusammen, die sie bisher selbst zusammengetragen hatten oder die ihnen berichtet worden waren. Sie war so weise, Emilys nächtliche Exkursion auszulassen, von der diese lebhafte Dame sicherlich beeindruckt gewesen wäre, die aber dennoch gegen das Gesetz gewesen war. Je mehr sie redete und je mehr sie Celia Prescott und ihr Mienenspiel beobachtete, desto sicherer war Anne sich, dass diese intelligente und überzeugende Frau ihnen eine Freundin sein würde.

Während Anne all das schilderte, lehnten ihre Schwestern sich zurück. Emily nahm einen Platz am Fenster ein, von dem aus sie das Leben draußen beobachtete, als hätte sie mit allem, was in diesem Raum vor sich ging, gar nichts zu tun – aber Anne wusste natürlich, dass sie aufmerksam zuhörte. Die Menschen redeten viel offener, wenn sie glaubten, dass man ihnen nicht zuhörte, hatte Emily Anne vor langer Zeit einmal erklärt. Anne wusste, dass man von Emily immer wieder sagte, sie würde »in anderen Sphären schweben«, und sehr häufig tat sie das auch, aber genauso oft tat sie es nicht. Wie jetzt zum Beispiel.

»Hat Ihr Mann mit Ihnen über seinen Besuch auf Chester Grange in jener Nacht gesprochen?«, fragte Anne Celia, als diese noch mehr Tee aus einer feinen, mit handgemalten Rosen verzierten Knochenporzellankanne einschenkte und dieses Mal jeder Tasse eine Scheibe Zitrone beifügte.

»Zuerst wollte er nicht«, erzählte Celia unglücklich. »Und, offen gestanden, musste er das auch gar nicht. Ich wusste, wozu Chester in der Lage war, und in vielfacher Hinsicht ist das, was Elizabeth widerfahren ist, mein Fehler, sodass Charles eine ganze Weile mir die Schuld daran gab.«

»Er gab Ihnen die Schuld?« Anne neigte sich leicht nach vorn.

Celia dachte nach, während sie ihren Tee umrührte. Behutsam stellte sie die Tasse ab, stand auf und schloss die Tür.

»Ich werde Ihnen erzählen, was ich weiß, um Elizabeth Chester zu helfen«, sagte sie mit Grabesstimme, und sogar die Geräusche von der Straße schienen zu verstummen. »Ich erzähle es Ihnen, weil ich fürchte, dass mein Mann und ich Imogen Chester hätten retten können, es aber nicht taten. Aber, verehrte Damen, ich muss Sie bitten, bei Ihrer Ehre zu schwören, dass alles, was ich Ihnen jetzt sage, in diesen vier Wänden bleibt. Anderenfalls könnte das weitreichende Konsequenzen für meinen Mann und mich haben.«

Sofort vergaß Emily, so zu tun, als hörte sie nicht zu, erhob sich von ihrem Platz am Fenster und gesellte sich zu ihren Schwestern, als diese schwuren zu schweigen.

»Gut«, sagte Celia. »Die Geschichte, die ich Ihnen jetzt erzählen werde, handelt nicht von Mord. Aber durchaus von Mordlust.«

Während draußen der späte Augustnachmittag einen weiten, warmen, blauen Himmel spannte und die letzten goldenen Sonnenstrahlen erloschen, saßen die vier Frauen im eleganten, dämmrigen Salon und redeten über die dunkelsten Schattenseiten der Menschen.

»Als ich Charles vor sieben Jahren kennenlernte«, erzählte Celia traurig lächelnd, »war er ein völlig anderer Mensch als heute. Heute ist er ein anständiger Arzt, der unermüdlich dafür arbeitet, den Armen zu helfen, auch wenn das bedeutet, dass er so weniger Zeit für wohlhabende Patienten hat und darum auf Honorare verzichten muss. Er ist ein guter Mensch, gütig und liebenswürdig. Ich liebe ihn von ganzem Herzen.«

Anne nickte lächelnd und stellte sich vor, wie wunderbar es sein musste, wenn zwei gleichwertige Menschen einander liebten und sich verbunden fühlten in ihrem Vorhaben, mit ihrem Leben Gutes zu tun. Vielleicht hatte Charlotte doch recht, wenn sie die Hoffnung auf eine solche Ehe immer noch nicht aufgab, denn eine Ehe wie diese brachte sicher tiefe Sinnhaftigkeit und große Zufriedenheit mit sich.

»Als ich die ersten Vorlesungen besuchte, war er überhaupt nicht so wie heute.« Celia senkte den Blick. »Er war jung, ungestüm und neigte zum Exzess. Wie viele Männer seines Alters hatte auch er Freunde, mit denen er lernen, über die Wissenschaft und Medizin sprechen konnte. Und trinken ... und spielen.«

»Sie können uns damit nicht schockieren«, versicherte Emily, als Celia verstummte. »Unser Bruder hegt ähnliche Interessen und muss da noch herauswachsen.«

»Und dann ... dann waren da auch noch Frauen«, fügte Celia hinzu und verzog angewidert den Mund.

»Auch im Leben unseres Bruders hat es Frauen gegeben – Frauen, von denen wir inständig hoffen, dass er eines Tages über sie hinwegkommen wird«, erzählte Anne. »Wenn er doch nur eine Frau wie Sie kennenlernen würde, die ihn beflügeln könnte.«

»Dafür müsste er aber wenigstens mal fünf Minuten nüchtern bleiben«, sagte Emily.

»Charles ist mir sofort aufgefallen.« Celias Lächeln wurde breiter bei der Erinnerung an damals. »Er war ein bisschen ungepflegt und wild. Aber in einem Raum voller ernster und dominanter junger Männer war er neben mir der Einzige, dem das, was wir lernten, echte Freude zu bereiten schien. Und er war der einzige meiner Kommilitonen, der mich zumindest höflich grüßte. Die anderen Herren zogen es vor, mich zu ignorieren, was ich nicht sonderlich bedauerte. Nach einer Weile fiel mir auf, dass er sich häufig in Gesellschaft eines älteren Mannes befand, der kein Student war. Dieser Mann war Robert Chester.

Chester nahm nicht nur an diesen Ausschweifungen teil, er zettelte sie zum Teil sogar an, obwohl er zum ersten Mal frisch verheiratet war, mit Imogen. Charles' Bekanntschaft zu Chester vertiefte sich«, erzählte Celia, »wie auch die Bekanntschaft zwischen Charles und mir sich vertiefte – selbstverständlich unter der Anleitung meiner Mutter. Es war, als lebte er zwei Leben: das mit mir, in dem wir gemeinsam am Nachmittag Tee tranken und unter einem Sonnenschirm durch den Park schlenderten, und das mit Chester – ein gefährliches Leben, in dem Alkohol und Opium konsumiert wurden und häufig wenig tugendhafte Frauen zugegen waren.« Celia runzelte die Stirn beim Gedanken an jene Zeit, ihre rabenschwarzen Brauen zogen sich in einem Ausdruck des Schmerzes zusammen. »Einmal, bei einem Konzertabend, lernte ich Imogen Chester kennen. Ihr Mann hatte sie mir und meiner Familie überlassen, während er sich mit Charles an die Bar zurückzog. Sie war noch ganz frisch verheiratet, und offen gestanden habe ich noch nie eine solche Schönheit gesehen: hochgewachsen und elegant, dunkles Haar und helle Haut sowie Augen so wechselnd blau wie das Meer. Ich erinnere mich deshalb so gut daran, weil ich, kaum dass sich unsere Blicke trafen, den Blick gar nicht mehr von ihr abwenden konnte – ganz wie bei Ihnen, Charlotte.« Sie lächelte Charlotte an. »Damals war Imogen, wie gesagt, frisch verheiratet, und ich fragte sie, wie ihr das Eheleben gefiel. Ihre Antwort war so seltsam, dass ich sofort hätte begreifen müssen, dass sie sehr unglücklich war.

›Ich finde es sehr schwer, mich darin zurechtzufinden‹, sagte sie und klang dabei so fern, als spräche sie gar nicht selbst. ›Ich komme mir vor wie in einem fremden Land ohne Kompass.‹

Ich fand das einen eigenartigen Kommentar, und ich tat ihn ab, ging darüber hinweg, aber jetzt ... jetzt kann ich mir ein bisschen besser vorstellen, wie befremdlich und beängstigend das Eheleben für sie gewesen sein muss.

Ihre Worte klangen in mir nach, ich musste oft an sie denken, wenn ich über meine Liebe zu Charles und seine ungestümen Seiten nachdachte. Eines Nachmittags, im Garten meiner Mutter, gestand er mir, dass er sein anderes Leben beenden und sich ganz und gar einem Leben mit mir hingeben wollte. Unter Tränen sagte er, er wolle mich heiraten, könne das aber nicht mit gutem Gewissen tun, solange er nicht jede einzelne seiner Sünden gebeichtet und seine Seele entlastet hätte. Er schwor auf mein kleines Gebetbuch, dass er, wenn ich ihn heiratete, sich Chesters Einfluss entziehen und an dessen Ausschweifungen nicht mehr teilhaben würde, dass er mir ein guter, treuer Ehemann und Gott ein guter, treuer Diener sein würde. Er flehte mich an, ihn davor zu bewahren, ein so finsterer und perverser Mann zu werden wie sein ›Freund‹.«

»Ich hätte Nein gesagt«, kommentierte Anne sofort. Charlotte sah sie überrascht an. »Ja, hätte ich – ein Mann sollte keine Hilfe dabei brauchen, ein guter Mensch und Christ zu sein. Er sollte in der Lage sein, selbst den Weg zu Gott zu finden. Und ein Mann, der das nicht kann, wäre für mich nicht gut genug als Ehemann.«

»Es wird nie einen Mann geben, der gut genug wäre als Ehemann für dich, Anne«, sagte Emily lächelnd. »Weil du einfach insgesamt zu gut bist für diese Welt.«

Charlotte wandte sich wieder an Celia. »Wenn ich einen Mann liebte und er diese Bitte an mich richtete, würde ich ihn gerne auf den richtigen Weg führen. Ist das nicht die Pflicht einer Ehefrau, die bessere Hälfte ihres Ehemannes zu sein?«

»Wenn ich ehrlich bin«, fuhr Celia fort, »dann war ich damals so verliebt in diesen Mann, dass ich mir überhaupt nicht mehr vorstellen konnte, ohne ihn zu leben. Mir war klar, dass es mir passieren könnte, einsam und allein zu enden, so wie Imogen, und doch wollte ich es riskieren. Selbst wenn er sein Wort nicht gehalten hätte, selbst wenn der Rest meines Lebens dunkel und elend verlaufen wäre, hätte ich ihn dennoch geheiratet, weil mein Herz sich ihm nicht verschließen konnte.«

»Ja, ja«, pflichtete Charlotte ihr eifrigst bei. »Man kann sich nicht aussuchen, in wen man sich verliebt!«

»Fürwahr«, brummte Emily in Richtung Anne, die ein Lächeln unterdrückte.

»Glücklicherweise hielt Charles aber Wort. Er war ein seelisch und körperlich geläuterter Mann, als er mich heiratete, und die ersten Wochen unserer Ehe waren so perfekt und wundervoll, wie es sich eine junge Frau nur erträumen kann. Und dann, eines Nachts, kurz nach unserer Rückkehr aus Italien, hämmerte Chester an unsere Tür.« Celias Lächeln erstarb. Sie straffte die Schultern, als sie an jene schreckliche Nacht zurückdachte. »Charles sagte mir, ich solle in meiner Kammer bleiben, doch von allen Eheversprechen ist das des Gehorsams für mich am schwersten einzuhalten. Ich schlich also aus meinem Zimmer zur Treppe, und von dort aus beobachtete ich alles. Kaum sah ich, wer da war, fürchtete ich, Charles würde seinen Schwur mir gegenüber brechen.«

»Was wollte Chester?«, fragte Anne.

»Er trug eine schwer verletzte, blutende Frau auf seinen Armen.« Celias Wispern war kaum noch zu hören. »Das arme Ding war mehr tot als lebendig, aber an ihrer Haarfarbe konnte ich erkennen, dass es nicht Imogen war. Chester ließ sie mehr oder weniger auf den Boden fallen und sagte in Worten, die ich nicht wiederholen kann, dass er sie eine Weile bei sich hatte, jetzt aber ihres Jammerns überdrüssig sei, und als er ihr sagte, dass er sie auf die Straße setzen wollte, sei sie zur Furie geworden, und er hätte sich zur Wehr setzen müssen. Er hatte keine einzige Schramme davongetragen, sie dagegen...« Sie schüttelte den Kopf und schluckte. »Sie war schwer verletzt.«

Chester bat Charles, sie zu retten und seinen Namen aus allem herauszuhalten. Erst weigerte Charles sich, doch in dem Moment konnte ich mich nicht länger zurückhalten. Ich lief die Treppe hinunter und flehte ihn an, das arme Geschöpf aufzunehmen. Schließlich gab Charles nach und schickte Chester nach Hause.

In jener Nacht habe ich Charles zum ersten Mal als Krankenschwester assistiert. Er nähte und setzte Knochen zusammen – ich badete und tröstete die arme Frau, versuchte, so gut es ging, ihre Schmerzen zu lindern. Je gründlicher wir sie untersuchten, desto mehr Verletzungen fanden wir, und uns wurde klar, dass sie schlimmeren Misshandlungen ausgesetzt gewesen war, als wir uns vorgestellt hatten."

»Gütiger Gott«, flüsterte Anne und wandte sich Emily zu, die ganz blass geworden war.

»Unfassbar, dass solche Teufel sich frei unter uns bewegen«, wisperte Charlotte und nahm Annes Hand. Je mehr sie hörten, desto weniger Hoffnung schien es für die arme Elizabeth Chester zu geben.

»Unsere Patientin war mehrere Tage dem Tod sehr nah, doch ich wich nicht von ihrer Seite, und gemeinsam schafften Charles und ich es, Hattie wieder gesund zu pflegen.«

»Hattie?« Anne blickte zur Tür, durch die sie die Haushälterin zuletzt hatte gehen sehen.

»Ja«, sagte Celia. »Ich wollte sie nicht ins Arbeitshaus schicken, und ganz gewiss nicht dorthin zurück, wo sie hergekommen war. Also behielten wir sie hier. Unseren Koch haben wir auch auf der Straße aufgesammelt. Mehr können wir leider nicht bei uns aufnehmen, aber mein großer Traum ist es, eine sinnvolle Anstellung für alle Frauen in Bradford zu finden, die gezwungen werden, sich …«

»Zu prostituieren«, beendete Emily den Satz und nickte anerkennend. »Ich glaube, Sie sind der feinste Mensch, dem ich je begegnet bin.«

»Danke.« Celia lächelte ein wenig ratlos. »Allerdings befürchte ich, dass Sie Ihre Meinung ändern werden, wenn Sie den letzten Teil meiner Geschichte hören. Charles war so entsetzt und verstört von dieser Sache, dass er zu den Behörden gehen und Chester anzeigen wollte. Ich war es, die ihn bat, das nicht zu tun.«

Die Schwestern schwiegen. Im Raum herrschte Stille bis auf das Ticken der Uhr, und Anne fragte sich, ob dieses Ticken die Zeit bemaß, die Elizabeth Chester noch blieb, oder ob ihre Stunde bereits geschlagen hatte.

»Wir waren frisch vermählt«, erklärte Celia. »Charles hatte gerade erst begonnen zu praktizieren. Um die vielen guten Taten zu vollbringen, von denen wir träumten, musste mein Mann einen tadellosen Ruf haben, um einen Patientenstamm aufzubauen, der für seine Behandlungen bezahlen konnte. Chester war – ist – ein einflussreicher Mann. Ich war zu feige, um zu riskieren, ihn gegen uns aufzubringen, indem wir seinen Lebenswandel und die schrecklichen Dinge, die er tat, ans Licht brachten. Ich wusste, dass es in Chesters Macht stand, uns zu ruinieren. Ich legte es mir so zurecht, dass dadurch, dass wir Hattie das Leben gerettet hatten, Chesters Untat ausgeglichen war, und das war genug. Ich bekniete Charles, und er gab schließlich nach. Aber das war ein Fehler, denn fortan betrachtete Chester Charles als seinen Komplizen. Kurze Zeit später schrieb ich an Imogen. Ich bot ihr an, bei uns unterzukommen, falls sie einen sicheren Ort für sich und ihr Baby brauchte. Sie hat nie geantwortet. Dann hörten wir von Imogens Tod. Chester sagte, sie sei krank gewesen, doch das war gelogen, und ich musste immer wieder an sie denken, wie sie ganz allein und isoliert dort lebte, und natürlich hätte ich Charles bitten sollen, mich zu ihr zu bringen, aber ich hatte zu viel Angst vor dem, was ich dort antreffen würde. Jahre vergingen, und wir hatten nichts mehr mit Chester zu tun – ich hatte nicht einmal gehört, dass er wieder geheiratet hatte. Und dann... dann kam der Abend, an dem er sich um Elizabeth Chester kümmerte.«

»Chester hatte also auch sie geschlagen?« Annes Augen füllten sich mit Tränen. »Obwohl sie sein Kind unterm Herzen trug?«

»Schlimmer.« Celia nickte. »Als Charles morgens zurückkam, konnte er mir nicht in die Augen sehen, so wütend war er darüber, dass wir so lange Stillschweigen bewahrt hatten über Chesters wahre Natur. Ich dachte bereits, er würde mich nicht mehr lieben. Es war eine grauenhafte Zeit, in der ich fürchtete, den Rest meines Lebens an der Seite eines

Mannes verbringen zu müssen, der mich verachtete, und für dessen Verachtung ich ihm nicht einmal einen Vorwurf machen konnte. Doch nach und nach vergab er mir. Und mein Mann lehrte mich, dass es unsere heilige Pflicht ist, niemals wegzusehen, wenn wir dem Bösen begegnen. Wir schworen uns, von jetzt an immer Licht darauf zu werfen, der Welt davon zu erzählen, ganz gleich, was uns das persönlich kostete. «

» Und das ist genau das, was auch wir wollen «, sagte Charlotte. » Jetzt mehr denn je. «

» Am nächsten Tag ging Charles zur Polizei, die Elizabeth Chester einen Besuch abstattete. Doch obwohl sie schwer verletzt war, behauptete sie, sie sei ohnmächtig geworden und die Treppe hinuntergefallen. Der Wachtmeister wollte sie nicht weiter unter Druck setzen. Ich dachte an meine Briefe an Imogen und begriff, dass er seine Frauen einschüchterte, dass er sie so sehr bedrohte, dass sie es nicht wagten, um Hilfe zu bitten. Und ich sagte mir, dass da nichts zu machen war. Jedenfalls nicht von mir. «

» Vor lauter Angst schweigen «, sagte Anne unglücklich. » So sehr hatte er sie im Griff. «

» Wenn nötig, werde ich das alles aussagen, und Charles auch. Wir werden Chester nicht noch einmal davonkommen lassen «, erklärte Celia. » Denn wenn Elizabeth Chester etwas zugestoßen ist, wenn sie ermordet wurde, verehrte Misses Brontë, dann ist eines klar: dass an meinen Händen nicht nur Imogens Blut klebt, sondern auch ihres. «

Kapitel 31

Emily

»Wie lautet die Antwort?«, fragte Emily, als sie kurz auf dem letzten Bergkamm vor Haworth stehen blieb. »Wenn wir sie finden, werden wir sie erkennen? Vielleicht haben wir sie längst, und wir haben sie nur noch nicht verstanden.«

»Wovon redest du, Emily?« Anne drehte sich zu ihrer Schwester um.

»Davon, dass wir uns noch einmal alles ansehen müssen, was wir bisher zusammengetragen haben.« Emily lief weiter, immer schneller. »Wir haben die ganze Zeit nach einem Wegweiser gesucht, nach etwas, das uns ganz genau erklärt, was passiert ist, aber das hat nichts mit Ermitteln zu tun, Schwestern. Ermitteln bedeutet, zwischen den Zeilen zu lesen – zu sehen, was *nicht* dasteht.«

»Manchmal habe ich den Verdacht, dass es dir nicht gut bekommt, bei Wind und Wetter ohne Haube rauszugehen«, rief Anne ihr hinterher, als Emily zu traben begann. Emily juchzte vor Freude, streckte die Arme aus und ließ den Wind mit ihren Ärmeln spielen, er verwandelte sie in flatternde Flügel, und sie umarmte die Kühle des Abends wie einen reinigenden Balsam, der sie von den schrecklichen Dingen, die Mrs Prescott ihnen erzählt hatte, befreite. Ganz kurz flog sie, stieg auf wie eine Lerche, schoss herunter wie ein Brachvogel. Ganz kurz war sie von der Schwerkraft und allen irdischen

Pflichten befreit – um dann bäuchlings im weichen Heidekraut zu landen und mit der Wange über den Boden zu rutschen. Als Emily sich auf den Rücken rollte, schmeckte sie Blut auf ihren Lippen, doch als sie ins schier endlose Himmelszelt über sich blickte, lachte sie angesichts von so viel Schönheit.

Das von einer Haube umrahmte Gesicht ihrer Schwester blickte auf sie herunter, und Emily lachte nur noch lauter, als die ersten Regentropfen ihre heißen Wangen kühlten.

»Es bekommt dir nicht«, sagte Anne. »Glaub mir, es bekommt dir nicht.«

Zurück zu Hause, blutete Emily am Knie, und ihr Gesicht war trotz Charlottes Bemühungen mit ihrem Taschentuch und ein wenig Spucke immer noch torfverschmiert. Ihr Vater erwartete sie bereits und zitterte am ganzen Körper.

»Papa.« Charlotte ging sofort zu ihm. »Bitte, sag schon, was ist passiert? Sind es deine Augen? Hast du Schmerzen?«

»Charlotte«, entgegnete er mehr als ernst und blickte erst sie an, dann die anderen beiden Frauen. »Meine Töchter – würdet ihr mir wohl erklären, was es mit euren vermehrten Reiseaktivitäten in der letzten Zeit auf sich hat? Und dieses Mal bitte die Wahrheit. Ich gestatte euch, zu kommen und zu gehen, wie es euch gefällt – ihr seid alle erwachsene, selbstständige Frauen –, aber als euer Vater bin ich verpflichtet, mich nach eurem Wohlbefinden zu erkundigen, sowohl dem körperlichen als auch dem... moralischen. Ihr habt mir euer Wort gegeben, dass ihr unter allen Umständen die Integrität an den Tag legt, die ich von euch erwarte, aber ihr seid nie hier. Ihr sagt mir nicht, wohin ihr geht oder was ihr vorhabt. Muss ich euch doch alle wie Kinder behandeln und euch Hausarrest erteilen und das Abendessen vorenthalten?«

Emily schnaubte lachend wie ein frisch ertapptes Schulmädchen, was der Sache wenig zuträglich war.

»Du lachst, Emily Jane«, sagte Patrick streng und ließ ihr Kichern mit seinem Blick verstummen. »Doch glaub mir, obwohl ich nur noch schlecht sehe, so kann ich doch erkennen, dass du so widerspenstig daherkommst wie ein Schuljunge. Ich habe einen Ruf zu bewahren, versteht ihr? Unser Ansehen hier gründet sich einzig und allein auf meinen guten Namen – eure Zukunft muss auf euren guten Namen bauen.«

»Nun, wenn Branwell es mit seinem ganzen Theater bisher nicht geschafft hat, deinem Ansehen zu schaden, dann sehe ich nicht, wieso ein aufgeschürftes Knie und ein Heidezweig in meinem Haar dazu führen sollten«, brummte Emily.

»Du warst im Moor und hast dich dort mit einem dir unbekannten Gentleman getroffen«, schalt Patrick sie. Emilys Kinnlade klappte herunter. »Branwell hat mir alles erzählt.«

»Alles?« Charlotte japste und sah zu Anne.

»Ja, ich traf ihn im Esszimmer an, er schrieb, und da habe ich ihn zum gemeinsamen Arbeiten in mein Arbeitszimmer gebeten. Ich fragte ihn, was er über eure vielen Ausflüge weiß. Und er hat mir alles erzählt, was er weiß.«

»Papa«, sagte Emily unglücklich, »wie oft hast du uns schon schreibend im Esszimmer angetroffen und uns noch nie zu dir ins Arbeitszimmer gebeten, um mit dir zu arbeiten!«

»Ihr seid junge Frauen!«, herrschte er sie in dem Moment an, in dem draußen lauter Donner zu hören war. »Euer Schreiben ist keine Arbeit – im Gegensatz zum Schreiben eures Bruders. Vielleicht finden wir ja noch eine Möglichkeit, sein wahres Talent hervorzubringen und der Welt zuteil werden zu lassen!« Emily musste sich sehr beherrschen, um darauf nichts zu erwidern – einzig die Aussicht, ihren Vater damit nur noch mehr in Rage zu bringen, hielt sie zurück.

»Außerdem rede ich hier nicht von eurem Schreiben, sondern von euren Affären!«

»Was hat Branwell dir erzählt, Papa?«, fragte Charlotte so leise, dass ihre Stimme kaum das Prasseln des Regens gegen das Fenster übertönte.

»Ich habe Papa erzählt, wie viel von Tante Branwells Erbe ihr bereits für die Suche nach einer potenziellen Schule ausgegeben habt und dass eure Suche bisher ergebnislos war und dass ich befürchte, dass wir eure unternehmerischen Fähigkeiten überschätzen, dass ihr vielleicht nicht mit Geld umzugehen wisst und dass ich mich sehr gerne für euch darum kümmere«, berichtete Branwell, der aus dem Esszimmer zu ihnen stieß.

Wenigstens hatte ihrem Bruder dieser Tag an Papas Feuer gutgetan, dachte Emily. Er hatte wieder Farbe im Gesicht, er hatte sich gewaschen und trug saubere Sachen, und er wirkte endlich einmal gänzlich nüchtern. Dennoch verspürte sie in diesem Moment gute Lust, ihn mit einem Schürhaken zu erschlagen.

»Ein junger Gentleman namens Mr Purbeck tauchte heute hier auf und suchte nach dir, Emily«, sagte Branwell. »Du scheinst bei eurem Treffen in der Heide ziemlichen Eindruck bei ihm hinterlassen zu haben.«

»So ein Unfug!«, sagte Emily. »Wie kannst du nur so einen Unsinn reden? Ich habe ihm lediglich einen guten Tag gewünscht, als wir uns im Moor begegneten, Papa. Du kennst mich besser als jeder andere! Ich bin nicht der Typ, der mit jungen Männern durch die Heide tollt. Das passt viel besser zu Charlotte.«

»Emily!«, zischte Charlotte.

»Ich verstehe, was hier passiert ist«, sagte Anne, trat auf ihren Vater zu, hakte sich bei ihm unter und geleitete ihn in das gemütliche Esszimmer, während sie gleichzeitig Branwell rückwärts auf den Diwan drückte. Emily und Charlotte folgten ihr, und Charlotte steuerte sofort den Kamin an, um sich aufzuwärmen.

»Wir sind viel unterwegs gewesen«, fuhr Anne fort. »Aber Branwell, dem es in letzter Zeit gar nicht gut ging, täuscht sich, was das Ausmaß unserer Ausgaben angeht. Das weißt du doch auch, Papa, dass unser Bruder nicht besonders gut rechnen kann, oder? Kannst du dich nicht mehr an das Geld erinnern, das in Luddenden Foot fehlte?« Während Anne sprach, sah Emily Branwell mit hochgezogener Augenbraue an, was er mit einem Zusammenkneifen der Augen quittierte. Ihre kleine Schwester war der Inbegriff eines stillen, aber tiefen Wassers.

»Und du, liebster Papa, machst dir völlig unnötige Sorgen«, fuhr Anne beruhigend fort und deutete auf ihre Schwestern. »Wie du mit eigenen Augen sehen kannst, sind wir die, die wir immer waren – Charlotte gütig und intelligent, ich gehorsam und sanft und Emily wie üblich ganz ... sie selbst.«

Patrick ließ den Blick von einer Tochter zur nächsten wandern, und seine Sorgenfalten glätteten sich ein wenig, als er sah, dass Anne recht hatte, dass sie tatsächlich immer noch genau so waren, wie er sie immer gesehen hatte.

»Und euer heutiger Ausflug?«, fragte er und wandte sich an Charlotte, die sofort schuldbewusst guckte.

»Nun, wir ...«, stammelte sie.

»Branwell hat ganz recht, wir denken wieder über unsere eigene Schule nach«, erklärte Anne sachlich. »Scarborough war nicht geeignet, darum waren wir heute in Bradford und haben uns etwas angesehen, von dem Ellen Nussey meinte, es sei geeignet und erschwinglich.« Sie lächelte ihren Vater an und legte kurz den Kopf auf seine Schulter. »Das ist alles, Papa. Wir wollten dich mit alldem nicht belasten, solange wir nicht wussten, ob unsere Bemühungen fruchten würden.« Anne bedeutete ihm, sich neben sie an den Tisch zu setzen.

»Ist das nicht schön«, sagte Emily, »alle zusammen hier zu sein, sicher und warm in unserem eigenen kleinen Haus, während draußen der Sturm tobt? Wie wäre es, wenn ich uns allen etwas Tee zubereite, und vielleicht könnten wir heute gemeinsam zu Abend essen? Ist lange her, dass wir das getan haben, oder nicht?«

»In der Tat, eine Ewigkeit ist das her.« Ihr Vater lächelte, als Anne seine Hand nahm.

»Mag sein, dass ihr Mädchen den alten Mr Brontë narren könnt«, sagte Tabby, als sie Emily dabei zur Hand ging, kaltes Fleisch, Brot und Tee auf zwei Tabletts zusammenzustellen. Von der Außenküche war das stete Tropfen des Regenwassers in den Kupfertopf zu hören, den Martha unter das undichte Dach gestellt hatte, sowie das Tosen des Windes, der über das Moor peitschte. »Aber ich kenne euch, täuscht euch nicht, und was auch immer ihr im Schilde führt, seid vorsichtig. Euer Vater hat schon so viel Trauriges erleben müssen, mutet ihm bloß nicht noch mehr zu. Martha hier ist klüger als ihr vier zusammen, stimmt's nicht, Martha?«

»Ach, ich weiß nicht.« Martha lächelte Emily an. »Die Misses Brontë sind die klügsten Menschen, die ich kenne, ich erlaube mir nicht, über sie zu urteilen.«

»Sehen Sie?«, sagte Tabby, als hätte Martha ihr vollumfänglich zugestimmt. »Klüger als ihr. Sie vergessen, Miss Emily, dass ich Sie großgezogen habe. Ihre gute, selige Tante mag sich ja um ihre Manieren und ihren Unterricht gekümmert haben, aber ich war es, auf deren Schoß Sie am Kamin saßen, die Ihnen Geschichten erzählt und Sie gepflegt hat, wenn Sie krank waren, die Sie gefüttert und Ihnen beigebracht hat, wie man backt …«

Emilys Lächeln erstarb, als sie die Tränen in Tabbys Augen sah und ihre sorgenvolle Stimme hörte. Tabby, die sich sonst nie vor irgendetwas fürchtete, weder vor dem Gytrash noch vor anderen Geistern, die auf dem Moor ihr Unwesen trieben und von denen sie in ihren Gutenachtgeschichten erzählt hatte, noch vor dem Teufel selbst. Tabby, die sich vor einigen Jahren das Bein gebrochen und geglaubt hatte, sterben zu müssen, sich aber weigerte, Bettruhe einzuhalten, obwohl sie nicht gehen konnte und große Schmerzen hatte, diese Tabby hatte jetzt Angst um sie! Und Emily ließ sich einen kurzen Augenblick davon anstecken.

»Seien Sie auf der Hut, wenn das Böse umgeht.« Sie wandte Emily den Rücken zu und schüttelte die Hand ab, die Martha ihr auf die Schulter legte. »Das ist alles, was ich sage.«

»Machen Sie sich um uns keine Sorgen, Tabby«, sagte Emily sanft, nachdem sie wieder Mut gefasst hatte. »Ich verspreche Ihnen, dass wir aufpassen. Keine von uns möchte den Menschen in diesem Haus noch mehr Kummer bereiten – unserem Vater nicht und Ihnen auch nicht.«

Als Emily das erste Tablett anhob, erklang ein lautes Hämmern, das mit dem Donnern verschmolz und das kleine Haus in seinen Grundfesten erschütterte.

Jemand klopfte an die Tür, als stünde sein Leben auf dem Spiel. Emily setzte das Tablett wieder ab und eilte in die Eingangshalle, wo Charlotte und Anne bereits die Tür erreicht hatten. Charlotte riss sie auf, ein Blitz zuckte über den Himmel und erhellte eine überraschende Gestalt: Matilda French, völlig durchnässt und verängstigt.

»Lasst mich herein, bitte!«, rief sie. »Lasst mich herein, oder er tötet mich!«

Kapitel 32

Charlotte

»Was geht hier vor?«, fragte Patrick Brontë, als Charlotte die triefend nasse und bibbernde Mattie in die Eingangshalle führte.

»Ich weiß es nicht, Papa«, sagte Charlotte leise, während Anne Mattie eine Decke um die Schultern legte und ihr über die Arme rubbelte. »Aber ich kenne diese Frau, sie ist meine alte Schulfreundin Matilda French. Vielleicht möchtest du doch lieber allein in deinem Arbeitszimmer zu Abend essen, während wir uns um sie kümmern?«

Ihr Vater betrachtete die hysterische Frau mit großer Sorge.

»Vielleicht wäre das das Beste. Wenn sie sich beruhigt hat und ihr herausgefunden habt, was sie plagt, sagt mir bitte, wie ich helfen kann. Ich kann den Arzt oder ihre Familie rufen lassen, und wir können ihr selbstverständlich ein Dach über dem Kopf und etwas zu essen anbieten.«

»Vielen Dank, Papa.« Charlotte legte die Hand an seinen Backenbart, während Anne Matilda in das Esszimmer führte, dicht gefolgt von Emily.

»Charlotte.« Ihr Vater legte die Hand auf ihre, hielt sie kurz an seiner Wange gefangen. »Ich habe euch eure Geschichten immer geglaubt, weil ich meinen Kindern nur ungern nicht glauben möchte – meinen Kindern, denen ich beigebracht habe, was dabei herauskommt, wenn man andere Menschen täuscht...«

»Papa ...« Er hob die andere Hand, um sie zum Schweigen zu bringen.

»Ich weiß, dass du und deine Schwestern in irgendeine Angelegenheit verwickelt seid, von der ihr mir nicht erzählen wollt, und ich weiß, dass diese junge Frau Teil dieser Angelegenheit ist, und ich vermute, das alles hat mit dem schrecklichen Vorfall in Arunton zu tun. Zu sehen, wie aufgelöst sie ist, veranlasst mich, euch darin zu bestärken, eurer Freundin zu helfen, und ich gehe davon aus, dass es sich um eine delikate Sache handelt, die sie diskret behandeln möchte. Aber sei versichert, dass ich unvoreingenommen bereit bin, Hilfe zu leisten, wenn ich darum gebeten werde, denn das verlangt der Herr von mir. Und bitte, liebes Kind, pass gut auf dich und deine Schwestern auf.«

»Du bist der beste Mensch der Welt, Papa.« Charlotte nahm seine Hand und küsste sie. »Der allerbeste.«

Charlotte wartete, bis ihr Vater die Tür zu seinem Arbeitszimmer hinter sich und Anne auch die Esszimmertür geschlossen hatte, bevor sie sich an ihre Freundin wandte.

»Mattie!« Charlotte führte ihre in Tränen aufgelöste Freundin, zum Diwan. Ihre durchnässten Röcke waren mit Matsch bespritzt, ihre Frisur hatte sich aufgelöst. Entsetzt registrierte Charlotte, dass die Spitze an Matties Kragen lose herunterhing, jemand hatte so heftig daran gerissen, dass auch der Wollstoff des Kleides in Mitleidenschaft gezogen war. »Ach, liebste Freundin, erzähl schon, was ist passiert?«

Der Anblick gleich dreier mitfühlender Gesichter auf einmal war zu viel für Mattie, mehrere Minuten war sie zu überwältigt, um irgendetwas zu sagen: Sie wirkte absolut untröstlich. Sie lehnte sich an Charlottes Schulter und weinte und weinte, bis Charlotte spürte, wie die feuchten Tränen ihr Kleid durchdrangen.

»Hier, nimm, Hattie.« Anne ging vor der jammernden

Frau in die Knie. »Mein Taschentuch. Emily, geh doch mal in die Küche, und hol ein paar Handtücher und den Brandy, den wir zuletzt nach dem Weihnachtsessen gekostet haben. Vielleicht beruhigt sie sich damit ein bisschen.«

»Oder *ich* mich«, brummte Emily, als sie sich auf die Suche machte. In der Eingangshalle stolperte sie über Mr Nicholls, der vor dem Arbeitszimmer von Patrick Brontë herumlungerte. Charlotte beobachtete die ungelenke Begegnung über Matties Kopf hinweg und verzog immer mehr das Gesicht.

»Miss Emily«, begrüßte er sie mit seiner üblichen schüchternen Ungeschicktheit, wie Charlotte entsetzt bemerkte.

»Mr Nicholls.« Emily neigte den Kopf und wollte einen Bogen um ihn machen, Mr Nicholls versuchte ihr auszuweichen und erreichte das Gegenteil, eine Fehleinschätzung, die sich noch dreimal wiederholte, bis Emilys ohnehin begrenzte Geduld gänzlich erschöpft war.

»Herrje, nun gehen Sie mir schon aus dem Weg!«, herrschte sie ihn an und schob ihn beinahe beiseite.

»Bitte entschuldigen Sie, Miss Emily!«, rief er ihr hinterher, als sie in die Küche stürmte, doch Emily antwortete nicht einmal. Ausnahmsweise war Charlotte einmal nicht verstimmt angesichts der Unhöflichkeit ihrer Schwester, denn sie kannte niemanden, der langweiliger gewesen wäre als der jüngste Hilfspfarrer ihres Vaters. Wenn sie ihn etwas näher kennenlernte, würde sie vielleicht feststellen, dass er verborgene Qualitäten hatte, aber aller Wahrscheinlichkeit nach wäre er ohnehin binnen eines Monats tot oder in Ungnade gefallen, und darum lohnte sich die Mühe kaum.

Als Emily mit der Brandyflasche zurückkehrte – vermutlich ein wenig leichter als in dem Moment, als sie sie fand, dachte Charlotte –, lehnte sie sich gegen die geschlossene Esszimmertür, um zu verhindern, dass die extrem neugierige

Tabby oder ihr Vater hereinkamen und Dinge hörten, die ihnen vermutlich beiden hysterische Anfälle bescheren würden.

Im Kamin knisterte das Feuer, das Anne erneut entfacht hatte, um dem kalten Wind etwas entgegenzusetzen. Mattie war umgeben von ihren drei Freundinnen und hatte den kleinen Flossy auf dem Schoß. Als sie endlich sprach, war ihre Stimme gedämpft und erstaunlich ruhig.

»Ich musste sofort da weg. Ich konnte nicht einmal mehr in meine Kammer laufen, um irgendetwas zu holen. Ich fürchtete ... ich fürchtete um mein Leben.«

»Was hat er dir angetan?«, fragte Anne behutsam.

»Ich war mit den Kindern im Garten. Ein wunderschöner Morgen, ich war mit Francis hinausgegangen, um Lesen zu üben, und hatte Archie auf dem Arm. Ich dachte, die frische Luft und die Sonne würden Francis guttun in seiner Trauer. Er war sehr still und nachdenklich, und nachdem ich ihn mehrfach vorsichtig aufgefordert hatte, erzählte er mir, wie sehr er seine Mütter vermisste, alle beide, und dass er inständig hoffte, mich nicht auch noch zu verlieren. Ich ... Ich wäre fast zusammengebrochen, aber ich ermahnte mich, sagte mir, dass ich alles, was ich tat, für ihn und den Kleinen tat. Ich wollte sie an einen sicheren Ort bringen, ich *musste* sie an einen sicheren Ort bringen, ich durfte mich dieser Verantwortung auf gar keinen Fall entziehen, nicht jetzt, wo sie mich am allermeisten brauchten. Dann sah ich ihn – Mr Chester – vom Haus auf mich zu kommen.«

›Da kommt euer Vater‹, sagte ich zu den Jungs und nahm an, es sei das Beste, zu bleiben, wo wir waren, bis er uns erreicht hatte. Er hatte eine beträchtliche Strecke zurückzulegen, und je näher er uns kam, desto deutlicher wurde, wie schnell er ging, dass er eigentlich vielmehr marschierte. Und dann sah ich seine geballten Fäuste und sein Gesicht. Es war feuerrot vor Wut, seine schwarzen Augen brannten hasserfüllt und durchbohrten mich fast. Ich wusste zwar nicht, weshalb, aber mir war schnell klar, dass er mir Schaden zufügen wollte. Das wusste ich so sicher wie dass der Himmel blau ist und ich Matilda French heiße. Ich nahm Francis' Hand und setzte mich in Bewegung, weg von Mr Chester. Ich hoffte, in einem Bogen zur Hinterseite des Hauses zu gelangen und mir durch die Küche Eintritt zu verschaffen, aber mit einem Kind auf dem Arm und einem weiteren an der Hand hatte ich natürlich keine Chance. Binnen Sekunden hatte er uns eingeholt.«

»Ach, du Ärmste, du musst ja fürchterliche Angst gehabt haben«, sagte Charlotte und legte eine Hand an Matties Wange. »Wie bist du entkommen?«

»Einen Moment«, mischte Emily sich ein. »Was ist passiert, als er euch eingeholt hat?«

»Vielleicht möchte sie das nicht erzählen«, sagte Charlotte auf ihre sanfte, vernünftige und tadelnde Art, die Emily überhaupt nicht leiden konnte.

»Natürlich möchte sie das«, sagte Emily. »Das ist doch das Interessanteste an der ganzen Geschichte ... Ich meine ... das Wichtigste ... an diesem Vorfall.«

»Am liebsten würde ich alles vergessen und nie wieder daran denken«, sagte Mattie, »aber ja, ich erzähle es euch, weil ich finde, dass die gesamte Wahrheit ans Licht muss. Als Mr Chester mich also einholte, packte er mich am Arm und verdrehte ihn so, dass ich Francis' Hand loslassen musste.

›Was soll das, Sir?‹, fragte ich, um Fassung gemüht, obwohl mein Herz so sehr raste, dass ich dachte, es würde jeden Moment zerbersten.

›Du‹, sagte er und durchbohrte mich mit seinem Blick. Seine Umklammerung meines Arms war so fest, dass ich die

Knochen ächzen spürte. ›Ich weiß, dass du das bist. Ich weiß, dass du jede Nacht an meinem Bett stehst und mich anstarrst und eine Sekunde, nachdem ich die Augen aufgeschlagen habe, verschwindest. Ich weiß, dass es deine kalten Hände sind, die mich anfassen, mich kneifen und an mir zerren. Du. Du versuchst mich in den Wahnsinn zu treiben mit deinen Tricks, aber das lasse ich nicht zu, verstehst du? Das lasse ich nicht zu!‹«

»Er hat behauptet, du hättest ihn mit kalten Händen angefasst?«, fragte Emily nachdenklich. »Sehr interessant.«

»Er hob die Faust, als wolle er mich schlagen«, fuhr Mattie fort, »und ich schrie ›Nicht, Sir, ich habe doch Ihr Kind auf dem Arm!‹. Worauf er mir den Jungen wutschnaubend entriss, mich am Handgelenk packte und zum Haus zurück zerrte. Ich dachte, er würde mich umbringen, wirklich, das dachte ich, und darum schrie ich mir die Seele aus dem Leib, ich hoffte, irgendjemand in den Stallungen oder im Wald würde mich hören, aber es kam niemand. Als wir wieder im Haus waren, hatten die Jungen große Angst und weinten, und Mrs Crawley erwartete uns bereits.«

Mattie blickte ins Feuer, als sie sich an die Ereignisse erinnerte, die hellen Flammen züngelten in ihren Augen.

»›Hilfe! Bitte, helfen Sie mir!‹, flehte ich Mrs Crawley an, aber ihre Miene war wie versteinert. Keine Spur von Freundlichkeit, kein Mitgefühl – es war, als hätte sie beschlossen, mich nicht zu sehen. Sie nahm den Kleinen auf den Arm und den Großen an die Hand und entfernte sich mit ihnen. In dem Augenblick wusste ich, dass ich keinerlei Hilfe zu erwarten hatte, von niemandem. Er zerrte mich in sein Arbeitszimmer und drückte mich auf den Schreibtisch.«

»Grundgütiger«, japste Anne mit weit aufgerissenen Augen. Charlotte umfasste Matties Hand immer fester.

»Er drückte mir den Hals zu«, fuhr Mattie fort, »ich

279

konnte den Zorn und den Hass in seinen Augen sehen. › Sag, dass du das bist ‹, herrschte er mich an und drückte so feste zu, dass alles um mich herum schwarz wurde. › Sag es! ‹ «

» Was hast du gemacht? «, fragte Charlotte.

» Nichts «, antwortete Mattie. » Nichts – was hätte ich denn tun sollen? Und wenn das Gemälde nicht gewesen wäre, dann wäre ich jetzt bestimmt tot. «

» Das Gemälde? « Anne dachte an ihren Besuch in Chesters Arbeitszimmer zurück. » Du meinst das Porträt von Imogen Chester? Wie hat dir das geholfen, Mattie? «

» Es ist von der Wand gefallen «, erzählte Mattie. » Oder zumindest sah es im Eifer des Gefechts so aus, als würde es von der Wand gerissen und auf ihn geworfen. Wie dem auch sei, es ging mit einem lauten Krachen zu Boden, ich hörte die Leinwand reißen, er war kurz abgelenkt und lockerte seinen Griff lang genug, dass ich mich daraus befreien konnte. Und dann bin ich gerannt. Ich bin gerannt und gerannt und gerannt, aus dem Haus, weg vom Haus, weg von dem ganzen Anwesen, und zwar, ohne mich umzusehen, kein einziges Mal. Ich habe nichts bei mir: keine Kleidung, kein Geld, keine Habseligkeiten – absolut nichts. Und ihr wart die einzige Zuflucht, die mir einfiel. «

» Selbstverständlich! Wo ich bin, wird immer eine Zuflucht für dich sein, Mattie «, erklärte Charlotte. Anne nickte zustimmend. » Zumal wir uns mitverantwortlich fühlen dafür, dass du in eine solche Gefahr geraten bist. Je mehr wir über Chester herausgefunden haben, desto schrecklicher stellte er sich dar. Zwar haben wir erst heute mit Sicherheit erfahren, was für ein böser Mensch er ist, aber wir hätten dich schon viel früher da herausholen und in Sicherheit bringen sollen. Es tut mir so leid, Mattie – wir haben dich im Stich gelassen. «

» Das ist nicht wahr, Charlotte. Ich hätte die armen, unschuldigen Kinder nicht allein zurücklassen wollen – und ihn auch nicht, wenn ich ehrlich bin.« Mattie schnürte sich die Kehle zu, als sie daran dachte, wie sie die Kinder zum letzten Mal sah. »Und ich möchte die Kinder immer noch nicht zurücklassen. Ich habe solche Angst um sie. Ich kann euch gar nicht sagen, wie sehr ich um sie bange, wer weiß schon, was er ihnen antut?«

Charlotte legte den Arm um Mattie, Flossy befreite sich endlich, rannte zur Tür und kratzte daran, um hinausgelassen zu werden.

»Diesen Angriff dürfen wir ihm nicht durchgehen lassen – wir müssen sofort die Polizei informieren«, erklärte Charlotte ihren Schwestern sehr entschieden.

»Aber wir wissen immer noch nicht, was mit Elizabeth passiert ist!«, rief Emily frustriert. »Chester hat das Gesetz auf seiner Seite. Höchstwahrscheinlich wird das alles als ein hysterischer Eifersuchtsanfall abgetan – oder aber, wenn die Wahrheit ans Licht kommt, dann haben jedenfalls nicht wir sie ans Licht gebracht!«

»Und das ist dir wichtiger als das Leben zweier Kinder?«, fragte Anne.

»Nein«, sagte Emily kurz darauf in einem Ton, der andeutete, dass sie nicht ganz ehrlich war. »Aber wir reden von einem Mann, der vermutlich die Gebeine seiner ersten Frau unter seinem Bett aufbewahrt. Den sollten wir nicht so leicht vom Haken lassen.«

»Ge-Gebeine... unter dem Bett?«, stammelte Mattie.

»Emily!«, sagte Charlotte streng, als Mattie wieder anfing zu weinen. »Ich glaube, für heute haben wir genug Schauergeschichten gehört. Wir haben alles getan, was wir tun konnten, alles, was man von drei Töchtern eines Geistlichen erwarten konnte, mehr sogar. Die Jagd ist vorbei – dieser schreckliche Zwischenfall hat das Spiel beendet. Ich gehe jetzt rüber zu Papa und frage ihn, wie man einen solchen tätlichen Angriff meldet.«

»Da irrst du dich aber.« Jäh stand Emily auf. »Da irrst du dich verdammt noch mal ganz gewaltig, Charlotte.«

»Emily!« Anne starrte ihre Schwester an. »Wie kannst du so mit deiner Schwester reden? Dich im Hause deines Vaters einer solchen Sprache bedienen? Ich bin jedenfalls ganz und gar Charlottes Meinung: Wir müssen so schnell wie möglich die Kinder in Sicherheit bringen.«

»Das meinte ich doch gar nicht«, sagte Emily, die keine Anstalten machte, sich zu entschuldigen. »Ich meinte das mit wie viel wir getan haben, wie viel wir tun können, weil wir schließlich nur drei Töchter eines Geistlichen sind. Charlotte weiß genau – und du auch, Anne –, dass wir mehr sind als das, dass wir drei viel mehr sind als das. Wir sind tausendmal klüger als jeder Landwachtmeister, und das ist viel wichtiger und nützlicher als alle *Fakten.*«

Emily schlug mit beiden Händen auf den Tisch.

»Wir haben Fantasie«, sagte sie. »Kraftvolle, überbordende Fantasie, die es uns erlaubt, in die Köpfe anderer Menschen zu sehen, selbst in die von Monstern wie Chester. Wir können uns unbemerkt unter ihnen bewegen, unter den vielen, vielen Menschen außerhalb dieses Hauses, und wir *wissen*, wie sie denken und fühlen, was sie wollen und was sie tun werden, um es zu erreichen. Ich glaube, wenn wir einen Moment in uns gehen und alles zusammentragen, was wir über Chester wissen, dann können wir uns ein sehr genaues Bild von ihm machen, das es uns erlaubt, einzuschätzen, was er als Nächstes tun wird: ein Profil seiner Psyche – seines Geistes und seines Verhaltens, könnte man sagen.«

Anne und Charlotte tauschten Blicke, und Charlotte musste einräumen, dass ihre Schwester sie fast überzeugt hatte, denn wenn jemand wusste, wie hilfreich die Fantasie sein konnte, um die Welt zu verstehen, dann Emily. Und Charlotte wusste, dass jede Einzelne von ihnen die Sache genauso gerne bis zum Ende weiterverfolgen würde wie sie selbst. Es war nur so, dass sie und Anne sich immer noch viel stärker an die Konventionen gebunden fühlten als Emily. Oft hatte sie das Gefühl, dass ihre Versuche, stets zu tun, was sich gehörte, sie lediglich einengten und hemmten – und ohnehin zumeist scheiterten. Vielleicht wollte das Schicksal einfach nicht, dass sie ehrenwerte Damen waren. Und doch ... Wonach Charlotte sich am allermeisten sehnte, war Anerkennung. Lob. Und dass sie ihre Zukunft selbst gestalten konnte. Eine unehrenhafte Frau würde das niemals erreichen.

»Ich verstehe deine Leidenschaft, Emily, ich selbst verzehre mich auch nach mehr als ... *dem hier.*« Charlotte machte eine Handbewegung durch das Esszimmer. »Aber wir können nicht weitermachen, nicht, solange die Kinder in Gefahr sind. Wenn du mich fragen würdest, was Chester wohl als Nächstes tun wird, dann würde ich sagen, er ist ein Wahnsinniger, von dem wir wissen, dass er bereits grob gewalttätig geworden ist, ein Mann, der, wenn er bemerkt, dass seine Welt Stück für Stück zusammenbricht, zu allem fähig wäre. Und das hat nichts mit dem Rätsel um die verschwundene Braut zu tun.«

»Wie sollen wir das wissen, bevor wir das Rätsel gelöst haben? Wir wissen nicht, ob Chester seine Frau getötet hat oder sie irgendwo gefangen hält – oder ob jemand anderes dahintersteckt. Bitte, warte noch ein paar Minuten. Lass uns noch einmal alles durchgehen, was wir haben, vielleicht kommen wir der Wahrheit so auf den Grund. Dann können wir immer noch aufgeben.« Emily wandte sich an Mattie, fiel vor ihr auf die Knie und nahm ihre Hände.

»Du bist sicher erschöpft, Mattie. Lass uns doch mal sehen, ob du dir von Anne frische Kleider ausleihen kannst, ihr seid ja ähnlich von der Statur, und dann kannst du dich gerne in dem kleinen Zimmer vorne auf mein Bett legen und dich etwas ausruhen. Charlotte, Anne und ich brauchen noch etwas Zeit, um zu beraten, was wir als Nächstes tun. Wie klingt das?«

Mattie wandte sich Charlotte zu, die kurz nachdachte.

»Ich glaube, es würde dir guttun, dich hinzulegen, liebe Mattie. Ich bringe dich nach oben, und in der Zwischenzeit schlage ich vor, Emily und Anne, dass ihr alles, was wir haben, zusammentragt, damit wir uns noch einmal gemeinsam Gedanken darüber machen.«

»Gut, liebe Charlotte«, sagte Mattie und ließ sich von ihrer Freundin aus dem Esszimmer führen.

»Das ist der richtige Weg«, flüsterte Emily Charlotte im Hinausgehen zu.

»Ich bete zu Gott, dass er das ist.« Charlotte sah ihre Schwester finster an. »Denn wenn wir jetzt den falschen Weg einschlagen, kann das gravierende Folgen haben.«

Kapitel 33

Emily

Als alle materiellen Beweisstücke auf dem Tisch verteilt lagen, sah das Ganze ziemlich willkürlich und belanglos aus. Auf einmal fürchtete Emily, einen Fehler begangen und ihre Fähigkeiten überschätzt zu haben. Was konnte sich schon auf diesem Tisch befinden, das ihnen irgendetwas Neues verriet?

Der Salon wirkte sehr klein und eng, der Regen prasselte gegen die Fenster, und der Wind tobte und drückte hin und wieder den durch den Schornstein entweichenden Rauch wieder zurück ins Zimmer – Emily hatte das Gefühl, der Nebel vom Moor würde durch jede Ritze ins Haus kriechen.

» Die Unterlagen, die du von Chesters Schreibtisch mitgenommen hast, hast du durchgesehen, nicht wahr?« Anne zog den kleinen Stapel zerknitterter Korrespondenz zu sich heran und ließ die Hand darauf ruhen, als könne sie durch die Kraft der Berührung Informationen daraus gewinnen.

» Ja.« Emily nahm den Kieselstein in die Hand und spielte mit dem kleinen, schweren, kühlen Etwas. Wenn sie doch nur ein Bild von dem Augenblick heraufbeschwören könnte, an den dieser Stein erinnern sollte! Sie war sich sicher, dass er der Schlüssel zu allem war. » Nichts Interessantes – Immobilienhandel, soweit ich sehen konnte.«

» Und bei deinem Ausflug nach Chester Grange hast du nichts anderes gesehen oder gehört, das uns als Hinweis darauf dienen könnte, was mit Elizabeth passiert ist?« Charlotte sah ihre Schwester aufmerksam an.

»Nichts«, log Emily.

Sie hatte beschlossen, ihnen nichts von dem seltsamsten Teil ihres nächtlichen Abenteuers zu erzählen – davon, wie der Knopf aus den Schatten des Raumes aufgetaucht war, und von der eiskalten Hand, die in Chesters Arbeitszimmer nach ihr gegriffen hatte –, weil sie wusste, dass ihre Schwestern das als Hirngespinste abtun würden, und sie hätte ihnen nicht einmal einen Vorwurf daraus machen können. Sie fand es ja selbst schier unglaublich. Aber es gab, über die Angst, verspottet zu werden hinaus, auch noch einen anderen Grund: Jener Augenblick, was auch immer da gewesen war, war ihrer ganz allein, das Versprechen, das sie sich gab, ging nur sie etwas an. Und sie würde es auch allein einlösen, denn sie nahm das auf Chester Grange abgelegte Versprechen genauso ernst wie jedes andere, das sie je einem Menschen gegeben hatte.

Emily schauderte und spürte noch einmal ganz deutlich den Kontakt zur jenseitigen Welt.

»Irgendetwas ist da – ich kann es spüren«, murmelte sie. »Ich weiß nur noch nicht genau, was es ist. Aber das kommt.«

»Nun, Emily«, sagte Anne steif und legte beide Hände flach auf den Papierstapel. »Ich glaube, dass diese langweiligen Unterlagen, die du dir bereits angesehen hast, nicht unbeträchtliche relevante Informationen enthalten. Ich habe bereits zwei Dinge darin entdeckt, die uns weiterhelfen könnten.«

Emily lehnte sich zurück. »Ach ja? Hast du zwischen den Aufstellungen und Rechnungen etwa ein unterschriebenes Geständnis gefunden?«

»Sprich weiter, Anne«, drängte Charlotte. »Wir haben keine Zeit für dieses Theater.«

»Ach, verstehe – wenn du dich dramatisch aufführst oder Emily, dann ist das gerechtfertigt, aber wenn es um mich geht, heißt es, das ist › Theater ‹ «, seufzte Anne. » Also, *erstens* habe ich herausgefunden, dass Chester hohe Schulden hat – sehr hohe sogar. Kein Wunder, dass er eine junge Braut brauchte, deren Mitgift seine Truhen wieder füllen konnte, und keine mittellose Mattie. Darüber hinaus hat er aber auch monatlich großzügige Zuwendungen von seinem Schwiegervater erhalten, und die wären eingestellt worden, wenn herausgekommen wäre, dass Elizabeth etwas passiert ist. Jetzt verstehen wir also zumindest, warum Chester keine Eile damit hatte, Mr Honeychurch von Elizabeths Verschwinden zu unterrichten. Er hatte Angst, ohne Einkommen dazustehen. «

» Na, so ein feiner Gentleman «, kommentierte Emily trocken. » Hervorragend, dass du das herausgefunden hast, Anne. «

» Ich habe es eigentlich gar nicht herausgefunden. « Anne lächelte subtil. » Es stand ja da. Ich musste nur genau hinsehen. Manchmal hilft Gucken mehr als Herumstreifen. «

» Macht aber nicht so viel Spaß. « Emily lächelte.

» Aber was ist denn mit den Miet- und Pachteinnahmen? « Charlotte schob die Brille hoch und kniff sich in die Stirn – wie so oft, wenn ihre Augen müde wurden. » Die müssen doch auch beträchtlich sein. «

» Aus dem, was mir vorliegt, erschließen sich mir nicht alle Einzelheiten. « Anne verteilte die Papiere auf dem Tisch, damit ihre Schwester einen Blick darauf werfen konnte. » Aber es kommt mir vor, als habe er seine Immobilien entweder heimlich verkauft oder beim Glücksspiel verloren. Die Dorfbewohner glauben also, sie würden die Miete an Chester zahlen – und dass sie deshalb vor ihm katzbuckeln müssen, wenn sie das Dach über ihren Köpfen behalten wollen –, aber in Wirklichkeit ist das eine Fassade, weil er sein Gesicht nicht verlieren will. Seinen Gläubigern dürfte inzwischen fast ganz Arunton gehören. «

» Wenn das so ist … « Emily hatte mit dem Stuhl gekippelt,

was Charlotte stets zur Weißglut trieb, und als ihr dieser Gedanke kam, sprang sie auf, und der Stuhl fiel mit Getöse nach hinten um. »Dann hatte er ja gar kein Motiv, Elizabeth zu töten! Überhaupt keins! Im Gegenteil: Wenn sie stirbt, verliert er alles, was er hat ... Es sei denn, sein Wahnsinn hat ihn dazu getrieben, sie umzubringen, obwohl er sich damit selbst schadet.«

»Das war noch nicht alles«, sagte Anne und zog ein etwas zerknittertes braunes Papier hervor. »Ich glaube, das hier ist entscheidend – dieser leere Umschlag. Adressiert an Mrs Elizabeth Chester, gestempelt am Tag ihres Verschwindens.«

Emily nahm Anne den Umschlag über den Tisch hinweg ab und betrachtete ihn kopfschüttelnd.

»Und?« Sie sah ihre Schwester an, verärgert darüber, dass Anne ihre neuen Erkenntnisse so auskostete.

»Keine Sorge, Major.« Anne zwinkerte ihr schelmisch zu. »Ist nicht deine Schuld, dass du es nicht gesehen hast. Ich dachte auch, er sei unbedeutend – bis ich den Brief sah, den Mrs Honeychurch Charlotte gegeben hat, und die beiden miteinander verglich. Seht euch mal die Handschriften an.«

Charlotte schob Emily den Brief zu. Als beide Umschläge nebeneinander lagen, sahen sie, dass sie beide mit derselben unverwechselbaren Handschrift adressiert waren, von der Mrs Honeychurch behauptete, sie sei die ihrer Tochter.

»Den ganzen Tag vor ihrem Verschwinden war Elizabeth zu Hause in ihrem Bett, hat Mattie uns erzählt.« Charlotte runzelte die Stirn. »Und das hier ist ein von ihr geschriebener, an sie selbst adressierter Brief aus ...« Sie kniff die Augen zusammen, um den Poststempel lesen zu können. »Hebden Bridge?«

»Vielleicht hatte sie den Brief bereits geschrieben, und jemand hat ihn für sie nach Hebden Bridge gebracht und dort aufgegeben?«, spekulierte Emily.

»Aber wozu?«, fragte Anne. »Das ist es, was ich nicht verstehe.«

Emily war ratlos, sie konnte sich einfach keinen Reim auf diese beiden Dokumente machen. Und dann schlug die Erkenntnis wie ein Blitz bei ihr ein.

»Natürlich!«, japste Emily. »Natürlich, jetzt ist alles klar! Die Wahrheit war wirklich sehr gut verborgen, aber ich glaube, jetzt habe ich zumindest Teile davon erkannt – unseren akribischen Nachforschungen sei Dank.«

»Was willst du damit sagen, Emily?«, fragte Charlotte. Emily legte eine dramatische Pause ein, um die Spannung zu erhöhen.

»Der junge Mann, mit dem Mrs Hardy Elizabeth im Wald gesehen hat, war nicht der attraktive Mr Walters«, sagte Emily. »Aber irgendjemand muss es gewesen sein. Vielleicht der Mann, der Elizabeth tatsächlich verführte, als sie fünfzehn war. Elizabeths Liaison mit diesem geheimnisvollen Unbekannten war skandalös genug, dass ihr eigener Vater sie mit einer weniger skandalösen Affäre decken wollte … Jedenfalls muss dieser Mann, wer auch immer er ist, der Schlüssel sein zu Elizabeths Verbleib. Denn dieser Mann wollte sich das Mädchen zurückholen, das ihn einst liebte, und er wollte jemand anderem die Schuld in die Schuhe schieben. Versteht ihr denn nicht? Das viele Blut, die zahlreichen Verdächtigen, der Pfad, der uns zu dem Zahn, der Feuerstelle und den Knochen führte. Das ist alles nur inszeniert – eine große Illusion aus Rauch und Spiegeln, mit der der Verdacht auf den Mann in Elizabeths Umfeld gelenkt werden soll, der als verdächtig gilt: auf Chester. Aber sollte tatsächlich ein schrecklicher Mord passiert sein, dann weder dort noch in jener Nacht – all das diente nur zur Ablenkung. Derweil ließ man Elizabeth Chester in aller Ruhe in dem ganzen Durcheinander verschwinden. Und zwar lebend.«

Kapitel 34

Anne

»Ich erkläre es euch.« Glücklich klatschte Emily in die Hände. *Wir haben keine Zeit für dieses Theater,* dachte Anne. »Ich bin zwar noch nicht ganz sicher, ob Elizabeth Chester immer noch am Leben ist, aber ich bin mir sehr sicher, dass sie nicht auf Chester Grange getötet wurde ...«

»So weit haben wir das verstanden.« Ungeduldig tippte Charlotte mit dem Zeigefinger auf den Tisch. Emily ließ sich nicht drängen, sie ging zum Fenster und sah über den Hang hinunter zu den geduckten Häusern.

»Irgendjemand brauchte den Mord als Vernebelungstaktik, um Elizabeth entführen zu können. Der perfekte Verdächtige in so einem Fall ist natürlich der Mann, der als Scheusal bekannt ist, der Mann, dessen Frau sich lieber umbrachte, als weiter mit ihm verheiratet zu sein. Und noch perfekter, wenn der wahre Schuldige Elizabeths einstiger Geliebter ist. Und für den Fall, dass Robert Chester das Gesetz auf seiner Seite haben würde, gaben auch die Zigeuner in Chesters Wald ein paar gute Verdächtige ab. Die achtbaren Leute schwelgen ja gerne in ihrer Angst vor dem fahrenden Volk, da braucht es praktisch keine Beweise, um sie von deren Schuld zu überzeugen ...«

»Oder«, warf Charlotte mit geweiteten Augen ein, »vielleicht waren sie es ja tatsächlich, diese zornigen fahrenden

Leute, vielleicht haben sie sie entführt, weil sie eine Braut für ihren heißblütigen König brauchten!«

»Liebe Charlotte«, sagte Anne kopfschüttelnd. »Ich glaube, du solltest mehr Sachtexte lesen. Die vielen Romane sind dir offenbar zu Kopf gestiegen. Aber« – sie wandte sich wieder an Emily – »es war Chester, der der Polizei von den Zigeunern auf seinem Land erzählte – und ganz in der Nähe ihres verlassenen Lagers haben wir die zweite Feuerstelle gefunden, die Rippe und den Zahn. Wäre es nicht denkbar, dass Chester die Außenseiter beschuldigte, um von seiner eigenen Untat abzulenken?«

»Denkbar wäre es, und ich glaube, das war auch genau das, was er versuchte, aber nicht, weil er seine zweite Frau umgebracht hat«, sagte Emily. »Ich erkläre es euch.«

»Hach, wie gut, dass du so gerne erklärst, Emily«, bemerkte Anne trocken und sah Charlotte mit hochgezogener Augenbraue an. Charlotte grinste. »Schieß los.«

»Ein Schwein kann man leicht auf jedem beliebigen Wochenmarkt erwerben, und ich könnte mir vorstellen, wenn man es zum Schlachter bringt, dann bekommt man hinterher sämtliche Einzelteile des Tiers wieder, auch das Blut, wenn man das möchte. Ich glaube, dass das Blut, in dem Elizabeths Kammer förmlich gebadet war, von demselben Tier stammte wie die angekokelte Rippe, die wir draußen gefunden haben und die dazu diente, den Verdacht auf die Menschen auf Chester Grange zu lenken – und zwar sowohl die legalen Bewohner als auch die unerwünschten. Könnt ihr euch noch an den Zigeuner erinnern, dem wir im Wald begegnet sind?«

»Wie sollten wir den vergessen?« Anne schauderte.

»Dann wisst ihr auch noch, dass er etwas davon sagte, dass er eine von uns aufschlitzen wollte wie eine Sau? Das könnte darauf hindeuten, dass er über Wissen verfügte, das nur der

Täter oder seine Helfer haben konnten. In der Zwischenzeit war Chester so damit beschäftigt, den Wachtmeister zu kontrollieren, weil er Angst hatte, selbst der Tat bezichtigt zu werden, dass am Ende nicht der dusselige Polizist, sondern wir die Beweisstücke fanden.«

»Aber wenn Chester Elizabeth wirklich nichts angetan hat«, fragte Elizabeth, »warum sollte er dann den Wachtmeister auf eine falsche Fährte locken wollen? Wenn er unschuldig ist, hat er doch nichts zu verbergen!«

»Weil«, schaltete Anne sich ein und sah Emily aus großen Augen an, »er sich nicht sicher ist, ob er das Verbrechen begangen hat oder nicht! Als Branwell und ich ihn besuchten und er Branwell für einen Arzt hielt, fragte er ihn, ob es möglich sei, sich derart zu betrinken, dass man hinterher nicht mehr weiß, was man getan hat. Darum wirkte er so gehetzt, so gequält und so verloren. In der Nacht, in der Elizabeth verschwand, war er sturzbetrunken – das hat Mattie uns erzählt. Und er kennt sich und seine dunklen Seiten, er wusste, dass er ihr etwas angetan haben *könnte*, dass er sich schuldig gemacht haben *könnte*, auch wenn er sich an nichts erinnert. Wenn er also glaubt, nichts mehr zu verlieren zu haben, dann macht ihn das zu einem sehr gefährlichen Mann.«

»Ja«, sagte Emily. »Das ist durchaus möglich.«

»Könnte es nicht sogar sein«, wagte Charlotte sich vor, »dass der Eindringling dafür sorgte, dass Chester mehr trank als üblich, um genau diese Verwirrung und Verunsicherung bei ihm zu verursachen?«

»Ja.« Emily nickte. »Ja, vielleicht.«

»Allerdings«, gab Anne zu bedenken, während sie im Geiste noch einmal alle Puzzleteile durchging, »ist es doch so, dass das Blut, die Rippe und das Feuer alle mit einem Tier in Verbindung stehen – der Zahn aber nicht. Wir wissen, dass der Zahn von einer jungen Frau stammt – das hat

Mrs Prescott uns bestätigt –, er ist komplett intakt mit Wurzel und allem, er muss der Frau demnach entweder gezogen oder aus dem Mund geschlagen worden sein. Dahinter steckt also kein Trick. «

» Nein. « Emily nickte ernst. » Mir fällt auch keine Erklärung dafür ein, dass irgendjemand einen Brief an Elizabeth abschickt, den sie selbst am Tag vor ihrem Verschwinden geschrieben hat – es sei denn, es handelt sich abermals um eine Finte, mit der wir oder die Behörden, die Elizabeths Verschwinden eigentlich untersuchen sollten, an der Nase herumgeführt werden sollen. Der Zahn ... Der Zahn lässt mich vermuten, dass wer auch immer Elizabeth weggeschafft hat, das nicht freiwillig getan hat. Gleichzeitig glaube ich nicht, dass Chester ihr diese Grausamkeit angetan hat. Die Frage ist also: Wer ist dieser ruchlose kluge Kopf? Wer ist der Mann, der Elizabeth verschleppt hat? «

» Oder ... oder vielleicht hatte Elizabeth sich als junges Mädchen ja in einen Zigeuner verliebt «, sagte Charlotte atemlos. » Stellt euch das doch nur mal vor! Das Gerücht, dass die eigene Tochter von ihrem Hauslehrer verführt wurde, war in jedem Fall erträglicher als die Tatsache, dass sie sich mit so einem Wilden eingelassen hatte! Und vielleicht war der Zigeuner immer noch in sie verliebt und hat sie gesucht, bis er sie auf Chester Grange fand, und sie bekniet, mit ihm mitzukommen, ein einfaches, aber leidenschaftliches Leben auf der Straße mit ihm zu führen. Aber Elizabeth, die sich inzwischen verändert und geheiratet hatte, wies ihn zurück. Und er konnte die Abweisung nicht ertragen und entführte sie mitten in der Nacht! «

Charlottes Wangen röteten sich bei der Vorstellung.

» Mehr Sachbücher «, sagte Anne noch einmal. » Du solltest mehr Sachbücher lesen, Charlotte. Wenn die Zigeuner nicht schon weitergezogen wären, könnten wir sie fragen, was sie über Schweineblut wissen, aber sie sind jetzt wahrscheinlich bereits sonst wo.«

»Vielleicht kann Tabby helfen«, sagte Emily nachdenklich. »Tabby kennt die alten Wege durchs Land. Ich bin mir sicher, wenn wir ihr sagen, wo die Roma vor ein paar Tagen waren, dann weiß sie, wo sie jahreszeitenbedingt als Nächstes hinziehen. Dieses Volk pflegt seine Gewohnheiten, auch wenn die Zivilisation ihm immer wieder in die Quere kommt. Ich werde sie fragen. Sie macht sich allerdings Sorgen um uns und muss vorsichtig behandelt werden.«

»Du fragst sie, Anne«, sagte Charlotte.

»Ich muss gestehen, dass ich nicht noch einmal allein einem Zigeuner begegnen möchte«, sagte Anne.

»Dafür haben wir ja Branwell«, sagte Emily. »Oder zumindest können wir ihm das sagen. Ich fürchte, wir kommen nicht darum herum, uns noch einmal mit den fahrenden Leuten zu unterhalten. Entweder sind sie schuldig, oder, wenn nicht, dann können wir sie vielleicht dazu bringen, uns anzuvertrauen, was sie wissen, insbesondere bezüglich der Identität des geheimnisvollen Mannes, mit dem Elizabeth gesehen wurde.«

»Ich glaube, dafür wäre Charlotte am besten geeignet«, sagte Anne und senkte den Blick.

»Ach ja!«, rief Charlotte. »Ausgerechnet ich soll also mit den fahrenden Rohlingen sprechen, ich, die ich die Kleinste und Zarteste von uns allen bin!«

Ihre Schwestern lachten, aber Charlotte fand das gar nicht komisch.

»Falls Tabby uns wirklich sagen kann, wo sie sich aufhalten, dann stell sie dir doch lieber als romantische Filous vor, die sich jeden Moment in dich verlieben könnten, liebste Charlotte«, sagte Emily, als sie sich wieder beruhigt hatten. »Und im Übrigen brüte ich immer noch darüber, was es wohl mit diesem Stein auf sich hat. « Emily legte den Kiesel mitten auf den Tisch und betrachtete ihn ausgiebig.

» Vielleicht ist er ja ... einfach nur ein Stein? «, sagte Anne leise, da sie nicht ganz begriff, weshalb Emily so besessen war von diesem unscheinbaren Ding. » Also, so wie es sich uns jetzt darstellt, hat Elizabeth Chester an dem Tag, an dem sie krank im Bett lag, von Hebden Bridge aus einen Brief an sich selbst geschrieben. Dann müssten wir jetzt als Nächstes herausfinden, ob sie irgendwelche persönlichen Verbindungen nach Hebden Bridge hat, die uns in unseren Nachforschungen weiterbringen könnten. «

» Natürlich hat sie die! « Mattie erschien in der Tür, die Augen rot und geschwollen. » Bitte verzeiht mir, ich habe versucht, mich auszuruhen, aber so erschöpft ich auch bin, ich konnte nicht aufhören, mir Sorgen um die Jungs zu machen. Ich weiß von einer Verbindung zwischen Mrs Chester und Hebden Bridge. «

» Komm her und setz dich zu uns, Mattie «, sagte Anne und klopfte auf den Stuhl neben sich. » Und erzähl uns, was du weißt. «

Mattie nahm Platz, blass vor lauter Tränen und der Erschöpfung, die sich einstellt, wenn man große Angst hat.

» Als sie nach Chester Grange kam, habe ich sie erst mal gehasst «, erzählte Mattie zaudernd. » Ja, ich habe Mrs Chester gehasst, und ich schäme mich dafür. Ich dachte, sie hätte mir Mr Chester weggenommen. « Mattie sah Charlotte traurig an. » Ich weiß, wie albern das jetzt klingt, aber damals wäre ich fast wahnsinnig geworden darüber, ihn zu verlieren. Ich machte mir keine Illusionen, ich wusste, dass ich sie niemals für immer loswerden könnte, aber ich überlegte, ob ich einen Keil zwischen die beiden treiben könnte, wenn ich mehr über meine Rivalin in Erfahrung brächte. «

» Ach, Matilda «, flüsterte Charlotte.

»Bitte«, flehte Mattie, »sei nicht zu hart in deinem Urteil über mich. Und selbst wenn du mich jetzt verachtest, so wirst du mich niemals mehr verachten können als ich mich selbst. Ich … ich beschloss, sie auszuspionieren, nach etwas zu suchen, das Mr Chester dazu brächte, sich von ihr abzuwenden. Das war nicht recht von mir, und wenn es jemand bemerkt hätte, wäre ich sofort entlassen worden, aber ich witterte schon bald, dass tatsächlich irgendetwas nicht stimmte, wenn ich auch nicht genau wusste, was. Ich nahm ein Buch zur Hand, das auf ihrem Nachtschrank lag, Jane Austens *Emma*, und es fiel die letzte Seite eines Briefes heraus, den sie in dem Buch versteckt hatte. Ich schäme mich dafür, aber ich habe diese eine Seite gelesen. Der Brief war von einer Miss Isabelle Lucas, sie hatte ihn geschrieben, als Elizabeth und Chester noch verlobt waren. Ich entnahm den Zeilen, dass Miss Lucas Elizabeths private Kunstlehrerin gewesen war, bevor sie ins Internat geschickt wurde, und dass die beiden eine innige Freundschaft verband. Im Laufe der Monate lernte ich Elizabeth immer besser kennen, und ich begriff, was es bedeutete, mit Robert Chester verheiratet zu sein. Ich kam zur Vernunft, gab meine intriganten Pläne auf und dachte nie wieder an jenen Brief. Bis eben. An die genaue Anschrift kann ich mich nicht erinnern, aber ich bin mir sicher, dass Miss Lucas in Hebden Bridge lebte.«

Mattie nahm Charlottes Hände. »Hilft euch das? Es könnte euch doch helfen, oder? Ach, ich wünschte, ich könnte mich besser erinnern, aber damals hörte ich, wie Mrs Crawley sich näherte, darum steckte ich den Brief wieder zurück in das Buch und verdrückte mich ganz schnell.«

»Das hilft uns sehr weiter«, sagte Charlotte sanft und legte die Hand an Matties Wange. »Und jetzt versuch zu schlafen, liebe Mattie, sonst wirst du noch krank vor Sorge.«

»Also abgemacht, ja?« Emily sah Charlotte erwartungsvoll an, kaum dass Mattie sich wieder zurückgezogen hatte. »Wenn Tabby uns helfen kann, machen Charlotte und Branwell sich noch heute Abend auf den Weg, um mit den Zigeunern zu sprechen, und Anne und ich brechen gleich morgen früh nach Hebden Bridge auf. Einverstanden?«

»Ich will hoffen, dass die Zigeuner schon längst über alle Berge sind«, sagte Charlotte unglücklich. »Ein Tagesausflug nach Hebden Bridge wäre mir viel lieber als die nächtliche Begegnung mit Kriminellen und Tunichtguten.«

»Wäre Emily dir lieber?«, fragte Anne unschuldig.

»Ganz sicher nicht«, entgegnete Charlotte prompt. »Aber ich denke, ich werde euch nach Hebden Bridge begleiten, der Ordnung halber.«

»Gut. Denn falls wir Miss Lucas finden und befragen sollten, könnte es sein, dass sie uns einen Weg aufzeigt, der zur Aufklärung von Elizabeths Verschwinden führt«, sagte Anne. »Und was machen wir mit den Kindern? Ich habe große Angst um sie, solange sie in der Hand dieses Wahnsinnigen sind. Könnten wir nicht der Polizei Bescheid sagen, dass wir Chester für gemeingefährlich halten, und trotzdem nach Hebden Bridge gehen?«, fragte sie Emily. »Warum ist das so ein Entweder-Oder?«

»Weil Elizabeths Entführer Chester Grange beobachtet, und jede Störung der Illusion, die um Chester herum aufgebaut wurde, jede Ausweitung des Kreises der Verdächtigen könnte den Täter aus dem Gleichgewicht bringen, ihn in Unruhe oder gar Panik versetzen und vielleicht sogar dazu veranlassen, Elizabeth – so sie noch am Leben ist – etwas anzutun. Und wenn Chester das Gefühl bekommt, bald für ein Verbrechen eingekerkert zu werden, von dem er sich sicher ist, dass er es nicht begangen hat, tja, dann weiß ich nicht, wozu ein Mann, der nichts zu verlieren hat, imstande ist.«

Emily wandte sich an Anne. »Wir müssen eine Entscheidung

treffen, ganz wie König Salomon – eine unmögliche, aber unumgängliche Entscheidung: Wollen wir Elizabeth finden und das Wohl der Kinder riskieren? Oder wollen wir die Kinder schützen und Elizabeths Wohl riskieren? Ich sage, wir geben der Suche nach Elizabeth noch einen Tag. Bisher hat Chester, soweit wir wissen, immer nur Frauen Gewalt angetan. Die Kinder sind sein Vermächtnis. Ich glaube, sie befinden sich eher in Sicherheit als Elizabeth, und wenn ich mich irre, dann ... war es mein Fehler.«

Gespannt sah Anne zu Charlotte, die einen Moment nachdachte.

»Wir beeilen uns«, sagte sie dann entschlossen. »Wir brechen noch vor Sonnenaufgang auf und bringen alles so schnell wie möglich hinter uns. Denn sobald wir alle Fakten kennen, werden wir wissen, was zu tun ist und wie.«

»Und wenn den Kindern etwas zustößt, während wir unterwegs sind?«, fragte Anne.

»Wir können nur beten, dass das nicht passiert«, antwortete Charlotte sehr ernst. »Wir können nur beten.«

Kapitel 35

Charlotte

Ihr war nicht ganz klar, wie sie eigentlich auf dem Kutschbock des vom Black Bull »geliehenen« und von ihrem Bruder mehr schlecht als recht gelenkten Karren gelandet war, eingezwängt zwischen Branwell und Tabitha. Aber es war ihr auch gleichgültig.

Wenigstens hatte es aufgehört zu regnen, der Abend war mild, und der abnehmende Mond warf ausreichend Licht auf den Weg. Und es war gar nicht so spät, wie Charlotte befürchtet hatte – die Kirchturmuhr schlug zehn, als sie Haworth unter Tabbys verdrießlichen Anweisungen verließen.

Nachdem Mattie ins Bett gegangen war, hatten die drei Schwestern Branwell aus seinem Zimmer geholt, wo er sehr konzentriert geschrieben hatte, und es hatte Charlotte ausgesprochen leidgetan, ihn bei einer Beschäftigung zu stören, die ihren Beifall fand – das kam viel zu selten vor.

»Ich brauche deinen Schutz, Bruder«, hatte sie gesagt. »Bei einem nächtlichen Wagnis, das uns bei unseren Nachforschungen weiterhelfen soll. Ich befürchte, dass es mit großer Gefahr für Leib und Leben verbunden sein könnte.«

»Nicht jetzt, Charlotte.« Branwell sah nicht einmal von seinem Schreibpult auf, als er seine Schwestern mit einer Handbewegung hinauszuscheuchen versuchte. »Nach so vielen Wochen fruchtloser Suche hat mich jetzt die Muse geküsst, eine Unterbrechung des Genies kommt überhaupt nicht infrage.«

» Das heißt also, ich soll dem fast sicheren Tod allein entgegentreten?«, sagte Charlotte.

» Ja, das wäre mir in der Tat das Liebste, wenn es dir nichts ausmacht«, entgegnete Branwell geistesabwesend. Emily hatte ihm einen Klaps aufs Ohr gegeben, und Anne hatte die erste Seite seiner Geschichte zur Hand genommen und ausgiebigst gepriesen, bis er schließlich nachgab, damit sie aufhörten.

Da es nach neun Uhr war, lag Tabby bereits mit ihrer Nachthaube im Bett und hatte die Decke bis zum Kinn hochgezogen. Martha schlief neben ihr.

» Was ist?«, fragte sie und setzte sich auf, als Anne sie so sanft wie möglich weckte und die drei Schwestern um ihr Bett herumstanden, während Branwell draußen wartete. » Geht es Ihrem Vater nicht gut?«

Kaum hatte Anne ihr Anliegen erläutert, war Tabby regelrecht in Rage geraten. So wütend hatte Charlotte sie noch nie gesehen – und doch war sie stets darauf bedacht, nur wütend zu flüstern, um Patrick Brontë nicht zu wecken. Schließlich hatte Anne Charlotte und Emily nach unten geschickt, wo sie mit Branwell warteten, und ihnen allen verschlug es die Sprache, als Tabby höchstpersönlich die Treppe heruntergehumpelt kam. Anne hatte es geschafft, sie davon zu überzeugen, ihr Wissen über die Wege des fahrenden Volkes mit ihnen zu teilen, allerdings unter einer Bedingung.

Kurz gesagt, weigerte Tabby sich, ihnen zu erzählen, wo die Zigeuner sein könnten, weil sie damit gegen die ungeschriebenen Gesetze des fahrenden Volkes verstoßen würde, und das wollte Tabby auf gar keinen Fall.

» Ich kann euch zeigen, wo sie sind, mehr nicht«, hatte sie gesagt. » Aber ihr müsst einen Karren besorgen, mit meinem schlimmen Bein kann ich nicht mehr weit laufen. Kinder, Kinder, wie ich euch und eure Flausen satthabe.«

»Wir sind keine Kinder mehr, Tabby«, hatte Branwell gesagt.

»War mir noch gar nicht aufgefallen«, hatte Tabby entgegnet.

Sie ritt noch eine ganze Weile auf dem Thema herum, als Branwell ihr auf den Kutschbock half. »Ihr jungen Brontës mit euren Flausen, ständig treibt ihr euch irgendwo herum, selbst Frühlingslämmer sind vernünftiger als ihr. In meinen Adern fließt von väterlicher Seite her ein wenig Roma-Blut, ich weiß also, wovon ich rede.«

»Und an ihrem Hintern wogt reichlich Roma-Speck«, raunte Branwell Charlotte zu, die sich beherrschen musste, nicht zu lachen.

»Ich weiß, wie man mit denen reden muss«, wiederholte Tabby, kaum dass sie losgefahren waren. »Ich weiß, wie man mit ihnen umgehen muss, damit sie nicht beleidigt sind. Merkt euch das: wenn irgendjemand Fragen stellt, dann ich, und nur ich. Du«, sie zeigte auf Branwell, der in seinen Schal eingemummelt war und seine Mütze tief über die Stirn gezogen hatte, »du versuchst, einfach nur finster dreinzublicken, und Sie, Miss Charlotte, Sie sagen am besten gar nichts, wenn Sie das schaffen. Sie haben so ein Gesicht, das die anderen auf den ersten Blick gegen Sie aufbringen kann.«

Ganz schön unverschämt, dachte Charlotte, aber unter den gegebenen Umständen und weil Tabby so einiges über sich ergehen ließ, um ihnen zu helfen, behielt sie den Gedanken für sich.

Sie mussten keinen weiten Weg zurücklegen, wie sich bald herausstellte. Tabby wies Branwell an, zwei Meilen aus Haworth heraus zu dem Weiler Stanbury zu fahren und noch ein Stückchen weiter, bis sie im Tal unterhalb von Ponden

Hall ankamen, wo Branwells Freunde, die Heatons, lebten und wo sich ein Wasserlauf über die Kante des Moors ergoss und durch eine von dichtem Wald umgebene saftige Wiese floss.

»Die Heatons haben nichts dagegen, dass die Zigeuner hier für eine Woche oder so ihr Lager aufschlagen«, erklärte Tabby, als Branwell ihr von der Kutsche half. Er verzog das Gesicht angesichts ihres nicht unbeträchtlichen Gewichts. »Von denen sind die meisten ja fast größere Halunken als die Roma selbst.«

»Sie sprechen von meinen Freunden«, sagte Branwell.

»Ich weiß.« Tabby packte ihn am Arm. Sie atmete angestrengt, ihr schlimmes Bein setzte ihr beim Gehen zu. Sie war eine wirklich beeindruckende alte Frau, dachte Charlotte mit großer Zuneigung, denn sie fand den Abstieg selbst mit zwei gesunden Beinen anstrengend genug, als sie auf dem hohen, nassen Gras, das so rutschig war wie Eis, den steilen Abhang zum Lagerplatz halb hinunterschlidderte, halb hinunterfiel. Für Tabby musste das alles zehnmal schwieriger sein, aber sie beklagte sich nicht. Also, kaum.

Als sie sich dem friedlichen Lager näherten, sah Charlotte vier um das Feuer aufgestellte Wagen. In einem von ihnen brannte eine Laterne. Zwei Hunde bellten, als Branwell, Charlotte und Tabby sich näherten, und ein paar kräftig wirkende Pferde, für die Nacht in Decken eingehüllt, wieherten unruhig.

Am Feuer kauerte nur eine einzige Gestalt, die erst beim Näherkommen wie ein Mensch aussah. Erleichtert stellte Charlotte fest, dass es eine Frau war, aber die Erleichterung währte nicht lange. Die Alte sah im Schein des Feuers wirklich sehr alt und sehr furchterregend aus, sie rauchte eine kleine Pfeife und hatte ihren breitkrempigen Hut mit einem gestreiften Tuch unter dem Kinn festgebunden. Selbst in der

Dunkelheit war die Unerbittlichkeit in ihrem Blick zu erkennen.

»Sei gegrüßt, Kezia«, sagte Tabby und schlurfte auf sie zu. »Ich komme, um an deiner Weisheit teilzuhaben.«

»Kommt her, und wärmt euch am Feuer«, sagte die alte Frau, ohne den Blick von den Flammen abzuwenden. Mit Schrecken bemerkte Charlotte, dass sich erst drei, dann vier Schatten von einem der Wagen lösten und sich auf ihre kleine, verwundbare Gruppe zubewegten. Sie kamen nah genug, um bedrohlich zu wirken, aber nicht erkannt zu werden.

»Wir kommen mit guten Absichten, Kezia«, sagte Tabby.

»Wir werden sehen«, entgegnete Kezia in einem Ton, den Charlotte so verstand, dass, wenn irgendjemandem Schaden zugefügt würde, es die Besucher sein würden. Im Schutz der Dunkelheit griff Charlotte nach Branwells Hand, und er erwiderte ihren Druck. »Was willst du von mir, Tabby, mitten in der Nacht, zur Geisterstunde. Ich glaube kaum, dass diese feinen Leute wollen, dass ich ihnen ihre Zukunft voraussage. Habt ihr Silber mitgebracht?«

»Ja, haben wir«, sagte Tabby und näherte sich dem Feuer, ohne sich aber auf einen der Baumstämme zu setzen, die als Sitzgelegenheit dienten. »Wir möchten nichts über die Zukunft wissen, sondern über die Vergangenheit.«

Kezia wandte sich sehr langsam um, den Rücken dem Feuer zu, um Charlotte und ihren Bruder besser sehen zu können. Ihr Gesicht lag jetzt völlig im Dunkeln, doch Charlotte spürte förmlich, wie der Blick der Alten über sie wanderte. Sie fröstelte. So vernünftig Charlotte sonst auch war, jetzt hatte sie das Gefühl, dass die Zigeunerin direkt in ihre Seele blicken konnte.

»Gut«, sagte die Alte. »Ich würde Ihnen auch gar nichts über Ihre Zukunft sagen. Ich bin zu alt, um die Unwahrheit zu sagen, und manchmal ist die Wahrheit nur schwer zu ertragen.«

»Was wollen Sie damit andeuten?«, fragte Charlotte verängstigt. »Warum sagen Sie das? Glauben Sie, dass Sie uns damit noch mehr ködern können? Dass wir Ihnen dann mehr Silber geben werden? Dann lassen Sie sich gesagt sein, dass wir ohnehin kaum welches haben!«

Charlotte trat einen Schritt hinter ihrem Bruder zurück, als die Schattengestalten ein wenig näher kamen.

»Seien Sie still, Miss Charlotte«, wies Tabby sie an. »Stellen Sie nicht infrage, was Kezia tun oder lassen wird, sie ist das Oberhaupt dieses Lagers und verdient Ihren Respekt.«

»Entschuldigung«, piepste Charlotte hinter Branwells Schulter.

»Hmpf.« Kezia fixierte Tabby. »Gebt mir euer Silber, und ich werde sehen, ob ich weiß, was ihr wissen wollt.«

Tabby streckte die Hand aus, und Branwell ließ brav zwei Schillinge hineinfallen. Tabby reichte sie der alten Frau, die sie in einem alten Strumpf zwischen ihren Röcken verschwinden ließ.

»Weißt du, wer der Gentleman war, mit dem Mrs Elizabeth Chester im Frühjahr im Wald gesehen wurde? Wir wissen, dass es nicht ihr Mann war. Und hat irgendjemand euch Geld für Schweineblut und Knochen gegeben?« Tabby befand es offenbar nicht für nötig, behutsam vorzugehen. Schnell fügte sie hinzu: »Oder hat jemand von euch das eine oder das andere benutzt oder jemand anderem dabei geholfen, die junge Mrs Chester zu entführen?«

Kezia schwieg eine ganze Weile, sie zog immer wieder an ihrer Pfeife, während sie Tabby beobachtete und vermutlich überlegte, wie sie antworten sollte.

»Jeden anderen hätte ich mit meinem langen Messer dafür erstochen, dass er mir eine solche Frage stellt, Tabitha

Aykroyd«, sagte sie schließlich und klang dabei so kalt, dass Charlotte ihr jedes Wort glaubte.

»Ich weiß.« Tabby nickte ernst, und auf einmal wurde Charlotte klar, wieso die liebe alte Dame darauf bestanden hatte, mitzukommen. Ach, sie liebte Tabby, und sobald diese ganze Geschichte abgeschlossen war, würde sie sich aufopferungsvoll um sie kümmern.

»Wir verstecken hier niemanden«, sagte Kezia mit einer Entschiedenheit, die bei Charlotte keinen Raum für Zweifel ließ. »Die Polizei und ein paar angeheuerte Schläger sind schon mehrmals hier gewesen und haben alles durchsucht. Haben aber nichts gefunden, weil es nichts zu finden gibt. Wir Zigeuner töten niemanden, jedenfalls nicht zum Spaß oder um uns zu bereichern.« Sie sah Branwell von Kopf bis Fuß an. »Höchstens aus Rache.«

»Genau das dachte ich mir schon.« Tabby nickte. »Aber das Fräulein hier hat darauf bestanden, euch zu fragen.«

»Überrascht mich nicht«, brummte Kezia.

»Warum?« Wieder gelang es Charlotte nicht, den Mund zu halten. »Warum überrascht Sie das nicht? Was können Sie nach den paar Minuten denn schon über mich wissen?«

»Reichlich«, bemerkte Tabby trocken, worauf Kezia schnaubend lachte. »Was ist mit dem Mann im Wald, was ist mit dem Blut, Kezia, was mit dem Knochen. Weißt du etwas darüber?«

»Ich sage dir eins«, erwiderte Kezia schließlich. »Ich sage dir nur dieses eine, und dann stellst du keine weiteren Fragen.« Tabby warf Charlotte einen warnenden Blick zu. »Wir haben ein Fass mit dem Blut eines Schweins gefüllt und einen Sack mit seinen Knochen, für einen Gentleman, der uns dafür großzügig bezahlte, aber ich weiß nicht, ob es der Mann ist, von dem du sprichst. Das Ganze fand mitten in der Nacht statt, er sagte kaum ein Wort. Ich weiß nicht, was er damit gemacht hat, und ich weiß auch nicht, wer er war, denn ich kannte ihn nicht. Ich weiß nicht, woher er kam oder wohin er ging. Und selbst wenn ich es wüsste, würde ich es euch nicht sagen.«

»Dann ist unsere Angelegenheit erledigt«, sagte Tabby. »Wir werden dich nicht weiter belästigen, Kezia. Gute Reise.«

»Halt«, bellte Kezia. »Das feengleiche Wesen soll sich einen Moment zu mir setzen.«

»Ich will aber nicht.« Charlotte zog sich noch weiter hinter Branwell zurück. »Ich bin gläubige Christin, ich glaube nicht an Ihren Zauber!«

»Sie müssen auch nicht daran glauben, er funktioniert auch so«, zischte Tabby ihr zu. »Nun setz dich schon, Mädchen!«

Charlotte war wenig begeistert, musste aber daran denken, wie sie gerade erst voll der Zuneigung für Tabby gewesen war, und fühlte sich ihr verpflichtet. Sie gehorchte wiederstrebend, setzte sich steif auf den Baumstamm und sah zu Kezia auf. Aus der Nähe betrachtet, war Kezia eine würdevolle Frau, der sich das harte Leben tief ins Gesicht gegraben hatte und die sie mit einer Haltung und Selbstsicherheit ansah, die Charlotte beneidenswert fand.

»Ganz gleich, was Sie mir sagen werden«, erklärte Charlotte und streckte Kezia ihre offene Handfläche entgegen. »Ich werde mich nicht darum kümmern.«

»Sie können Ihre kleine Hand bei sich behalten«, sagte Kezia. »Ich lese Ihr Schicksal nicht aus Ihren Handlinien, sondern aus Ihrem Gesicht, aus den Falten um Ihre Augen, aus der traurigen Biegung Ihres Mundes. Halten Sie still, damit ich Sie betrachten kann.« Charlotte hielt dem Blick der alten Frau stand, bis diese wieder zum Feuer sah, das Schatten auf ihrem Gesicht tanzen ließ.

»In Ihnen brennt ein Licht«, sagte Kezia schließlich. »Heller, als ich es je gesehen habe, ein Feuer, das ewig weiterbrennen könnte, wenn Sie den Mut haben, das zuzulassen.«

»Ich habe keine Ahnung, was Sie damit sagen wollen«, sagte Charlotte.

»Oh, doch«, sagte Kezia. »Ich weiß es nicht, aber Sie, Sie wissen es sehr gut.«

Charlotte stand auf, zog sich so schnell sie konnte vom Feuer zurück und eilte an Tabbys sichere Seite.

»Würden Sie sich auch mein Gesicht ansehen, altes Weib?«, fragte Branwell und beugte sich vornüber, auf dass sie ihn anblickte. »Ich möchte gerne etwas über mein Schicksal erfahren. Ich möchte wissen, ob meine Geliebte je meine Frau sein wird und ob ich meine Talente zum Ausdruck bringen und Berühmtheit erlangen werde?«

Doch Kezia wandte den Blick nicht vom Feuer ab.

»Geht jetzt«, sagte sie an Tabby gerichtet. »Meine Jungs werden unruhig.«

»Besten Dank, werte Freundin«, sagte Tabby.

»Sei vorsichtig, Feenkind.« Kezias Stimme hallte durch die Dunkelheit, als die drei sich so schnell sie konnten entfernten. »Ganz in der Nähe lauert Gefahr, und sie wird dich finden.«

Kapitel 36

Anne

Als Anne aus der Kutsche stieg, kam Hebden Bridge ihr wie ein sehr lebendiges, buntes und selbstbewusstes Städtchen vor.

Haworth dagegen wirkte auf jeden Außenstehenden – und auch auf seine Einwohner – ziemlich verwahrlost, wie eine wild zusammengewürfelte Ansammlung von Häusern, die den Berghang hinunterzupurzeln schienen.

Hebden Bridge lag auch an einem Hang, sah aber eher so aus, als würde es triumphierend nach oben kraxeln. Die Textilindustrie hatte die Gegend verwandelt und reich gemacht, und der Bahnhof hatte die Entwicklung weiter vorangetrieben, weil er diese abgelegene Ecke Yorkshires mit dem Rest der Welt verband.

Fast schien es Anne, als hätte die Landschaft selbst Wind bekommen von der wirtschaftlichen Blüte und würde stolz ihr Gefieder putzen und sträuben. Ihr gefielen die Energie und die Modernität des Ortes. Er wirkte, als böten sich dort viele Möglichkeiten.

Und er war voller Menschen, was die Entscheidung darüber, wo sie ihre Suche nach Miss Isabelle Lucas beginnen sollten, erschwerte.

»Selbstverständlich gehen wir als Erstes zur Kirche.« Charlotte hielt ihre Haube fest, als der Sommerwind daran zerrte und durch die Kopfsteinpflasterstraße fegte.

Branwell hatte noch im Bett gelegen, als Charlotte am Morgen mit ihren Schwestern zusammensaß und ihnen von der erstaunlichen Entdeckung der letzten Nacht berichtete. Sie hatte immer noch das Gefühl, ihren Ausflug nur geträumt zu haben. Die Informationen jedoch, die Charlotte, Tabby und Branwell von der Zigeunerkönigin erhalten hatten, waren entscheidend: Ein Unbekannter hatte Elizabeths blutiges Verschwinden inszeniert. Nicht Chester, den Kezia kannte, weil er es sich zum Ziel gesetzt hatte, ihren Stamm zu vertreiben. Wer auch immer dieser Unbekannte war, er musste derjenige sein, der Elizabeth entführt und ihr einen Zahn ausgeschlagen hatte und in dessen Gewalt sie sich – so hofften die Schwestern – immer noch lebend befand. Es war ein Wettlauf mit der Zeit, und sie konnten nur hoffen, hier und jetzt ein paar Hinweise darauf zu erhalten, wer dieser Mann sein könnte.

»Der Pfarrer kennt seine Gemeinde sicher gut«, sagte Charlotte und unterdrückte ein Gähnen. »Und selbst wenn er uns keine genaue Anschrift zu geben bereit ist, so wird er vielleicht jemanden nach Miss Lucas schicken und sie bitten, zu uns zu kommen.«

»Es sei denn, sie ist Methodistin oder gar Katholikin«, witzelte Emily, nur um Charlotte schaudern zu sehen. Emily war der einzige Mensch auf der Welt, der wusste, dass Charlotte gegen Ende ihrer Zeit in Brüssel, als sie niedergeschlagen und einsam gewesen war, eine katholische Kirche betreten und die Beichte abgelegt hatte. Hinterher hatte sie Emily in einem Brief sehr detailliert von der ganzen Angelegenheit berichtet und versucht die Sache herunterzuspielen, und Emily hatte es Anne erzählt und ihr mit der Todesstrafe gedroht, sollte sie je ein Sterbenswörtchen darüber verlieren. Anne hatte Emily stirnrunzelnd angesehen: Sie musste doch wissen, wie unangenehm es Charlotte war, mit einem Glauben zu kokettieren, der von dem abwich, den ihr Vater predigte.

»Im Übrigen«, fügte Anne hinzu im Versuch, die Situation zu entschärfen, »ist Reverend Sutcliffe Sowden ein sehr guter Bekannter von deinem Mr Nicholls, Charlotte.«

»Er ist nicht *mein* Mr Nicholls!«, empörte Charlotte sich.

»Wie dem auch sei, wenn wir unserem lieben Papa nicht schon wieder eine Lügengeschichte auftischen wollen, sollten wir religiöse Einrichtungen besser vermeiden«, fand Anne. »Herrje, mir behagt das überhaupt nicht, wie viel Unehrlichkeit diese Ermittlerei mit sich bringt. Ich finde das ganz und gar nicht gottgefällig.«

»Aber du hast recht, es ist nötig«, sagte Charlotte, immer noch verärgert über die Anspielung bezüglich Mr Nicholls. »Also, wohin?«

»Zum Postamt.« Anne nickte in Richtung des Gebäudes auf der anderen Straßenseite.

»Das wird nicht funktionieren«, sagte Emily, als sie sich zwischen den Fuhrwerken und Menschen hindurchschlängelten. »Nie im Leben geben die drei fremden Frauen irgendeine private Anschrift. Wir könnten ja sonst wer sein – Mörder oder Diebe.«

»Wir werden sehen«, sagte Anne, und in der Tat – kaum hatte sie Miss Lucas' Namen erwähnt und dem Postmeister erzählt, dass sie ihre Freundin aus Kindertagen aus den Augen verloren hatte, verkündete er auch schon vollmundig, dass er die Adresse jedes einzelnen Bewohners der Stadt kannte, und schrieb sie bereitwillig auf.

»Das hätte er nicht tun dürfen«, sagte Emily und lächelte, weil Anne so zufrieden mit sich selbst war. »Er hat dir das nur gesagt, weil du so lieb und unschuldig aussiehst, Anne. Überhaupt nicht wie ein Dieb oder Mörder. Eine Erscheinung wie deine ist im Grunde die perfekte Tarnung.«

Das Haus, zu dem der Postmeister sie geschickt hatte, war ziemlich groß. Etwas kleiner als das Pfarrhaus in Haworth, fügte es sich mit seinen drei Etagen Wand an Wand zwischen die Nachbarhäuser, über die die schroffen Klippen ragten. Alle Häuser waren gepflegt, aber dieses war das hübscheste von allen, denn vor allen sechs Fenstern zur Straße hingen Blumenkästen voller Margeriten.

Es war ein reizendes kleines Haus, befand Anne nicht ohne einen gewissen Neid, aus demselben mattgrauen Stein erbaut wie alle anderen Gebäude in diesem Viertel, aber mit weiß angestrichenen Fensterbänken und einer Haustür in einem tiefen Blau, das sie an das Meer bei Scarborough erinnerte.

Ein etwa dreizehnjähriges Mädchen mit Sommersprossen und Zahnlücke öffnete die Tür. Sie trug eine Dienstmädchenuniform, ihr langes, rotes Haar hing ihr ungekämmt über den Rücken, und der Blick aus ihren blassen Augen war misstrauisch.

»Was?«, sagte sie nur und beäugte die Schwestern.

»Schönen guten Tag«, sagte Charlotte. »Wir möchten gerne mit Miss Isabelle Lucas sprechen.«

»So, möchten Sie das?« Ihr ungewohnter Akzent, der in Annes Ohren einen flachen, scharfen Klang hatte, ließ vermuten, dass sie vielleicht in einer der armseligen Behausungen im Londoner East End aufgesammelt worden war.

Anne versuchte, ihr Amüsement darüber zu verbergen, dass Charlotte, die immer von sich glaubte, auf jede zwischenmenschliche Situation vorbereitet zu sein, auf diese Entgegnung nicht vorbereitet war.

»Würden Sie Ihrer Herrin bitte sagen, dass die Misses Brontë aus Haworth hier sind, um mit ihr zu sprechen«, sagte Charlotte und versuchte, an dem Mädchen vorbei einen Blick ins Haus zu werfen, in der Hoffnung, es möge jemand anwesend sein, der etwas zivilisierter war.

»Nein«, sagte das Mädchen, riss sich dann plötzlich zusammen und erklärte: »Ich meine, nein, tut mir leid, Madam, das kann ich nicht – meine Herrin ist gerade nicht zu Hause. Also hauen Sie ab.«

»Hören Sie.« Charlotte trat einen Schritt auf sie zu, und obwohl sie einen guten Kopf kleiner war als die seltsame Gestalt in der Tür, plusterte sie sich plötzlich auf wie eine autoritäre Lehrerin. »Wir kommen in einer äußerst wichtigen Angelegenheit, und wenn Miss Lucas hört, mit welcher Unverschämtheit Sie uns begegnen, wird sie darüber alles andere als erfreut sein.«

»Ach ja?« Das Mädchen war skeptisch. »Dann kennen Sie sie noch nicht. Egal, meine Herrin hat mich angewiesen, niemanden ins Haus zu lassen, und meine Herrin ist der einzige Mensch, von dem ich Befehle entgegennehme.« Das Mädchen hob das Kinn, als wolle sie Charlotte herausfordern.

»Gut. Wann wird sie wieder hier sein?«, fragte Charlotte ernüchtert von der beherzten Verteidigung.

»Keine Ahnung.« Das Mädchen zuckte die Schultern und wollte die Tür schließen. Dieses Mal war es Anne, die hervortrat und sie daran hinderte.

»Ey! Weg da!«, rief das Mädchen, und hinter ihrer rauen Fassade sah Anne ein verletzliches Kind aufblitzen.

»Ganz ruhig«, sagte Anne sanft. »Du brauchst keine Angst vor uns zu haben. Wir sind nicht von der Polizei oder … oder von einer anderen Behörde.«

»Sind Sie Lehrerinnen?«, fragte das Mädchen und kniff die Augen zusammen. »Sie sehen aus wie Lehrerinnen.«

»Nein, sind wir nicht«, sagte Anne, und in dem Moment war das zumindest die Wahrheit. »Wir sind Ermittlerinnen. Weißt du, was Ermittlerinnen machen? Wie heißt du?«

»Kitty«, sagte das Mädchen. »Ich weiß nicht, was Ermittlerinnen machen, und es interessiert mich auch nicht.«

» Wir finden Sachen heraus «, sagte Anne leise. » Wir helfen den Guten und Unschuldigen und versuchen, die Bösen und Niederträchtigen zur Strecke und vor Gericht zu bringen. Wie findest du das? «

Kitty neigte den Kopf zur Seite und taxierte die Schwestern. Aufmunternd lächelte Anne sie an.

» Wie können drei alte Ladys so was machen? «, fragte sie. » Sie sind weder Robin Hood noch Dick Turpin. «

» Nein, das sind wir nicht. Wir sind einfach nur drei wie Lehrerinnen aussehende *junge* Damen, und weißt du was, Kitty? « Anne zwinkerte. » Das ist die perfekte Tarnung. «

Ein Anflug von einem Lächeln erschien auf Kittys Gesicht, und hinter dem zarten Blick eines Mädchens, dem das Leben bereits übel mitgespielt hatte, verbarg sich noch ein winziger Rest kindlicher Neugier.

» Wenn Sie meine Herrin kennen würden, wüssten Sie, wo sie ist. Alle, die ihr nahestehen, wie ich, wissen das. Aber ich werde es Ihnen nicht verraten. Sie hat mir Anweisungen gegeben, und die befolge ich bis in den Tod. Verstehen Sie? «

» Du bist sehr loyal und sehr mutig «, sagte Anne freundlich. » Miss Lucas ist wohl sehr gut zu dir gewesen? Vielleicht hat sie dich von einem Ort weggeholt, an dem du große Angst hattest, und hat dir ein Zuhause gegeben. Sie wäre sehr stolz auf dich, wenn sie wüsste, wie du sie schützt. «

» Und genau deswegen erzähle ich Ihnen nix «, erwiderte Kitty scharf. » Egal, wie sehr Sie versuchen, mich zu überreden. «

» Auch gut «, sagte Anne und brachte Charlotte mit einer Handbewegung zum Schweigen, bevor sie ihr ins Wort fallen konnte. » Aber lass mich dennoch sagen, dass wir unser Bestes tun, um jemandem zu helfen, der deiner Herrin auch sehr am Herzen liegt. Wir kennen Miss Lucas nicht, das ist wohl wahr, aber wir glauben, dass sie sich freuen würde, uns hier

zu sehen, wir glauben, sie würde auf keinen Fall die Gelegenheit verpassen wollen, jemanden, den sie sehr gerne hat, zu
retten, wie sie dich gerettet hat.«

»Wer ist dieser Jemand?« Sie war Anne ganz nah gekommen und flüsterte.

»Sie heißt Elizabeth«, sagte Anne. Das Mädchen riss kurz
die Augen auf, dann schaute sie wieder finster drein, und
Anne wurde klar, dass das arme Kind Angst hatte.

»Sind Sie Freund oder Feind?«, fragte sie schließlich und
sah allen dreien nacheinander in die Augen.

»Freund«, sagte Anne. Sie streifte den rechten Handschuh ab und reichte dem Mädchen die Hand. »Wir wollen
Elizabeth und ihren Kindern helfen.«

Annes Worte zeigten Wirkung. Das Mädchen hielt ihre
Hand etwas länger als nötig fest und zog sie dann so weit zu
sich herunter, dass ihr Ohr sich vor ihren Lippen befand.

Anne lauschte dem Flüstern des Mädchens.

»Danke«, sagte sie und nickte. »Ich verspreche dir, deine
Herrin wird nicht wütend auf dich sein.«

»Und wenn doch, dann werde ich euch finden und euch
allen die Gurgel durchschneiden«, sagte Kitty und knallte
ihnen die blaue Tür vor der Nase zu.

»Das Mädchen ist mir sympathisch.« Emily nickte.

Fragend sah Charlotte Anne an. »Und? Wohin geht es
jetzt?«

»Das werdet ihr gleich sehen«, sagte Anne.

Meine Seele erwacht, mein Geist steigt auf
Und schwebt auf Flügeln der Winde
Mit Sturm und Gebrause zum Himmel hinauf
Welch' Lust an Erde und Meeren ich finde.

– » Verse geschrieben in einem Wald an einem
windigen Tag « von Anne Brontë

Kapitel 37

Charlotte

Die Kutsche hielt irgendwo auf der Straße Richtung Lancashire an und entließ die Schwestern in die Einöde des Moors.

»Wo sagtest du, wollen wir hin?«, fragte Charlotte. »Das hier sieht mir so gar nicht nach einem geeigneten Ziel aus.«

»Wycoller.« Anne blickte sich in der wunderschönen, wilden Landschaft um, die gänzlich unbesiedelt zu sein schien. »Ich wies den Kutscher an, uns nach Wycoller zu bringen, wie Kitty es gesagt hat. Und sie bat mich, euch erst zu sagen, wo wir hingehen, wenn wir da sind. Es schien ihr wichtig zu sein, aber ehrlich gesagt verstehe ich nicht ganz, warum. O nein! Sie wird uns doch wohl nicht für dumm verkauft und in die Irre geschickt haben, als Warnung, damit wir uns fernhalten?«

»Na, wenigstens sind es von hier nur etwa zwei Stunden Fußmarsch nach Haworth«, sagte Emily. »Und keine Sorge, Anne – Kitty hat uns an den ganz richtigen Ort geschickt, allerdings vielleicht völlig umsonst. Das hier ist Wycoller. Jedenfalls so nah, wie die Straße an es herankommt.«

»Und was, bitte, ist Wycoller?«, fragte Charlotte. »Der Baum da etwa? Oder das Schaf?«

»Wenn du genauso aufmerksam zugehört hättest wie ich, als Tabby uns als Kindern Geschichten erzählte, dann wüsstest du es«, sagte Emily. »Wycoller ist ein Dorf – eine alte

Siedlung aus vorchristlicher Zeit, die noch bis vor zwanzig Jahren voller Leben war. Es gab dort ein großes Anwesen, Wycoller Hall, und eine Reihe von bescheidenen Häusern – die meisten Dorfbewohner waren Weber. Dann ging das Anwesen über in die Hände eines Narren, der seine Schulden nicht bezahlen konnte und der darum Teile des Hauses verkaufte, bis nur noch eine Ruine davon übrig war. Dann kamen die Mühlen und die Fabriken mit ihren Webstühlen, und eine Familie nach der anderen verließ Wycoller, um in der Stadt Arbeit zu finden. Irgendwie mussten sie ja überleben. « Emily nahm Charlottes Hand und führte ihre Schwester zum Straßenrand. » Weißt du nicht mehr, Charlotte, wie Tabby uns erzählt hat, dass sie als kleines Mädchen immer nach Wycoller gegangen und am Fluss entlanggeschlichen ist, weil sie hoffte, dort Feen zu sehen? Und wie Tabby gesagt hat, dass die neuen Fabriken und ihr Lärm die Feen vertrieben hätten, dass sie sich überall versteckt hätten, nur nicht hier, wo keine Menschen mehr waren? «

» Ich erinnere mich «, sagte Charlotte und dachte an einen dunklen Nachmittag mit vielen Tabby-Geschichten, die die unglücklichen Kinder ablenken sollten. » Ich erinnere mich, dass Tabby uns diese Geschichte erzählt hat, und wir beiden haben an dem Nachmittag im Garten Feen gejagt, obwohl es in Strömen goss. Anne war noch ein Baby, und Mama ... war krank. Ich erinnere mich sehr gut. «

Emily drückte ihre Hand etwas fester.

» Heute «, sagte sie, » lebt in Wycoller keine Menschenseele mehr, allerdings heißt es, bei Vollmond würde eine schwarz gekleidete Frau in den Ruinen von Wycoller Hall spuken. «

» Aber wenn das hier Wycoller ist, dann ... « Anne ließ den Blick über die Hügel schweifen, gesprenkelt mit Bäumen und Schafen. » Wo ist es dann? «

» Da. « Emily zeigte zur dicht bewaldeten Talsohle. » Zwischen den Bäumen. Und der einzige Weg dorthin führt zu Fuß quer durch die Felder und den Wald. Niemand, der nicht – wie Tabby – von dem alten Volk abstammt, würde auf die Idee kommen, dort jemanden zu besuchen. Niemand wüsste, dass es überhaupt da ist. Aber wenn man mal drüber nachdenkt, dann ist es doch das perfekte Versteck. «

Ein träumerisches Gefühl tiefen Friedens erfüllte Charlotte, als sie ihren Schwestern durch das hohe, goldene Gras über die Wiesen folgte. Sie strich mit den Händen über die Gräser und Ähren, pflückte eine der ersten Glockenblumen und ein Weidenröschen und steckte sich die Wildblumen in die Knopflöcher ihrer Bluse. Was hatte die alte Zigeunerin wohl mit dem Licht in ihr gemeint, das für immer brennen würde, wenn es zu einem Feuer entfacht würde? Charlotte fand, diese Art der Voraussage passte überhaupt nicht zu ihr, und doch berührte sie sie. Als könnte sie ein Fenster öffnen.

Als sie sich auf die Mitte des Tals zubewegten, folgten sie einem kaum sichtbaren Pfad in einen dunklen Tunnel aus dichten Bäumen, die Mittagssonne blitzte hier und da kurz auf wie ein Elritzenschwarm, und die sich über den Erdboden reckenden Baumwurzeln schienen nach jedem Eindringling zu greifen. Charlotte hatte das Gefühl, je weiter sie vordrangen, desto langsamer verstrich die Zeit um sie herum – und dachte, vielleicht würde sie sogar irgendwann rückwärtslaufen, wenn sie immer weitergingen.

Der Wald endete, und sie traten wieder auf eine Wiese, wo zwischen dem Gras, Spierstrauch und Wasserhanf zackige, Zähnen ähnliche Steine standen, die nicht größer waren als Charlotte. Einige standen in Gruppen, wie eine Schar von Schaulustigen, doch die meisten reihten sich aneinander und bildeten ins Tal hinunterführende Linien, Charlotte konnte mindestens drei bis vier ausmachen.

» Merkwürdig – ganz anders als die Trockenmauern rund um Haworth«, sagte sie.

» Das kommt daher, dass niemand weiß, wer die Steine hier aufgestellt hat«, erklärte Emily und legte die Hand auf einen der mit hellgelben Flechten überzogenen Findlinge. » Tabby hat immer gesagt, dass die früheren Völker einmal im Jahr aus allen Ecken des Moores hierherkamen und Menschenopfer gebracht haben.«

» Daran kann ich mich überhaupt nicht erinnern«, sagte Charlotte.

» Doch, hat sie gesagt, aber mach dir keine Sorgen, die Heiden sind ja jetzt schon lange tot.«

Doch auf Charlotte hatte diese Information keine beruhigende Wirkung, als sie sich an den seltsamen, geisterhaften Zuschauern entlang des letzten Wegstücks vorbei ins Dorf bewegten. Zuletzt stiegen sie eine von Laub bedeckte Steintreppe hinab. Es kühlte merklich ab, als das Blätterdach wieder dichter wurde. Bis auf das sanfte Rauschen des Windes in den Bäumen und ein paar Vogelstimmen herrschte Stille. Charlotte hatte das Gefühl, sich in einem Traum zu bewegen, in einem wunderschönen, seltsamen Traum, in dem nichts wie üblich zusammenpasste.

Mit einem Mal standen sie vor der Ruine von Wycoller Hall: Wie ein Geisterschiff aus dem Nebel tauchte sie aus den Bäumen auf.

» Das ist absolut außergewöhnlich«, japste Anne und lief sofort zu dem Torbogen, in dem sich einst eine Tür befunden hatte.

» Ja, nicht?« Emily folgte ihr auf dem Fuß, während Charlotte wie angewurzelt stehen blieb und den Blick über jede einzelne dunkle Fensteröffnung und jeden abgebrochenen Schornstein wandern ließ. Sie kannte die nüchterne Geschichte dieser Ruine, und doch stellte sie sich auf einmal eine Art Dornröschen-Schloss vor, das vor über tausend Jahren von einer bösen Zauberin in einen tiefen Schlaf versetzt wurde.

»Komm rein, Charlotte«, rief Anne, und kurz darauf folgte Charlotte ihr ins dunkle Innere. Die Hälfte der Zwischendecke zum Obergeschoss fehlte, so wie auch ein Teil des Daches. Die Steinplatten am Boden waren nicht mehr vollzählig, saftiges, dunkles Gras spross in den Lücken. Charlotte stand vor etwas, das einmal ein imposanter Kamin gewesen sein konnte, und überlegte, wozu der kleine, schlüsselförmige Hohlraum rechts davon wohl gedient hatte. Als sich darin etwas bewegte, legte sie sich vor Schreck die Hand vor den Mund, und sie unterdrückte einen Schrei, als ein kleiner Vogel aus der seltsamen Höhle flatterte und durch das leere Fenster davonflog.

»Wollen wir uns die Treppe hinaufwagen?«, rief Emily aus dem Raum, der vermutlich früher der Eingang gewesen war. »Vielleicht versteckt Miss Lucas sich ja dort.«

»Das wäre offen gestanden ziemlich leichtsinnig«, sagte eine Stimme hinter Emily. »Es ist ziemlich gefährlich da oben – Sie würden sich das Genick brechen.«

Emily drehte sich um, und auch Charlotte erblickte eine junge, barfüßige Frau in einem lose fallenden lila Seidenkleid, deren dunkles Haar sich bis zur Taille lockte und die die grünsten Augen hatte, die Charlotte je gesehen hatte – Augen voller lebendiger Neugier.

»Guten Tag«, sagte die Frau. »Ich bin Isabelle Lucas, bitte verzeihen Sie meinen Aufzug. Wir bekommen hier in Wycoller nur selten Besuch, darum mache ich mir nicht die Mühe, mich entsprechend zu kleiden.«

Kapitel 38

Emily

»Haben Sie sich womöglich verlaufen?« Isabelle lächelte sie an. »Soll ich Ihnen den Weg zurück zur Straße zeigen?«

»Wir haben uns nicht verlaufen.« Emily trat einen Schritt auf die seltsame Erscheinung zu, als handle es sich um eine Kuriosität auf einem Jahrmarkt. »Wir sind hier, um mit Ihnen zu reden, Miss Lucas.«

»Mir mir?« Isabelle Lucas' Lächeln strahlte weiter, ihre Augen funkelten unverändert, doch Emily bemerkte einen etwas schärferen Ton in ihrer Stimme, der natürlich einfach dem Umstand geschuldet sein konnte, dass unerwartete Gäste aufkreuzten, das kannte Emily nur zu gut. »Was könnten Sie mir denn wohl zu sagen haben? Und woher wissen Sie, dass ich hier bin? Niemand weiß, dass ich mich hin und wieder hier aufhalte – genau darum gefällt es mir hier so gut.«

Emily fand Isabelle Lucas sofort sympathisch.

»Wir haben Ihr Dienstmädchen überzeugen können, es uns zu sagen«, erklärte Emily entschuldigend. »Und ich verstehe sehr gut, warum es Ihnen hier so gut gefällt – es ist, als würde man eine andere Welt betreten, eine Welt ohne Menschen.«

»Kitty hat Ihnen gesagt, dass ich hier bin?« Isabelle wirkte überrascht und beeindruckt. »Dann müssen Sie in der Tat etwas Interessantes zu sagen haben, wenn es Ihnen gelungen ist, ihr diese Information zu entlocken. Ich habe sie aus finsterer, gefährlicher Umgebung gerettet, und sie ist unfassbar loyal. Manchmal aber auch unfassbar ruppig.«

»Kitty trifft keine Schuld«, warf Anne schnell ein, aus lauter Sorge, Kitty könnte Schwierigkeiten bekommen. »Aber sie fand unser Anliegen dringend genug, um Sie so schnell wie möglich zu finden.«

»Dringend?« Isabelle lachte und setzte sich in Bewegung, sie entfernte sich von der Herrenhausruine, und die Schwestern folgten ihr. »Werte Damen, ich kann mir wirklich nicht vorstellen, warum eine zurückgezogene Künstlerin wie ich jemals irgendjemandem von Nutzen sein könnte – es sei denn, jemandem, der eins meiner Bilder kaufen möchte. Möchten Sie eins meiner Bilder kaufen? Wenn ja, dann werden Sie sich leider ein wenig gedulden müssen. Ich verbringe hier in der Einsamkeit zwar einen äußerst produktiven Sommer, aber bis jetzt ist noch nichts fertig.«

»Sie sind Künstlerin?«, fragte Anne. »Also, von Beruf, meine ich? Nicht Lehrerin?«

»Ja, ich bin Künstlerin.« Isabelle lächelte. »Und sogar eine ziemlich gute. Ich habe Kitty aufgetragen, niemandem zu sagen, wo ich bin, weil sich sonst ständig jemand einmischt – in der Regel irgendwelche Herren, die mir erzählen, wie ich was zu machen habe, was ich malen darf und was nicht und wie ich leben darf oder nicht. Es ist, als könnte die männliche Hälfte der Menschheit nicht ertragen, dass ich Herrin über mein eigenes Leben bin, und müsste immer wieder mit Ratschlägen kommen, auch wenn gar keine nötig oder erwünscht sind. Wenn Sie wüssten, wie viele von denen immer wieder versucht haben, mich zu heiraten. Im Grunde tragisch. Kommen Sie.«

Sie winkte sie zu sich. »Willkommen in meiner bescheidenen Behausung. Ich habe mich im Chapel Cottage eingerichtet. Ich werde Ihnen einen Tee machen, und dann können Sie mir erzählen, wofür Sie meine Hilfe benötigen, obwohl ich mir wirklich nicht vorstellen kann, was das sein sollte.«

Emily und ihre Schwestern folgten der Frau ohne Schuhe und Strümpfe durch das hohe Gras zu dem niedlichen kleinen Cottage, um dessen Tür sich wilde Rosen rankten, und Emily vermutete, dass ihre Schwestern genau dasselbe dachten und empfanden wie sie selbst: helles Erstaunen darüber, dass eine so unabhängige Existenz erreichbar war für eine Frau. Sie hatten den Beweis dafür gefunden, dass es unter den richtigen Bedingungen jedem möglich war, frei zu entscheiden, wie er sein Leben leben wollte.

Isabelle schenkte Tee in unterschiedliche Tassen, während Anne von einem unfertigen Bild zum nächsten ging.

»Die sind wunderschön«, sagte sie entzückt über die Schulter hinweg. »Ich bin natürlich keine Kunstkritikerin, aber der Anblick jedes einzelnen erfüllt mich mit Freude und einem Gefühl von Freiheit!«

»Dann sind Sie die beste Kritikerin, die es je gegeben hat.« Isabelle lächelte und reichte Emily eine Tasse ohne Untertasse.

»Sie sind alle so unterschiedlich«, schwärmte Anne weiter. »Sowohl im Stil als auch im Thema. Fast, als stammten sie von unterschiedlichen Künstlern.«

»Ja, wenn Sie sich ein wenig mit Kunst beschäftigt haben, dann wissen Sie, dass man durch Nachahmung viel lernt, und ich will noch sehr viel lernen, darum kopiere ich hauptsächlich von einem Künstler namens Landseer – haben Sie schon mal von ihm gehört?«

Doch Anne war ganz in ein Gemälde vertieft.

»Nun verraten Sie mir mal, liebe Emily, warum drei

Damen wie Sie – noch dazu Schwestern – den weiten Weg hierher gemacht haben, um mit Isabelle Lucas zu reden?«

»Es geht um Ihre Freundin Elizabeth Chester«, sagte Emily. »Sie haben ihr Kunstunterricht gegeben, als sie noch unverheiratet war – Elizabeth Honeychurch.«

»Elizabeth?« Isabelle versteifte sich, ihr Lächeln gefror. »Ja, meine liebe Elizabeth. Ein so entzückendes Mädchen, so voller Leben – zu viel, wie ihr Vater immer fand. Ich habe sie länger nicht gesehen. Und sie hat mir seit Monaten nicht geschrieben, obwohl ich ihr immer weiter Briefe schicke. In der Zwischenzeit hatte ich mir Sorgen um sie gemacht, dann aber angenommen, dass ihre Ehe und ihr Baby sie zeitlich sehr beanspruchen. Ich gehe davon aus, dass sie sich irgendwann wieder melden wird, wie immer. Geht es ihr etwa nicht gut?«

»Das wissen wir nicht.« Emily sah ihre Schwestern an, die sich nun zu ihnen auf verschiedenartige Stühle setzten. »Aber wir haben Ihnen etwas zu erzählen, das Sie durchaus belastend finden könnten. Verzeihen Sie bitte.«

»O nein.« Isabelles Lächeln erstarb ganz, sie wurde aschfahl im Gesicht. »Was ist meiner lieben Elizabeth jetzt schon wieder passiert?«

Emily sah keine Veranlassung, irgendetwas zu beschönigen, schließlich wirkte Isabelle Lucas sehr robust – und so erzählte sie ihr die ganze Geschichte von ihrem ersten Besuch auf Chester Grange bis zu ihrer Begegnung mit Kitty, die ihnen verraten hatte, wo Isabelle sich aufhielt. Und obwohl Isabelle ihr sehr gespannt lauschte, war Emily am Ende mehr als enttäuscht.

Sie war sich so sicher gewesen, dass Isabelle Lucas den Schlüssel zu der ganzen rätselhaften Angelegenheit liefern würde, dass Elizabeth sich womöglich sogar ebenfalls hier in Wycoller versteckte. Doch Isabelles Reaktionen, ihr entsetzter Gesichtsausdruck, gaben Emily keinerlei Anlass zu glauben, dass sie irgendetwas vor ihnen verbarg. Sie hatte nur mehr und mehr Angst um ihre Freundin.

»Und darum«, sagte Emily, »folgten wir Matties Vorschlag, in Hebden Bridge nach Ihnen zu suchen, und dann Kittys Hinweis, hierher zu fahren. Haben Sie eine Erklärung dafür, wie die von Elizabeth adressierten Briefe von Hebden Bridge an sie selbst abgeschickt werden konnten?«

Emily reichte Isabelle den Brief und den leeren Umschlag, Isabelle schlug beim Anblick der Handschrift ihrer Freundin die Hand vor den Mund.

»Tut mir leid, aber es ist schon so lange her, dass ich ihre Schrift gesehen habe.« Sie sammelte sich einen Augenblick, wickelte sich eine Strähne ihrer dunklen Haare um das Handgelenk und steckte sie sich mit einem Bleistift am Kopf fest.

»Ich ... Ich bin auch nicht sicher ...« Sie biss sich auf die Lippe, die Sorge um Elizabeth stand ihr ins Gesicht geschrieben, ihre Hand zitterte. »Aber ... aber damals, als ich Elizabeth unterrichtete, war ihr Vater sehr streng, was in seinen Augen gute Manieren anging, und er sorgte dafür, dass sie jede Woche Briefe an ihre Großmutter mütterlicherseits sowie an einige reiche Tanten schrieb. Er hoffte, sie würden sie in ihren Testamenten bedenken. Aber Elizabeth hat das gehasst – sie sagte, in jedem Brief stünde dasselbe, da sich in ihrem Leben ja nichts ereignete, das berichtenswert gewesen wäre. Darum schrieb sie die Briefe auf Vorrat, immer für einen ganzen Monat, sie unterschieden sich kaum voneinander. Sie datierte die Briefe auf den Tag, an dem sie aufgegeben werden sollten, und vertraute sie mir zu diesem Zweck an. Ihr Vater hat diese Taktik nie durchschaut, und sie hatte eine solche Freude daran, ihn derart zu übertölpeln und sich gleichzeitig jede Woche eine Stunde zu erschleichen, in der sie tun und lassen konnte, was sie wollte. Was sie dann allerdings in dieser Stunde tat, ist eine ganz andere Angelegenheit ... Vielleicht ist sie nach ihrer Eheschließung mit den Briefen an ihre Eltern ähnlich verfahren. Ich kann mich erinnern, dass sie mir in einem ihrer letzten Briefe schrieb, jeder Tag sei wie der andere und dass lediglich die Kinder ein bisschen Abwechslung brachten. «

»Aber hätte sie denn ihrer eigenen Mutter einen solchen vorgefertigten Brief geschrieben? Selbst wenn sie Angst hatte und durcheinander war?«, fragte Emily. »Hätte sie sich selbst Briefe aus Hebden Bridge geschickt?«

»Vielleicht.« Ratlos schüttelte Isabelle den Kopf. »Elizabeth ist eine komplexe Persönlichkeit, gleichermaßen stark wie schwach, gleichermaßen entschlossen wie zaudernd. Ich weiß, dass es Elizabeth sehr wichtig war, nicht zu weinen, wenn ihr Vater sie züchtigte – und das tat er sehr häufig. Sie wollte auf keinen Fall Schwäche zeigen. Und sie begehrte unmerklich auf, rebellierte still.« Isabelles Lippen formten sich zu einem Lächeln. »Wir nannten einander oft ›Rebel‹, das war fast so etwas wie ein Kosename zwischen uns, und wir waren wie Schwestern – nicht wie Lehrerin und Schülerin. Sie erzählte mir oft von den kleinen Witzen und Geheimnissen, die sie in die Briefe einbaute und die niemand außer ihr – und manchmal mir – verstand.«

»Oder ihre Mutter«, sagte Charlotte. »Weißt du noch, Anne, Mrs Honeychurch hat uns doch erzählt, sie hätte das Gefühl gehabt, Elizabeth habe ihr eine geheime Botschaft geschickt, als sie vom Lavendel schrieb. Sie mutmaßte, das sei eine Bitte gewesen, zu kommen und sie zu retten.«

»Ja, das weiß ich noch«, sagte Anne. »Die arme Elizabeth – aber hätte sie Ihnen, Ihrer Freundin und Vertrauten, denn nicht die Wahrheit über ihre Ehe erzählt? Frederick Walters sagte, sie seien sich sehr verbunden.«

»Sie haben mit Freddie gesprochen?« Das schien Isabelle

zu überraschen.« Sie sind wirklich sehr, sehr gute Ermittlerinnen. Und ich vermute, er hat Ihnen von der seltsamen Situation erzählt, in die Mr Honeychurch ihn gedrängt hat.«

»Das hat er, und wir können es kaum fassen« – Emily nickte – »dass das Gerücht von dieser Affäre ein geringeres Übel sein sollte als das von einer anderen.«

»O weh.« Isabelle wandte sich kurz ab, und die Schwestern warteten, bis ihre Schultern nicht mehr bebten und ihr Atem sich wieder beruhigte. »Ich fürchte, ich wäre so ziemlich die Letzte, der Elizabeth die Wahrheit über ihre Ehe anvertrauen würde. Ich hatte nämlich nichts unversucht gelassen, um sie von der Heirat mit Robert Chester abzubringen. Ich hatte so einiges über ihn gehört, und ich wusste, dass Elizabeth unverheiratet glücklicher sein würde.«

»Ach ja?« Anne neigte sich nach vorn. »Und das glauben Sie, weil Sie selbst unverheiratet sind?«

»Zum Teil«, sagte Isabelle. »Ich führe ein selbstbestimmtes Leben, und das ist mir lieber als jeder Ehemann. Aber auch, weil ich fand, dass Lizzie ein Mensch mit Potenzial ist, dass sie für Größeres bestimmt ist als dafür, ihr Leben als Ehefrau zu fristen. Aber Elizabeth sah das anders.« Isabelle erhob sich, ging zu einem Zeichenschrank und legte nachdenklich ihre Hände darauf, bevor sie wohlüberlegt antwortete. »Sie müssen wissen, dass Elizabeth vorher schon einmal verliebt gewesen war – sie wusste, wie sich das anfühlte, sich nacheinander zu verzehren, und sie wollte das noch einmal erleben. Chesters Werben um sie weckte in ihr die Hoffnung, dass sie vielleicht wieder so lieben könnte, dass ihre Ehe eine unendliche, große, leidenschaftliche Affäre werden würde. Ich habe alles versucht, aber ich konnte ihr das nicht ausreden. Sie war wild entschlossen. Elizabeth hätte mir gegenüber niemals eingestanden, dass sie unglücklich war, sie hätte niemals zugegeben, dass ich recht hatte.«

Eine Weile war nichts anderes zu hören als das leise Klirren von Porzellan und das Zwitschern der Vögel vor dem offenen Fenster. Je mehr sie über Elizabeth Chester erfuhren, desto weniger verstand Emily sie – oder den Menschen an sich. Was trieb einen Menschen an, sich sehenden Auges für einen Weg zu entscheiden, der in die Zerstörung führte? Blinder Optimismus? Oder etwas anderes, vielleicht das Bedürfnis zu leiden, um für eine geheime Sünde zu büßen?

»Mama«, sagte eine Kinderstimme, und Emily erschrak, als ein kleines Mädchen hinter Isabelle auftauchte. »Wer sind die Leute?«

»Das sind die Misses Brontë, Liebes«, flüsterte Isabelle der etwa Fünfjährigen zu. »Freundinnen von deiner Mama. Misses Brontë, das ist Celeste, meine Tochter.«

»Schönen guten Tag, Miss Celeste.« Anne lächelte sie an. »Meine Schwestern und ich sind hocherfreut, dich kennenzulernen.«

»Sag schön Guten Tag, wie ich es dir beigebracht habe, Liebes«, forderte Isabelle das kleine Mädchen auf, das daraufhin etwas wackelig knickste. Emily fand das ziemlich bezaubernd. »Schon fertig mit deinem Mittagsschlaf? Möchtest du jetzt ein bisschen Milch und Brot mit Marmelade?«

»Ja, Mama«, sagte die Kleine und sah Emily durch ihr wuscheliges dunkles Haar aus einem samtbraunen Auge an. Emily fielen die hohen Wangenknochen auf, sie fand, Celeste war ein sehr hübsches Kind. Ihr Vater musste ein ausgesprochen attraktiver Mann sein, denn ihrer Mutter ähnelte sie überhaupt nicht.

»Dann setz dich einen Moment auf meinen Schoß, und lass dich von mir knuddeln, mein Schatz.« Isabelle lachte und bedeckte das Gesicht ihrer Tochter mit Küssen, doch ihre Freude ebbte ab, als sie das Kind fest an sich drückte, eng umschlungen, als hätte sie Angst, sie loszulassen.

»Celeste. Was für ein hübscher Name«, sagte Anne und lächelte das scheue Kind an. »Genau richtig für so ein hübsches Mädchen.«

»Celeste« – Isabelle küsste ihre Tochter auf beide Wangen – »geh doch schon mal in die Küche, um die Marmelade und frisches Brot zu holen, ich komme gleich nach.«

»Mach ich, Mama«, sagte Celeste und warf einen letzten, ausgiebigen Blick auf die drei fremden Frauen, bevor sie Richtung Küche verschwand.

»Was für ein entzückendes Kind«, sagte Anne. »Es tut mir sehr leid für Sie, dass Sie Ihren Ehemann verloren haben.«

»Ihnen muss gar nichts leidtun.« Isabelle lächelte. »Ich war nämlich nie verheiratet.«

Kapitel 39

Emily

»Ich ... Oh.« Anne lief rot an und war plötzlich außerordentlich fasziniert von den Nähten an ihren Manschetten.

»Celestes Vater.« Es war Emily, die das Schweigen brach, sie konnte ihre Neugier nicht zügeln. Sie versuchte den folgenden Satz so sensibel, wie es ihr möglich war, zu formulieren. »Er muss ein ausgesprochen attraktiver junger Mann gewesen sein.«

»Fürwahr«, sagte Isabel und fügte trocken hinzu: »Sehr scharf beobachtet. Er war in Übersee geboren, Eltern unbekannt. Als kleiner Junge arbeitete er auf einem Schiff, das war ein hartes, grausames Leben. Aber dank seiner Intelligenz und seines Fleißes konnte er sich zum Steuermann hocharbeiten, und so landete er eines Tages in Liverpool und dann in Leeds, wo er für seinen Herrn Geschäfte erledigte.« Isabelle lächelte leise, öffnete schließlich die oberste Schublade des Zeichenschranks und zog die Skizze eines Porträts hervor.

»Das ist George«, sagte sie und betrachtete das Werk eingehend, bevor sie es für die Schwestern hochhielt. George war in der Tat ungewöhnlich gut aussehend, und der Künstler hatte in seinen Augen ein Licht eingefangen, das auch von einem sanften Gemüt zeugte.

»Wie haben Sie ihn kennengelernt?«, fragte Charlotte atemlos.

» Elizabeth und ich haben Mr Honeychurchs Mühle eines Nachmittags einen Besuch abgestattet, und da war er, um mit Lizzies Vater Geschäfte zu machen. Es hat sofort geknistert zwischen den beiden. «

» Zwischen den beiden?«, fragte Emily.

» Sie scheinen mir ein paar hochanständige Frauen zu sein, Misses Brontë«, sagte sie und kehrte zu ihnen zurück. » Darum werde ich Ihnen jetzt ein Geheimnis anvertrauen, das Sie niemals weitererzählen dürfen, da es mir im Grunde nicht zusteht, es Ihnen zu verraten. «

» Wir schwören«, sagte Emily sofort und sah ihre Schwestern an, die beide nickten.

» Der Skandal, den Honeychurch mithilfe von Frederick vertuschen wollte, war der, dass seine Tochter sich mit einem unehelichen Steuermann eingelassen hatte, mit einem Mann ohne Stammbaum, der aussah, als käme er aus einer sehr entlegenen Ecke der Welt. Das war alles. Dass Lizzie ihn von ganzem Herzen liebte und er ihre Liebe erwiderte, interessierte ihren Vater nicht. Ich beobachtete das Ganze eine Weile mit großem Staunen – ich begann daran zu glauben, dass Liebe alles überwinden kann. « Sie seufzte schwer und drückte sich das Porträt an die Brust. » Sie wollten zusammen durchbrennen, wollten irgendwohin weit weg, wo sie glücklich sein konnten. Sie waren beide so jung, so naiv, sie dachten, sie könnten ihren Traum wirklich wahr machen, und ich hoffte es so sehr für sie. Doch bevor sie ihre Pläne wahr machen konnten, wurde die Liaison ruchbar – und nicht nur das. Ich erkannte schon bald, dass Lizzie in anderen Umständen war. Ich half ihr, das vor ihrer Mutter zu verbergen. Und ich unterstützte ihren Vater in seinen Plänen, sie für eine Weile verschwinden zu lassen. «

» Au wei«, flüsterte Charlotte. » O weh, o weh. «

» Der liebe George – der liebe, tapfere George – hätte das

Weite suchen sollen. Genau darum bat Lizzie ihn auch, aber er weigerte sich. Stattdessen suchte er Mr Honeychurch auf und hielt um Elizabeths Hand an. Ich weiß nicht, was geredet wurde und was als Nächstes passierte, ich weiß nur, dass er zwei Tage später tot im Kanal gefunden wurde. Die Ursache seines Ertrinkens wurde nie festgestellt.«

»Gütiger Gott«, flüsterte Anne. »Der arme George. Die arme Lizzie.«

»Elizabeth war gebrochen.« Isabelle schüttelte den Kopf, Tränen rannen ihr über die blassen Wangen. »Ich dachte, sie überlebt das nicht, und vielleicht wäre sie auch gestorben, wenn Celeste nicht gewesen wäre. Elizabeth war fest entschlossen, Georges Kind zur Welt zu bringen. Ihre Eltern verbreiteten, sie hätten ihre Tochter auf ein Internat geschickt, und vernebelten die Wahrheit durch Gerüchte um eine Affäre mit Frederick. Die Wahrheit war, dass Lizzie und ich hierherkamen, nach Wycoller, in dieses Haus, wo wir zu zweit die Zeit bis zu ihrer Niederkunft verbrachten. Sie gebar ihre Tochter, und sie liebte sie sehr, sie wollte sie gerne als ihr eigenes Kind großziehen, doch ihr Vater wollte davon nichts hören, er drohte ihr mit der Irrenanstalt, wenn sie sich nicht von dem Kind trennte. Und ich wusste, er würde seine Drohung wahr machen, denn er gehört zu der allerschlimmsten Sorte Mann, er glaubt sich selbst immer im Recht, hält sich selbst und sein Handeln für gerecht, ganz gleich, welche Gräueltaten er begeht. Elizabeth war so verzweifelt, sie wollte sich auf keinen Fall von ihrem Kind trennen und bat mich, ihr zu helfen, mich des Mädchens anzunehmen, sie als meine Tochter großzuziehen und ihr selbst zu erlauben, sie jederzeit zu besuchen. Ich versprach ihr, dass Celeste eines Tages die Wahrheit über ihre richtige Mutter erfahren würde – darüber, dass sie im Grunde zwei Mütter hat. Die ganze Sache war nicht perfekt, aber Elizabeth kam zu Besuch und schrieb regelmäßig bis kurz nach ihrer Hochzeit mit Chester. Ich habe nie verstanden, warum Elizabeth mir plötzlich nicht mehr schrieb, denn bis zu ihrem letzten Besuch erkundigte sie sich immer nach Celeste, ja, bei ihrem letzten Besuch erzählte sie mir sogar, ihr innigster Wunsch sei, alle drei Kinder unter einem Dach bei sich zu haben, und mich dazu. Doch dann hörte sie auf zu schreiben und beantwortete meine Briefe nicht mehr ... Ich wartete auf ihren nächsten Besuch. Ich hätte nie gedacht, dass sie nicht wiederkommen würde. «

» Wenn sie so unglücklich war und auf Chester Grange in Furcht lebte, dann wollte sie Sie und Celeste vielleicht nur schützen «, überlegte Emily laut. » Vielleicht wollte sie Sie vor dem Übel dort bewahren. Ganz sicher wäre Chester außer sich gewesen vor Wut, wenn er herausgefunden hätte, dass sie bereits ein Kind hat. «

» Mag sein «, sagte Isabelle traurig. » Eins kann ich Ihnen mit Sicherheit über Elizabeth verraten: Ihre Kinder sind ihr Ein und Alles – ihre eigenen genauso wie ihr Stiefsohn. Und ich versichere Ihnen, dass sie sie niemals bewusst zurücklassen würde, nicht, solange noch ein Funken Leben in ihr steckt. Wie jede Mutter würde sie bis zum Letzten um ihre Kinder kämpfen, auf Leben und Tod. So gut kenne ich meine Freundin. Ihre Kinder bedeuten ihr alles. Was auch immer sie tat, sie tat es für sie. «

Emily überraschte sich selbst, indem sie die Hand auf die der Künstlerin legte und mit ihr gemeinsam um die Frau trauerte, die binnen so kurzer Zeit so viel durchgemacht und sich dann in Luft aufgelöst hatte. Vielleicht war das der Preis dafür, richtig gelebt zu haben? Vielleicht war der Preis immer der Tod.

» Ich hatte so sehr gehofft, sie hier zu finden «, sagte Emily und konnte Elizabeths Abwesenheit förmlich spüren. » Ich war vollkommen überzeugt davon, dass Sie sich gemeinsam mit ihr hier versteckten, dass sie in Sicherheit war und wir ihr helfen könnten. Aber jetzt weiß ich überhaupt nicht, wie es weitergehen soll.«

»Wir haben immer noch den anderen Brief«, sagte Charlotte. »Den, der von Hebden Bridge aus abgeschickt wurde. Der uns auf Sie, Isabelle, gebracht hat. Ich habe das Gefühl, dass er von noch ungeklärter Bedeutung ist.«

»Vielleicht war sie nach Hebden Bridge gekommen, um mich zu besuchen, und Kitty hat ihr nicht verraten, wo ich war, obwohl sie natürlich wusste, dass ich hier war, aber ich kann mir auch nicht vorstellen, warum Lizzie dort einen Brief an ihre eigene Adresse aufgeben sollte«, erklärte Isabelle unglücklich. »Lieber Gott, wenn ich daran denke, dass ich ihr vielleicht hätte helfen können und sie im Stich gelassen habe ...«

»Mama.« Celeste tauchte wieder auf, an den Wangen Marmelade, in den Händen ein Teller mit dick beschmierten Broten. »Nicht traurig sein, Mama. Du kannst mein Abendessen haben, wenn du willst.«

»Darüber sollten Sie sich keine Gedanken machen«, versuchte Emily sie zu beruhigen. »Wie auch immer der Umschlag es in die Post geschafft hat, sie selbst hat ihn nicht aufgegeben – sie lag nämlich den ganzen Tag vor ihrem Verschwinden krank im Bett. Dafür gibt es eine Zeugin.«

»Eine Zeugin.« Isabelle nickte. »Mein Leben ist nicht das konventionellste, und vielleicht bin ich des Lebens ein wenig mehr überdrüssig und etwas realistischer als Damen wie Sie. Der Mensch ist fehlbar und schwach. Und wenn die Aussage einer einzigen Zeugin der Lösung des Rätsels entgegensteht, dann sollten Sie vielleicht in Erwägung ziehen, dass diese Zeugin lügt.«

Emily drehte sich zu Charlotte um. Sie sahen sich an.

Die Antwort war natürlich Nein. Nein, weil die Zeugin

jemand war, den sie zu kennen glaubten, weil die Zeugin der Mensch war, aufgrund dessen sie sich überhaupt auf diese abenteuerliche Ermittlung eingelassen hatten.

Hatte Matilda French sie die ganze Zeit an der Nase herumgeführt?

Kapitel 40

Anne

» Gibt es etwas Neues? « Die Schwestern kehrten um kurz vor drei Uhr nachmittags zum Pfarrhaus von Haworth zurück, und Mattie erwartete sie bereits an der Haustür, Branwell direkt hinter sich.

Anne war froh, ihren Bruder nach seinem Abenteuer der letzten Nacht anständig angezogen und allem Anschein nach nüchtern zu sehen, aber ihre Gedanken kreisten um alles, was sie rund um ihre Begegnung mit Isabelle Lucas gesehen und erfahren hatten, sodass ihre Freude darüber, Branwell so munter zu sehen, von den Fragen überschattet wurde, die sie Mattie nun würden stellen müssen.

» Papa macht sich aufgrund von Miss Frenchs Ankunft und eurer neuerlichen Abwesenheit sehr große Sorgen, und er hat mich darum gebeten, ein Auge auf euch alle zu haben «, erklärte Branwell, als die Schwestern das Haus betraten, ihre Hauben ablegten und sich den Straßenstaub von den langen Röcken klopften. » Er hat mich gebeten, euch ab sofort überallhin zu begleiten, bis dieses ewige Hin und Her ein Ende hat. « Branwell lächelte. » Ich bin jetzt euer Anführer, liebe Schwestern. «

» Selbstverständlich bist du das «, sagte Charlotte. » Und darum setzt du die gute Arbeit der letzten beiden Tage am besten fort und bleibst anständig, Anführer Branwell, wenn du uns von Nutzen sein möchtest. «

» Ich glaube, das Schiff namens *Anständig* hat längst abgelegt «, sagte Emily und küsste Branwell im Vorbeigehen auf die Wange. » Aber vielleicht kommt ihre kleine Schwester *Nüchtern* ja sicher in den Hafen, Bruderherz. «

» Ich werde euch zum Sieg führen. « Branwell schlug die Hacken zusammen und verneigte sich, was Matilda gleichermaßen erröten und lächeln ließ. » Und zwar, sobald ihr mir gesagt habt, wohin es gehen soll. « Er war so ein liebenswerter Narr, dachte Anne und unterdrückte ein Lächeln.

Der Nachhauseweg war lang und heiß gewesen, weil sie alle müde und enttäuscht waren. Emily war sich so sicher gewesen, Elizabeth zusammen mit Isabelle in Wycoller zu finden, und dass dies nicht der Fall gewesen war, hatte ihr Vertrauen in ihre eigenen ermittlerischen Fähigkeiten einigermaßen erschüttert. *Was, wenn nicht jedes Rätsel gelöst werden konnte?*, hatte Emily gefragt, als sie alle mit geneigten Häuptern durch die Landschaft gestapft waren. *Was, wenn das Universum manchmal einen Menschen einfach so verschluckte und nie wieder preisgab?* Sie alle fanden diese Vorstellung mehr als erschreckend, Anne sogar ein wenig verlockend. Denn Anne hatte heute unerwarteterweise noch etwas anderes erfahren – etwas, das sie nie für möglich gehalten hätte, bis sie Isabelle Lucas begegnete, und das sie umso erfrischender fand: die Vorstellung, dass ihr Leben ohne einen Ehemann ein reicheres und freieres sein könnte. Bisher hatte sie sich eine Zukunft immer nur entweder als Ehefrau oder als vertrocknete Jungfer ausmalen können. Der Gedanke, dass ein Leben allein ein gutes Leben sein konnte ... Nein, diese beste Version des Lebens, das sie ohnehin bereits führte, war ihr nie in den Sinn gekommen, und irgendwie fand sie die Vorstellung tröstlich und aufregend zugleich, ihr Horizont erweiterte sich plötzlich in Richtungen, von denen sie früher nicht einmal zu träumen gewagt hatte.

»Martha, wo ist Tabby?«, fragte Charlotte.

»Macht ein Nickerchen neben dem Herd, Miss«, sagte Martha. »Sie war schrecklich müde heute, da hab ich ihr gesagt, sie soll die Beine hochlegen, ich kümmere mich um alles. Soll ich sie wecken?«

»Nein, lass sie schlafen, Martha«, sagte Charlotte. »Würdest du uns bitte etwas Tee bringen?« Martha nickte sofort.

Emily folgte Matilda ins Esszimmer, der kleine Raum war mit fünf Personen schnell voll und warm. Anne und Matilda setzten sich auf je einen Stuhl, Branwell blieb in der Ecke bei der Tür stehen wie einer seiner alten Spielzeugsoldaten, Charlotte positionierte sich am Fenster, und Emily stand irgendwo zwischen den beiden.

»Was habt ihr bei Miss Lucas in Erfahrung bringen können?«, fragte Mattie. »Weiß sie, was passiert ist?«

»Sie hat uns sehr viel Hilfreiches darüber erzählt, was für ein Mensch Elizabeth war … ist – aber nichts dazu, wo sie sich jetzt aufhalten könnte.«

»Oje.« Mattie machte ein sorgenvolles Gesicht. »Dann müssen wir also sofort zurück nach Chester Grange, die Polizei rufen und die Kinder so schnell wie möglich dort wegholen. Ich habe kein Auge zugetan vor lauter Sorge um sie.«

»Fürwahr«, sagte Anne und sah Charlotte in die Augen. Ihre Schwester nickte, und Emily tat es ihr nach.

»Mattie« – Anne neigte sich der jungen Frau etwas weiter zu und sprach sehr sanft und leise – »du hast gesagt, Elizabeth Chester befand sich den ganzen Tag im Bett, bevor sie verschwand?«

»Ja, das ist richtig.« Mattie nickte. »Sie hat ihre Kammer kein einziges Mal verlassen.«

»Aber uns liegt das hier vor.« Anne zog den Umschlag hervor und reichte ihn Matilda. »Ein Brief, in Elizabeths Handschrift an sie selbst adressiert. Und wenn man dem

Poststempel Glauben schenken darf, wurde er am Tag vor ihrem Verschwinden in Hebden Bridge aufgegeben – an dem Tag, an dem sie im Bett lag. An ihre eigene Adresse. Das ergibt doch keinen Sinn, Mattie, oder?«

»Ich ... ich weiß auch nicht.« Mattie betrachtete die Handschrift. »Glaubt ihr, dass das wichtig ist?«

»Es ist wichtig, wenn du uns angelogen hast, Mattie«, sagte Emily. »Wenn du die Wahrheit vor uns verborgen hast, dann ist es *sehr* wichtig. Wir haben diesen Umschlag, einen Hinweis darauf, dass Elizabeth Chester an dem Tag, den sie laut dir im Bett verbracht hat, an dem du ihr Tee und Suppe gebracht hast, in Hebden Bridge gewesen ist. Hast du uns angelogen, Mattie? Um uns zu verwirren? Hast du uns angelogen, was Elizabeth Chesters Aufenthaltsort an dem Tag anging?«

»Nein, das habe ich nicht!«, setzte Mattie sich eifrig zur Wehr. »Ich habe nicht gelogen, denn ich habe euch nicht erzählt, dass ich ihr Tee und Suppe *gebracht* habe. Ich habe euch erzählt, dass ich ihr Tee und Suppe *gemacht* habe, und das ist wahr! Aber ich habe ihr weder das eine noch das andere gebracht. Das war Mrs Crawley. Sie hat an dem Tag darauf bestanden, ihr jede Mahlzeit zu bringen. Sie hat gesagt, Mrs Chester könne außer ihr niemanden empfangen.«

»Mattie, wenn du uns irgendetwas verschweigst ...«, drängte Anne.

»Anne, bitte.« Branwell brachte sich und seine Anwesenheit in Erinnerung. »Vergiss nicht, dass Matilda nicht die Verdächtige ist, sondern eine junge Dame und eure Freundin. Mäßige dich doch bitte. Es schickt sich nicht, sie so anzugehen.«

Anne presste die Lippen aufeinander. Dass ausgerechnet ihr Bruder ihr etwas von gutem Ton erzählen wollte! Dennoch sah sie ein, dass er womöglich recht hatte.

»Ich meine«, sagte Mattie zögernd und nahm den Brief zur Hand, »Mrs Chester schrieb ja immer ihre Absendeadresse auf ihre Briefe. Vielleicht hatte sie diesen nach Hebden Bridge geschickt, und er war zufällig an dem Tag von dort an sie zurückgegangen?«

»Zufällig?« Anne sah ihre Schwestern an. »Du meinst, das hier ist vielleicht gar kein Hinweis?«

»Oder vielleicht doch.« Matilda wollte ihre Freundinnen milde stimmen. »Oder... oder vielleicht ist das einfach nur ein Brief. Aber selbst dann, selbst wenn er an Mrs Chester zurückgeschickt wurde, wie ist er dann im Arbeitszimmer ihres Mannes gelandet? Wurde er abgefangen? Und wenn gewisse Geheimnisse darin standen...«

»Wenn.« Emily schlug mit beiden Handflächen auf den Tisch, dass die Stifte, die sie dort liegen lassen hatten, klapperten und rollten. »Wenn! Keine von uns hat sich auch nur einen Gedanken gemacht, ob es vielleicht eine ganz einfache Erklärung für diesen Brief geben könnte. Nur weil wir ihn gefunden haben, dachten wir, er müsse von Bedeutung sein. Was sind wir doch für erbärmliche Ermittlerinnen, wenn wir Wichtiges nicht von Unwichtigem unterscheiden können und die Zeit damit verschwenden, einem Phantom nachzujagen.«

»Wir haben überhaupt keine Zeit verschwendet«, sagte Anne. »Der Brief hat uns zu Isabelle Lucas geführt. Er hat uns zu so viel mehr Informationen über die wahre Elizabeth geführt, und ich bin mir sicher, jetzt wird er uns auch Schritt für Schritt der Antwort näher bringen, was das alles mit dem Rätsel zu tun hat. Nicht alles, was wir finden, kann ein entscheidender Hinweis sein, der uns der Lösung näher bringt. Wenn wir das alles verstehen wollen, müssen wir alles zusammentragen, was wir haben, ob es uns zunächst wichtig erscheint oder nicht, genau wie dein Stein, Emily.«

Emily ließ sich auf einen Stuhl plumpsen und nahm Charlottes Hand, als ihre Schwester sich hinter sie stellte.

»Aber während wir aus unseren Fehlern lernen«, sagte Emily, »steht das Leben einer Frau auf dem Spiel.«

»Mir kommt da gerade ein Gedanke – eine Theorie, die mir nicht in den Sinn gekommen wäre, wenn wir Mattie nicht zu alldem befragt hätten«, sagte Anne. »Wir sind die ganze Zeit davon ausgegangen, dass Elizabeth in der Nacht verschwunden ist, aber wenn sie den ganzen vorausgegangenen Tag in ihrer Kammer verbrachte und die einzige Augenzeugin dafür Mrs Crawley war, dann wäre es doch möglich, dass das, was passiert ist, bereits am helllichten Tag stattfand. Und das könnte erklären, warum nachts niemand die Hunde bellen hörte, warum es keine Hinweise darauf gab, dass ihre Kammer betreten oder verlassen wurde. Weil ihre Entführung längst stattgefunden hatte und alles andere, wie Emily sagt, nur inszeniert war.« Anne zögerte und strengte sich an, ihren neuen Gedanken ernsthaft zu vertreten. »Ich habe keine Beweise dafür, dass es so war, aber es ist eine mögliche Theorie.«

»Dass Mrs Crawley Chester dabei geholfen hat, seiner Frau etwas anzutun?«, fragte Emily. »Aber wir glauben doch schon nicht mehr daran, dass Chester überhaupt der Täter ist.«

»Ich fürchte, Emily hat recht, Anne«, sagte Charlotte. »Mir fällt kein einziger Grund ein, weshalb Mrs Crawley über Elizabeths Verbleib kurz vor ihrem Verschwinden gelogen haben sollte, wenn Chester nicht der Übeltäter ist.«

»Es sei denn …«, sagte Emily nachdenklich und brachte Anne damit zum Lächeln. Emily war immer so lustig anzusehen, wenn ihr eine Idee kam. Emily wandte sich Matilda zu, die ein klein wenig erschrak. »Sag mal, Mattie, ist mit den Kindern irgendetwas anders als mit anderen Kindern?«

Mattie sah sie verwirrt an.

»Sie sind in jeder Hinsicht ganz und gar bezaubernd«, sagte sie.

»Ich möchte sie nicht beleidigen«, sagte Emily, »ich versuche nur herauszufinden, was auf Chester Grange vor sich geht. Haben die Kinder irgendwelche *körperlichen* Besonderheiten?«

Mattie runzelte die Stirn und zwirbelte eins von Branwells Taschentüchern zwischen ihren Händen.

»Ich liebe ihn deshalb nicht weniger, aber Mr Chester hat mir erzählt, dass ich niemandem jemals Archies Füße zeigen dürfte«, wand Mattie sich. »Und er selbst hat auch sehr kleine, feine Füße. Doch Chester schämt sich ihrer, weil zwischen den Zehen Haut ist, sehr dicke Haut sogar, aber die Ärzte sagen, dass es ihn in keiner Weise beeinträchtigen wird, ein normales Leben zu führen. Darum verstehe ich nicht, wieso das überhaupt von irgendeiner Bedeutung ist.«

»Oh, das ist sogar von sehr großer Bedeutung.« Triumphierend erhob Emily sich von ihrem Stuhl. »Und es bringt uns einen großen Schritt weiter, Schwestern, Bruder, Matilda. Wir wissen mehr als zuvor.«

»Aber was wissen wir mehr als zuvor?«, bohrte Anne nach, fasziniert von Emilys erleuchtetem Blick.

»In der Nacht, als ich auf Chester Grange war, sah ich Mrs Crawley in ihrem Nachthemd durchs Haus streifen, um ein Auge auf Mr Chester zu haben. Sie trug ausnahmsweise einmal nicht diese merkwürdigen Handschuhe, und als sie die Tür zur Bibliothek öffnete, sah ich ihre unverhüllten Hände: mit Häuten zwischen den Fingern.«

»Wie an Archies Füßen?«, fragte Anne. »Heißt das, es handelt sich um eine ansteckende Krankheit?«

»Ganz und gar nicht«, verkündete Emily. »Nachdem ich Mrs Crawleys Hände gesehen hatte, stellte ich mir aber dieselbe Frage und schlug in Papas Medizin-Lexikon nach. Es handelt sich um eine Erbkrankheit.«

»Und das heißt...« Mit geweiteten Augen sah Charlotte erst zu Anne und dann wieder zu Emily. »Das heißt, entweder haben wir es mit einem sehr großen Zufall zu tun, oder Mrs Crawley ist irgendwie mit Archie blutsverwandt.«

»Ich vermute, sie ist seine Großmutter.« Emily nickte. »Ich weiß zwar noch nicht, wie genau das zusammenhängt, aber ich vermute, dass sie Chesters leibliche Mutter ist. Und was hat Isabelle gesagt? Was würde eine Mutter für ihr Kind tun?«

»Kämpfen«, sagte Charlotte und nickte ernst. »Bis zum Letzten. Auf Leben und auf Tod.«

Kapitel 41

Charlotte

Die Kutsche setzte sie etwa eine Meile von Chester Grange entfernt ab. Charlotte bezahlte den Kutscher dafür, auf sie zu warten, und fragte sich erst dann, wie klug es wohl war, sich dem Haus mit einem Trupp von fünf Leuten zu nähern. Im Gegensatz zu Emily, die heimlich des Nachts im Dunkeln hier gewesen war, waren sie nun in der Abenddämmerung unterwegs.

Charlotte ging davon aus, dass ihre Wandergruppe nicht lange unbemerkt bleiben würde. Prüfend ließ sie den Blick über die anderen schweifen und entschied dann, wen sie mitnehmen wollte.

»Mattie.« Sie zog ihre Freundin von Branwell weg, der ihr etwas ins Ohr flüsterte und dessen Hände auch auf heimlicher Mission zu sein schienen. »Du kommst mit mir mit. Und du, Emily. Du hast es schon mal geschafft, die Hunde abzuwehren, und falls sie unsere Witterung aufnehmen, bin ich mir sicher, dass du dich als Köder zur Verfügung stellen wirst. Anne und Branwell, ihr bleibt hier und haltet Wache.«

»Ich soll Wache halten?«, sprudelte es aus Branwell hervor. »Ich dachte, ihr wolltet, dass ich meine männliche Stärke einbringe?«

»Nun.« Charlotte dachte kurz nach. »Sollten wir erwischt werden und Hilfe brauchen, darfst du dazukommen und uns retten.«

» Und wie genau soll ich wissen, wann genau ihr gerettet werden möchtet?«, fragte Branwell.

» Es wird ein Zeichen geben«, sagte Emily überzeugt.

» Was für ein Zeichen?«, wollte Branwell wissen.

» Ich weiß es nicht, aber du wirst es wissen, wenn du es siehst«, erklärte Emily. » Außerdem ist es viel besser, wenn du als Anführer hier draußen bleibst. Stell dir vor, du bist der General auf dem Bergrücken, der die Operationen seiner Truppen beobachtet. Wir führen zwar den Angriff an, aber du bist der intellektuelle Kopf des Feldzugs.«

» Ach, wäre ich doch in den Pub gegangen«, sagte Branwell und lehnte sich an einen Baum.

» Und wieso ich?«, fragte Anne. » Wieso muss ich hierbleiben und auf Branwell aufpassen?«

» Ich muss doch sehr bitten!«, protestierte Branwell und zog einen Flachmann aus der Manteltasche.

» Weil…« Charlotte ging auf, dass es keinen guten Grund gab außer dem, ein Auge auf Branwell zu haben. » Weil du die Jüngste bist. Außerdem versuchen wir, nicht aufzufallen, und je mehr wir sind, desto auffälliger werden wir.«

» Aber… aber…« Anne verschlug es vor Wut kurz die Sprache. Als sie wieder Worte fand, waren diese hitzig. » Ich möchte mal wissen, was mein Alter damit zu tun hat. Ich war es, die zuvor mit Branwell im Haus war, die alles von Chester Grange gesehen und wichtige Hinweise gefunden hat – diverse wichtige Hinweise! Wenn irgendjemand hierbleiben sollte, dann du, Charlotte. Du hast bisher nichts weiter getan, als andere Leute herumzukommandieren und zu verärgern.«

» Da hat sie nicht ganz unrecht«, sagte Emily achselzuckend.

» Ich werde nicht hierbleiben«, protestierte Charlotte. » Und zwar weil… weil ich… jedenfalls bleibe ich nicht hier, und damit basta.«

»Grundgütiger, seid doch so nett, und geht alle, und lasst einen armen Mann in Ruhe trinken, ja?«, bat Branwell. »Charlotte, du bist so klein, dass du ohnehin nur als halbe Person zählst, und Emily ist so ungesellig, dass sie praktisch unsichtbar ist. Und wenn ihr alle beieinander seid, muss ich euch wenigstens nicht reden hören.«

»Sei's drum«, beendete Charlotte verärgert die Diskussion. »Dann komm eben mit. Schließlich haben wir nicht die ganze Nacht Zeit. Und Branwell, bitte versuch wenigstens, nüchtern zu bleiben.«

»Zu spät.« Branwell prostete ihnen mit seinem Flachmann zu, und die Schwestern und Matilda marschierten los.

Natürlich quietschte die Küchentür, als Mattie sie öffnete, das Ächzen der rostigen Angeln klang in der leeren Küche fast wie das Jammern von Geistern. Das Kaminfeuer war beinahe erloschen, etwas Glut glomm noch in der Dunkelheit, und zunächst wirkte alles sehr friedvoll.

Dann hörten sie es: Schreie. Schreie eines Mannes, die durch das Haus hallten. Insgeheim hatte Charlotte vermutet, dass Emily mit ihren schaurigen Beschreibungen von Robert Chesters nächtlichen Aktivitäten auf Chester Grange maßlos übertrieben hatte. Doch jetzt kam es ihr vor, als hätte ihre Schwester noch untertrieben, denn mit jedem heulenden Schrei stellten sich Charlotte die Nackenhaare auf, und sie verspürte den starken Impuls, möglichst weit wegzulaufen.

»Chester«, flüsterte Emily. »Er ist wieder betrunken und quält seine arme verstorbene Frau.«

»Bring uns zuerst zu den Kindern«, flüsterte Charlotte, die ganz und gar nicht darauf erpicht war, sich Chesters Schauspiel aus der Nähe anzusehen. »Sobald sie in Sicherheit sind, suchen wir Mrs Crawley und erzählen ihr alles, was wir herausgefunden haben.«

»Was *ich* herausgefunden habe«, rief Emily ihr in Erinnerung.

»Himmel noch mal, Emily, wir befinden uns inmitten einer höchst gesetzeswidrigen Unternehmung«, sprudelte es aus Charlotte hervor. »Haarspaltereien sind da gerade fehl am Platz.«

»Ich weiß gar nicht, was das ist«, sagte Emily. »Ich weiß aber, dass ich die Sache mit den Häuten an den Füßen herausgefunden habe, also.«

»Hier entlang«, sagte Mattie. »Und vielleicht könntet ihr ein klein wenig leiser sein?«

Chester aus dem Weg zu gehen war kein Problem: Die Tür zur Bibliothek stand dieses Mal weit offen, das Licht des Kaminfeuers fiel in den Flur und tanzte an den Holzvertäfelungen. Dank der zentralen Platzierung der großen Treppe war es zum Glück nicht erforderlich, dass die Eindringlinge sich an Chester vorbeischleichen mussten, und sie gelangten ins Obergeschoss, ohne Zeuginnen der widernatürlichen Handlungen zu werden, die er womöglich vollzog.

Mit angehaltenem Atem schlichen sie alle die Treppe hinauf, setzten einen Fuß so behutsam wie nur möglich vor den anderen und rafften ihre Röcke, damit nicht einmal das Entlangstreifen von Wollstoff an der Wand zu hören war. Auf dem ersten Treppenabsatz wirkte die Eingangshalle immer noch voller Schatten und sehr dunkel bis auf einen schmalen Streifen Licht unter der Tür, von der Anne wusste, dass es die zum Kinderzimmer war.

Matties Füße beschleunigten das Tempo, sie eilte voran, und die Schwestern eilten ihr hinterher.

Im Kinderzimmer schien alles in bester Ordnung zu sein.

Das Feuer knisterte hinter dem Funkengitter, es war warm und behaglich wie immer in dem kleinen Zimmer.

Mattie stürzte zu Francis' Bett, strich ihm das Haar aus dem Gesicht und drehte sich dann zum Gitterbett um.

»Das Baby«, flüsterte sie Anne zu. »Der kleine Archie – er liegt nicht in seinem Bettchen.«

»Weißt du, wo er sein könnte, wenn er nicht hier ist?«, fragt Anne.

»Nein«, schluchzte Mattie schon fast. »Ich habe keine Ahnung.«

In dem Augenblick hörten sie, wie sich nebenan – in Matildas Kammer – etwas bewegte. Anne stürzte zur Tür und riss sie auf.

Mrs Crawley hielt den kleinen Archie auf dem Arm und legte Kinderkleidung in einen kleinen Koffer.

»Was geht hier vor?«, rief Mrs Crawley, als sie die vier weiblichen Augenpaare auf sich gerichtet sah. »Was haben Sie hier zu suchen?«

»Bitte geben Sie mir den Kleinen.« Mit ausgestreckten Armen ging Mattie auf sie zu. Als Archie sie sah, strahlte er und streckte ebenfalls die Arme aus. Draußen nahm der Wind plötzlich zu, rüttelte an den Fenstern und löschte das Feuer im Kamin mit einer einzigen Bö.

»Das werde ich nicht tun«, sagte Mrs Crawley, doch Charlotte bemerkte eine gewisse Unsicherheit und, ja, Angst in ihrer Stimme. »Metze! Sie haben in diesem Haus nichts verloren. Ich habe genau gesehen, wie Sie um meinen Herrn herumgeschlichen sind. Mr Chester wird Sie erschießen, wenn er Sie hier findet, und kein Gericht würde ihn dafür verurteilen.«

»Das ist wohl wahr, dass es ihm sehr gut gelingt, sich der Justiz zu entziehen«, sagte Emily.

Der Wind heulte im Schornstein, und Mrs Crawley drückte das Kind noch enger an sich.

»Wollen Sie verreisen, Mrs Crawley?«, erkundigte Charlotte sich im Plauderton. Mit ihren tadellosen Manieren unternahm sie einen kleinen Versuch, die Spannung im Raum zu lösen. Doch Mrs Crawley wich zurück Richtung Fenster, die einzige noch brennende Kerze flackerte und drohte zu erlöschen. »Wollen Sie weg von hier? Weil Sie wissen, dass niemand vor ihm sicher ist, und Sie die Kinder vor ihm beschützen wollen? Wollen Sie deshalb mit den Kindern von hier weg?«

»Ich habe nichts Derartiges vor.« Mrs Crawley hatte Schwierigkeiten, Archie auf dem Arm zu behalten, der wimmerte und strampelte, weil er zu seiner Mattie wollte. »Aber seit die Madam hier weggelaufen ist, weil Mr Chester ihre Annäherungsversuche abwehrte, bin ich allein mit den Kindern, und darum sortiere ich so spät am Abend noch die Wäsche.«

»Das ist eine abscheuliche Lüge!«, japste Mattie. »Und ich kenne Sie, Mrs Crawley. Ich weiß, dass Sie niemals Wäsche zusammenlegen würden. Bitte geben Sie mir Archie – er ist ja schon ganz durcheinander, bitte.« Doch Mrs Crawley drückte ihn noch fester an sich, wandte sich mit ihm von Mattie ab und näherte sich noch ein Stückchen weiter dem Fenster.

»Ich weiß genau, was für ein Spiel Sie spielen.« Mrs Crawley spuckte die Worte über ihre Schulter hinweg aus. »Ich habe das schon hundertfach beobachtet. Sie glauben, Sie bringen ihn dazu, sich in Sie zu verlieben und Sie zu heiraten, und dann können Sie sich ins gemachte Nest setzen – mit Kindern, Vermögen und allem. Aber da haben Sie sich geschnitten, Miss French. Eine Gouvernante ist nicht gut genug für Mr Chester. Er hat Sie nur benutzt und wollte Sie dann wegwerfen wie alle anderen.«

Matilda bewahrte die Fassung und bewegte sich weitere zwei Schritte auf Mrs Crawley und Archie zu.

»Mag sein, dass das naiv von mir war«, sagte sie leise und mit Tränen in den Augen. »Aber seit einer ganzen Weile schon sorge ich mich nur noch um das Wohlergehen der Kinder. Bitte geben Sie mir Archie – er hat Angst, und kein Baby sollte je Angst haben müssen, Mrs Crawley.«

»Ich werde mich um ihn kümmern«, beharrte Mrs Crawley. »Es wird ihm besser gehen, sobald er sich an mich gewöhnt hat. Kleine Kinder wollen einfach nur lieben und geliebt werden, stimmt's nicht, kleiner Mann?«

Mrs Crawley wandte sich vom inzwischen nachtdunklen Fenster ab und sah sich in der Kammer um. Während Charlotte und Mattie mit ihr sprachen, hatte Emily leise die Tür zum Kinderzimmer geschlossen. Mrs Crawley war umzingelt, aber sie schien keine Frau zu sein, die sich so leicht einschüchtern ließ.

»Aber Sie wollen weg, richtig?«, fragte Anne. »Sie bringen die Kinder weg von hier?«

»Ich wüsste nicht, was Sie das anginge, aber wenn Sie dann endlich verschwinden, ja, ich verreise mit den Kindern.« Mrs Crawley wirkte trotzig. »An einen Ort, wo sie sicher und glücklich sind.«

»Da ziehen Sie also die Grenze«, sagte Emily bissig. »Sie halten zu ihm, verschleiern seine Verbrechen, begehen sie vielleicht sogar für ihn. Aber gut, das liegt wohl in der Natur einer jeden Mutter, dass sie alles tun würde, um ihren Sohn zu schützen... Wir wissen, dass Sie Chesters Mutter sind, Mrs Crawley.«

»Was fällt Ihnen ein, so etwas zu sagen?«, schluchzte Mrs Crawley. »Ich bin seine Haushälterin, und früher war ich seine Amme. Das ist alles. Und ich bringe die Kinder eine Weile von hier weg, weil hier Chaos herrscht. Bitte treten Sie zur Seite, oder ich rufe meinen Herrn.«

»Das werden Sie nicht tun«, sagte Emily. »Denn ganz

gleich, wie sehr Sie ihn lieben, Sie haben auch Angst vor ihm. Sie wollen nicht, dass er mitbekommt, dass Sie die Kinder wegbringen. Sie wollen sie schützen. Ich bin froh, dass Sie doch noch über einige wenige moralische Prinzipien verfügen.«

»Emily, bitte zieh keine voreiligen Schlüsse«, warf Charlotte ein. »Wir können nicht mit Sicherheit wissen, was Mrs Crawley für ihren Sohn getan hat. Vielleicht möchten Sie uns das gerne selbst erzählen, Mrs Crawley? Vielleicht können wir Ihnen dabei helfen, eine Zuflucht für die Kinder zu finden?«

»Ich weiß nicht, wovon Sie reden.« Mrs Crawley wollte Richtung Tür gehen, doch als sie sah, dass Emily ihr im Weg stand, wich sie wieder zurück bis zur Fensterbank. »Verschwinden Sie sofort aus diesem Haus.« Sie tat ihr Bestes, um ihren Worten ein letztes Mal Autorität zu verleihen. »Oder ich rufe nach Mr Chester, ganz gleich, welche Folgen das mit sich bringt, und ich überlasse Sie ganz ihm.«

»Ich glaube nicht, dass Sie das tun werden.« Charlottes Lippen umspielte ein Lächeln, sie sprach so leise, dass Mrs Crawley sich ihr zuneigen musste, um sie zu verstehen. »Weil Sie diese Kinder lieben und Sie nicht möchten, dass sie Zeugen oder gar Opfer weiterer Gewalttätigkeiten werden. Würden Sie sie nicht lieben, dann würden Sie nicht versuchen, sie jetzt zu schützen, oder? Überlassen Sie sie getrost uns.«

»Sie verstehen gar nichts – Sie wissen nicht, was ich gesehen habe!«, rief Mrs Crawley und wandte sich von ihnen ab, das Kind auf dem Arm, just als vom Sturm das Fenster aufflog, und einen schrecklichen Augenblick lang sah es aus, als würde sie Archie hinauswerfen und gleich hinterherspringen.

»Nein!«, kreischte Mattie und stürzte zu ihr. Doch

Mrs Crawley sank einfach nur zu Boden, das Kind auf ihrem Arm brüllte, und als Mattie neben ihr in die Knie ging, weinte Mrs Crawley leise. Mattie nahm der alten Frau den kleinen Archie ab, drückte ihn an sich und trug ihn ans andere Ende der Kammer.

»Nun erzählen Sie schon, Mrs Crawley«, sagte Anne sanft und schloss das Fenster. »Befreien Sie sich von Ihrer Last, und lassen Sie sich von uns helfen. Was verstehen wir nicht?«

»Dass ich die Kinder zu ihrer Mutter bringe. Ich bringe sie endlich zu Elizabeth. Begreifen Sie denn nicht? Ich habe ihr geholfen, von meinem Sohn wegzukommen. Ich habe sie unbemerkt aus dem Haus geschafft und alles getan, damit man ihn für ihren Mörder hält, aber es wollte ja niemand richtig hinsehen. Denn ja, ich liebe meinen Sohn von ganzem Herzen, aber ich konnte und wollte nicht dabei zusehen, wie er auch seine zweite Frau umbringt.«

Kapitel 42

Anne

» Elizabeth ist am Leben?«, staunte Anne. » Es geht ihr gut, sie ist in Sicherheit?«

» In der Tat«, sagte Mrs Crawley. » Mit den Kindern mussten wir aber warten. Ich dachte, man würde Robert sofort einsperren, und dann wären sie ganz schnell wieder zusammen gewesen, aber Sie drei jungen Damen, Sie waren die Einzigen, die alle meine ausgelegten Fährten fanden. Der Wachtmeister ermittelte in eine völlig andere Richtung, und mein Sohn war weiter auf freiem Fuß, und je ängstlicher und wütender er wurde, desto mehr fürchtete ich um meine kleinen Lieblinge. Sie haben viel Schlimmes durchlebt, aber ich glaube immer noch an ihre Rettung, und ich werde nicht ruhen, bis auch sie in Sicherheit sind.«

» Elizabeth ist in Sicherheit.« Anne wandte sich Charlotte zu und wollte vor Erleichterung lachen. » Sie lebt.«

» Ich wusste es!«, sagte Emily, und obwohl das so gut wie gar nicht der Wahrheit entsprach, protestierte nicht einmal Charlotte, weil sie alle viel zu erleichtert waren.

» Aber wollen Sie damit sagen, dass Robert Chester seine erste Frau umgebracht hat?« Anne setzte sich auf das Bett und dachte an den zerrissenen, blutigen Handschuh, den Hilferuf. » Die arme Imogen Chester hat sich doch nicht selbst das Leben genommen?«

Stille. Als würde jede Bodendiele innehalten, um die Antwort zu hören. Anne saß auf dem Bett und konnte spüren, wie sich jemand neben sie setzte, wie ein kühler Hauch über ihre rechte Seite strich.

»Ja, das will ich damit sagen«, antwortete Mrs Crawley schließlich und seufzte dabei so lang und schwer, als würde ihr eine große Last von den Schultern genommen. »Robert ist tatsächlich mein Sohn, der Herr möge mir vergeben. Mein ganzes Leben habe ich mein Bestes getan, mich um ihn zu kümmern. Ich habe immer mein Bestes für ihn getan, auch wenn niemand sonst es tat. Und ich habe ihn stets von Herzen geliebt, jeden Tag meines Lebens, ich habe zu ihm gehalten, ganz gleich, was er tat. Der Mann, der er heute ist – er ist es wegen mir, verstehen Sie? Alles ist nur wegen mir. Aber als er Elizabeth fast getötet hatte, wusste ich, dass für ihn keine Hoffnung auf Rettung besteht, dass sein totaler Ruin nicht abzuwenden ist. Ich habe Robert Chester in der Vergangenheit schreckliche Dinge tun sehen, und ich habe weggesehen, weil ich ihn liebte. Aber jetzt konnte ich nicht mehr wegsehen. Ich dachte, wenn ich ihn irgendwie aufhalten könnte, dann könnte ich Elizabeth und die beiden Süßen gleichzeitig retten. Und so habe ich mir diesen Plan ausgedacht, diesen angeblichen Mord. Ich wusste, die Polizei würde nicht lange nach Elizabeth suchen, jedenfalls nicht, wenn mein Herr sie anwies, es zu unterlassen, oder sie auf eine falsche Fährte schickte. Und ich wusste, dass Robert Chester alles glauben würde, was ich ihm erzählte. Ich bin der einzige Mensch, dem er vertrauen kann, verstehen Sie? Er vertraut mir blind – und hat sich von mir in eine Falle locken lassen.«

»Dieses ganze Theater – das Blut, der Zahn –, das waren alles Sie?« Ungläubig schüttelte Anne den Kopf. »Sie wollten, dass er für einen Mord gehängt wurde, den er nicht begangen hat, um so Elizabeth und die Kinder von ihm zu befreien?«

Mrs Crawley nickte.

»Ich war mit mir übereingekommen, dass es die einzige Möglichkeit war. Für Imogen hat er nie bezahlt – dafür habe ich gesorgt –, und das ist eine Schuld, die auf mir lastet.« Mrs Crawley legte die Hände vors Gesicht, es verschwand hinter den Häuten zwischen den Fingern wie hinter einer Maske. »Aber er muss bezahlen. Er wird sonst nie errettet werden. Vielleicht wird er hängen. Aber ich bin immer noch seine Mutter, und ich muss versuchen, seine Seele zu retten, weil alles meine Schuld ist, verstehen Sie, es ist alles meine Schuld. Ich muss seine Seele retten, auch wenn es mich die meine kostet.«

Ungläubig schüttelten die Schwestern den Kopf, sie versuchten, sich in dem Wirrwarr von richtigem und falschem Handeln zurechtzufinden, von dem Mrs Crawley glaubte, es könnte die von ihrem Sohn begangenen Übeltaten wiedergutmachen.

»Und Elizabeth ist freiwillig mit Ihnen mitgegangen?« Anne musste ganz sichergehen.

»Ja, wir haben den Plan gemeinsam geschmiedet, wir drei.« Mrs Crawley nickte.

»Drei?«, fragte Anne.

»Elizabeth und ich und diese seltsame junge Frau namens Rebel, die nachts hier aufkreuzte und von Kopf bis Fuß wie ein Mann gekleidet war.«

»Der Mann im Wald, der geheimnisvolle Mann, dem die Zigeuner Schweineblut verkauften – das war Isabelle Lucas!«, sagte Anne und wandte sich bestürzt an Emily. »Isabelle Lucas ist Rebel!«

»Und Elizabeth ist doch in Wycoller«, sagte Emily. »Darum sahen die halb fertigen Bilder aus, als stammten sie von verschiedenen Malern – weil es so ist. Elizabeth malt und zeichnet auch wahnsinnig gern. Ich wette, das Porträt von

George war von ihr. Elizabeth hat sich in Wycoller versteckt, sie war da, als wir dort waren, und Isabelle hat uns alle an der Nase herumgeführt. Ich sage ja, diese Frau ist mir sympathisch. «

» Heute Nacht soll ich sie zu ihrer Mutter bringen «, sagte Mrs Crawley. » Ich wollte Chester erzählen, dass Mattie mit ihnen weg ist. «

» Aber … das stimmt doch gar nicht! «, sagte Mattie unglücklich. » Und das wäre auch ganz schnell herausgekommen. «

» Aber es hätte Elizabeth und ihrer Freundin Zeit verschafft, ein Schiff zu finden «, sagte Mrs Crawley. » Sie möchten nach Neuseeland auswandern, dort ein neues Leben anfangen. Aber jetzt, da ich entlarvt wurde, muss ich mich meinem Schicksal stellen. Und Sie müssen ihr die Kinder bringen, ja? Und die Polizei hierher nach Chester Grange holen. Ich werde alles gestehen, alles über Imogen und mehr, und ich werde sagen, dass ich Elizabeth und die Kinder getötet habe, und dann sollen sie mich hängen, das ist mir gleich, Hauptsache, diese süßen Seelen sind in Sicherheit, und vielleicht … vielleicht wird der Herr mir dann vergeben. «

» Mrs Crawley, der Herr möchte nicht, dass Sie für etwas hängen, das Sie nicht getan haben «, sagte Anne.

» Nein, aber ich hätte für das gehängt werden sollen, was ich getan habe «, sagte sie. » Er hat Imogen tagelang auf dem Dachboden eingesperrt, bevor er sie tötete, er hat sie gequält, und ich *wusste*, was er da tat, und sie wusste es auch. Sie wusste, sie würde nicht mehr lebend aus dem Dachboden herauskommen, sie wusste, sie würde den kleinen Francis nie wiedersehen. « Sie weinte, ihre Stimme brach. » Als Robert mir erzählte, dass sie tot war, habe ich nicht geschrien oder lamentiert, ich habe nicht an sie oder ihren Jungen gedacht. Ich habe Robert geholfen, ihren geschundenen Körper aufs

Dach zu schaffen und hinunterzuwerfen. Das arme, gebrochene Mädchen. Er hatte sie gleichermaßen geliebt und gehasst, und er hasste mich dafür, dass ich ihm dabei half, sie loszuwerden. Ich war es, die am Abend seinen Zorn zu spüren bekam – diese Narbe hier war sein Dank.« Sie berührte die Narbe an ihrer Wange. »Aber das ist nicht Strafe genug – für das, was wir Imogen angetan haben, muss ich hängen. Und er auch.«

Anne wusste nicht, was sie sagen sollte, es war ganz und gar merkwürdig, Mitgefühl mit jemandem zu haben, der solche Schandtaten begangen hatte ... Wie war das möglich? Fast kam es ihr vor, als hätte die ganze Welt sich verändert, seit sie mit den Ermittlungen begonnen hatten. Sie war entschlossen, nicht länger zurückzuweichen oder wegzusehen.

»Ich finde, wir sollten die Kinder jetzt zu ihrer Mutter bringen«, sagte sie feierlich an Emily und Charlotte gerichtet, die beide zustimmend nickten.

»Hilfst du mir, Mattie?«, fragte Anne.

Mattie und Anne verschwanden umgehend ins Kinderzimmer und kamen kurz darauf wieder. Anne trug den schlafenden Francis auf dem Arm.

»Nehmen Sie die Dienstbotentreppe und gehen Sie hinten raus. Er ist viel zu betrunken, als dass er Sie bemerken würde.« Mrs Crawley weinte. »Und passen Sie gut auf sie auf, bitte.«

»Machen Sie sich keine Sorgen, Mrs Crawley«, sagte Charlotte sanft. »Wir werden dafür sorgen, dass Ihre Enkelkinder schon bald wieder bei ihrer Mutter sind – und in Sicherheit.«

Kapitel 43

Emily

Emily stand auf der Schwelle, als Mattie und Anne mit den Kindern durch die Eingangshalle huschten und durch eine Geheimtür verschwanden, sodass Chester sie nicht bemerkte. Emily wünschte, sie könnte ihnen folgen, die vielen geheimen Gänge auf Chester Grange erforschen und ihrer Fantasie darüber freien Lauf lassen, welche anderen Geheimnisse sich wohl noch in diesem Gemäuer verbargen – aber irgendjemand musste bei ihrer Schwester bleiben und sie beschützen.

Sie konnte Charlotte und Mrs Crawley leise im Gouvernantenzimmer reden hören, wie zwei alte Bekannte, die in Erinnerungen schwelgten. Wie Charlotte es fertigbrachte, in aller Ruhe mit einer Frau zusammenzusitzen, die Zeugin von so viel Zerstörung gewesen war und dabei stets geschwiegen hatte, war Emily ein Rätsel. Es hatte ihre Schwester schon immer ausgezeichnet, dass sie in jedem Gegenüber, ganz gleich, von welchem gesellschaftlichen oder moralischen Stand, stets etwas Menschliches entdecken konnte. Charlotte würde sicher verstehen, wie Mrs Crawley an diesem Punkt in ihrem Leben landen konnte – Emily niemals.

Vielleicht war Robert Chester Mrs Crawleys Sohn, aber reichte diese Verbindung aus, um eine derartige Komplizenschaft zu rechtfertigen? Emily dachte an Branwell, der sicher unter dem Baum, wo sie ihn zurückgelassen hatten, seinen

Gin-Rausch ausschlief, umwölkt von Alkohol gegen Kälte und Wind.

Als sie Kinder waren, war Branwell tatsächlich eine Zeit lang ihr Anführer gewesen, der Beginn und das Ende von allem, was sie taten. Branwell war geistreich, klug und talentiert – doch all das hatte nicht vermocht, ihn glücklich und zufrieden mit sich selbst zu machen. Es war, als hätte er sein ganzes Leben darauf gewartet, dass sein Genie entdeckt würde, sein Talent gepriesen, ohne dass er selbst viel dafür tun müsste. Branwell glaubte, für Großes bestimmt zu sein, tat aber nichts Großes, um sich dafür auszuzeichnen. Immer wieder enttäuschte er sie alle, und sich selbst im Grunde ständig. Und wenn sie ehrlich war, dann liebte Emily ihn deswegen weniger. Sie liebte ihn ein kleines bisschen weniger, weil er nicht der Mann war, der er hätte sein können, und noch weniger, weil er es nicht einmal versuchte.

Sie wagte sich ein kleines bisschen aus der Sicherheit heraus, schlich über den Treppenabsatz zum Fenster am Ende des Flurs und verstand Chesters Brüllen und Wüten im Erdgeschoss als ein Zeichen dafür, dass sie in relativer Sicherheit war. Solange er da unten war, würde niemand sie hier oben entdecken.

In der dichten Wolkendecke tat sich eine Lücke auf, durch die jetzt, da es richtig dunkel geworden war, genug Mondlicht fiel, dass Emily Anne und Mattie mit den Kindern auf dem Arm sehen konnte. Sie wirkten wie seltsame dunkle Tiere auf ihrem Weg in den Wald, und Emily lächelte, denn was sie sah, war Hoffnung: Hoffnung auf eine gute Zukunft für die beiden kleinen Jungs.

Wenn sie doch nur dasselbe für ihren Bruder tun könnten, wenn sie aus ihm wieder den rothaarigen Jungen machen könnten, der ihnen früher immer gesagt hatte, wo es langging.

Emily drehte sich wieder um und erstarrte, als sie etwas ganz und gar Ungewöhnliches sah. Am anderen Ende des Flurs schimmerte Licht, silbrig-weiß, als hätte ein Mondstrahl hereingefunden und sich zu einer Kugel zusammengerollt. Es sah ein bisschen aus wie eins der Irrlichter, die man manchmal oben im Moor sah: feenhafte Flämmchen, die – so die Legende – die Dummköpfe und Unreinen ins Verderben führten. Aber dieses Licht flackerte und tanzte nicht wie ein Irrlicht – es schwebte einfach nur dort und verbreitete ein metallisches Glühen.

Es hatte eine Zeit in ihrem Leben gegeben, in der die Männer und Frauen aus ihrer Fantasie ins echte Leben gesickert waren, mit ihr zu Hause von Zimmer zu Zimmer gegangen waren oder sie und Keeper aufs Moor begleitet hatten, aber das hier war etwas anderes. Genau wie die kalte Hand im Arbeitszimmer kam auch diese Lichtkugel von außen, nicht von innen, und war darum nur umso faszinierender. Mit dem Lächeln eines neugierigen Kindes streckte Emily die Hand danach aus und ließ sich anziehen wie eine Motte von einer Flamme.

Doch noch bevor sie dieses Etwas berühren konnte, löste es sich im selben Augenblick in Luft auf, in dem Emily das Gefühl hatte, ein kalter Lufthauch würde sie durchströmen. Emily drehte sich um, erwartete, das Licht jetzt dort zu sehen, aber was immer es gewesen war, es war spurlos verschwunden. Doch vor ihrem geistigen Auge sah Emily ein Wort, so klar und deutlich, als sei es in Glas geätzt: *Danke.*

Als sie in Matties Kammer zurückkehrte, saß Charlotte neben Mrs Crawley auf dem Bett, die Hände im Schoß gefaltet und den Kopf zur Seite geneigt. Sie hörte Mrs Crawley zu, aus der die Worte nur so heraussprudelten, als sei ein Damm des Schweigens gebrochen.

Emily war froh, dass wenigstens die Kinder auf dem Weg an einen sicheren Ort waren, doch es herrschte noch immer Gefahr, denn falls Chester dahinterkäme, dass sie und Charlotte hofften, Mrs Crawley würde ihnen alles erzählen, was sie wusste, ihn an den Galgen zu liefern, dann würde seine zerstörerische Wut sich ganz schnell gegen sie alle richten.

»Ich war doch noch so jung – fast noch ein Kind«, erzählte Mrs Crawley Charlotte. »Ich war gerade mal fünfzehn, da holten sie mich aus dem Arbeitshaus, und ich konnte mein Glück kaum fassen: ein Dach überm Kopf, zu essen und sogar Lohn. Ich dachte, der Herr würde es endlich gut mit mir meinen, denn meine ersten Jahre waren entbehrungsreich und sorgenvoll gewesen. Früher war hier viel mehr los, ein ganzer Stab an Dienstboten – Köche, Dienstmädchen, sogar ein Butler.« Ihre Augen glänzten beim Gedanken daran. »Die damalige Hausherrin richtete so gut wie nie auch nur ein Wort an mich. Ich weiß noch, wie elegant ich sie immer fand und wie schön, aber sie wirkte kühl, wie aus Marmor. Und obwohl die beiden schon eine ganze Weile verheiratet waren, hatten sie keine Kinder. Ich war noch kein Jahr hier, als Mr Chester, der verstorbene Mr Chester ...« Mrs Crawley seufzte. »Er sprach hin und wieder mit mir, fragte, wie es mir ging, gab mir etwas Süßes, das er extra für mich aufgehoben hatte. Er war freundlich zu mir, der erste Mensch, der je freundlich zu mir gewesen war. Und dann, eines Tages, als ich auf dem Rückweg von einem Botengang durch die Gärten spazierte, kam er auf mich zu, nahm mich in die Arme und wirbelte mich herum. Er sagte, er hätte wirklich versucht, mich nicht zu lieben, aber nun würde er mich doch lieben. Er sprach mit mir, sah mich an und berührte mich wie nie ein Mensch zuvor. Ich war jung, und ich verliebte mich.« Mrs Crawley rieb sich über das gerötete Gesicht. »Es dauerte nicht lange, bis mir klar war, dass ich in anderen Umständen war. Ich selbst war vollkommen ahnungslos – es war die Köchin, die es mir erklärte und mich ordentlich dafür versohlte. Ich ging zu ihm, und vorbei war es mit seiner Freundlichkeit. Er sagte, ich würde sofort entlassen, es sei denn, ich erklärte mich bereit, das Kind ihm und seiner Frau zu überlassen, auf dass sie es wie ihr eigenes großzögen. Wenn ich damit einverstanden wäre, sagte er, könnte ich als Amme und Kindermädchen im Haus bleiben. Ich begriff immer noch nicht, dass das von Anfang an ihr Plan gewesen war, dass sie, als sie ins Arbeitshaus kamen, nach einer geeigneten Kandidatin für ihr Vorhaben Ausschau hielten. Ich hatte keine Wahl, ich konnte nicht mit Kind ins Arbeitshaus zurückkehren. Das hätte für uns beide den Tod bedeutet. Also gab ich ihnen mein Baby, und ich durfte bleiben. Erst machte es mir nicht viel aus, dass ich ihn nicht meinen Sohn nennen durfte, schließlich waren wir täglich zusammen. Meine Herrin interessierte sich nicht besonders für ihn. Doch je älter er wurde, desto weniger brauchte er mich. Und er begriff mit zunehmendem Alter, dass sein Vater ein grausamer und zu Liebe unfähiger Mann war. Und seine Mutter ... die konnte seinen Anblick nicht ertragen und wollte sich nicht länger als unbedingt nötig im selben Raum mit ihm aufhalten. Und so begann langsam alles Gute, das er in sich trug, zu verderben, infiziert von Opium und Alkohol. Ich musste dabei zusehen, wie mein lieber, süßer Junge bösartig und grausam wurde. Ich sah zu, wie er sich in ein Monster verwandelte. Als er zwanzig war, starb sein Vater, und kurz darauf seine Mutter. Ich blieb immer an seiner Seite, in der Hoffnung, ich würde einen Weg finden, ihn aus der Dunkelheit zurück ins Licht zu führen, zurück zu Gott. Und dann, eines Tages, beobachtete ich, wie er ein Dienstmädchen so behandelte wie sein Vater einst mich. Ich nahm ihn beiseite und erzählte ihm die Wahrheit, die komplette Wahrheit, ich sagte ihm, dass ich ihn liebte und jeden Tag auf ihn aufpasste, dass er geliebt wurde, dass er schon immer geliebt wurde, ganz gleich, was er tat oder getan hatte.«

»Und das hat keinerlei Einfluss auf ihn gehabt?«, fragte Charlotte, während Emily fand, dass die Antwort auf der Hand lag.

»Nein. Er sagte, wenn ich seine Mutter wäre, dann müsste ich tun, was er mir sagte, und ich müsste seine Geheimnisse für mich behalten, und dass ich ihn schließlich gemacht hätte und darum mit ansehen müsste, was ich erschaffen hatte. Früher saß er immer auf meinem Schoß und hat am Daumen genuckelt, um einzuschlafen«, erzählte sie fast schon verträumt. »Das waren die glücklichsten Stunden meines Lebens: das Gewicht seines kleinen Körpers an meinem, mein Herzschlag, der seinem antwortete. Ich schwor, dass ich ihn immer beschützen würde. Ich schwor es dem lieben kleinen Jungen, der nie jemandem etwas zuleide tat.«

Emily zuckte, als sie ein Geräusch außerhalb des Zimmers hörte. Sie ging zur Tür, drückte das Ohr dagegen und lauschte. Jetzt war Stille, aber vor wenigen Sekunden hatte sie den Fußboden knarzen hören und aus dem Augenwinkel unter der Tür einen Schatten vorbeihuschen sehen, da war sie sich ganz sicher.

»Mrs … Wie heißen Sie mit Vornamen?«, fragte Charlotte so geduldig, dass Emily am liebsten mit dem Wind geheult hätte.

»Alice«, sagte Mrs Crawley. Sie war es offenbar nicht gewöhnt, diesen Namen auszusprechen. »Aber die, die diesen Namen erhielt, lebt schon lange nicht mehr. Sie geistert genauso durch dieses Gemäuer wie Imogen.«

»Sie haben Imogens Geist gesehen?«, fragte Emily sofort.

»Gesehen?« Mrs Crawley schüttelte den Kopf. »Nein, ich muss keine solche Erscheinung sehen, um zu wissen, dass ihre

Seele immer noch hier gefangen ist. Nach ihrem Tod war er krank vor Trauer und Sehnsucht nach der Frau, die er zugrunde gerichtet hatte. Darum ging er auf den Friedhof und grub ihre Gebeine aus. Die bewahrt er jetzt hier auf, genauso wie er sie auf dem Dachboden gefangen hielt, wenn sie ihm nicht passte. Sie ist seine Sklavin, sie kommt nicht zur Ruhe. «

» Ich bin mir sicher, dass es für Sie immer noch einen Weg zur Erlösung gibt, Mrs Crawley «, sagte Charlotte. » Kommen Sie mit uns. Kommen Sie mit, und sagen Sie der Polizei, was Sie über Chesters erste Frau wissen. Es liegt in Ihrer Macht, seinem Tun jetzt ein Ende zu bereiten. Lassen Sie seine Kinder und seine Frau frei von ihm leben, ohne ans andere Ende der Welt fliehen zu müssen. Kommen Sie mit, und erzählen Sie alles. Wir stehen Ihnen bei, versprochen. «

Völlig unvermittelt durchzuckte Emily ein entsetzlicher Schmerz, und kurz darauf fand sie sich am Boden liegend vor, ohne zu wissen, wie sie dort gelandet war. Sie schmeckte ihr eigenes Blut.

Mit einem Mal war der Raum ausgefüllt von Robert Chester, der zornig herumbrüllte, als sei er der Satan selbst.

Kapitel 44

Emily

Das Zimmer schlingerte und kippte, als Emily sich wieder aufrappelte und versuchte, stabil zu stehen. Ihr Herz hämmerte in der Brust, und mit einem Mal strotzte sie vor aus blanker Angst geborener Kraft und Energie.

Chester stürzte sich auf Mrs Crawley, die aufschrie, als er mit dem Totenkopf in der Hand auf sie einschlug und dabei die Kerze gegen die Bettvorhänge kippte, die sofort Feuer fingen.

Emily zog ihre vor Schreck erstarrte Schwester vom Bett und versuchte, sie Richtung Tür zu schieben, doch Charlotte rührte sich nicht – sie sah dabei zu, wie Chester auf Mrs Crawley einprügelte und die Flammen von Sekunde zu Sekunde mehr um sich griffen.

»Lassen Sie von ihr ab, Sie brutaler Kerl!«, rief Emily, packte Chester am Arm und zerrte an ihm, aber sie kam nicht gegen seine Kraft an.

»Charlotte.« Emily drehte sich zu ihrer Schwester um. »Los! Du musst hier sofort raus!«

Doch Charlotte war immer noch wie gebannt vom Schauspiel des Feuers, das mit immer mehr Zungen an der Zimmerdecke leckte. Emily begriff, dass sie eine Entscheidung treffen musste: Entweder schaffte sie ihre Schwester hier heraus und rettete sie vor dem Feuer – oder sie versuchte noch einmal zu verhindern, dass Chester Mrs Crawley tötete. Doch sie weigerte sich, diese Entscheidung zu treffen.

»Lassen Sie sie los, Sie Teufel!«, kreischte Emily wie eine Wilde und warf sich mit ihrem ganzen Gewicht auf Chester, worauf er genug aus dem Gleichgewicht geriet, dass Mrs Crawley sich unter ihm wegrollen konnte. Instinktiv griff die alte Frau nach dem umgekippten Messingkerzenständer, und Emily sah, wie sie ihn mit aller Kraft, die sie aufbringen konnte, auf den völlig überraschten Chester niedergehen ließ. Das Feuer hatte sich inzwischen im ganzen Zimmer ausgebreitet.

Mrs Crawley warf sich auf den leblosen Körper ihres Sohnes, weinte und streichelte ihm übers Gesicht, und Emily wurde klar, dass jetzt keine Entscheidung mehr zu treffen war: Weder die Mutter noch der Sohn würden das Zimmer verlassen.

Aber ihre Schwester und sie, dafür würde sie sorgen. Das Feuer blockierte bereits alle Türen, aber das konnte und durfte noch nicht ihr Ende sein, denn das wäre auch das Ende ihres Vaters.

»Charlotte.« Sie packte ihre Schwester beim Handgelenk und schüttelte sie aus ihrer Starre. »Wir müssen sofort hier raus! Das Fenster!« Doch das Bett stand lichterloh in Flammen, es war nicht mehr möglich, den Raum zu durchqueren.

Emily ließ Charlottes Hand nicht los, während sie verzweifelt versuchte, die Tür zum Kinderzimmer zu öffnen. Sofort verbrannte sie sich die Hand an der heißen Klinke. Dunkler Rauch hatte sich überall ausgebreitet, es war so heiß, dass Emily das Gefühl hatte, Wimpern und Haare würden versengen.

»Emily!«, rief Charlotte. »Ich glaube, unsere Stunde hat geschlagen.«

» Unsere Stunde hat nicht geschlagen «, widersprach Emily.
» So möchte ich nicht von dieser Welt gehen. Ich will nicht sterben, Charlotte. Ich will leben. Und bei Gott, das werde ich auch!«

Schnell riss Emily drei Stoffstreifen aus ihren Unterröcken und warf sie in die Wasserkanne auf der Frisierkommode, bis sie gut durchnässt waren. Sie reichte Charlotte einen und zeigte ihr, wie sie ihn sich um Nase und Mund wickeln sollte. Den dritten Streifen band Emily sich um die Hand.

Es war kaum noch möglich zu atmen. Der Rauch war so beißend und heiß, dass Emily das Gefühl hatte, ihre Lungen stünden in Flammen. Das Feuer züngelte schon fast an ihren Rocksäumen. Gleich waren sie verloren.

» Jetzt «, sagte Emily, öffnete die Tür mit ihrer verbundenen Hand und zog Charlotte hinter sich her.

Die Schwestern liefen in den Flur, die Flammen folgten ihnen, sprangen tanzend auf Gemälde und Vorhänge über, jagten die Teppiche auf dem Treppenabsatz entlang.

» Emily! Deine Röcke!«, schrie Charlotte, und als Emily nach unten blickte, sah sie, dass ihr Kleid brannte. Gemeinsam klopften sie mit den Händen darauf herum, und Emily rollte sich auf dem Boden, bis das Feuer erstickt war. Sie rappelte sich wieder auf, nahm, ohne sich noch einmal umzusehen, Charlottes Hand, und dann rannten sie.

Ganz gleich, wie schnell sie sich fortbewegten, die Flammen verfolgten sie gnadenlos. Emily hatte das Gefühl, ihre Beine könnten jeden Moment unter ihr zu Asche verfallen, aber sie lief weiter, immer weiter, und zog Charlotte hinter sich her durch das Haus Richtung Hoffnung.

Sie waren fast draußen, als sie das frenetische Bellen von Chesters Hunden hörten – und wie sie ihre schweren Körper gegen die geschlossene Tür des Arbeitszimmers warfen.

» Nein, Emily!«, rief Charlotte, als Emily in die falsche

Richtung zum verschlossenen Zimmer eilte und die Hunde befreite. Mit ihr zusammen liefen sie zurück zu Charlotte, bis alle, Frauen und Hunde, die rettende, kühle Nachtluft erreichten, durch die sie immer weiterrannten, obwohl die Gefahr inzwischen weit hinter ihnen lag.

Erst als sie einen ausreichenden Sicherheitsabstand zum Haus hinter sich gebracht hatten, ließen die beiden sich ins hohe Gras fallen und blickten zurück zu dem Inferno, das dort tobte, wo sie sich noch vor wenigen Minuten aufgehalten hatten.

»Lieber Gott«, schnaufte Charlotte und schluchzte gleichzeitig erleichtert, während die Flammen sich immer mehr im Gebäude ausbreiteten und nacheinander jedes Fenster erleuchteten. »Das ist mehr als eine ruhige Frau wie ich ertragen kann, Emily. Wir hätten sterben können! Für mich ist Schluss damit, Detektiv zu spielen. Basta.«

»Unfug.« Emily hustete, dass ihre Schultern bebten, dann füllte sie ihre Lungen mit der frischen Luft Yorkshires und hustete noch einmal. »Wir leben, Charlotte«, keuchte sie. »Und vor allem: Siehst du nicht, wie sehr wir leben? Wir sind so hell und munter wie die Flammen dort, wir brennen mit derselben Leidenschaft. Bemerkenswert. Wirklich bemerkenswert, wie die Erfahrung, fast zu sterben, einem zeigt, was leben wirklich bedeutet.«

»Es wird nicht lange dauern, bis die Männer aus dem Dorf hier sind«, sagte Charlotte. »Die werden jede Menge Fragen stellen. Ich glaube, du und ich und die Kinder sollten bis dahin möglichst weit weg sein. Was auch immer jetzt passiert, für ein klein wenig Gerechtigkeit ist immerhin gesorgt.«

»Und Imogen Chester ist endlich frei.« Emily lächelte. Vielleicht war es nur Einbildung oder eine optische Täuschung, aber Emily glaubte, kurz eine vom Mondlicht erleuchtete Gestalt in einem der Fenster zu sehen, die zu ihr herunterblickte und dann im Feuer verschwand.

»Ich bin hier, um euch zu retten!«, prostete Branwell ihnen zu, als er auftauchte und sich neben die beiden ins Gras fallen ließ.

»Zum Glück nur ein *winziges bisschen* zu spät, um tatsächlich etwas auszurichten«, entgegnete Emily und stellte erleichtert fest, wie ihr Herz vor Zuneigung zu ihrem nutzlosen Bruder anschwoll, als sie sein verblüfftes Gesicht sah. »Aber sag schon, wie kamst du darauf, dass wir deine Hilfe brauchten?«

»Ihr habt doch gesagt, ich würde ein Zeichen sehen.« Branwell nickte in Richtung des brennenden Hauses. »Bisschen extrem, das größte Haus im Umkreis von fünfzig Meilen in Brand zu setzen, meine liebe Emily, aber dir durchaus zuzutrauen.«

Kapitel 45

Charlotte

Ende August lag bereits etwas Herbstliches in der Luft, als die vier Brontë-Geschwister den jetzt kupfern leuchtenden Weg nach Wycoller hinunterliefen.

»Seid gegrüßt!«, rief Isabelle, und als sie die Tür des Cottages öffnete, tapste der kleine Archie barfuß heraus.

»Er kann laufen.« Emily lächelte. »Wie schön.«

»Ja, mit Celeste war es genau dasselbe – kaum hatten ihre Füße Gras gespürt und ihre Zehen das kühle Wasser des Bachs, lief sie ganz von selbst überall hin.«

»Ach, wie wunderbar.« Anne lachte, ging in die Knie und breitete die Arme aus. Archie stolperte auf sie zu, und Anne hob ihn hoch in die Luft.

»Was für ein wunderbarer kleiner Engel«, gurrte Charlotte und strich dem Kind mit einem Fingerrücken über die strahlende Wange. »Herzallerliebst.«

»Kommen Sie doch herein, bitte.« Isabelle reichte Branwell die Hand, und als der versuchte, sie zu küssen, war er nicht schlecht erstaunt, dass Isabelle seine Hand kräftig schüttelte.

»Meine Schwestern haben mir erzählt, dass Sie Malerin sind, Miss Lucas«, sagte er, als sie ihr ins Haus folgten. »Ich male ebenfalls. Und ich werde bald studieren, und zwar an der …«

Branwell verstummte, als er Isabelles von der Spätsommersonne durchfluteten Wintergarten betrat, und ließ den

Blick von einer Staffelei zur anderen wandern. Die in Arbeit befindlichen Bilder darauf zeugten von deutlich größerem Talent und Können als seine Malversuche. » Also, für mich ist die Malerei eigentlich nur ein Hobby – mein wahres Talent ist das Schreiben, tatsächlich arbeite ich gerade an meinem ersten Roman. «

» Ein Roman? Wie wunderbar. « Isabelle lachte Elizabeth an, die sich von einem kleinen Tisch erhob, an dem sie mit Francis und Celeste gesessen und ihnen beigebracht hatte, wie sich ihre Namen schrieben. Charlotte lächelte, als sie sah, wie sie alle zur Ruhe gekommen waren. Elizabeth hatte einen Arm um jedes Kind gelegt, Celestes Kopf ruhte an der Schulter ihrer Mutter. Alle drei Kinder befanden sich endlich unter einem Dach. Elizabeth trug Trauer, wie eine Witwe, und das passte durchaus, denn nach Chesters Tod war sie in die Welt zurückgekehrt und hatte allen erzählt, sie sei in fiebriger Verwirrung von Chester Grange weggelaufen, und ein freundlicher, namenloser Reverend und seine Schwestern hätten sie bei sich aufgenommen und gesund gepflegt. Glücklicherweise hätte die Gouvernante sich am Tag des Feuers mit den Kindern auf den Weg zu deren Patentante gemacht. Als Elizabeths Vater verlangte, sie sollte mit den Kindern unter seinem Dach wohnen, war es Mrs Honeychurch gewesen, die sich dieser Anweisung widersetzte und ihm erklärte, seine Tochter sei jetzt eine selbstständige Frau. Und in der Tat sprachen ihr strahlendes Lächeln und ihre rosigen Wangen Bände: Hier hatte jemand kein Leben verloren, sondern ein neues gefunden. » Ihre Schwestern sollten Romane schreiben, wenn Sie mich fragen – ich könnte mir vorstellen, dass die letzten Wochen ihnen jede Menge Inspiration beschert haben. «

» Fürwahr «, sagte Emily und sah Isabelle unverwandt an. » Sie hat sich in der Ruine versteckt, als wir das erste Mal hier waren. Aber woher wussten Sie, dass wir kommen würden? «

»Im Obergeschoss haben wir ein Teleskop«, sagte sie. »Celeste spielte zufällig gerade damit, als sie den Hang herunterkamen, und hat Sie gesehen.«

»Ein Teleskop«, hauchte Anne. »Das würde ich sehr gerne einmal sehen.«

»Kitty? Kommst du mal?«, rief Elizabeth, und das Mädchen erschien in der Küchentür und grüßte die Schwestern mit einem Lächeln, dem anzusehen war, dass das Misstrauen und die Vorsicht, die sie an der Haustür in Hebden Bridge an den Tag gelegt hatte, ganz langsam einem Gefühl von Sicherheit und Glück wichen.

»Bringst du Miss Anne nach oben?«, bat Elizabeth sie. »Und Celeste, zeigst du der netten Dame, wie man durch dein Teleskop guckt?«

»Ja, Mama.« Celeste klatschte vergnügt in die Hände. »Kommen Sie, Miss Anne.«

»Sie sind eine sehr gute Schauspielerin«, attestierte Charlotte Isabelle, als Anne und Celeste Hand in Hand loszogen. »Keine von uns ahnte, dass sie doch hier war.«

»Sagen wir, ich habe den Großteil meines Lebens meine wahren Gefühle verbergen müssen«, sagte Isabelle. »Je mehr ich mich verstecke, desto mehr Freiheiten habe ich, mein Leben zu leben, wie ich es möchte. Sie sollten auch mal versuchen, ein paar Geheimnisse zu haben, Charlotte – würde Ihnen bestimmt guttun.«

Charlotte musste an einen Abend mit Monsieur Héger in Brüssel denken. Ihr wurde warm ums Herz, und sie hielt den Moment im Geiste fest.

»Ach, bitte, jetzt sagen Sie schon«, drängte Emily. »Elizabeths Briefe? Der, den sie an sich selbst geschickt hat? War das nun eine Spur oder nicht?«

Isabelle lächelte. »Francis? Gehst du bitte mit Archie in den Garten und pflückst ein paar Blumen für mich?« Francis, hocherfreut, vom Lernen erlöst zu werden, sprang auf, nahm Archie bei der Hand und ging mit ihm hinaus in das spätsommerliche Blütenmeer.

»Chester muss Elizabeths vordatierte Briefe gefunden und den auf Dienstag datierten in der Hoffnung losgeschickt haben, sich so ihre Familie vom Leib zu halten«, erklärte Isabelle. »Und der andere ...?« Sie sah zu Elizabeth.

»Meine Mutter hat bei der Bank in Hebden Bridge ein Konto für mich angelegt und dort etwas Geld eingezahlt. Meinem Vater hat sie nichts davon erzählt, aber eine meiner Tanten hat mir eine größere Summe vererbt, und sie wollte nicht, dass das Geld in die Hände meines Mannes geriet. Ich konnte nicht selbst zur Bank gehen, darum schickte ich einen ganzen Packen an mich selbst adressierter Umschläge hin mit der Bitte, mir einmal im Monat meinen Kontostand mitzuteilen. Die Summe reichte fast aus für die Überfahrt nach Neuseeland, aber Robert muss den Kontoauszug gefunden haben. Er hat umgehend das Konto geräumt, das war sein Recht als mein Ehemann. Aber jetzt kann es ja egal sein.«

»Was für eine langweilige Auflösung eines Rätsels, das uns so in Atem gehalten hat«, sagte Emily. »Mir will auch scheinen, dass Elizabeths Gebiss noch vollständig ist. Der Zahn hat uns wirklich Sorge bereitet – woher stammte er?«

»Hach, ich war so stolz auf den Zahn«, freute Isabelle sich. »Der ist von Kitty, sie hat ihn bei einer Schlägerei mit einem jungen Mann verloren – einer Schlägerei, aus der sie als Siegerin hervorging, möchte ich betonen. Ich habe ihr eine hübsche Summe dafür bezahlt und ihr das Versprechen abgenommen, dass sie sich in Zukunft nicht mehr prügelt.«

»Und schließlich und endlich: der Kieselstein«, sagte Emily. »Was hatte es mit dem auf sich?«

»Ach, Emily, nun akzeptier doch einfach, dass das nur ein ganz normaler Kieselstein ist!«, lachte Charlotte.

»Oh, vielen Dank!« Elizabeth schnappte sich den Kiesel und drückte ihn sich an die Brust. »Ich dachte, ich hätte sie alle für immer verloren. Danke, Emily! Sie wissen ja gar nicht, was sie mir bedeuten!«

Emily lächelte Charlotte an. »Dann erzählen Sie es uns doch bitte.«

»Nach Celestes Geburt durfte ich ein paar Tage mit meinem Baby verbringen. Ich wollte die Erste sein, die ihr das Meer zeigt, und darum reisten Rebel und ich nach Whitby. Es war eine lange Reise, und ich war nicht wirklich reisetauglich, aber ich war fest entschlossen und jung und verrückt. Rebel und ich kamen überein, dass sie, wenn es so weit war, mit dem Baby in Whitby bleiben würde und ich mit der Amme, die Papa geschickt hatte, zurückkehren würde. Ich bat ihn, meine Mutter zu schicken, aber er sagte, wenn sie von Celeste erführe, würde sie das umbringen.«

Elizabeth senkte den Kopf.

»Als Elizabeth mir Celeste übergab, drückte ich ihr ein paar Kiesel in die Hand«, setzte Isabelle die Geschichte fort. »Und ich sagte, diese Kiesel sind mein Versprechen an dich, dass du eines Tages frei und mit deiner Tochter zusammen sein wirst. Ich nehme sie dir nicht weg, ich tausche sie gegen dieses Versprechen ein.«

»Was für eine wunderschöne Geste«, sagte Charlotte. »Was für eine ganz wunderbare Freundschaft Sie beide verbindet. Sie sind sich so nah und vertraut wie Schwestern. Vielleicht sogar noch mehr.«

»Fürwahr.« Isabelle lächelte Elizabeth an. »Vielleicht sogar noch mehr.«

»Und jetzt.« Charlotte nahm Elizabeths Hand. »Jetzt ist alles gut.«

»Jetzt ist alles gut.«

Als sie aufbrachen, blieb Charlotte noch einmal in der Tür stehen und wandte sich an Isabelle: »Die Nachricht, die wir in Matties Kammer gefunden haben – die war gar nicht von Chester an Mattie, richtig?« Sie lächelte. »Vielleicht hat sie sie in Elizabeths Kammer gefunden und mitgenommen, weil sie sich wünschte, sie wäre an sie selbst gerichtet gewesen, aber in Wirklichkeit war sie für Elizabeth. Von Ihnen. Von Rebel. Richtig?«

Isabelle Lucas lächelte und nahm Charlotte kurz und fest in den Arm.

»Ich glaube, Sie können doch ganz gut Geheimnisse für sich behalten, Miss Brontë«, sagte sie. »Und jetzt sind Elizabeth, die Kinder und ich endlich alle zusammen, und kein Mann der Welt wird uns mehr auseinanderbringen.«

Kapitel 46

Anne

Die drei marschierten um den Esstisch, und Charlotte las den jüngsten Brief von Mattie vor.

Liebe Charlotte, Emily und Anne,

ich möchte mich noch einmal ganz herzlich bei euch und Mr Brontë dafür bedanken, dass ihr mir zu dieser neuen Anstellung verholfen habt. Die Familie ist sehr freundlich, sie behandeln mich gut. Die Kinder sind wohlerzogen, es ist mir eine Freude, mich um sie zu kümmern, und an meinen halben freien Tagen kann ich in den Ort laufen, wo es viele interessante Dinge gibt. Ich werde bald wieder schreiben, für heute wollte ich nur noch einmal meine tiefe Dankbarkeit zum Ausdruck bringen. Ohne eure Freundschaft und euren Mut, da bin ich mir ganz sicher, hätte ich nie wieder zu einer solchen Unbeschwertheit zurückgefunden.

Mit sehr herzlichen Grüßen
Matilda French

» Und jetzt « – Charlotte blieb neben dem Diwan stehen und zog etwas unter einem der Kissen hervor – » möchte ich dir noch etwas vorschlagen, Emily. Es wird dir missfallen, aber ich bitte dich sehr, mich wenigstens anzuhören. «

Sie hielt eins von Emilys Notizbüchern in der Hand, prall gefüllt mit selbst geschriebenen Gedichten.

» Das ist meins! «, rief Emily und riss Charlotte das Buch

aus der Hand. »Was fällt dir ein, Charlotte? Wie kommst du dazu, etwas so Intimes an dich zu nehmen und es mit deinen schmuddeligen kleinen Händen zu befingern. Das ist *meins*!«

Emily presste sich das Buch an die Brust, die Wucht ihres Zornesausbruchs hatte ihre Schwester überrascht.

»Bitte, Emily, lass mich dir erklären: Wir haben in den letzten Wochen so viel gelernt, und einer der Gedanken, der mir kam, nachdem wir die Bekanntschaft von Frauen wie Isabelle Lucas und Mrs Prescott gemacht haben, ist der, dass es andere Wege in die Unabhängigkeit gibt als den, zu unterrichten. Dein Buch lag mehr oder weniger offen herum…«

»Pah!« Emily kniff die Augen zusammen.

»Ich wusste ja, dass du Gedichte schreibst, Emily«, fuhr Charlotte behutsam fort. »Aber jetzt weiß ich, dass du wundervolle Gedichte schreibst. Wirklich, Emily. Das Schönste, was ich je gelesen habe. Deine Poesie hat ein Publikum verdient. Unbedingt. Und du weißt, ich würde dir niemals Komplimente machen, wenn es nicht wirklich nötig wäre.«

»Das ist meins und geht niemand anderen etwas an!«, herrschte Emily sie an. »Das wird auch niemanden interessieren – es sind bloß meine zu Papier gebrachten Gedanken.«

»Ich glaube, dass du dich irrst.« Charlotte reichte Anne und Emily die Hände. Anne ergriff die eine, aber Emily ging zum Fenster, drückte sich weiter das Notizbuch an die Brust und fixierte Charlotte mit einem Blick, den ein jedes Barometer als die Ankündigung eines Gewitters ausgelegt hätte. »Liebe Schwestern, wir müssen uns unseren Lebensunterhalt verdienen, das wissen wir alle. Und wir haben alle übers Unterrichten und das Dasein als Gouvernante nachgedacht, aber in den letzten Tagen ist mir klar geworden, dass wir mit ein bisschen Mut doch noch mehr Möglichkeiten haben. Wir sind alle drei so leidenschaftlich, und wieso sollte das, was wir schreiben, nicht genauso bedeutungsvoll sein und nicht genauso wichtig für die Literatur wie das, was irgendwelche Männer schreiben? Schließlich sind wir genauso mutig, genauso kühn, genauso entschlossen. Darum schlage ich vor, dass wir einige unserer Gedichte zu einer Sammlung zusammenstellen und einen Verleger dafür suchen.«

Anne japste leise, als sie sich Emily zuwandte. »Überleg doch mal, Emily – ein eigenes Einkommen. Freiheit. Genau wie Rebel!«

»Nur über meine Leiche.« Finster sah Emily ihre Schwestern an und knallte die Tür hinter sich zu, als sie aus dem Haus stapfte.

»Nun, liebe Charlotte«, sagte Anne nachdenklich, »was meinst du, wie hat Emily deine Idee gefallen?«

»Ich glaube, sie muss sich nur an den Gedanken gewöhnen«, sagte Charlotte.

Beide Schwestern sahen überrascht auf, als Emily wenige Sekunden später ins Esszimmer zurückkehrte und die Tür hinter sich schloss.

»Hast du es dir bereits anders überlegt?«, fragte Charlotte.

»Der nicht besonders helle Junge vom Black Bull hat hinter dem Haus herumgelungert«, sagte Emily. Sie zog einen Brief aus dem Ärmel ihres Kleides.

»Es sieht ganz so aus, als gäbe es einen neuen Fall für die Brüder Bell.«

Sofort scharten sich die Schwestern um den Brief, ihre Neugier war kaum zu bremsen, als das nächste Abenteuer winkte.

Anmerkung der Autorin

Liebe Leserin, lieber Leser,

ich war etwa zehn Jahre alt, als meine Mutter zum ersten Mal mit mir nach Haworth fuhr, um mir das Pfarrhaus zu zeigen, in dem einst die Schwestern Brontë wohnten, und ich konnte mir damals nichts Schrecklicheres vorstellen, als mir ein langweiliges altes Haus anzusehen, in dem ein paar längst tote Schriftstellerinnen gelebt hatten, und beklagte mich während der gesamten Fahrt.

Doch kaum war ich über die Schwelle des einstigen Zuhauses der Familie Brontë getreten, war ich vollkommen fasziniert, und dieser Tag war der Anfang einer seither währenden Liebesbeziehung mit Charlotte, Emily und Anne, mit ihrem Leben, ihrer Literatur und ihrem außergewöhnlichen Vermächtnis.

Je mehr Bücher von ihnen ich las, je mehr ich über sie erfuhr, desto weniger kamen sie mir wie Autorinnen verstaubter und undurchdringlicher Fiktion vor und umso mehr wie Frauen, die für ihr Recht kämpften, ein genauso reiches und bedeutsames Leben führen zu dürfen, wie es Männern gestattet war, und die sich weigerten, daran zu glauben, dass sie allein aufgrund ihres Geschlechts eine von Höflichkeit und Unauffälligkeit geprägte Existenz führen mussten, die in völliger Bedeutungslosigkeit endete.

Die Idee zu *Die verschwundene Braut* entsprang meiner

Überzeugung, dass das kurze Leben einer jeden der drei Schwestern genauso fesselnd und interessant gewesen war wie ihre Romane. Und obwohl wir ziemlich viel über die Schwestern und ihr Leben wissen, gibt es doch noch sehr vieles, das wir nicht wissen.

Genau diese Wissenslücke möchte ich frei fantasierend mit der *Brontë-Schwestern-Reihe* füllen. Selbstverständlich gibt es keinerlei Beweise dafür, dass die Schwestern Brontë sich je als Amateur-Detektivinnen betätigten. Es gibt aber auch keine Beweise dafür, dass sie es *nicht* taten.

Nicht alles in *Die verschwundene Braut* ist reine Fiktion – sehr viel basiert auf biografischen Tatsachen oder wurde durch solche inspiriert.

Im August 1845 lebten die vier Geschwister zum ersten Mal für einen Zeitraum von mehreren Monaten unter einem Dach.

Branwell hatte gerade unter skandalumwitterten Umständen, die mit der Frau seines Dienstherren zu tun hatten, seine Anstellung auf Thorp Grange verloren, und Anne war gezwungen, ihre Anstellung als Gouvernante dort ebenfalls aufzugeben.

Auch Charlotte, an unbeschreiblichem Liebeskummer leidend, weil ihr Brüsseler Lehrer Monsieur Héger ihre Gefühle nicht erwiderte, war nach Hause zurückgekehrt. Und wenig später, im September, überzeugte Charlotte ihre Schwestern davon, dass sie einen Versuch unternehmen sollten, das Schreiben zum Beruf zu machen.

In *Die verschwundene Braut* schreibt Reverend Patrick Brontë einen Brief an eine ledige Mutter, in dem er ihr empfiehlt, nicht überstürzt zu heiraten, sondern abzuwarten, bis sie und ihr Zukünftiger finanzielle Sicherheit erreicht haben. Das mag viel zu fortschrittlich und modern erscheinen für einen Pfarrer in der Mitte des 19. Jahrhunderts, doch hat

Patrick Brontë tatsächlich 1855 einen Brief an Eliza Brown (die Schwester seiner Dienerin Martha Brown) geschrieben, die in derselben misslichen Lage war.

Was Ihre Vorgehensweise und die Ihres Freundes James betrifft, so haben Sie beide sehr vernünftig gehandelt. Sie sind mit allem sehr offen und klug umgegangen – und das ist das Beste. Die Zeiten sind hart, und sie werden es auch den Winter über sein, weshalb Sie es mit einer Eheschließung nicht zu eilig haben sollten. Sie sollten nicht heiraten, bevor Sie gute Aussichten haben, ohne Schulden und frei von Armut zu leben.

In diesem Roman kauft Emily einen mit Gewitterwolken und Blitzen gemusterten Stoff für ein Kleid, was vielleicht etwas übertrieben wirken mag. Aber dank der Erinnerungen von Charlotte Brontës guter Freundin Ellen Nussey wissen wir, dass Emily tatsächlich Stoff mit diesem wunderschönen Muster gekauft hat. Ellen schrieb:

Emily entschied sich für einen weißen Stoff mit zartlila Gewitterwolken und Blitzen – zum kaum verhohlenen Entsetzen ihrer etwas nüchterneren Begleiterinnen –, und sie sah sehr gut darin aus. Ein hochgewachsenes, geschmeidiges Wesen mit einer ganz eigenen Anmut: halb majestätisch, halb ungezähmt.

In erster Linie ist *Die verschwundene Braut* ein voller Zuneigung, Sympathie und Anerkennung für drei legendäre und revolutionäre Autorinnen geschriebener Roman – Autorinnen, die mein Leben und das so vieler anderer stark beeinflusst haben. Und ich hoffe, er ist auch ein richtig schöner Schmöker.

In Liebe
Bella Ellis

Danksagung

Die verschwundene Braut zu schreiben war eine ganz wunderbare Erfahrung für mich, die mir ohne meine Agentin Lizzy Kremer und ihre Bereitschaft, diese Idee auszubauen, nicht möglich gewesen wäre. Ich danke allen bei David Higham, vor allem Maddalena Cavaciuti, Georgina Ruffhead, Alice Howe und dem ganzen Übersetzungsteam. Danke an alle, die schon früh an das Projekt glaubten, vor allem meine großartige Lektorin Melissa Cox – ich freue mich schon sehr, beim nächsten Band wieder mit ihr zusammenzuarbeiten. Danke an das gesamte Team bei Hodder, vor allem Lily Cooper, die dafür gesorgt hat, dass alles immer reibungslos klappte! Und schließlich vielen Dank an meine liebe Freundin Julie Akehurst dafür, dass sie sich Ewigkeiten mit mir über die Brontës unterhalten hat, und an meinen Mann und meine Kinder, die es mit mir aushalten, obwohl ich doch meist in ganz anderen Sphären unterwegs bin, und manchmal sogar im Moor.